À PROPOS DES AUTRICES

Née sous les tropiques, **Ann McIntosh** a vécu dans le Grand Nord plusieurs années avant de s'installer avec son mari en Floride. Maman de trois grands enfants, elle aime le thé, l'artisanat, les animaux (exception faite des reptiles !), le bacon et l'océan. Elle croit au pouvoir de la romance, qui nous donne des raisons d'espérer dans ce monde de plus en plus complexe...

Charlotte Hawkes a grandi dans la péninsule de Wirral, en Grande-Bretagne. Elle est mère de deux garçons intrépides, qui aiment jouer avec elle à des jeux de construction, et ne manquent pas de lui reprocher les heures qu'elle passe devant son ordinateur. Ce temps consacré à écrire est pourtant bien employé, puisqu'il fait d'elle une autrice à succès !

Autrice de romances médicales, **Tina Beckett** a appris à faire ses valises avant d'apprendre à lire. Issue d'une famille de militaires, elle a vécu aux États-Unis, à Porto Rico, au Portugal et au Brésil. Outre les voyages, Tina aime câliner son chien, se promener à cheval et surtout passer du temps avec sa famille...

Une chirurgienne à Sao Paulo

*

Deux médecins au Brésil

*

Conquise par le Dr Cardoza

Collection : SAGAS

Titre original :
AWAKENED BY HER BROODING BRAZILIAN

Ce roman a déjà été publié en 2020

HARPERCOLLINS FRANCE
83-85, boulevard Vincent-Auriol, 75646 PARIS CEDEX 13
Service Clients — https://www.harlequin.fr/contenu/contactez-nous
ISBN 978-2-2805-1710-2 — ISSN 2426-993X

Édité par HarperCollins France.
Composition et mise en pages Nord Compo.
Imprimé en juin 2025 par CPI Black Print (Barcelone)
en utilisant 100% d'électricité renouvelable.
Dépôt légal : juillet 2025.

MIXTE
Papier
FSC® C159065

Pour limiter l'empreinte environnementale de ses livres, HarperCollins France s'engage à n'utiliser que du papier fabriqué à partir de bois provenant de forêts gérées durablement et de manière responsable.

ANN McINTOSH

Une chirurgienne à Sao Paulo

INTÉGRALE

UN ÉTÉ À SAO PAULO

Traduction française de

CAROLINE JUNG

SAGAS

HARLEQUIN

1

Le Dr Francisco Carvalho ne put s'empêcher de froncer les sourcils. S'il y avait une chose qui était vraiment surprenante chez le Dr Krysta Simpson, c'était la façon affreuse dont elle était habillée. Le pire était qu'elle avait probablement payé une fortune pour s'accoutrer de cette manière. La ligne de sa robe, le léger drapé du col et la taille cintrée étaient impeccables. Non, il n'y avait rien à redire sur le vêtement en soi, même si la coupe était légèrement démodée. Mais c'était la manière dont elle le portait qui était désastreuse.

Premièrement, la robe était trop grande, d'au moins une taille, si bien qu'elle avait l'air d'un sac. Deuxièmement, le céladon de la soie n'était pas flatteur pour son teint pâle, couvert de taches de rousseur.

Pour couronner le tout, elle portait des chaussures sans rien ni de féminin ni de chic, qui auraient été parfaites aux pieds d'une femme de trois fois son âge.

Quelle idée de mettre des chaussures plates avec une robe habillée !

Manifestement, cette idée avait traversé l'esprit du Dr Simpson.

L'aspect vieillot de sa dégaine était accentué par le contraste avec la robe bustier asymétrique, d'un bleu canard particulièrement flatteur, de la jolie jeune femme qui se tenait à côté d'elle. Francisco ne la reconnut pas. Ce devait être une autre spécialiste venue de l'étranger. De l'autre côté du Dr Simpson se trouvait le Dr Flávia Maura, une éminente chercheuse qui étudiait les effets du venin des serpents et des araignées dans le traitement de certaines maladies, notamment du cancer. Il l'avait remarquée quand elle était entrée dans la salle, dans une somptueuse robe verte aux reflets chatoyants, elle qu'il n'avait jamais vue habillée autrement qu'en pantalon de treillis, T-shirt et bottes. Elle avait du style et une certaine élégance, surtout comparée à Krysta Simpson.

Pourtant, il se dégageait quelque chose du Dr Simpson, une forme d'assurance détendue que Francisco ne pouvait s'empêcher d'admirer. Elle parlait avec l'aisance d'une femme habituée à porter de la haute couture, sans sembler se soucier le moins du monde de la manière dont elle détonnait dans cette assemblée chic et mondaine.

Mais on ne pouvait pas lui reprocher d'avoir confiance en elle, vu les prouesses dont elle était capable dans sa spécialité. Dans ses spécialités, pourrait-on dire plus précisément. Pour lui, elle était ni plus ni moins qu'une déesse de la chirurgie. Elle n'avait pas trente ans mais était déjà une éminence dans le domaine de l'otolaryngologie et de la reconstruction faciale, et cela faisait déjà cinq ans que son nom était sur toutes les lèvres. De plus, elle était la plus jeune diplômée dans ces deux branches. Cela n'avait étonné personne qu'elle ait été recrutée par l'équipe de transplantation faciale la plus qualifiée du monde à la sortie de la faculté. Ses articles étaient des lectures indispensables à tous les chirurgiens plastique désireux de se tenir à jour, de s'améliorer sur le plan technique et d'avoir un aperçu de tout ce que serait la chirurgie de demain.

Francisco l'avait entendue à l'occasion d'un symposium à Lisbonne, trois ans auparavant et, depuis cette date, il rêvait d'avoir une conversation avec elle et de lui poser un certain nombre de questions. Car à la fin de la conférence qu'elle avait donnée, elle s'était éclipsée, à son grand désespoir.

Aussi, quand il avait appris qu'elle venait à Sao Paulo dans le cadre du cycle de conférences de l'hôpital universitaire de l'État de Sao Paulo, le Paulista, il n'en était pas revenu.

Le plus enthousiasmant était qu'elle profiterait de sa présence à Sao Paulo pour effectuer une reconstruction mandibulaire sur la personne d'Enzo Dos Santos, le milliardaire brésilien, pour laquelle il avait été sollicité. Voir le Dr Simpson en personne à l'œuvre dans un bloc opératoire serait sans aucun doute un moment phare dans sa carrière.

Depuis le début de la soirée, il trépignait d'impatience à l'idée de l'approcher mais les interlocuteurs de Krysta Simpson ne lui laissaient pas un instant de répit. Mais, au lieu de foncer droit sur elle, il déambula dans la salle tout en réduisant peu à peu la distance qui le séparait d'elle. D'ailleurs, s'il n'y prenait garde, le cocktail commencerait sans même qu'il ait eu le temps de se présenter.

Il n'était plus qu'à deux mètres d'elle. Il prit un verre d'eau gazeuse sur le plateau que lui présentait un serveur, pour se donner une contenance, et étudia la meilleure tactique pour entrer en contact avec elle. Encore une preuve, s'il en fallait une, de la façon dont ces dernières années l'avaient transformé. Il y a quelque temps encore, il n'aurait pas eu la moindre hésitation et se serait avancé vers elle, sûr de lui et de la place qu'il occupait dans le monde. C'était avant, dans une vie qui avait fini par voler en éclats, mettant à mal cette assurance juvénile et inconsciente.

Il avait mûri, s'était assagi avec le temps. Il avait même tendance, désormais, à être sur ses gardes, par trop conscient de la manière dont les gens pouvaient mal comprendre et mal interpréter les choses les plus anodines.

Sans compter qu'il n'avait pas envie que Krysta Simpson s'imagine qu'il venait lui lécher les bottes.

Des années s'étaient écoulées depuis la rupture de ses fiançailles avec Mari, mais il avait toujours du mal à digérer la façon dont il avait été traité par les médias et surtout par les gens qu'il considérait, à l'époque, comme des amis. Depuis, il préférait rester seul et nouait assez peu de contacts, de peur qu'on le trahisse encore.

Quitter Rio lui avait donné l'impression de repartir de zéro, même si on reconnaissait encore souvent son visage ou son nom. Ses problèmes l'avaient donc suivi jusqu'à Sao Paulo, tel des spectres bien résolus à le hanter toute sa vie. Par chance, son travail lui prenait énormément de temps, ce qui lui évitait de revenir sur la façon dont sa vie avait implosé. La perspective de travailler avec le Dr Simpson lui donnait un objectif tangible et excitant.

Justement, Flávia Maura et la femme en robe bleu canard eurent l'air de prendre congé d'elle. Francisco s'apprêtait à aborder enfin son idole quand il entendit le Dr Silvio Delgado marmonner, en portugais, sur un ton dédaigneux.

— L'hôpital devrait faire plus attention à son image. Non seulement ils embauchent la sauvage et un gigolo, mais maintenant ils invitent cette mocheté à faire une intervention. Elle a vraiment l'air d'une pauvre fille.

Francisco réfréna son envie de lui envoyer son poing dans la figure. Le seul point positif de la situation était que Delgado s'exprimait en portugais et que la majorité des personnes présentes n'étaient pas à même de comprendre son odieuse remarque. Laquelle s'adressait donc davantage à Flávia et à lui-même qu'au Dr Simpson.

Il vit le regard noir qu'adressa Flávia à Delgado qui venait de la traiter de sauvage. À son grand étonnement, Krysta Simpson tourna la tête au même instant dans la même direction. Mais, sur son visage, il ne décela ni contrariété ni colère, seulement de la curiosité.

Quand Francisco avait commencé sa carrière de mannequin, à quinze ans, sa manageuse et mentor, Caro, lui avait donné un précieux conseil.

« Il faut te créer différentes apparences, Cisco, de sorte que tu sois en mesure de donner aux photographes exactement ce qu'ils veulent, au pied levé. N'oublie pas que, pour faire passer les émotions à ceux qui te regardent, tu n'as pas de mots. Ton seul moyen de communication, c'est ton physique. »

Il avait suivi son conseil, bien entendu. L'argent que lui rapporteraient son visage et son corps était le moyen de réaliser son rêve : devenir médecin. Il avait surmonté ses appréhensions et travaillé sur différentes expressions de sa personnalité qui lui avaient, en effet, rapporté largement de quoi payer ses études.

Il tourna la tête et, comme il s'y attendait, croisa le regard mauvais et perçant de l'oncologue. Il s'approcha de lui et le toisa de toute sa hauteur, en silence, l'air de dire qu'un homme aussi grossier ne méritait pas qu'il lui accorde plus d'attention que cela. Il perçut l'instant où Delgado déchiffra le message. Ce dernier rougit et serra les lèvres jusqu'à les faire disparaître.

Alors Francisco détourna lentement le regard, conscient du camouflet qu'il venait d'infliger à ce pauvre homme qui se croyait supérieur à tous ceux qui n'étaient pas issus du même milieu que lui. C'est-à-dire le milieu auquel appartenait Mari et dont lui-même s'était éloigné puisque, de toute évidence, on n'avait pas voulu de lui.

Il entendit Delgado lâcher un juron puis quelqu'un émettre un son offusqué mais ne s'en soucia pas et avança d'un pas décidé vers le Dr Simpson, libérant son agacement dans une longue expiration silencieuse.

Travailler en compagnie du Dr Simpson était une opportunité qui ne se présentait qu'une fois dans sa vie, et il ne laisserait rien ni personne l'empêcher de la saisir.

Krysta connaissait bien sa propension au perfectionnisme, trait sur lequel, sur les conseils de sa thérapeute, elle essayait de lâcher prise. Depuis qu'elle avait accepté l'invitation à faire cette intervention au Brésil, six mois auparavant, elle s'était mise au portugais. Pourquoi se priver d'une activité qui la réjouissait et lui donnerait les moyens de communiquer dans un pays étranger, même si elle n'avait pas l'intention d'y séjourner longtemps ?

Sans compter qu'elle n'avait pas une vie trépidante en dehors des heures qu'elle passait à travailler – ce qui constituait un autre problème auquel sa thérapeute l'encourageait à apporter des changements.

D'ailleurs, en cet instant précis, elle se félicita de s'être inscrite à des cours de portugais. Être à même de suivre une conversation dans une langue étrangère était gratifiant, mais le faire devant des gens qui ignorent que vous comprenez ce qu'ils disent pouvait s'avérer précieux.

Elle ne comprenait pas tout mais suffisamment pour deviner qu'on venait de parler d'elle, et en des termes peu flatteurs. Elle avait l'habitude qu'on se moque de son apparence. Loin de la déstabiliser, les commentaires et les regards moqueurs jetés dans sa direction glissaient littéralement sur elle.

Il y avait pas mal de choses dont elle se fichait pas mal. Elle admirait les gens capables de s'habiller avec goût, tout comme elle admirait la décoration magnifique de la salle dans laquelle elle se trouvait, mais cela ne faisait partie ni de ses qualités ni de ses préoccupations. Elle n'avait jamais été particulièrement émue par ce que les gens considéraient habituellement comme beau. Dans la chapelle Sixtine, elle avait été plus touchée par l'habileté technique de Michel-Ange que par la beauté qui, disait-on, émanait de sa représentation.

Ce désintérêt concernait aussi sa garde-robe.

La robe qu'elle portait ce soir, elle l'avait achetée cinq ans auparavant, à Londres, un jour où elle s'était rendu compte qu'elle n'avait rien prévu pour assister à un dîner officiel. Elle avait demandé au concierge de l'hôtel le nom d'une boutique, s'y était rendue et avait pris la première robe qui lui était tombée sous la main. Le personnel de la boutique avait eu l'air consterné et lui avait suggéré, non sans insistance, de l'essayer. Krysta avait refusé et tendu sa carte de crédit à la vendeuse, derrière le comptoir, qui l'avait regardée d'un air abattu avant de tenter vaillamment une tactique dilatoire.

Madame souhaitait-elle essayer une paire de chaussures qui aillent avec la robe ?

Non, madame ne le souhaitait pas.

À plus forte raison si aucune paire de chaussures de la boutique n'avait moins de dix centimètres de talons.

Elle se fichait pas mal qu'on se moque de son apparence. Au contraire, elle y voyait même un certain nombre d'avantages, notamment le fait que les gens la prenaient au sérieux au lieu de s'attacher à ses formes ou au fait qu'elle était une femme. De toute façon, le seul domaine de son existence qui comptait était son travail, à savoir la recherche et la chirurgie, et son seul objectif, d'aider et de sauver ceux qui en avaient besoin. Cela lui prenait toute l'énergie qu'elle avait à dépenser.

Quoi qu'il en soit, même si on venait encore de se moquer de son allure, il était évident que la véritable cible du commentaire désagréable qui venait d'être fait était l'homme immense et excessivement beau qui lui faisait face et qui avançait dans sa direction.

Si elle avait bien compris, l'autre l'avait traité de gigolo. Ce à quoi il avait réagi avec une efficacité redoutable. Jamais elle n'avait vu une expression aussi glaciale sur le visage de quelqu'un. Comme elle aimerait être capable de ce genre d'attitude, une fois de temps en temps !

Mais elle n'eut pas le temps d'y réfléchir plus en détail puis que l'homme en question, contre toute attente, s'arrêta net devant elle. Elle leva les yeux et croisa les siens. Elle sentit alors un frisson lui parcourir l'échine. Elle avait beau n'avoir aucune expérience en la matière, elle se doutait que c'était le genre d'homme à faire tourner la tête des femmes.

La sienne, pour commencer.

— Docteur Simpson.

L'expression de ses yeux bruns s'était légèrement réchauffée.

— Je suis le Dr Francisco Carvalho et je suis ravi de vous rencontrer enfin.

Le timbre grave et chantant de sa voix lui parut vibrer jusque dans ses os. Elle sourit poliment en lui serrant la main. Son nom lui était familier. C'était l'un des chirurgiens spécialisés en chirurgie cranio-faciale avec lesquels elle devrait travailler. Son visage, en revanche, ne lui disait rien. Le Dr Carvalho avait manqué les appels vidéo concernant le cas Dos Santos. Sans quoi elle aurait pu se préparer psychologiquement au charme qui se dégageait incontestablement de sa personne, en chair et en os.

— Enchantée, docteur.

— Je suis l'un de vos admirateurs les plus fervents, dit-il. J'ai assisté à votre conférence, à Lisbonne, il y a trois ans, sur l'usage du titane dans l'impression 3D, dans la reconstruction faciale. Je n'ai pas réussi à vous parler après la conférence. Mais j'ai lu avec le plus grand intérêt votre article sur le développement de nouveaux polymères, plus légers.

— Mais l'article vient à peine d'être publié, dit-elle, surprise.

Il haussa à peine les épaules, et une esquisse de sourire se dessina sur ses lèvres. Elle sentit son cœur faire un drôle de petit bond dans sa poitrine tout en notant que l'expression de son visage s'était radoucie, ce qui ne faisait qu'ajouter à son charme.

— N'importe quel chirurgien un peu sensé est au courant de la publication d'un article du Dr Krysta Simpson, et sait qu'il est dans son plus grand intérêt de le lire aussi vite que possible.

En général, les compliments et la flatterie lui importaient à peu près autant que la mode ou la décoration d'intérieur, mais quelque chose dans le ton de son interlocuteur lui fit comprendre que ses mots n'étaient ni l'un ni l'autre. Le Dr Carvalho avait l'air d'énoncer un fait, sans jugement. Elle se surprit à en éprouver une certaine satisfaction.

Mais elle ne risquait pas de l'exprimer.

— Je dirais que Ferguson ou Charpentier figurent en haut de la liste des recherches qu'il faut avoir lues absolument.

— *Verdade*, dit-il spontanément. Je suis d'accord. Mais je les trouve un peu dépassés. Vous êtes plus progressiste et nous laissez toujours entrevoir ce qui se fera à l'avenir, en fonction des avancées de la recherche.

Elle pencha la tête.

— On m'a souvent reproché de faire des pronostics, dit-elle.

Elle vit une lueur d'amusement traverser son regard.

— Cela n'empêche pas les revues scientifiques de publier vos articles, et les équipes de recherche de vous courir après. J'ai entendu dire que les Français voulaient vous débaucher.

— Ce sont des rumeurs. Il ne faut pas y prêter attention.

Il sourit avant de poursuivre.

— J'aimerais vraiment que nous dînions à la même table. En attendant, souhaitez-vous boire autre chose ? demanda-t-il en regardant son verre vide.

— Avec plaisir. J'ai pris un cocktail de fruits exotiques – mangue et fruits de la passion, si j'ai bien retenu ce que m'a dit le serveur.

— Je reviens tout de suite.

Krysta le regarda s'éloigner et constata avec amusement que toutes les têtes se tournaient sur son passage. Le Dr Carvalho attirait autant de regards admiratifs que de regards envieux.

— Docteur Simpson, quel plaisir j'ai eu d'apprendre que vous alliez venir travailler chez nous !

Elle se retourna et reconnut l'homme qui avait fait le commentaire déplacé. Il arborait à présent un sourire qu'elle trouva sournois.

— Je suis le Dr Delgado, oncologiste, dit-il en anglais.

Elle n'était pas pressée de faire sa connaissance et ne se précipita pas pour répondre.

— Vous ne le savez peut-être pas, mais mon grand-père a été l'un des fondateurs de cet hôpital, dit-il, attendant manifestement qu'elle se pâme d'admiration devant une information aussi capitale.

Bla-bla-bla...

Elle cessa de l'écouter et se demanda si son assistant, à New York, avait trouvé l'information qu'elle lui avait demandé de chercher. Son projet de recherche devait commencer dès qu'elle rentrerait aux États-Unis et, en l'absence des données nécessaires, risquait d'être reporté...

Le nom du Dr Carvalho la fit soudain revenir au monologue de l'oncologue.

— ... mais je dois vous prévenir que sa réputation n'est pas particulièrement bonne. Le mannequinat a dû lui monter à la tête, et il s'est vraiment comporté comme un goujat vis-à-vis de sa fiancée...

Elle leva la main pour l'empêcher de poursuivre.

— Est-ce qu'il travaille bien ? demanda-t-elle.

Delgado cligna des yeux plusieurs fois, très vite.

— Je vous demande pardon ?

— Le Dr Carvalho est-il un bon chirurgien ? dit-elle lentement pour être sûre de bien se faire comprendre.

— Eh bien, je... Oui, je pense que oui, bredouilla-t-il alors que ses oreilles rougissaient.

— C'est tout ce qui m'intéresse, rétorqua-t-elle.

— Voici votre punch, docteur.

Quand on parlait du loup...

— Merci, docteur Carvalho, dit-elle en prenant le verre qu'il lui tendait.

Avait-il entendu l'échange qu'elle venait d'avoir avec le Dr Delgado ? Rien, dans l'expression de son visage ni dans son allure ne le laissait deviner. Ce Dr Carvalho était maître dans l'art de dissimuler ses pensées, sauf quand il décidait de les partager.

— Le dîner va être servi, dit-il en lui présentant le bras, alors qu'une annonce au micro confirmait l'information.

Elle posa la main sur son avant-bras et réprima l'envie

d'en tâter le muscle à travers le tissu de son costume pour voir s'il était aussi fort qu'elle l'imaginait. Puis elle s'adressa au Dr Delgado.

— Je vous prie de nous excuser. Je meurs de faim.

Elle vit l'instant exact où le Dr Delgado prit conscience qu'elle venait de parler en portugais : il écarquilla les yeux et blêmit. Elle déploya des efforts démesurés pour demeurer impassible et ne pas éclater de rire.

Elle sentit le bras du Dr Carvalho se contracter sous ses doigts. Elle leva les yeux vers son visage stupéfait.

— J'espère que mon accent n'est pas trop terrible. Ça ne fait que quelques mois que j'apprends le portugais.

Après la surprise, l'amusement emplit son regard.

— Pas du tout, répondit-il. En fait, il est *perfeito*.

2

Francisco traversa les jardins à grandes enjambées en direction du centre de conférences tout en jetant un coup d'œil sur sa montre.

Ora bolas !

La première intervention de Krysta Simpson était censée commencer moins d'une minute plus tard, et il n'était même pas encore entré dans le bâtiment. Il avait eu une matinée déjà bien remplie. L'hôpital l'avait appelé à 4 heures pour opérer un homme, victime d'un cambriolage qui avait mal tourné. Il souffrait de fractures de l'os zygomatique et de la mâchoire supérieure. Ils l'avaient emmené directement au bloc pour une intervention délicate qui avait duré cinq heures, au cours de laquelle il avait reconstruit l'orbite de son patient. Par chance, l'œil n'avait pas été touché mais on avait appelé le service d'ophtalmologie pour qu'un spécialiste vienne l'examiner une fois que la zone aurait dégonflé.

Francisco avait déjà prévenu son chef de service qu'il souhaitait assister aux conférences du Dr Simpson, dans la mesure où ce serait compatible avec le planning. Le Dr Emanuel avait donné son accord de principe. C'était une aubaine qu'une telle éminence vienne travailler au Paulista. Cela relevait même du miracle puisqu'il était de notoriété publique qu'elle consacrait la majeure partie de son temps à la recherche et à la chirurgie de haut vol, et que ses interventions publiques étaient rares. Non seulement elle leur faisait la faveur de donner des conférences, mais c'est également au Paulista qu'elle allait opérer Enzo Dos Santos qui souffrait des séquelles d'un cancer de la bouche. Il avait déjà subi des interventions chirurgicales à Londres, où on lui avait enlevé une partie de la mâchoire en même temps que la tumeur, et il avait exigé que ce soit le Dr Simpson et personne d'autre qui procède à la reconstruction maxillaire.

Tous les membres de l'équipe connaissaient la technique qu'elle utiliserait, qui consistait à prélever un morceau du péroné pour reformer la partie de la mâchoire retirée par l'oncologue.

Francisco avait déjà procédé à plusieurs interventions de ce type. Il avait même été confronté à un cas où le nerf alvéolaire allant de la mâchoire au menton et à la lèvre inférieure avait dû être réparé, lui aussi. Mais Krysta Simpson apportait une approche légèrement différente de l'opération elle-même et des techniques qui n'étaient pas encore diffusées dans tous les blocs opératoires.

Le Dr Simpson s'était révélée encore plus fascinante qu'il ne l'avait imaginé. Avant de la rencontrer, il ne connaissait d'elle que les résultats impressionnants de ses recherches, et les avancées que ces derniers avaient permises dans l'univers de la reconstruction faciale. Mais c'était avant qu'il l'entende clouer le bec au Dr Delgado, qui tentait de la monter contre lui, dans un portugais presque parfait… Il serait tombé amoureux d'elle sur-le-champ, s'il en avait été capable. La scène avait été *magnífica*. Il se souviendrait longtemps de la tête de Delgado.

Krysta Simpson et lui avaient dîné l'un à côté de l'autre et n'avaient pratiquement pas parlé aux autres convives de tout le repas. Il s'était surpris à l'écouter avec une grande attention, plongé dans ses beaux yeux noisette. Ce n'est qu'en rentrant chez lui, plus tard, qu'il avait compris pourquoi il avait passé une si bonne soirée.

La communication avec Krysta Simpson avait été fluide, simple, sans sous-entendus d'aucune sorte ni questions indiscrètes. Il s'était senti à l'aise et avait même la sensation qu'une brèche s'était créée dans la muraille qu'il avait érigée autour de sa personne, ces dernières années. C'était peut-être parce qu'elle parlait de façon franche et directe, et qu'elle semblait ne rien avoir à faire de son passé de mannequin. Toujours est-il qu'il y avait longtemps qu'il ne s'était pas senti aussi bien avec quelqu'un d'extérieur à sa famille, et que cela lui avait fait un bien fou.

Le seul bémol était la légère attirance qu'il éprouvait vis-à-vis d'elle et dont il se serait bien passé.

Il finit par arriver devant la salle de conférences et jeta un coup d'œil à travers la vitre. La salle était comble, et quelques personnes étaient même debout sur les côtés et au fond. La plupart des personnes présentes étaient des étudiants et des internes, ainsi que quelques chirurgiens établis, assis devant. Krysta Simpson n'était pas encore sur la scène mais son arrivée était imminente. Il décida de passer par la pièce voisine, dans laquelle les conférenciers attendaient leur tour. Ainsi, il pourrait, sans faire de bruit, se placer à côté de la scène et écouter la conférence de cet endroit. Ce serait moins compliqué que d'avoir à traverser la salle, voire de faire lever toute une rangée parce que l'un de ses étudiants se lèverait pour lui laisser sa place – ce qui n'était pas à exclure. Les jeunes médecins qu'il supervisait étaient ambitieux et désireux de faire bonne impression sur leurs confrères plus expérimentés, également susceptibles de leur donner un coup de pouce dans un univers cruellement compétitif.

La salle d'attente, en forme de L, ressemblait à toutes les autres : quelques chaises, un canapé, une table basse, une zone pour se faire un café ou un thé et, un peu à l'écart, dans un renfoncement, un bureau. C'est de là que lui parvint un bruit, alors qu'il se croyait seul. La curiosité le poussa à jeter un coup d'œil dans l'alcôve, où il fut surpris de trouver le Dr Simpson dans une curieuse attitude.

Elle se tenait debout, à côté du bureau, appuyée, les bras tendus, contre le mur. Il recula instinctivement pour ne pas la déranger mais quelque chose dans la raideur de sa posture l'interpella.

— Dr Simpson...

Elle se retourna vivement. Elle était pâle et, lui sembla-t-il, en sueur.

— J'ai dit que j'avais besoin de quelques minutes de plus.

— Je suis désolé, j'ai cru que vous ne vous sentiez pas bien, dit-il, gêné de l'avoir interrompue.

— C'est le moins que l'on puisse dire, murmura-t-elle. Je déteste parler en public.

C'était donc cela ! C'était incroyable de la voir dans cet état, elle qui dégageait une telle assurance par ailleurs.

— Cela ne se voit pas. Vous vous exprimez toujours avec une telle aisance !

Elle lui décocha un regard accablé et alla fouiller dans la poche de sa veste d'où elle sortit un mouchoir afin de s'éponger le front.

— Vous savez pourquoi vous n'avez pas pu me parler après la conférence de Lisbonne ? Parce que j'ai couru vomir aux toilettes. Aujourd'hui, j'ai vomi avant la conférence, c'est déjà ça.

— Pourquoi le faites-vous si cela vous rend malade ? demanda-t-il, sincèrement perplexe.

Krysta Simpson n'avait pas besoin de cela pour se faire une place dans le milieu de la médecine et de la recherche. Et si cela avait été le cas, le Brésil n'aurait pas été le meilleur endroit pour le faire.

— Je m'étais promis d'arrêter les conférences, mais ma thérapeute m'a expliqué qu'il fallait que je me confronte à mes peurs. Elle m'a également suggéré de sortir davantage, de m'ouvrir davantage à la vie, étant donné que je passe le plus clair de mon temps à travailler. Le Brésil me semblait être un bon endroit pour faire d'une pierre deux coups.

Francisco réfléchit mais, le temps de formuler sa réponse, le volume sonore, dans la salle de conférences, monta d'un cran. Krysta le remarqua, elle aussi. Elle se redressa et se passa une dernière fois le mouchoir sur le front.

À son grand étonnement, tout signe de tension et d'appréhension avait déserté son visage, même si elle était toujours un peu pâle. Elle prit une profonde inspiration et leva les yeux vers lui, l'air de s'être tout à fait reprise.

— Bon, j'y vais, dit-elle à mi-voix.

Elle avança d'un pas tranquille puis s'arrêta.

— Vous assistez à la conférence ?

— Oui, je serai dans les coulisses, dit-il en indiquant le couloir qu'elle s'apprêtait à emprunter.

Elle lui décocha un sourire qui lui emplit la poitrine de chaleur et de douceur.

— Bien. Super.

— On pourrait déjeuner ensemble après ? demanda-t-il avant qu'elle disparaisse. Avant que j'aille faire mes visites ?

Il était aussi prévu qu'ils se retrouvent en fin d'après-midi, lors d'une réunion préliminaire concernant l'opération d'Enzo Dos Santos, mais il éprouva une certaine impatience à passer plus de temps avec elle, seul.

— D'accord, dit-elle simplement avant de disparaître dans le couloir.

Il la suivit et la vit monter sur la scène, encouragée par un tonnerre d'applaudissements.

Son père et elle étaient très différents, comme Krysta l'expliqua au Dr Carvalho au cours du déjeuner, mais elle tenait de lui sa capacité à faire face à tout ce qui lui arrivait dans la vie.

— Il est mécanicien, dit-elle tout en remettant de l'ordre

dans son assiette : la viande à 5 heures, le riz à 7 heures et les légumes occupant la place restante – aucun restaurant, aucune cafétéria d'hôpital n'y parvenait jamais. Il dit qu'il aime bien avoir les mains dans le cambouis, et n'a jamais vraiment compris ce qui m'attirait autant dans la médecine. Pourtant, tout ce que j'ai appris d'important pour ma vie, c'est à lui que je le dois.

La conversation avait débuté par une question de Francisco : comment parvenait-elle à passer en trois secondes d'un état de stress aussi intense à la sérénité avec laquelle elle était montée sur la scène ? C'était le genre de question qu'elle éludait un peu honteusement, en général, mais, même s'il l'avait vue dans les circonstances les moins glorieuses, curieusement, elle n'éprouvait aucune gêne vis-à-vis de lui. Elle se sentait particulièrement à l'aise avec Francisco Carvalho, une fois passé l'instant troublant où leurs regards se croisaient.

— Il nous a toujours dit : « La peur et le doute sont contagieux. Si les autres captent ce que vous ressentez vis-à-vis d'eux, ils vous le renvoient au centuple. » Pour moi, c'était comme quand on se repasse le virus de la grippe dans une famille. Quand vous l'attrapez pour la deuxième fois, il est en général plus redoutable.

Il hocha la tête.

— Vous vous êtes donc entraînée à surmonter vos peurs et à avancer coûte que coûte.

— Il le faut bien, dit-elle en plaçant les aliments sur sa fourchette. Non que j'aie l'habitude de me faire violence, mais je suis contente d'avoir cette capacité à compartimenter les situations.

— J'ai beaucoup apprécié votre conférence. Ce dont je ne doutais pas un instant.

Sa façon de s'exprimer, directe et posée, était très agréable.

— Les informations que vous nous transmettez n'ont pas de prix.

— Vous savez, on peut les trouver ailleurs. Je les ai

simplement compilées en fonction du sujet de mes recherches et de mes spécialités.

Cette première conférence, qui faisait partie d'un cycle de trois, portait sur le monde passionnant et en développement constant de l'application des biomatériaux au champ médical. Ce sujet la fascinait. Les nouvelles découvertes permettaient d'améliorer les diagnostics, les traitements et même la génération des tissus. Dans ses deux interventions suivantes, elle décrirait plus en détail certaines applications notamment dans la reconstruction faciale.

Il secoua légèrement la tête et lui décocha l'un de ses brefs sourires.

— On ne peut pas dire qu'elles sont accessibles à tous. Rien que pour ce cycle de conférences, j'imagine que vous avez dû demander cinquante autorisations différentes.

— Une bonne soixantaine, pour être précise. J'ai même dû demander des autorisations pour mentionner et montrer une partie du travail concernant une transplantation faciale à laquelle j'ai participé.

— C'est vrai ? s'exclama-t-il, surpris.

— Hum ! répondit-elle, la bouche pleine, étrangement satisfaite de l'avoir impressionné.

Il fit une pause pour manger un peu de sa *feijoada*, qui rappelait à Krysta une recette jamaïcaine de haricots, à la différence près que les haricots brésiliens étaient noirs et qu'ils étaient cuisinés avec de la saucisse. Elle avait pour sa part choisi un *churrasco*, dont la viande fondait dans la bouche.

Francisco s'apprêtait à reprendre la parole quand Flávia Maura s'arrêta à leur table, son plateau à la main. Krysta leva la tête en souriant.

— Bonjour, lui dit Flávia après avoir fait un petit signe de tête à Francisco. Je me demandais si vous auriez envie de faire un tour dans la réserve, tant que vous êtes ici. Je pourrai vous montrer des spécimens vivants et certaines données que j'ai recueillies dans le cadre de mes recherches.

— Vos découvertes m'intéressent vraiment, parce que je suis certaine que les applications à la médecine sont immenses. Le problème, c'est que je n'aime pas beaucoup les serpents. Rien que l'idée d'en voir un me donne la chair de poule.

— Vous en avez peur ? dit Flávia, à la fois amusée et déçue. Mais j'imagine que vous comprenez leur importance, tant sur le plan écologique que sur le plan médical. Si vous saviez le temps que je passe à essayer de l'expliquer aux gens...

— Oh ! je comprends tout à fait ! dit Krysta, qui éprouvait une grande empathie pour elle.

Même si elles ne travaillaient pas sur les mêmes sujets, la passion de Flávia reflétait la sienne.

— C'est juste que je ne suis pas très à l'aise avec les reptiles et les amphibiens. En revanche, les araignées ne m'impressionnent pas.

Flávia tourna la tête en direction de la porte et se mit à rougir légèrement quand Jake Cooper, un oncologue britannique, entra pour faire la queue au buffet. Puis elle posa la main sur sa joue, comme pour la rafraîchir et porta de nouveau son attention sur Krysta.

— Prévenez-moi si vous changez d'avis, dit-elle, avant de s'adresser à Francisco. Vous êtes le bienvenu, vous aussi.

Il répondit d'un signe de tête.

— Merci pour l'invitation. Contrairement à Krysta, je crains les araignées depuis qu'une veuve noire m'a piqué quand j'étais petit.

— *Latrodectus mactans*. Vous n'aviez pas vérifié vos chaussures avant de les mettre ?

Il secoua la tête.

— En fait, j'ai mis la main là où je n'aurais pas dû.

Flávia sourit.

— Je vois. Cela m'est arrivé, à moi aussi.

Krysta eut l'impression qu'il y avait autre chose derrière cette conversation anodine. Cela piqua sa curiosité, tout comme la distance que Francisco gardait vis-à-vis de tout le monde. Sauf vis-à-vis d'elle, cela dit.

Flávia les salua et alla s'asseoir à une table. Il traversa l'esprit de Krysta qu'elle aurait pu l'inviter à se joindre à eux.

Francisco posa sur elle un regard impassible.

— Je croyais que vous deviez surmonter vos peurs. Ce serait une bonne occasion de travailler là-dessus.

Était-il sérieux, sarcastique ou moqueur ? Krysta scruta son visage. Aux petits plis qui s'étaient formés autour de ses yeux, elle comprit qu'il plaisantait. Jusque-là, elle n'avait rien décelé de sarcastique dans ses paroles ni son attitude, ce qui contribuait sans doute à leur si bonne entente.

Pendant des années, elle avait été la plus jeune, la seule fille ou simplement différente des autres, ce qui l'avait rendue très sensible à la moindre once de condescendance chez les autres.

Elle scruta le contenu de son assiette et se prépara une autre bouchée.

— Je veux bien venir… Si vous y allez.

Quand elle leva la tête vers lui, il souriait, et il lui sembla que son regard avait changé.

— Hum ! je ne me précipiterais pas dans cette aventure, si j'étais vous. En général, j'évite les araignées autant que possible et j'ai tendance à écraser celles que je ne peux pas esquiver.

Krysta jeta un coup d'œil par-dessus son épaule.

— J'espère que Flávia ne vous a pas entendu. Vous avez déjà baissé un peu dans son estime. Alors là, elle vous enverrait directement en enfer, sans même passer par le purgatoire.

Il se mit à rire.

Pas un léger rire discret, non, mais un grand éclat de rire qui tranchait avec son attitude contenue et calme à laquelle il l'avait habituée. Et qui la subjugua.

La façon dont son visage s'était illuminé. Ce son grave et sexy. Les petites rides au coin de ses yeux et les longues fossettes allongées qui creusaient ses joues.

Une vague de chaleur s'empara d'elle, sans commune mesure avec tout ce qu'elle avait connu auparavant. Elle baissa instinctivement la tête, pour qu'il ne perçoive pas son trouble, et s'efforça de reprendre son souffle devenu chaotique.

Curieusement, elle se sentait un peu comme avant une conférence : tremblante, affolée. Convaincue que quelque chose d'inconnu et de terrible allait arriver.

Elle porta nerveusement la fourchette à sa bouche même si la moitié des légumes en étaient tombés.

Il faudrait qu'elle réfléchisse à tout cela à tête reposée. Elle avait néanmoins l'impression qu'il lui manquait quelques données essentielles pour comprendre ce qui était en train de se passer.

— Est-ce que vous auriez envie de m'accompagner pendant mes visites, avant la réunion avec l'équipe de chirurgie ? demanda-t-il ensuite.

Non.

Oui.

Non.

Elle qui détestait l'indécision chez les autres vit soudain son cerveau se livrer à une bataille agaçante devant cette question pourtant simple. Puis le bon sens reprit le dessus.

— Volontiers, si je peux être utile auprès de certains de vos patients. Sinon, je vais profiter de ce petit moment pour appeler mon assistant et faire le point avant qu'il parte en vacances, la semaine prochaine.

Il souriait toujours mais elle crut percevoir une lueur de déception au fond de ses yeux.

— Non, pour être honnête, mes patients n'ont pas besoin de vous, mais je suis sûr que les internes auraient des tas de questions à vous poser.

Un peu déçue à son tour qu'il pense avant tout aux internes, elle haussa les épaules.

— Je suis là pour quelques mois. J'aurai tout le temps de répondre à leurs questions.

— Vous avez raison, acquiesça-t-il. Dans ce cas, nous pourrions peut-être déjeuner ensemble demain, si vous êtes disponible.

— Peut-être, répondit-elle, sur un ton qu'elle voulait évasif, même si elle savait déjà que, le lendemain, c'est encore avec lui qu'elle déjeunerait.

3

Le soir même, Krysta se rendit à la piscine de l'immeuble dans lequel elle logeait pendant son séjour à Sao Paulo. Elle avait essayé de se poser tranquillement dans son appartement, mais le tourbillon de ses pensées l'empêchait de trouver le calme. Quelques longueurs viendraient peut-être à bout de cette agitation intérieure et de cet excès d'énergie.

La journée avait été constructive, mais elle était encore sous l'effet du stress de la conférence et de la réunion avec ses futurs collègues de bloc.

Elle se réjouit de trouver la piscine déserte, retira son peignoir et ses tongs, et ajusta ses lunettes de natation en se dirigeant vers le grand bain.

Elle plongea et se mit à nager en comptant ses brasses puis le nombre de longueurs parcourues. Mais elle eut beau essayer de fixer son attention sur les chiffres, elle ne parvint pas à empêcher son cerveau de repasser les événements de la journée.

Curieusement, ce n'était pas tant la conférence ou l'opération programmée d'Enzo Dos Santos qui occupait ses pensées. C'était Francisco Carvalho, ainsi que ses propres réactions, pas du tout opportunes, dès qu'il se trouvait dans les parages. Non seulement elle avait hésité quand il l'avait invitée à l'accompagner dans le service, mais elle s'était aussi surprise à penser carrément à lui pendant la réunion avec toute l'équipe.

Elle avait apporté à ses confrères et consœurs l'une des reproductions en 3D du crâne de M. Dos Santos pour montrer son état avant la mandibulectomie partielle, ainsi qu'un moule en 3D de sa mandibule et des scanners récents.

« L'équipe d'oncologie a utilisé l'imagerie de fluorescence afin de localiser les cellules cancéreuses et, par chance, grâce à cela, nous avons une bonne marge. Comme vous le savez, nous allons procéder à un transfert libre du péroné vascularisé et à la pose simultanée d'un implant dentaire. Nous utiliserons des plaques de titane spécialement conçues pour M. Dos Santos afin de maintenir l'os transféré en place, ainsi que des gabarits pour lui donner la forme voulue. »

Francisco s'était penché pour examiner les crânes en 3D, et le contact de son épaule sur la sienne avait déclenché une nouvelle vague de chaleur dans son bras.

Décontenancée, elle avait eu toutes les peines du monde à se reconcentrer. Un externe avait levé la main pour poser une question : « Pourquoi n'a-t-on pas effectué la reconstruction à la suite de la mandibulectomie ? N'est-ce pas le protocole habituel ? »

Cela l'avait tirée de ses pensées mais c'est Jake Cooper qui avait répondu : « Le docteur Simpson n'était pas disponible le jour où la mandibulectomie a été programmée, expliqua-t-il. Et M. Dos Santos a insisté pour que ce soit elle qui dirige l'équipe. »

« Le docteur Simpson était en France, où elle participait à une transplantation faciale, était intervenu Francisco Carvalho. Ce qui lui a permis de rapporter des informations sur les méthodes employées par les Français, qu'elle nous dévoilera lors de ses prochaines conférences. »

Un murmure s'était élevé de l'assemblée, qu'elle avait préféré ignorer, tout comme elle avait ignoré l'intervention de Francisco, même si, pour être honnête, elle suscitait une drôle de fierté chez elle. Mais, au lieu de confirmer ou d'infirmer ses paroles, elle avait poursuivi : « C'est effectivement un protocole courant mais il est avéré que le résultat est le même si la reconstruction est effectuée dans un deuxième temps. De plus, cela va nous permettre d'employer une technologie nouvelle grâce à laquelle l'opération sera moins longue et plus efficace, avec des conséquences fonctionnelles et esthétiques plus positives à long terme. Nous avons pris cette décision d'un commun accord avec le Dr Cooper et le patient, et estimé que les bénéfices étaient supérieurs aux inconvénients. »

« Pourriez-vous expliquer cela plus en détail, docteur ? avait demandé Francisco. J'aimerais savoir comment vous avez pris la décision, justement. »

Elle n'avait pas eu pas le courage de s'adresser directement à lui et avait préféré balayer l'assemblée du regard.

« Chaque patient est différent, avait-elle repris en s'efforçant de rester concentrée sur ses idées. Dans des cas comme celui de M. Dos Santos, les inquiétudes et les peurs sont grandes et très personnelles. Certains ont simplement envie de se débarrasser du cancer, quelles que soient les conséquences. Ils pensent avant tout à leur survie. D'autres ont presque plus peur de l'opération que de la maladie. En parlant longuement avec M. Dos Santos, j'ai compris que le pronostic ne le tracassait pas particulièrement. Il est persuadé que sa force intérieure lui permettra de s'en sortir. Ce qui l'inquiète profondément, par contre, ce sont l'apparence et la fonctionnalité de son visage après l'opération. »

Un murmure s'était élevé dans la salle. Krysta avait levé la main pour rétablir le silence.

« M. Dos Santos n'est pas seulement un grand dirigeant, il est aussi le visage de son groupe, et de son équipe de football, Chutegol. Une bonne partie de son succès repose sur l'image de *senhor* Chutegol que tout le monde connaît et qui est synonyme, dans l'esprit des gens, de réussite et de victoire. »

À l'évocation de la célèbre équipe de football qui participait au prestigieux championnat brésilien, le Brasileirão, le public avait opiné comme un seul homme.

« Quand j'ai compris à quel point l'esthétique était essentielle pour lui, nous avons parlé échéances. Je lui ai expliqué que dans le cas où il faille procéder à une reconstruction après la mandibulectomie, je souhaitais attendre la fin de son traitement de radiothérapie pour le faire, ce qui rallongera d'autant sa convalescence. Cela lui est égal. Comme vous le savez sans doute, il a annoncé son diagnostic aux médias et est bien décidé à prendre le temps qu'il faudra pour guérir, pourvu qu'il ait à peu près le même visage quand tout sera terminé. C'est pour cette raison que je lui ai suggéré l'utilisation de la modélisation et de l'impression en 3D. Et il existe un autre facteur décisif, avait-elle poursuivi. Je me suis engagée à rester ici, à Sao Paulo, pendant trois mois. C'est là qu'il a fait la demande d'être opéré, ici, dans son pays natal, afin que l'opération serve aussi à former des médecins locaux. »

Les réactions de l'assemblée avaient été de plus en plus positives.

« Puisque vous maîtrisez déjà la reconstruction par lambeau libre de péroné, il vous sera utile de connaître de nouvelles techniques dans l'organisation préopératoire, ainsi que l'emploi des plaques et gabarits. C'est une avancée technologique exaltante dans un monde où les choses évoluent à un rythme rapide. »

Ils avaient continué à parler des détails de l'opération, mais elle n'avait cessé de sentir la présence imposante de Francisco à côté d'elle, qu'il prenne la parole ou non.

À présent, au bout de la vingt-quatrième longueur, elle devait se rendre à l'évidence : elle était attirée par cet homme.

Ce qui était suffisamment inédit pour la déstabiliser complètement. Certes, ce n'était pas la première fois qu'elle se sentait attirée par un homme mais, cette fois, elle éprouvait une attraction plus forte, un désir croissant de le voir et de passer du temps avec lui. Le pire, c'est qu'elle avait aussi envie d'explorer ces nouveaux sentiments, de voir où tout cela la mènerait.

Maintenant, il fallait qu'elle comprenne comment aller d'un point A à un point B avec Francisco Carvalho. Elle avait succombé à la curiosité et fait une recherche sur Internet. Francisco Carvalho avait eu une carrière incroyable de mannequin avant de devenir chirurgien. À l'époque, on l'appelait Cisco, et son visage et son corps étaient exposés sur des centaines d'affiches et dans tous les grands défilés du monde. Il avait même prêté son image à un parfum que même elle connaissait.

Internet regorgeait de photos de lui dans des soirées, souvent en charmante compagnie. La jeune femme blonde qu'on voyait le plus à son bras était décrite comme sa fiancée, Mariella Guzman. Ils formaient un couple magnifique. Les commentaires désagréables du Dr Delgado lui avaient donné envie de savoir ce qui s'était vraiment passé, mais elle avait résisté à la tentation de se prêter au jeu de la presse à scandale et avait vite refermé la page. Elle en savait suffisamment.

Francisco Carvalho avait le même statut professionnel qu'elle mais il avait quelques années de plus. Toute sa vie, elle avait été plus jeune que ses pairs, que ce soit à l'école, pendant ses études et, à présent, dans sa vie professionnelle. À l'époque où tout le monde faisait ses premières expériences sentimentales et sexuelles, elle avait le nez dans ses cours puis s'était concentrée sur sa carrière débutante. Et, avant même d'atteindre l'âge où elle aurait pu avoir envie d'explorer sa sexualité, elle s'était fait agresser.

Pendant des années, elle avait gardé pour elle ce qui lui était arrivé. Elle avait relégué cet épisode dans un recoin de sa tête pour ne plus y penser. Après tout, se disait-elle, ce n'était pas comme si elle s'était fait violer. Il y avait des tas de filles qui se faisaient agresser beaucoup plus violemment qu'elle.

C'est quand elle avait commencé un travail thérapeutique avec le Dr Hellman qu'elle avait commencé à faire des liens.

À quatorze ans, elle avait donc appris à réprimer sa sexualité et à dissimuler les signes extérieurs de sa féminité. Puis, bien à l'abri derrière le déni, elle avait décidé que les relations, même les aventures sans lendemain, ne feraient pas partie de sa vie.

Elle n'était toujours pas prête à se découvrir, à sortir de sa zone de confort. Son travail demeurait au centre de sa vie, et elle ne pouvait pas se permettre de se laisser distraire.

Justement, se dit-elle en s'arrêtant contre un bord du grand bassin. À force de penser à Francisco Carvalho, elle avait perdu le compte de ses longueurs, alors que d'habitude son cerveau les enregistrait presque automatiquement, même quand d'autres choses lui traversaient l'esprit. Si Francisco Carvalho avait un tel pouvoir sur l'une de ses fonctions cérébrales, elle n'osait pas imaginer l'effet qu'il pourrait produire sur le reste de son cerveau, si jamais elle ne se ressaisissait pas.

Elle déjà avait la sensation qu'il serait plus difficile à oublier que les autres hommes qui avaient croisé son chemin. Il émanait de lui quelque chose de différent et de très attirant. Ce n'était pas que physique, encore qu'il était très bel homme. L'apparence seule n'aurait jamais suffi à éveiller sa curiosité.

Tout en recommençant à nager sur place, elle chercha à définir ce qui, chez lui, lui donnait des frissons et faisait battre son cœur plus vite – en vain. Ce qui ne fit qu'ajouter à la frustration qu'elle éprouvait déjà. Elle qui, en général, venait à bout de n'importe quel problème ou énigme : il suffisait de faire preuve de logique.

« Vous ne vous posez peut-être pas la bonne question. »

La voix de sa thérapeute résonna dans sa tête et la fit tiquer. Elle ne cessait de lui glisser ce genre de petites phrases sibyllines, et ne lui avait pas donné d'indices sur les questions qu'elle aurait effectivement dû se poser. Elle se contentait de lui dire qu'il fallait qu'elle sorte de sa zone de confort.

C'était bien ce qu'elle avait fait, non, en acceptant de partir au Brésil et de donner des conférences ? Le Dr Hellman avait eu l'air satisfaite quand elle lui avait annoncé son départ. Elle avait ajouté qu'il fallait qu'elle profite de ce voyage pour déployer ses ailes. Selon elle, Krysta était passée à côté de beaucoup de choses dans son enfance et son adolescence. Non pas parce que ses parents l'avaient bridée, mais parce qu'elle s'était bridée elle-même.

Elle avait eu une révélation quand elle avait compris que ce n'était pas pour réussir dans la vie qu'elle cherchait sans cesse à se dépasser, mais parce que c'était un moyen de s'isoler dans un espace sûr et protégé.

Elle s'écarta du bord de la piscine et fit la planche, les yeux rivés au plafond, flottant tranquillement sur l'eau au lieu d'enchaîner les longueurs comme elle le faisait d'habitude.

Jusque-là, elle se sentait bien comme elle était et n'aurait jamais imaginé qu'elle pourrait mener une vie différente. Mais, depuis ses séances avec le Dr Hellman, elle entrevoyait la possibilité de remettre certaines choses en question. Personne ne l'avait obligée à commencer le travail avec sa thérapeute, après tout. Qu'est-ce qui s'était réveillé en elle et lui avait fait comprendre qu'il était temps de mettre un peu d'ordre dans sa tête ? Elle commençait à se douter qu'il existait autre chose, en dehors du travail, et qu'elle ferait peut-être bien de s'en inquiéter maintenant, avant qu'il soit trop tard.

« Vous passez votre temps à innover dans votre métier, avait dit le Dr Hellman, les yeux pétillant derrière les verres de ses lunettes. Vous développez sans cesse de nouvelles techniques et avancez sans crainte vers l'avenir. Pourquoi ne pas aborder le reste de votre vie de la même manière ? Il n'est pas sain de s'isoler ni de s'enfermer dans le travail. »

Sur le moment, ces paroles lui avaient donné le courage d'affronter tout ce qui se présenterait. Mais une fois seule chez elle, elles lui étaient revenues à l'esprit et l'avaient littéralement terrifiée. Elle n'avait pas eu envie de s'attarder sur les raisons d'une telle frayeur.

C'était peut-être parce qu'emprunter cette voie impliquait de reconnaître tout ce à côté de quoi elle était passée. L'amitié, comme celle que ses frères ou ses parents avaient développée avec des tas de gens adorables, même éloignés géographiquement. Les liens familiaux, qu'elle avait négligés dans sa course à l'excellence, en se servant de son travail comme d'un prétexte pour échapper aux réunions et aux fêtes de famille auxquelles les autres se rendaient systématiquement. Les histoires d'amour enrichissantes, comme celle qui unissait son père et sa mère depuis des années.

À présent, c'était l'absence de vie sexuelle qui lui paraissait le plus handicapant.

Manifestement, son corps réclamait haut et fort quelque chose auquel il aurait dû avoir accès depuis longtemps. La proximité de Francisco Carvalho avait mis ses sens en éveil et fait naître en elle des sensations qu'elle n'avait encore jamais éprouvées.

Mais elle n'avait aucune idée de ce qu'elle allait faire de ces découvertes. Et à supposer qu'elle ait un jour suffisamment de courage pour suivre ses sentiments et agir en conséquence, cela ne pourrait se faire tant que l'opération d'Enzo Dos Santos ne serait pas passée. Ni Francisco Carvalho ni ses élans charnels ne devaient l'empêcher de se concentrer sur cette échéance.

Francisco laissa couler l'eau chaude sur ses muscles noués. La journée n'avait pas été plus stressante que les autres. Certes, on l'avait appelé à l'aube et, plus tard, juste au moment où il s'apprêtait à rentrer chez lui, une autre intervention d'urgence l'avait retenu. Cela faisait partie du métier, il en avait l'habitude.

Ce à quoi il n'était pas habitué, en revanche, était de rencontrer une femme comme Krysta Simpson. Il émanait d'elle quelque chose d'à la fois indéfinissable et fascinant. Plus il passait du temps en sa compagnie, plus il se sentait captivé par sa confiance, sa concision, son acuité et son aisance avec les gens, qui allait néanmoins de pair avec une certaine retenue empreinte de mystère.

Outre qu'il admirait toutes ces qualités chez elle, Francisco ne pouvait pas nier qu'il était également attiré par elle physiquement. À plusieurs reprises, il avait perdu le fil pendant qu'elle parlait lors de la réunion. Non pas que ce qu'elle disait ne l'intéresse pas mais parce qu'au lieu de se concentrer sur ses mots, il s'était surpris à scruter ses lèvres ou ses mains en mouvement.

Ces mains, qui étaient capables d'accomplir des prouesses chirurgicales et possédaient une grâce charmante, l'avaient entraîné dans des rêveries tout à fait hors de propos. Des heures plus tard, au simple souvenir de ces pensées, son corps réagit, bien indépendamment de sa volonté.

Fantasmer sur le Dr Krysta Simpson était loin d'être une bonne idée, et ce pour tout un tas de raisons dont il tenta de faire la liste tout en ignorant son début d'érection.

La première, et non des moindres, était que Krysta Simpson n'avait manifesté aucun intérêt particulier vis-à-vis de lui, ni dans son attitude ni dans ses paroles. Elle était sympathique, et ils avaient plaisir à travailler ensemble. Mais, au-delà de ça, rien chez elle n'indiquait une attirance particulière de sa part.

Ensuite, il n'avait pas envie d'une histoire avec une femme qui allait repartir comme elle était venue, au bout de quelques mois.

Krysta Simpson se trouvait à Sao Paulo pour des raisons professionnelles et, une fois sa mission achevée, elle retournerait à sa vie aux États-Unis. C'était une star internationale, alors que lui n'était qu'un chirurgien compétent. Plus il passerait du temps avec elle, plus la chute serait brutale. Il avait déjà vécu cela avec Mari et n'avait pas envie de réitérer l'expérience.

Sans parler des rumeurs et des mauvaises langues qui, tel Delgado, se feraient un malin plaisir de raconter, à qui voulait l'entendre, qu'il couchait, une fois de plus, pour réussir. Qu'il usait de son physique et de son charme pour se frayer un chemin dans un monde dans lequel il n'avait rien à faire.

Les rumeurs sur son compte allaient déjà suffisamment bon train pour qu'il n'ait pas envie de jeter de l'huile sur le feu. En l'occurrence, de se rapprocher de Krysta Simpson.

Cette pensée le refroidit et eut le mérite de calmer ses ardeurs. Il coupa l'eau et sortit de la douche.

Il avait déjà terriblement souffert des mensonges et de la cruauté humaine. Mieux valait se rappeler tout ce à quoi il avait dû faire face ces dernières années. Les gens pouvaient raconter n'importe quoi – que le mannequinat était un métier facile, si toutefois c'était un métier, qu'il s'était servi de sa relation avec Mari comme d'un tremplin pour se hisser sur l'échelle sociale –, lui seul savait ce qu'il en était vraiment. Il avait parcouru un chemin solitaire et harassant, et failli, à plusieurs reprises, tout plaquer, retourner auprès de sa famille et de ses amis d'enfance. C'est son rêve de devenir médecin qui lui avait donné le courage de ne rien lâcher, de travailler assidûment et de passer ses examens avec succès.

Quand il avait rencontré Mari et qu'il était tombé amoureux d'elle, il s'était imaginé que rien ne pourrait lui arriver de mieux. Il était sur le point de passer son diplôme, et le fait qu'elle soit issue d'un milieu très favorisé ne faisait pas partie de ses préoccupations. Dans sa grande naïveté, il croyait même que cela n'avait pas d'importance. Il savait qu'il gagnerait de l'argent et que cela suffirait à faire leur bonheur. Ce dont il n'avait pas pris conscience, c'était des règles régissant la vie de ceux qui ont des privilèges et sont parfois disposés à écraser les autres pour les garder.

Il l'avait appris à ses dépens et avait aussi compris qu'il

valait mieux ne pas être trop spontané avec les gens, sous peine de voir ses paroles, ses sentiments ou ses actes se retourner contre soi. Ouvrir son cœur à Mari lui avait coûté très cher, et il n'était pas près de réitérer l'expérience.

4

Après la nouveauté des premiers jours, une sorte de routine finit par s'installer, ce que Krysta aurait apprécié, en temps normal, mais qui s'avérait pénible, en fin de compte, et la rendait de plus en plus nerveuse. Elle avait beau poursuivre ses recherches, à ses heures perdues, son emploi du temps n'était pas suffisamment rempli pour qu'elle parvienne à dompter son agitation intérieure.

Le fait d'être en contact permanent avec Francisco Carvalho quand elle était à l'hôpital n'arrangeait rien.

Elle avait remarqué que son attitude avait changé : il était plus distant. Ils déjeunaient encore ensemble, et il lui arrivait de l'accompagner lors de ses visites aux patients mais la complicité des premiers jours semblait s'être dissipée. Fini les questions sur sa famille et son enfance. Les conversations ne tournaient plus qu'autour du travail.

Elle aurait dû s'en féliciter, puisque cela lui donnait l'opportunité de prendre du recul sur ce qu'elle ressentait vis-à-vis de lui. En réalité, elle passait son temps à se demander ce qui s'était passé pour qu'il change d'attitude à son égard. Si elle avait osé, elle lui aurait posé la question directement, mais autant elle se sentait capable d'affronter n'importe quel problème dans la vie professionnelle, autant dans la vie privée elle ne savait pas vraiment comment se comporter.

De temps à autre, elle se risquait à jeter un coup d'œil

dans sa direction et le surprenait en train de la regarder intensément. Ils se fixaient alors pendant quelques secondes qui semblaient durer une éternité et faisaient monter en elle une vague de chaleur incontrôlable.

C'était troublant, et à plus d'un égard.

Elle se dirigea vers l'ascenseur et appuya frénétiquement sur le bouton d'appel.

— Qu'est-ce qu'il vous a fait, ce pauvre bouton ?

Elle se retourna. Flávia la regardait en souriant.

— Flávia ! Vous ne voyez pas à quel point il est parfait. Sa perfection m'exaspère.

Flávia éclata de rire.

— C'est vrai, dit-elle, la perfection peut être agaçante. Comment allez-vous ?

— Très bien, répondit-elle sans être tout à fait honnête. Cela va peut-être vous paraître curieux, mais j'ai l'impression que tout va vite, ici.

Flávia haussa une épaule.

— Je crois que c'est le propre des hôpitaux et des grandes villes, où qu'on soit. En ce qui me concerne, il y a un peu trop de monde à mon goût.

Krysta sourit et vit approcher Amy Woodell, qu'elle avait rencontrée à l'aéroport, à leur arrivée au Brésil et avec qui elle avait sympathisé à la soirée de bienvenue. Elles ne travaillaient pas dans les mêmes services et ne s'étaient pas revues depuis.

Elle lui fit un petit signe de la main.

Amy approcha. Elles se saluèrent.

— Nous étions en train de dire que tout va vite, ici, à Sao Paulo, dit Krysta.

Amy acquiesça d'un hochement de tête.

— Vous avez déjà donné vos conférences ? Je n'ai même pas encore regardé la programmation.

— Moi, pas encore, répondit Flávia.

— J'ai déjà donné ma première conférence, dit Krysta. Il m'en reste deux. À quel étage allez-vous ?

— Au quatrième. J'ai rendez-vous avec Roque Cardoza, répondit Amy en se renfrognant.

— C'est l'homme qui était assis à côté de vous à la soirée ?

— Oui. Il s'occupe de moi pendant les deux semaines à venir.

Krysta et Flávia la regardèrent d'un air interrogateur, réprimant le sourire qui se dessinait sur leurs lèvres.

— Je veux dire, dans le cadre du travail, ajouta promptement Amy.

Krysta se mit à rire.

— *Com certeza. Só o trabalho,* dit Flávia en riant à son tour. Cela dit, il n'est pas mal, quand on aime ce genre.

Amy se mit à rougir.

— Ce n'est pas ce que je voulais dire. J'ai du mal à le voir sous cet angle. Et ce n'est pas mon genre.

Les deux cabines d'ascenseur s'ouvrirent en même temps. Krysta et Flávia saluèrent Amy qui entra dans l'une delles.

De son côté, Krysta monta jusqu'à l'étage de la direction. Là, le directeur, le Dr Andrade, l'accueillit avec maintes attentions, lui proposant quelque chose à boire et s'assurant qu'elle était confortablement assise. Puis il s'assit à son tour, croisa les bras sur son bureau et sourit.

— J'espère que vous trouvez tout ce dont vous avez besoin, ici, à l'hôpital.

Il souriait mais elle décela de l'inquiétude au fond de ses yeux. Sans doute redoutait-il qu'elle soit venue exprimer des doléances. Elle sourit.

— Le Paulista est un établissement magnifique, docteur. Entre le matériel de pointe et le personnel hautement qualifié, qu'est-ce qui pourrait me manquer ?

Il se cala dans son fauteuil, manifestement soulagé par ces compliments, et son sourire s'élargit.

— Dans ce cas, que puis-je faire pour vous ?

— J'ai entendu l'un de vos internes parler de deux journées pendant lesquelles auront lieu des interventions chirurgicales dans un dispensaire et je souhaitais offrir mes services. Ce sera pendant mon troisième et dernier mois à Sao Paulo, si je ne m'abuse.

Non seulement elle serait ravie de se rendre utile, mais elle avait également vu que le nom de Francisco Carvalho ne figurait pas sur le planning.

Le Dr Andrade fronça les sourcils.

— C'est bien cela, mais ces journées ne se dérouleront pas ici, mais à deux heures, au nord-est, d'ici, à Aparecida.

— Cela ne me dérange pas. Au contraire, cela me donnera l'occasion de connaître un peu mieux votre beau pays.

Il ne se détendit pas pour autant.

— Je crains que rien ne soit prévu dans votre spécialité, docteur, dit-il, l'air gêné.

— Oh ! je ne veux pas faire de greffes du visage à tout prix ! J'ai cru comprendre qu'il y aurait des réparations de fentes labiales et palatales. Je peux m'en charger, ou simplement assister un autre chirurgien, si quelqu'un est déjà prévu.

Le directeur la regarda un moment.

— Si vous insistez...

— Oui, j'insiste, confirma-t-elle sur un ton déterminé.

— Dans ce cas, je vais prendre les dispositions nécessaires.

Elle se leva et le gratifia d'un dernier sourire.

— Merci, docteur. Tenez-moi au courant.

Ils se saluèrent, et elle sortit du bureau, satisfaite de son initiative.

Elle allait pouvoir passer du temps loin de Francisco Carvalho. Même si ce n'était que pendant deux jours.

L'opération d'Enzo Dos Santos était prévue pour le surlendemain, et la tension était déjà grande dans la salle de réunion. À moins que Francisco projette sa propre tension sur le reste de l'équipe ? Seule Krysta affichait une relative sérénité. Elle répondait aux questions et rassurait les gens tout en passant en revue les différentes étapes de l'intervention à venir.

— À Londres, les médecins ont affirmé que l'infection que M. Dos Santos avait développée est soignée, dit Jake Cooper. Il arrive ce soir. Je l'examinerai demain matin pour le confirmer. La reconstruction devrait avoir lieu selon les nouveaux horaires.

— Cela ne change rien pour nous, dit Krysta. Je commencerai par m'occuper du nerf pendant que le Dr Carvalho préparera le lambeau de péroné pour l'implantation.

Francisco avait déjà procédé à ce genre d'opération, mais sans gabarit, si bien qu'il avait dû, par le passé, évaluer lui-même la forme de l'os à implanter, avec des résultats assez aléatoires. Cette fois, grâce au gabarit, il pourrait donner à l'os la forme nécessaire pour qu'il s'insère parfaitement.

Il avait également l'habitude de plier la plaque qui devait maintenir l'os en place, en la modelant et la remodelant jusqu'à ce qu'elle s'ajuste parfaitement. À en croire Krysta, la modélisation et l'impression 3D permettaient de résoudre ce problème. Les plaques étaient réalisées en fonction des particularités exactes de chaque patient. L'entreprise qui les fabriquait fournissait même les vis nécessaires à leur fixation. Ils n'auraient plus à chercher la bonne vis en pleine opération.

Pourtant, la sensation qui lui tordait le ventre ne s'atténuait pas. Par chance, il excellait dans l'art de dissimuler ses émotions. Les patients sur le point d'entrer au bloc avaient besoin d'un chirurgien calme et rassurant.

Qu'est-ce qui, de l'opération de Dos Santos ou de la présence de Krysta Simpson à côté de lui, le rendait le plus nerveux ?

Sa vie, jusque-là si tranquille et si organisée, s'était soudain transformée en un tourbillon de questions et de sensations incongrues. Cela faisait des années que son équilibre ne s'était pas trouvé à ce point menacé. Tout cela à cause d'une femme qui ne semblait pas disposée à le considérer comme autre chose qu'un confrère.

Il ne pouvait s'empêcher de penser à elle. Il avait envie de tout savoir d'elle, de la connaître intimement. Rien qu'en regardant ses mains s'animer quand elle parlait, il sentait monter en lui un désir irrépressible dont il se serait bien passé.

Jack Cooper intervint dans la conversation. Francisco croisa le regard de Krysta qui s'attarda sur lui. Elle entrouvrit les lèvres comme si elle s'apprêtait à parler puis sembla se ressaisir et tourna vivement la tête vers une infirmière qui venait de poser une question.

Une question que Francisco n'entendit même pas.

C'est ridicule. Ressaisis-toi !

Il ne serait d'aucune utilité au bloc s'il ne se concentrait pas sur son travail. Il s'occuperait de ses désirs plus tard.

Il s'efforça de reprendre le fil de la conversation en évitant le regard de Krysta Simpson et s'éclipsa dès que la réunion se termina.

D'habitude, il avait plaisir à faire le trajet entre l'hôpital et son appartement, en s'accordant quelques détours, parfois. Mais, ce soir, il était angoissé à l'idée de se retrouver dans le vide et le silence qui l'attendaient dans son appartement et qui ne feraient qu'accentuer son agitation intérieure. Il entra dans le restaurant, non loin de l'hôpital et se dirigea vers le bar.

Il s'installa et commanda. Puis prit entre ses mains le verre que la serveuse posa sur le comptoir.

La solitude ne l'avait jamais dérangé, au contraire. Dans la période de sa vie où il était mannequin, sortait avec Mari et volait de soirées de gala en inaugurations et d'inaugurations en défilés, il s'éclipsait régulièrement, simplement pour se retrouver seul. Et, quand il lui était arrivé de se retrouver dans une chambre d'hôtel, à l'autre bout du monde, ou même quand il s'était reclus dans son appartement de Rio pour échapper aux paparazzis, il n'avait jamais souffert de la solitude. Au contraire, il en profitait aussi pour réviser, plus déterminé que jamais à être reçu à la fac de médecine et à en sortir diplômé.

Pourquoi lui pesait-il autant d'être seul, à présent ? Même l'idée d'aller bientôt fêter son anniversaire en famille ne suffisait pas à l'égayer. Une main sur son épaule le tira de ses ruminations.

— Je peux ? demanda Jake Cooper avec un grand sourire en indiquant, d'un signe de tête, le tabouret voisin.

— Avec plaisir, répondit Francisco, content de pouvoir se changer les idées.

Jake commanda un scotch, en but une gorgée et soupira.

— Hum ! c'est exactement ce qu'il me fallait.

— La journée a été aussi pénible que ça ? plaisanta Francisco. J'espère que ce n'est pas l'effet que vous fait le Paulista.

— Cela n'a rien à voir avec le Paulista... Ce sont des problèmes personnels.

Il n'engagea pas la conversation sur le sujet. N'étant lui-même pas très enclin aux confidences, il demandait rarement aux autres de se livrer à lui. Il avait entendu dire que Jake était venu au Brésil avec son neveu. Peut-être ses problèmes étaient-ils en rapport avec ce dernier.

— Que pensez-vous de Krysta Simpson ? demanda Jake de but en blanc.

S'il y avait un sujet sur lequel Francisco n'avait pas envie de s'étendre, c'était bien celui-ci. Mais il ne pouvait décemment pas ne pas répondre.

— C'est une femme brillante et sympathique. Ce qui n'est pas toujours le cas des chirurgiens de son calibre.

— C'est vrai. J'ai été surpris, au début, par l'insistance d'Enzo pour que ce soit elle qui s'occupe de la reconstruction, mais il m'a expliqué qu'elle lui avait été recommandée par un confrère de la Mayo Clinic. Quand j'ai regardé son parcours, j'ai compris.

— C'est une star, dit Francisco. C'est un grand honneur

pour moi de pouvoir travailler avec elle. En d'autres circonstances, nous ne nous serions probablement jamais rencontrés.

— Tiens, justement, la voilà, dit Jake. Je lui ai proposé qu'on dîne ensemble.

Francisco se retourna pour voir leur sujet de conversation entrer dans le bar.

Krysta allait dîner avec Jake Cooper ? Un mélange de désir et de jalousie s'empara de lui et lui coupa le souffle. Quand il reprit la parole, sa voix était rocailleuse et son ton, brusque.

— Je vais vous laisser dîner tranquilles, dit-il, pourtant incapable de détourner son regard de la femme très séduisante qui avançait dans leur direction.

— Certainement pas ! s'exclama Jake en se levant. C'est un dîner de travail, vous êtes le bienvenu.

Francisco se leva à son tour, bien trop conscient du regard de Krysta posé sur lui.

— Bonsoir, dit-elle sans le quitter des yeux. Je ne savais pas que vous étiez là aussi.

Aurait-elle préféré que ce ne soit pas le cas ? Avait-elle des vues sur Jake ?

— J'ai invité Francisco à se joindre à nous, dit Jake.

Krysta sourit, et Francisco sentit son cœur s'emballer.

— Parfait, conclut-elle.

Il s'en voulut que ce mot le mette autant en joie.

Un serveur les conduisit vers une table près d'une fenêtre. Il demeura silencieux, rassemblant ses esprits, tandis que Jake et Krysta bavardaient.

Au moment même où ils s'attablèrent, le téléphone de Jake se mit à sonner.

— Excusez-moi, dit-il d'un air soucieux. Il faut que je réponde.

Il se releva et s'éloigna, les laissant dans un silence troublant qu'ils tentèrent de combler tous les deux au même instant.

— Vous êtes...

— Est-ce que...

Ils s'interrompirent en même temps, échangèrent un regard en souriant.

— Allez-y, dit Krysta en prenant son verre d'eau.

— Je voulais simplement vous demander si vous étiez sûre que cela ne vous dérangeait pas que je me joigne à vous.

Elle le fixa longuement par-dessus son verre puis le reposa.

— Pas le moins du monde, répondit-elle.

Jake revint à la table.

— Je suis désolé, dit-il, contrarié. Il faut que je rentre. Je vais être obligé de vous laisser.

— Rien de grave, j'espère ? demanda Krysta qui n'avait pas l'air déçue pour autant, seulement sincèrement inquiète pour lui.

— Non. Mon neveu qui fait tourner la baby-sitter en bourrique, et elle ne sait plus que faire. On se voit demain, pour l'examen d'Enzo et on se parlera après l'examen, le cas échéant.

Sur ce, il tourna les talons, laissant Francisco et Krysta dîner seuls.

5

Krysta regarda Francisco, qui semblait plus intéressé par son verre d'eau que par elle, et se demanda à quel moment la situation avait basculé.

Elle pensait au départ qu'une amitié sincère était en train de naître entre eux mais, du jour au lendemain, elle avait eu l'impression de se retrouver face à un mur de silence tendu. Ce n'était pas si grave, après tout. Elle-même, ne sachant que faire des sensations et sentiments que la présence de Francisco suscitait en elle, avait eu l'intuition qu'il valait mieux mettre un peu de distance entre eux.

Pourtant, cela la contrariait. Il était rare de trouver quelqu'un avec qui elle s'entende et auprès de qui elle se sente aussi bien. Certes, elle avait de bonnes relations avec ses collègues mais ce n'étaient, justement, que des collègues. Avec Francisco, c'était différent. Il lui donnait envie d'autre chose.

C'était précisément dans ce genre de situation qu'elle ne savait pas comment se comporter. Si elle avait passé un peu plus de temps en société et un peu moins le nez dans ses livres, elle aurait certainement eu des clés pour comprendre ce qui se passait et agir en conséquence. Malheureusement, ce n'était pas le cas, et elle se sentait coincée.

Jusqu'à ce que sa franchise reprenne les rênes.

— J'ai l'impression d'avoir fait ou dit quelque chose qui vous a contrarié, dit-elle d'un ton calme. J'aimerais bien que vous me disiez quoi, de sorte que je puisse vous présenter mes excuses.

Il releva la tête, et elle se sentit aussitôt prise au piège de son regard, presque doré à la lueur des bougies. Sa gorge se serra, et une nouvelle vague de chaleur l'enveloppa.

— Pas du tout, répondit-il. Je suis désolé de vous avoir donné cette impression. C'est à moi de vous présenter mes excuses.

Intéressant. Son cerveau de chercheuse se mit à bouillonner.

— Alors, que s'est-il passé ? Quand nous nous sommes rencontrés, il m'a semblé que nous nous étions tout de suite bien entendus. J'ai pensé que nous étions en train de devenir amis. Me suis-je trompée ?

Il détourna le regard mais elle eut le temps de percevoir que son visage se fermait.

— Non, répondit-il.

Elle patienta un instant mais il ne poursuivit pas.

— Dans ce cas, que s'est-il passé ?

Il prit son verre et en but une gorgée, l'air absent. Puis il le reposa un peu trop énergiquement.

— C'est moi, dit-il. C'est moi qui ai du mal à me lier avec les gens.

Si elle ne s'était fiée qu'à la soirée de gala et au dîner qu'ils avaient passé ensemble, elle ne l'aurait pas cru. Mais elle l'avait vu à l'hôpital et, de fait, avait remarqué la distance qu'il semblait maintenir vis-à-vis du reste du personnel. Pourquoi ?

Le serveur vint prendre leur commande mais ni l'un ni l'autre n'avait encore consulté le menu. Elle prit un plat qui avait l'air de comporter du poulet, trop concentrée sur la conversation pour se donner la peine de vérifier sa composition exacte.

Le serveur s'éloigna. Comme Francisco ne semblait pas sur le point de développer, elle prit la parole.

— Cela a un rapport avec votre carrière de mannequin ?

demanda-t-elle en se remémorant les insinuations du Dr Delgado et en regrettant de ne pas avoir cédé à la tentation de lire des articles sur sa rupture avec sa fiancée de l'époque, car cela lui aurait peut-être donné des pistes pour comprendre cet homme discret et réservé.

Francisco demeura silencieux un moment.

— Si on veut, finit-il par dire au moment où elle pensait qu'il ne répondrait plus.

Puis il plongea de nouveau le regard dans son verre, l'air sombre.

— Moi non plus, je ne me lie pas facilement, dit-elle. C'est un point que nous avons en commun.

Ce constat le fit réagir.

— J'ai du mal à vous croire. Vous avez l'air de tellement bien vous entendre avec tout le monde !

Elle le regarda, sincèrement choquée. Il parlait de celle qu'il voyait à l'hôpital, dans le cadre de ses fonctions, pas de celle qu'elle était réellement dans la vie privée.

— Ça, c'est au travail, dit-elle en se demandant ce qui la poussait à être aussi honnête face à un homme qui ne parlait pas. En fait, je n'ai pas de vrais amis. Je ne me sens à ma place nulle part, j'ai l'impression que les gens vont se moquer de moi, de ma façon de m'habiller, de faire passer mon travail avant tout le reste. Socialement parlant, je suis une catastrophe.

— Vous n'êtes pas une catastrophe, ni socialement ni dans aucun autre domaine ! s'exclama-t-il avec une spontanéité qui lui mit du baume au cœur.

— En fait, tout ce qui ne concerne pas mon métier me fait peur. Je n'ai jamais consacré de temps à l'amitié ou à des activités sortant du cadre professionnel. Sur ce plan-là, j'ai l'expérience d'une fillette de douze ans, à tout casser. Je sais ce que les gens pensent de ma façon de m'habiller, mais je m'en fiche complètement. D'ailleurs, vous avez probablement honte qu'on nous voie ensemble !

Le serveur revint avec leurs assiettes. Une fois qu'il les eut déposées devant eux, Francisco reprit la parole.

— Je me fiche pas mal de votre façon de vous habiller. Vous êtes une femme brillante et magnifique, et vous avoir pour amie n'est rien d'autre qu'une chance et un honneur.

Elle baissa les yeux, submergée par l'émotion. Quelle émotion ? Elle l'ignorait, mais elle appréciait le plaisir et la chaleur que les mots de Francisco avaient provoqués en elle.

Francisco la trouvait *magnifique* ! Elle qui avait passé sa vie à essuyer les moqueries des autres.

— Alors, si vous voulez bien, nous pourrions reprendre les choses de zéro. Je vous nomme mon professeur particulier en relations interpersonnelles.

— Si vous y tenez, dit-il.

Mais l'hésitation qu'elle perçut dans sa voix ne lui parut pas être le fruit de son imagination.

Francisco regarda son assiette sans vraiment en distinguer le contenu et prit sa fourchette. Manger était loin d'être sa priorité.

Il avait la sensation d'être emporté dans un tourbillon qui lui soulevait le cœur. Il n'avait pas eu le courage de lui parler de Mari ni de la façon dont on l'avait accusé de profiter d'elle et de son statut social pour parvenir à ses fins. Encore moins de ses craintes qu'on dise qu'il cherche à faire la même chose avec elle.

Krysta avait remarqué que leur relation avait changé et pris la peine de lui demander ce qui n'allait pas. Ce qui témoignait de son intérêt pour lui en tant qu'amie.

— Qu'est-ce qui vous a donné envie d'être médecin ? demanda-t-elle, le tirant de ses pensées.

— Mon petit frère João est né avec un bec de lièvre. Mes parents étaient pauvres, très pauvres. Ils ne savaient ni comment ni même s'ils pourraient le faire opérer et s'inquiétaient de ce qui lui arriverait s'ils n'étaient pas en mesure de le faire. Puis ils ont entendu parler d'un dispensaire où il pourrait se faire opérer gratuitement et ont pris rendez-vous avec le médecin qui allait l'opérer.

— Quel âge aviez-vous ?

— Sept ans. João était un bébé agité, et j'étais le seul à pouvoir le calmer, alors mes parents m'ont emmené chez le docteur. J'étais fasciné par ce qu'il disait, et je l'ai aidé à examiner mon petit frère. Après l'opération, quand j'ai vu ce que le Dr Jimenez était parvenu à faire, j'ai su que c'était ce que je voulais faire quand je serais grand.

Elle plongea ses yeux dans les siens, et il eut l'impression qu'elle voyait son âme.

— On m'a parlé d'un dispensaire de ce genre, à Aparecida, où on va recevoir les patients gratuitement.

— Oui. C'est moi qui m'en occupe, cette année, avec quelques autres confrères. Comment êtes-vous au courant ? demanda-t-il, surpris.

— J'ai entendu des internes en parler. J'ai consulté le planning mais il ne m'a pas semblé que votre nom y figurait.

— Mon nom n'y figure pas parce que je suis l'un des organisateurs de cette campagne et qu'il va de soi que j'y serai.

— Ah ? dit-elle en se concentrant sur ce qu'elle mettait sur sa fourchette.

C'était l'un de ses petits tics, qui l'amusaient et le séduisaient tout à la fois.

— Je me suis inscrite.

— Ah bon ? Vous savez qu'il n'y aura probablement rien de très passionnant ni novateur à faire ?

Elle lui décocha un regard noir.

— C'est exactement ce que m'a dit le directeur quand j'ai demandé à participer. Je n'ai pas choisi la médecine seulement pour les honneurs, vous savez. Tout ce en quoi je peux me rendre utile m'intéresse, même si je devais faire l'infirmière de bloc.

— Je ne pense pas que cela arrivera, dit-il en souriant. Je suis vraiment ravi de vous avoir parmi nous. Il y aura des chirurgiens de toute la région, mais nous ne sommes jamais trop nombreux. Ou alors nous augmenterons le nombre de patients que nous pourrons recevoir, ce qui sera très positif.

Elle hocha la tête, et le silence retomba. Un silence tranquille, où ne transparaissait aucune gêne. C'est ce qu'il appréciait chez Krysta, cette capacité à le mettre à l'aise. Alors qu'il était conscient du moindre de ses gestes et, même, du mouvement de sa respiration.

Au bout d'un moment, elle releva la tête.

— J'aime bien cet endroit, dit-elle en parcourant la salle du regard. Il est agréable, et on y mange bien.

— Vous n'étiez jamais venue ?

C'était surprenant, car le restaurant se trouvait à côté de l'hôpital, sur le chemin de la résidence dans laquelle étaient logés les médecins invités.

— Non, en général, je mange chez moi.

Il repensa à ce qu'elle avait dit sur sa vie sociale et ne put s'empêcher de lui poser la question.

— Qu'est-ce que vous avez visité, depuis que vous êtes arrivée ?

— L'hôpital et mon appartement, répondit-elle, l'air dépité. Mais il y a une piscine couverte dans ma résidence. Je vais nager pratiquement tous les soirs.

— *Nossa Senhora !* s'exclama-t-il, une main sur le cœur. Je suis désolé. Quel piètre hôte je fais ! Et quel piètre ami ! Je vais remédier à cela sur-le-champ.

Le regard qu'elle lui adressa, quoique neutre, fit accélérer les battements de son cœur.

— Nous en reparlerons après l'opération de M. Dos Santos, précisa-t-elle.

L'idée de passer du temps avec elle et de la sortir de sa routine quotidienne s'empara de lui. Il avait tellement de choses à lui montrer qu'il aurait voulu commencer dès le lendemain.

— Après le dispensaire d'Aparecida, je vais chez mes parents, pour fêter mon anniversaire. Vous viendrez.

Elle pencha la tête une fois encore pour scruter son assiette, mais aussi et surtout pour dissimuler son visage.

— On verra, se contenta-t-elle de répondre.

Il comprit, au ton de sa voix, qu'il ne fallait pas être trop pressant avec elle.

6

Aussi bien Jake Cooper que Krysta déclarèrent qu'Enzo Dos Santos était en mesure d'être opéré, si bien qu'on commença à suivre le protocole.

Krysta n'avait pas voulu trop repenser au dîner avec Francisco, de peur que cela nuise à sa concentration. Mais, le soir, quand elle allait se coucher avec toutes ses réflexions sur le travail, l'image de Francisco trouvait toujours le moyen de s'insinuer dans son esprit.

Jamais, de sa vie, elle n'avait été aussi impatiente d'arriver au bout d'une intervention chirurgicale. Pas tant pour voir son patient tiré d'affaire que parce qu'elle avait le sentiment qu'un nouveau chapitre de sa vie allait commencer dès que l'opération serait passée.

Elle se prépara en s'efforçant de rester concentrée sur la reconstruction mandibulaire à venir et d'ignorer Francisco qui se lavait les mains devant le lavabo voisin. Par chance, il n'était pas bavard. Ils se préparèrent en silence, silence interrompu seulement par le son de l'eau et les commentaires d'autres personnes présentes.

Un tel silence avant une intervention était assez inhabituel pour elle, mais elle avait conscience que celle-ci était un événement pour le personnel du Paulista. Si les images et impressions 3D s'avéraient efficaces et que l'opération était le succès que tout le monde espérait, l'hôpital pourrait utiliser avec profit ces techniques à l'avenir. Ce qui ajouterait à son prestige.

Ces techniques offraient de nombreux avantages. Les plaques, les guides et les gabarits préformés faisaient gagner du temps, et les résultats étaient sans commune mesure avec tous ceux qu'on obtenait avec les méthodes antérieures.

Elle jeta un coup d'œil dans le bloc. L'anesthésiste répondit d'un signe de tête à son sourire. La galerie surplombant la table d'opération était pleine à craquer mais cela ne l'impressionnait pas outre mesure.

Autant le fait de donner une conférence pouvait la rendre malade, autant elle était solide et imperturbable quand elle avait la vie et l'avenir d'un patient entre les mains. Elle se sentait forte et confiante.

— Bien, dit-elle en portugais. Nous allons commencer.

L'équipe acquiesça dans un murmure puis passa sans tarder à l'action.

La chirurgie était une activité qui se pratiquait dans le calme mais dans laquelle le temps comptait. Plus l'opération durerait, plus on imposerait de stress au patient qui avait déjà subi une opération majeure avant celle-là.

— Écarteurs.

Enfin elle agissait concrètement, et ne se contentait plus de scruter des scanners. Elle éprouva un profond soulagement, comme toujours à ce stade d'une opération. Elle avait le sentiment que le travail commençait vraiment, sans pour autant que cela minimise l'importance de toutes les étapes préliminaires et l'énergie qu'elles avaient nécessitée.

— La zone de la transplantation est en bon état, dit-elle, consciente de devoir accompagner ses gestes de quelques explications pour les spectateurs suivant l'opération. Le docteur Cooper a parfaitement réussi la mandibulectomie. Il n'y a aucune trace de détérioration due à l'infection.

Ils travaillèrent promptement, étape par étape. Krysta gardait un œil sur l'horloge et sur les autres membres de l'équipe, tout en veillant à ne pas les microgérer. De toute façon, s'ils rencontraient un problème, elle serait prévenue.

— Même si on préfère recoudre instantanément le nerf alvéolaire inférieur, on peut aussi le raccorder à condition que ce soit fait dans les trois mois. La plupart des patients recouvrent les sensations dans le menton et la lèvre inférieure au bout de dix mois. Il y a peu, on trouvait que le fait d'inclure la réparation du nerf alvéolaire inférieur à l'opération prenait trop de temps. Maintenant, avec la 3D, c'est tout à fait viable.

Elle parlait à l'adresse des étudiants assis dans la galerie mais c'était aussi un bon moyen pour l'équipe chargée de la partie « péroné » de savoir où ils en étaient.

— Nous procédons à l'ostéotomie, docteur, dit justement Francisco.

Elle jeta un coup d'œil dans sa direction et vit un infirmier lui tendre la scie Gigli. Puis elle revint à ce qu'elle était en train de faire. Le ton calme et confiant de Francisco ne fit que renforcer sa conviction que l'opération serait un succès.

— Infirmière, assurez-vous que le gabarit est prêt.

— *Sim*, docteur.

Il restait toujours une probabilité que les choses tournent mal, soit chez le patient soit au niveau du protocole, mais elle était confiante. Elle se prépara à l'insertion de l'os tandis qu'on plaçait les implants dentaires.

— Chacun des guides et des gabarits que nous utilisons aujourd'hui a été spécialement fabriqué sur mesure, stérilisé et conditionné par une entreprise belge. L'utilisation du gabarit fait gagner un temps précieux et élimine toutes les approximations. Cela permet aussi de préprogrammer le placement des implants dentaires.

Cela ne l'empêcha pas de retenir son souffle un instant en mettant l'os en place, et de pousser un soupir de soulagement silencieux en le voyant s'imbriquer parfaitement.

— Il y a moins de deux millimètres de différence. Bien joué, docteur, dit-elle à Francisco.

— Merci, docteur, lui répondit-il.

Il fallait à présent procéder à la vascularisation de l'os et du tissu qui l'entourait, puis à l'ajustement de la plaque de titane devant maintenir les os. Autre soupir silencieux quand la plaque s'ajusta parfaitement à la forme de la mâchoire.

— Comme vous le savez, à la suite d'une réparation mandibulaire, les patients avaient souvent des malformations du visage qui rendait leur vie sociale difficile. Cela a changé quand on est parvenu à fabriquer des plaques qui redonnent au visage une forme proche de sa forme d'avant. Mais c'était au chirurgien, au moment de l'opération, de trouver la forme et la hauteur correctes. Maintenant, avec les outils et les techniques dont nous disposons, nous passons moins de temps au bloc, ce qui réduit d'autant le stress exercé sur le patient.

Elle expliqua ensuite l'intérêt et le confort d'avoir des vis spécifiquement calibrées selon les besoins du patient.

— On ne perd plus de temps, là encore, à chercher la vis idéale au beau milieu de l'opération. Cette entreprise nous envoie même les tournevis de la bonne taille.

Restait à s'occuper des tissus mous. Ce n'était pas le moment de se reposer sur ses lauriers. Sans quoi on risquait de passer à côté d'une manipulation ou de bâcler le travail.

Au contraire, il fallait vérifier et revérifier que tout était à sa place.

— Comme toujours dans ces cas-là, le débit sanguin dans la mâchoire et la peau sera contrôlé toutes les heures pendant les deux jours à venir, dit-elle en commençant à suturer. Le Dr Morales, qui est spécialiste en chirurgie maxillo-faciale, considère qu'il n'est pas nécessaire de poser des arcs pour maintenir la mâchoire fermée, si bien que nous pouvons considérer que l'opération est bientôt terminée. M. Dos Santos a une longue période de convalescence devant lui mais je pense qu'il sera satisfait du résultat.

Sur ce, elle termina la suture et repassa l'opération dans son esprit une dernière fois.

— Bravo, docteur, dit Francisco, la tirant de ses pensées.

Elle secoua la tête et regarda toutes les personnes présentes, tandis que le bloc bruissait de l'agitation postopératoire. Puis elle croisa son regard, et son cœur fit un petit bond dans sa poitrine.

Elle détourna le regard, de peur qu'il perçoive son trouble.

— Bravo à toute l'équipe, dit-elle. Je suis fière d'avoir travaillé avec vous tous.

L'assemblée applaudit. Sentant la tension retomber d'un coup et la fatigue s'emparer d'elle, elle se dirigea vers les vestiaires. L'opération s'était achevée mais la nuit n'était pas terminée. Krysta devait rester à l'hôpital, pour être immédiatement disponible en cas d'urgence.

— Cinq heures et dix minutes, dit Francisco dans son dos. Je pense que c'est un record, ici, au Paulista. Vous avez été *magnífica*.

— Attendons de voir les résultats, rétorqua-t-elle, même si le compliment lui allait droit au cœur. Nous nous féliciterons ensuite.

Mais Francisco pouffa.

— Peu importe ce que vous en pensez, dit-il d'un air amusé. *Magnífica*.

C'est vrai qu'elle l'avait été.

Krysta avait mené l'opération sans jamais user de son statut de grande spécialiste de renommée internationale. Elle avait laissé le personnel présent faire son travail sans être constamment sur son dos. Elle avait également reconnu la valeur de chacun. Francisco avait vu les personnes présentes se détendre et donner leur maximum pour elle. Pas pour l'hôpital ni pour l'honneur, mais pour faire plaisir à Krysta Simpson et sans doute se montrer digne d'elle.

Il était rare de rencontrer un tel caractère, en particulier dans les sphères qu'elle fréquentait. Francisco entra dans les vestiaires et repensa à tous les médecins et chirurgiens qu'il avait croisés depuis le début de sa carrière. Comme dans n'importe quelle autre profession, certains étaient sympathiques, d'autres, odieux. Certains étaient snobs et d'autres tellement imbus de leur personne que c'en était insupportable.

Krysta était unique en son genre.

Il avait du mal à croire ce qu'elle lui avait révélé d'elle. C'était le genre de femme qui mériterait qu'on l'emmène danser après une opération telle que celle qu'elle venait de réaliser. Qu'on l'invite à dîner et qu'on lui fasse l'amour toute la nuit.

Enfin, pas directement après une opération aussi épuisante – d'autant qu'elle devait encore passer la nuit à l'hôpital au cas où on ait besoin d'elle en urgence –, mais dès qu'elle aurait repris des forces et aurait un peu plus de temps devant elle.

L'idée de la prendre dans ses bras et de danser avec elle sur de la bossa-nova chassa sa fatigue et fit monter en lui l'envie de la voir.

Pare teu solo.

Il avait beau se sermonner et essayer de se raisonner, il ne parvenait pas à penser à autre chose. Il se demandait bien à quel moment de leur relation ses sentiments étaient passés d'un intérêt sincère à un désir irrépressible. Mais il avait envie d'elle et, manifestement, il ne pouvait pas lutter.

— Vous avez bien travaillé, dit Jake Cooper en se dirigeant vers son casier. Tout s'est bien passé, pour ce que j'ai vu.

— Vous étiez dans la galerie ?

Francisco se changea. Il avait encore des patients à voir avant d'espérer rentrer se reposer.

— Oui. Krysta m'avait invité à descendre au bloc mais j'ai décliné. Enzo est mon patient, certes, mais la reconstruction n'est pas ma spécialité, comme vous le savez.

Francisco se sentit piqué par un accès de jalousie. Il secoua la tête. Décidément, cette femme le rendait vraiment *louco*.

— Elle a fait un travail incroyable. C'est vraiment une

grande professionnelle, dit-il, veillant à ce que sa folie ne transparaisse pas dans sa voix.

— Je vous ai vu travailler sur le lambeau de péroné. Vous ne vous débrouillez pas mal non plus, dit gentiment Jake.

Francisco haussa l'épaule.

— Il faudrait vraiment être incompétent pour ne pas y arriver, avec ces nouveaux gabarits.

Jake Cooper se mit à rire.

— Vous savez comme moi que ces gabarits ne font pas tout, dit-il en se dirigeant vers la porte. Bon, je vais aller voir Enzo aux soins intensifs puis je rentrerai.

Il marqua une pause.

— J'ignorais qu'être parent était aussi fatigant qu'une journée de boulot à l'hôpital.

Francisco se demanda ce qu'il pouvait répondre à cela mais Jake ouvrit la porte et disparut.

Il sortit à son tour des vestiaires et alla faire ses visites aux patients. Où qu'il aille, les prouesses de Krysta étaient sur toutes les lèvres. Quand il arriva dans le service où se trouvait Enzo Dos Santos, on l'informa qu'elle venait juste de partir.

— Je lui ai dit d'aller se reposer, dit l'infirmière alors qu'il regardait la fiche du patient.

Francisco hocha la tête, satisfait des données qu'il avait sous les yeux.

— Elle est rentrée chez elle ?

— Cela m'étonnerait. À mon avis, elle sera là pour le contrôle du débit sanguin, d'ici une heure.

Francisco ne put s'empêcher d'aller jeter un coup d'œil dans la salle de repos avant de rentrer chez lui. Il entrouvrit la porte sans faire de bruit puis entra. Krysta était là, pelotonnée sur le canapé.

Il sentit son cœur se serrer en la voyant détendue, sans la tension que son caractère donnait habituellement à son corps. C'était presque une autre femme qui dormait là, sous ses yeux, et qui éveillait en lui l'envie instinctive de la protéger.

Elle était exténuée, comme en témoignaient les cernes sombres qu'elle avait sous les yeux.

Avait-elle mangé un peu, au moins, après l'opération ?

Elle remua et soupira, comme si elle entendait ses pensées. Il eut envie de s'asseoir à côté d'elle et de poser les lèvres sur sa joue, son cou, son épaule. Il réprima cette envie et quitta la pièce.

Une demi-heure plus tard, il revint voir Krysta, un plateau à la main. Il ouvrit la porte avec les mêmes précautions qu'un peu plus tôt mais cette fois, Krysta s'assit sur le canapé.

— Quelle heure est-il ?

— Ce n'est pas encore l'heure d'aller voir Enzo Dos Santos.

Puis, la voyant consulter sa montre, il essaya de détourner son attention.

— Vous vous réveillez toujours comme ça ?

— Comment « comme ça » ?

— Les yeux parfaitement en face des trous, prête à prendre un scalpel et à procéder à une nouvelle intervention. Quand je me réveille, en général, il me faut cinq bonnes minutes pour comprendre où est le plafond et où est le sol.

Elle pouffa.

— Je ne dormais pas très profondément, en réalité. En général, il me faut une minute pour trouver mes repères. Qu'est-ce que c'est que tout cela ? dit-elle en le regardant poser le plateau devant elle.

— Je me suis dit que vous deviez avoir faim. Je ne savais pas ce dont vous aviez envie, alors j'ai apporté de la soupe, une salade et un sandwich. C'est tout ce que j'ai trouvé dans l'hôpital.

— Vous me sauvez la vie ! s'exclama-t-elle en prenant le bol de soupe. Je pourrais vous embrasser.

— J'en rêve, s'entendit-il répondre, et après coup il se demanda comment les mots étaient sortis de sa bouche, poussés par un désir trop brûlant pour qu'il puisse les contenir.

7

Krysta et Francisco se figèrent. Quelques longues secondes s'écoulèrent puis elle vit le regard de Francisco se poser sur ses lèvres. L'expression au fond de ses yeux se transforma, soulevant une tempête en elle, avant de disparaître comme elle était venue.

— *Desculpa*, dit-il, revenant à sa langue maternelle. Excusez-moi, c'était tout à fait déplacé de ma part. Je vous présente mes excuses.

Elle hésita entre ignorer son commentaire et en rire. Après tout, mieux valait sans doute ne pas faire grand cas d'une remarque exprimée spontanément et probablement pour plaisanter.

Pourtant, une partie d'elle brûlait que ses paroles aient été sérieuses. Mais comment le savoir ? Il était hors de question de le lui demander directement. Elle risquait de se faire rejeter par cet homme qu'elle admirait et qui l'attirait plus qu'aucun autre au monde. Elle risquait aussi de perdre une amitié à laquelle elle tenait.

Sauf s'il ne plaisantait pas.

N'était-elle pas censée surpasser ses peurs, s'ouvrir à l'inconnu ? Que risquait-elle *vraiment*, dans le fond ? Elle n'allait pas rester vivre à Sao Paulo et travailler au Paulista toute sa vie. S'il la rejetait, elle devrait simplement supporter de le croiser encore pendant deux mois, puis elle rentrerait aux États-Unis et reprendrait le cours de sa vie.

Ces mots d'encouragement ne suffirent pas à calmer son cœur qui battait à tout rompre ni la nervosité qui agitait ses mains.

— Ne présentez vos excuses que si vous ne le pensiez pas, s'entendit-elle dire en le fixant droit dans les yeux.

L'espace d'une seconde, son visage demeura impassible, comme il l'était la plupart du temps mais quand il comprit ce qu'elle venait de dire, son expression se transforma, sans qu'elle décèle en quoi. Était-ce du plaisir ? De l'hésitation ? Un mélange des deux ?

Il s'approcha et se laissa tomber sur le canapé, comme si ses jambes ne le soutenaient plus.

Elle connaissait cette sensation. Elle-même n'aurait sans doute pas pu rester debout tant elle avait l'impression de trembler. Comme elle aurait aimé faire preuve de prestance en cet instant ! Elle se donna du courage et tendit la main pour prendre la soupe, puis changea d'avis et prit la salade. Si elle la renversait, au moins elle ne se brûlerait pas.

— Dans ce cas, je retire mes excuses, dit Francisco sur un ton plutôt crispé. Parce que j'ai très envie de vous embrasser.

Son cœur fit un bond. Puis il sembla bégayer.

Que voulait-il dire par là ? Comment fallait-il réagir ? Le peu de sang-froid qu'elle avait réussi à rassembler s'évanouit, laissant la place à un désir violent.

Instinctivement, elle se rapprocha de lui. Il s'approcha à son tour, comme s'ils étaient aimantés. Elle eut l'impression que tout en elle s'était immobilisé, en suspens, attendant qu'il se passe quelque chose. Et le désirant très fort.

Francisco prit une profonde inspiration et posa la main sur sa joue.

— J'ai envie de vous, mais pas ici, pas maintenant. Vous êtes épuisée et encore de garde. Je veux que nous puissions nous accorder l'un l'autre notre entière attention.

La déception lui fit l'effet d'une douche froide, et elle eut envie de protester. Elle n'avait pas eu la moindre pensée pour son patient dans les quelques minutes qui venaient de s'écouler. Mais elle se concentra sur l'ouverture de la boîte contenant la salade en se demandant si les mots de Francisco n'étaient pas une façon polie de repousser ses avances.

À moins qu'il pense à sa réputation au Paulista.

Elle ne lui en voudrait pas.

Elle avait fini par céder à la curiosité et parcouru des articles sur sa rupture sentimentale. Elle comprenait qu'il soit prudent, vu la façon dont la presse l'avait traîné dans la boue. On l'avait accusé d'avoir utilisé la jeune femme d'une manière qui laissait Krysta incrédule. Elle avait scruté la photo de son ex et avait eu l'intuition qu'il s'était passé autre chose que ce que les médias relataient. Et nulle part on ne trouvait la version de Francisco. Krysta aurait aimé avoir le courage de lui demander qu'il la lui donne mais elle en était incapable.

Elle était en train de s'énerver sur le couvercle du bol de salade lorsqu'une grande main chaude se posa sur la sienne. De nouveau, elle cessa de bouger mais ressentit des picotements, comme de l'électricité statique, remonter le long de son bras. Elle eut soudain du mal à respirer normalement.

Elle tourna la tête et se retrouva de nouveau happée par son regard fauve.

— *Querida*, dit-il d'une voix grave et douce, telle une caresse qui l'enveloppa de la tête aux pieds. Passe la journée avec moi, dès que tu pourras te libérer. Nous trouverons quelque chose à faire, tous les deux. Puis, si tu en as encore envie, nous pourrons nous embrasser.

Pourquoi pas maintenant ? Ou demain ?

Elle connaissait la réponse, et en éprouva de la gratitude pour Francisco. Le lendemain, elle serait auprès d'Enzo Dos Santos une bonne partie de la journée, et elle devrait aussi finaliser à la fois sa conférence suivante et le déplacement jusqu'à Aparecida.

À Aparecida, ils seraient loin du Paulista et, qui sait, peut-être pourraient-ils passer du temps ensemble, seuls, loin des regards indiscrets.

Il fallait qu'elle empêche son imagination de s'envoler, en même temps que son bon sens. Ils allaient là-bas pour travailler, en compagnie d'autres personnes. Et si elle acceptait son invitation à se rendre avec lui chez ses parents, elle doutait qu'ils puissent trouver un peu d'intimité dans ce contexte.

— *Fale comigo*, dit-il. Parle-moi.

Elle prit conscience qu'elle était là, immobile et silencieuse, le dévisageant comme une idiote, et qu'il n'avait certainement aucune idée de tout ce qui lui traversait l'esprit à ce moment-là.

— D'accord, finit-elle par dire comme si elle n'avait jamais tourné et retourné le problème dans tous les sens. C'est une bonne idée.

Il soupira et lui prit délicatement le bol de salade des mains.

— Bien. *Obrigado*.

— Ne me remercie pas, dit-elle. Tu ne sais pas dans quoi tu mets les pieds.

L'équilibre revenait avec force. Il fallait qu'elle réfléchisse à tête reposée avant que tout cela se concrétise.

Francisco se mit à rire et lui tendit le bol de salade sans son couvercle, puis alla lui chercher une fourchette.

— Je prends le risque, se contenta-t-il de dire avant de changer de sujet, à son grand soulagement.

Lorsqu'un confrère chirurgien entra dans la salle en bâillant et en se frottant les yeux, ils étaient en train de parler de l'opération d'Enzo et de nouvelles technologies.

Après être passé voir leur patient, Francisco se décida enfin à rentrer chez lui. Il devait être au bloc le lendemain matin, pour une nouvelle opération. Krysta alluma son portable dans l'intention de travailler mais son cerveau semblait être resté bloqué sur ce qui s'était passé dans la salle de repos.

Sur le moment où elle pensait qu'il allait l'embrasser et sur l'espoir qu'il le fasse.

Avait-elle vraiment ouvert la porte à autre chose qu'une amitié ?

Sans doute. Elle en éprouvait une certaine fierté, même si cela lui faisait peur. C'était dans des situations de ce genre qu'elle aurait aimé être moins seule et avoir quelqu'un avec qui parler. Malheureusement, elle ne connaissait personne à qui elle puisse se confier et devait gérer le problème elle-même.

Elle se dirigea vers le service des soins intensifs en se demandant combien de temps les infirmières mettraient avant de lui dire de rentrer se reposer. Jusque-là, elles n'étaient pas parvenues à la renvoyer chez elle. C'est vrai qu'il y avait un chirurgien de garde, en cas d'urgence. Mais elle avait l'habitude de rester à l'hôpital à la suite d'opérations majeures, portée par un sens des responsabilités qui était peut-être excessif, en fin de compte. Car, s'ils avaient employé des techniques de pointe, il n'y avait rien, dans l'opération en elle-même, ses risques et ses séquelles à long terme, que ses collègues du Paulista ne soient pas en mesure de gérer.

En approchant du lit d'Enzo Dos Santos, elle aperçut un homme qui venait dans sa direction. Il avait les traits tirés. Manifestement, la journée avait été longue pour lui aussi.

Il la regarda puis lui tendit la main.

— Nous n'avons pas été présentés. Je suis Roque Cardoza.

Elle se rappela la conversation avec Amy et Flávia en attendant l'ascenseur.

Il n'est pas mal mais il est loin d'être aussi beau que Francisco.

— Service d'orthopédie, c'est cela ? Je suis enchantée, docteur.

— Je suis un ami d'Enzo. Je suis venu lui rendre visite et voir si Lizbet n'avait besoin de rien, mais elle n'est pas là.

— Elle ne doit pas être loin. Comme elle a le droit de rester avec lui, elle ne s'éloigne jamais bien longtemps.

— Quel beau couple. Très dévoués l'un pour l'autre. Ce n'est pas facile, pour elle.

Il avait manifestement une grande affection pour le couple.

— Vous êtes proche d'eux, dit-elle.

— Enzo était le propriétaire et le gérant de l'équipe de *futebol* dans laquelle je jouais quand j'étais jeune. C'est lui qui m'a encouragé à étudier la médecine, après ma blessure. Il disait toujours que si je n'avais pas été blessé, j'aurais fait une carrière internationale.

Ils se tournèrent en entendant la voix de Lizbet Dos Santos. Roque prit sa vieille amie dans ses bras et lui murmura des choses à l'oreille qui eurent l'air de lui faire plaisir et lui firent monter les larmes aux yeux.

— Merci d'être venu, Roque. Il serait ravi de savoir que tu es là.

— Il ne s'est pas encore réveillé ? demanda Roque.

— Par intermittence. Mais jamais plus de quelques minutes d'affilée.

— Ce qui est tout à fait normal, et même rassurant, intervint Krysta.

— C'est vrai, *querida*, dit-il à Lizbet. Il faut gérer sa douleur.

Puis il insista pour l'emmener boire quelque chose à la cafétéria et laisser Krysta et les infirmières procéder aux soins et aux contrôles nécessaires.

Ce n'est que plus tard, quand elle se fut de nouveau installée dans la salle de repos, dans l'espoir de dormir un peu, que Krysta se rappela la façon dont Roque avait appelé Lizbet : *querida*.

Et elle ne put s'empêcher de se demander si Francisco avait, lui aussi, employé ce mot comme un témoignage d'affection amicale.

Cette pensée la déprima. Et quand elle sombra dans le sommeil, elle rêva qu'elle nageait dans une piscine sans bords, sans moyen de faire demi-tour. Ni d'en sortir.

8

Francisco savait que les gens le voyaient comme un play-boy, ignorant tout de sa vie actuelle, plutôt routinière et entièrement consacrée à son travail à l'hôpital. Certes, il y avait eu des périodes, plus jeune, où il passait son temps en compagnie de personnes recherchant les plaisirs de la vie, mais dans le fond il était resté le même : un homme qui aimait et respectait les femmes.

L'autre chose que les gens ne semblaient pas comprendre à son sujet, c'était la prudence dont la vie l'avait amené à faire preuve. Lorsque, à la croisée des chemins, il avait sauté dans le vide sans regarder où il allait atterrir, le résultat n'avait jamais été très probant. À six ans, déjà, il avait compris qu'il valait mieux réfléchir avant d'agir. La leçon avait pris la forme d'une grosse araignée tapie derrière un petit tas de bois et de métal. Son père lui avait pourtant dit et répété de faire attention quand il se rendait dans cet endroit, mais il ne l'avait pas écouté.

Tout cela, il le savait, avait contribué à sa retenue, la veille, vis-à-vis de Krysta. Il ne l'avait pas embrassée alors que l'occasion lui était servie sur un plateau. Depuis, pas un instant ne passait sans qu'il regrette de ne pas avoir sauté le pas. Et si, à cause de son hésitation, Krysta changeait d'avis ?

Cela dit, il sentait qu'il y avait quelque chose entre eux. Quelque chose de rare, de beau qu'il mourait d'envie d'explorer.

La situation était tout à fait inédite, pour lui, mais il était bien décidé à aller jusqu'au bout, quel qu'en soient les conséquences.

— Tout va bien ?

La voix sèche de Flávia le tira de sa torpeur.

— Vous avez l'air à des millions d'années-lumière.

Elle le regardait d'un air interrogateur.

— Oui, oui, ça va, répondit-il en s'efforçant de retrouver le fil de la conversation. Quand pensez-vous qu'il serait possible d'aller visiter la réserve ?

Elle haussa une épaule, tout en continuant à ranger ses affaires.

— Je ne sais pas. Cela dépend. Mais je peux demander à quelqu'un d'autre de vous faire la visite, si vous voulez.

— Non, ce serait mieux si c'était vous. Krysta vous connaît et elle a une grande admiration pour vous. Vos recherches l'intéressent beaucoup.

Flávia souriait toujours quand il prit congé d'elle pour retourner à l'hôpital.

Il ignorait quand l'idée lui était venue mais il s'en réjouissait, à présent. Krysta avait dit qu'elle avait du mal à se lier aux gens, alors qu'elle avait vraiment l'air confiante et détendue en la compagnie d'autres personnes. Peut-être avait-elle simplement besoin de passer du temps avec des gens comme Flávia avec qui le courant passait bien.

Comme il la comprenait quand elle disait qu'elle avait appris à ne compter que sur elle-même ! Elle était entrée à la faculté de médecine à quatorze ans ! Quand il pensait à lui à cet âge, il avait du mal à imaginer tout ce à quoi elle avait dû faire face. Sur le plan émotionnel, la différence entre une toute jeune fille et l'étudiant moyen en première année de médecine avait dû être flagrante.

Au tout début de sa carrière de mannequin, lui-même avait été chaperonné par Caro, qui, d'une certaine manière, l'avait protégé. Même si elle vivait encore chez ses parents, à l'époque, Krysta avait dû apprendre à se débrouiller toute seule dans un univers qui lui était totalement inconnu.

Les choses avaient changé, cela dit. C'était désormais une chirurgienne très respectée, une éminence dans son domaine et, avant tout, une femme forte et confiante. Elle avait en elle toutes les ressources pour guérir de ses phobies et des mauvaises habitudes du passé. Certes, c'était à elle d'en prendre conscience et de le décider mais rien ne l'empêchait, lui, de l'aider à avancer dans cette direction.

Flávia avait, elle aussi, la réputation d'être une femme solitaire. Il se pourrait que Krysta et elle aient beaucoup d'affinités.

Quand il était allé voir Flávia, il avait perçu une sorte de méfiance dans son regard et s'était demandé quelle en était la cause. Il savait que les rumeurs circulaient toujours à l'hôpital et que son passé était un sujet de conversation et de spéculation.

Il s'efforçait de ne pas y prêter attention, et essayait de se convaincre que cela n'avait pas d'importance et que seul son travail comptait, mais la blessure était toujours vive. La honte, toujours présente.

À la fin de la conversation avec Flávia, il avait compris que sa circonspection n'avait rien à voir avec lui et qu'il avait sans doute projeté ses propres névroses sur sa personne. Cela l'avait fait réfléchir sur l'impact que sa rupture avec Mari continuait à avoir sur son existence.

Certes, il y aurait toujours des gens comme Delgado qui, sans rien savoir de ce qui s'était vraiment passé, avaient des préjugés contre lui, mais il ne pouvait pas continuer à utiliser cette excuse pour s'isoler. Les gens qui le connaissaient bien, sa famille, ses vieux amis, savaient que ce qu'on racontait sur son compte était faux, mais s'il voulait se faire de nouveaux amis, il allait devoir réapprendre à faire confiance.

Initialement, l'idée d'aller visiter la réserve avec Flávia était censée aider Krysta à surmonter ses peurs, mais il se demandait à présent s'il n'était pas temps, pour lui aussi, d'affronter les siennes, afin de passer à autre chose.

Il jeta un coup d'œil à sa montre. Krysta n'allait pas tarder à lui envoyer un message pour savoir s'ils déjeunaient ensemble. Il sortit son portable et eut un pincement au cœur en voyant l'écran vide.

Ce qui s'était passé la veille lui avait-il fait peur ?

Le téléphone vibra dans sa main.

Je passe voir Enzo Dos Santos puis je suis libre pour le déjeuner, si ça te tente.

Il répondit aussitôt, le cœur léger.

J'allais aussi voir Enzo. On se rejoint là-bas.

Ce n'était pas tout à fait vrai. Il avait prévu d'aller voir Enzo Dos Santos après le déjeuner mais l'occasion de croiser Krysta était trop belle pour qu'il la laisse passer.

Quand il arriva dans le service des soins intensifs, Roque Cardoza sortait de la chambre de son ami Enzo. Ils étaient très proches, Cardoza avait joué dans sa célèbre équipe de football.

— *Oi*, dit Roque lorsqu'il le croisa. Enzo a l'air en forme. Le Dr Simpson est contente de l'évolution de son état.

— Quelle bonne nouvelle ! dit-il, conscient aussi que, mieux Dos Santos se porterait, plus vite Krysta serait libre de faire autre chose de ses journées.

— C'est bizarre de voir Enzo muet, dit Roque en souriant. Il gribouille déjà sur la tablette qu'on lui a donnée. Quand il pourra de nouveau parler, les infirmières auront envie de lui refaire une trachéotomie.

Francisco éclata de rire. Il se sentait plus détendu qu'il ne l'avait été depuis longtemps.

Roque consulta sa montre.

— Ça vous dit de déjeuner avec moi, ensuite ? À moins que vous ayez déjà mangé.

— Désolé, je suis déjà pris. Mais une autre fois, avec plaisir.

Ils se saluèrent, et Francisco entra dans la chambre d'Enzo Dos Santos. Krysta était là, de même que Lizbet Dos Santos.

— Le drainage a diminué, et la zone a déjà dégonflé. Venez voir, docteur, dit Krysta en guise de salutation.

Francisco examina le patient, après avoir consulté son dossier, et reconnut que sa convalescence se déroulait sous les meilleurs auspices.

— S'il continue comme ça, dit Krysta sur le chemin de l'ascenseur, on va pouvoir enlever les sondes endotrachéales plus tôt que ce que je pensais.

— Le fait qu'il ait été en bonne santé avant qu'on découvre son cancer doit certainement jouer.

Une fois dans l'ascenseur, Francisco appuya sur le bouton du rez-de-chaussée.

— Je pense que son état d'esprit vis-à-vis de l'opération et de la convalescence est primordial. J'ai demandé à sa femme de nous avertir si elle notait des changements dans son humeur ou sa personnalité. Il n'est pas rare que les opérations importantes engendrent de la colère ou de la dépression.

Ils étaient enfin seuls, à présent, dans cette cabine d'ascenseur. Cela ne durerait que quelques secondes mais suffit à Francisco pour avoir envie de franchir les quelques centimètres qui le séparaient d'elle et d'embrasser ses lèvres roses et souriantes. Mais le sourire de Krysta s'estompa d'un coup.

— Francisco, dit-elle dans un filet de voix. Ne me regarde pas comme ça.

— Sinon ?

La clochette retentit, et les portes de l'ascenseur s'ouvrirent, mettant fin à une conversation qu'il lui tardait de reprendre.

Krysta dut déployer des efforts surhumains pour que ses jambes flageolantes la portent jusqu'à la cafétéria sans la lâcher. Elle avait l'impression qu'elle pourrait se répandre sur le sol, telle une flaque, aux pieds de Francisco.

Il l'avait regardée avec des yeux brillants et emplis d'un désir qui lui avait coupé le souffle.

Comment allait-elle survivre dans les prochains jours s'ils n'étaient jamais seuls ? L'attente allait être cruelle et insupportable.

Ils s'installèrent pour déjeuner et, une fois encore, elle regretta de ne pas être plus expérimentée et capable d'interpréter ce qui se passait entre eux. Elle comprenait que toute l'intelligence du monde n'était pas très utile quand on était aux prises avec des émotions. À plus forte raison pour quelqu'un comme elle qui n'avait aucune expérience en matière de relations sentimentales, ni ponctuelles ni durables.

Dieu merci sa relation avec Francisco ne serait jamais durable. D'ailleurs, elle serait incapable de passer à l'étape supérieure avec lui si elle savait que leur aventure, si aventure il y avait, pourrait se transformer en histoire sérieuse.

— On pourrait aller au parc d'Ibirapuera ce soir, si tu es disponible. C'est un parc magnifique, où il y a souvent des concerts. Ensuite, je ne travaille pas le lendemain de ta prochaine conférence. J'ai pensé que nous pourrions aller à la plage, à Santos.

Une grande vague de joie la submergea et lui fit presque tourner la tête.

— Avec plaisir, dit-elle en essayant de garder son sang-froid.

Mais Francisco la regardait, un léger sourire sur les lèvres, une lueur voluptueuse dans le regard, et elle ne put s'empêcher de sourire en retour.

Elle était aussi soulagée que rendez-vous soit pris. D'ici là, elle pourrait peut-être reprendre le cours de sa vie avec plus de détachement – du moins avec autant de détachement que le permettaient toutes les manifestations curieuses qui se produisaient dans son corps et son cerveau, dès que Francisco se trouvait à proximité.

Lorsqu'ils se séparèrent, en sortant de la cafétéria, il lui annonça qu'il passerait la prendre chez elle, le soir même, à 18 heures. Tandis que Francisco allait voir ses patients, elle retourna dans le service des soins intensifs réexaminer Enzo. À cause de l'infection qu'il avait eue après la mandibulectomie, Krysta portait une attention toute particulière à sa température et au drainage, qui, jusqu'à présent, étaient parfaits. Sa crainte d'éventuelles complications commençait à s'estomper et, de toute façon, il y avait suffisamment de chirurgiens compétents au Paulista pour intervenir au cas où un problème survienne. Elle alla voir les infirmières pour leur annoncer qu'elle ne serait pas à l'hôpital le soir même, et se retint de sourire en voyant un certain soulagement sur leur visage.

Elle tenta de s'asseoir à son bureau pour apporter la touche finale à sa prochaine conférence mais eut du mal à se concentrer et finit par jeter l'éponge. Il était 15 h 30. Elle hésita à retourner dans le service des soins intensifs. Elle avait toujours fait son travail consciencieusement mais passer et repasser voir un patient ne risquait-il pas de l'effrayer et de lui laisser penser qu'il y avait un problème ? Tout ce qu'elle avait pu voir du Paulista confirmait que *senhor* Dos Santos était en bonnes mains.

En sortant du bâtiment, elle croisa Amy Woodell.

— Comment allez-vous ?

— Toujours bien quand je sens que je suis utile, dit Amy. Vous rentrez chez vous ?

— Oui, j'ai vraiment besoin de faire une pause, après ces journées intenses.

Jamais elle ne se serait entendue dire pareille chose auparavant. Le Brésil avait peut-être sur elle un impact plus grand qu'elle ne s'imaginait.

— On ne parle que de l'opération d'Enzo Dos Santos. Qui a été un succès, d'après ce que j'ai entendu.

— Jusque-là, tout va bien, en effet.

— On pourrait dîner ensemble, un de ces soirs. Ou aller

se promener. Il paraît que le centre commercial de Morumbi est très agréable.

— Avec plaisir, répondit Krysta, presque étonnée de sa spontanéité et très touchée de l'intérêt que lui portait Amy.

Elles bavardèrent encore un peu et décidèrent d'organiser leur petite sortie après la campagne d'Aparecida. Lorsqu'elles se séparèrent, Krysta prit le chemin de sa résidence mais une pensée tournait en boucle dans son esprit, qui la fit s'arrêter au milieu du parcours.

Qu'allait-elle mettre pour sortir avec Francisco ? Elle avait promis au Dr Hellman qu'elle sortirait, au Brésil, mais n'avait manifestement pas pris cette promesse suffisamment au sérieux pour emporter quoi que ce soit d'un peu joli à mettre.

D'ailleurs, qu'est-ce qui était « joli » ? Et qu'est-ce qui pourrait l'être sur elle ? Ce soir, elle sortait avec un homme qui non seulement était beau et intéressant, mais qui avait en plus été mannequin.

Comment ne pas avoir l'air mal fagotée à côté de lui ?

Elle eut envie de renoncer à l'idée d'être un jour correctement habillée. Une partie d'elle était pétrifiée à l'idée de montrer son corps. Ce corps qu'elle avait caché si longtemps sous des vêtements informes et passe-partout, en se convainquant que bien faire son travail comptait bien plus qu'être bien habillée.

À présent, elle devait bien avouer qu'elle avait utilisé sa garde-robe comme bouclier pour ne plus être confrontée à la souffrance. Et que, tout compte fait, sa tenue vestimentaire comptait un peu.

Et si le moment était venu de tourner la page ? Cela exigeait un peu de courage mais surmonter une fois pour toutes ce qui s'était passé il y a des années lui permettrait peut-être de commencer à vivre vraiment.

Par où commencer ? Il serait judicieux de trouver quelqu'un qui soit plus doué qu'elle dans ce domaine. Après tout, quand un patient avait besoin d'une angioplastie coronaire, elle n'hésitait pas à appeler un confrère ou une consœur cardiologue.

Un bon médecin savait demander de l'aide quand il était confronté à des problèmes qui le dépassaient. Avant de changer d'avis, elle sortit son portable et appela un taxi.

9

L'expression de Francisco quand elle le rejoignit dans le hall de sa résidence lui prouva qu'elle avait bien fait d'aller faire des emplettes.

Dans la boutique, les vendeuses s'étaient agitées autour d'elle en poussant de grandes exclamations et lui avaient fait essayer une montagne de vêtements. Krysta leur avait expliqué où elle allait, et elles avaient fini par se mettre d'accord sur un jean assez moulant – elle ne se souvenait pas d'avoir déjà enfilé un vêtement aussi près du corps – et un haut en soie brodé au col et aux manches. Ainsi qu'une veste, au cas où il fasse frais. Les deux femmes avaient un avis divergent sur la couleur de la veste, l'une suggérant du noir, sobre et élégant, l'autre, un orange enjoué auquel elle n'aurait jamais accordé d'attention auparavant. Pourtant, dès qu'elle l'avait enfilé, elle s'y était sentie bien.

Elle avait catégoriquement refusé les chaussures pointues à talons hauts qu'elles lui tendaient et opté pour une paire de boots en cuir souple, au talon d'une hauteur raisonnable.

En voyant un sourire se dessiner sur le visage de Francisco, elle se sentit rougir.

— *Linda*... Tu ne détonnerais pas à la Fashion Week, dit-il.

Encore une fois, il disait la trouver belle. S'il ne cessait pas de le répéter, elle allait finir par le croire.

Il lui prit la main et la porta à ses lèvres puis lui fit faire un tour sur elle-même.

— Je suis allée faire des courses, dit-elle d'une voix qu'elle reconnut à peine. Comme je n'étais pas sûre de moi, j'ai demandé aux vendeuses de m'aider.

— Tu as bien fait, dit-il. Cette veste te va à *perfeição.*

Elle accueillit le compliment avec émotion.

Le restaurant où Francisco l'emmena était un endroit tranquille, fréquenté par des locaux, auquel les lumières tamisées et le fond musical conféraient une touche de romantisme. À moins que ce soit le regard de Francisco qui lui mette des idées romantiques en tête. Elle qui ne s'était jamais intéressée aux relations de près, elle avait désormais l'impression d'être obsédée.

Ils engagèrent la conversation sur les endroits qu'ils avaient visités, puis en vinrent à parler de leurs familles respectives.

— Tu es sûr que cela ne va pas déranger tes parents que je débarque chez eux pour ton anniversaire ?

— Au contraire ! Ma mère adore qu'il y ait du monde chez elle. Elle nous a répété toute notre enfance que cela portait bonheur de fêter son anniversaire à l'endroit où on était né. Je ne suis pas sûr que cette superstition existe en dehors de son cerveau. Je suis même persuadé qu'elle l'a inventée pour que nous revenions la voir.

La tendresse dans sa voix était émouvante.

— Tu as d'autres frères et sœurs, à part João, dont tu m'as parlé l'autre jour ?

— Nous sommes cinq. Ma mère aurait bien voulu avoir d'autres enfants mais à la naissance de ma petite sœur elle a fait une hémorragie, et on a dû lui faire une hystérectomie. Elle a été triste très longtemps. J'avais l'impression qu'elle ne recouvrerait jamais la joie de vivre qu'on lui connaissait. Elle a fini par surmonter cette épreuve mais je sais qu'elle a eu du mal à voir ses enfants quitter le nid par la suite.

Elle découvrit une autre facette de sa personnalité, emplie de tendresse et d'amour.

— Si elle veut encore un enfant à la maison, je pourrais lui envoyer mon frère Damon, dit-elle en souriant. Je me demande s'il va un jour partir de chez mes parents.

— Pourquoi pas ?

Elle secoua la tête.

— C'est un artiste. Il a du talent, je crois. Mais il n'a pas envie de se battre. Il continue à dire qu'il a besoin de temps pour se lancer seul dans la vie.

— Qu'en pensent tes parents ?

— Mon père râle en disant qu'à son âge il était indépendant depuis belle lurette. Il ne comprend pas pourquoi Damon ne se trouve pas un travail « normal » qui lui permettrait de créer pendant son temps libre, comme le font beaucoup d'autres artistes.

— Et ta mère ?

— Maman ? Eh bien, elle nous a toujours encouragés à suivre nos rêves, alors elle ne dit rien. Et, malgré tout, ils sont fiers de lui mais je crois qu'ils seraient soulagés de le voir s'assumer financièrement.

— Vous vous voyez souvent ?

— Pas autant que je le souhaiterais. Mais j'ai tout misé sur le travail et écarté le reste, y compris les gens que j'aime. Je ne l'ai pas cherché et je ne m'en vante pas. C'est arrivé comme ça.

— Il n'est jamais trop tard pour prendre de nouvelles habitudes, dit-il d'une voix sereine qui lui laissa entrevoir la possibilité d'un changement.

Ce ne serait pas aussi simple que Francisco semblait le dire. Chaque fois qu'elle était sur le point de les voir, elle trouvait toujours le moyen de se laisser happer par le travail. La situation la faisait culpabiliser, non seulement parce qu'elle s'était éloignée d'eux, mais aussi parce qu'elle avait le sentiment de les avoir fait souffrir.

— Cela fait des années que mon père dit à quel point

Saint-Eustache lui manque. Il aimerait retourner vivre là-bas. C'est à cause de moi qu'ils en sont partis.

— Qu'est-ce qui te fait dire ça ? demanda Francisco en penchant légèrement la tête.

— C'est la vérité. Ma mère, qui est enseignante, a été envoyée sur cette île. Elle a rencontré mon père et est restée au lieu de rentrer dans le Connecticut. J'ai toujours entendu dire qu'ils avaient été très heureux là-bas. Puis je suis née. Quand j'ai eu deux ans, ma mère s'est dit que je risquais de manquer de stimulation intellectuelle. À cette époque, il n'y avait pas Internet sur l'île. Alors ils ont pris la décision de rentrer aux États-Unis, pour que j'aie accès à une meilleure éducation.

Il la regarda avec intensité, l'air sérieux et attentif.

— Tu penses qu'ils regrettent d'être partis ?

Elle s'efforça de sourire, pour ne pas plomber la conversation, mais son cœur était serré.

— Je ne sais pas, répondit-elle d'un air qui se voulait dégagé.

Mais Francisco ne fut pas dupe, à en croire la façon dont ses sourcils se froncèrent.

— Je ne suis pas tout à fait comme tout le monde. Et encore moins la fille idéale pour des parents. Les miens ne m'ont jamais fait sentir qu'ils n'étaient pas contents de m'avoir pour fille, mais je n'ai jamais senti non plus que je correspondais tout à fait à leurs attentes.

Francisco demeura un moment silencieux.

— Tu sais, s'ils ne s'étaient souciés que d'eux et qu'ils avaient voulu que tu sois plus conforme à leurs attentes, ils seraient probablement restés à Saint-Eustache. Ils ont vu en toi ces capacités extraordinaires qu'il fallait cultiver, et ils t'ont emmenée dans un endroit où tu pouvais te développer et devenir celle que tu devais être. Je pense que tu as pris l'habitude de te servir un peu trop de ta tête, *querida*. De chercher des réponses à tout alors qu'en fait certaines choses de la vie ne demandent qu'à être appréciées et vécues pour ce qu'elles sont. Sans quoi, à force de les décortiquer, il n'en reste que des faits secs et poussiéreux. Ce que tu considères comme un sacrifice, essaye plutôt de le voir comme un cadeau que t'ont fait tes parents, sois-en reconnaissante. La famille est un élément fondamental de notre vie. Tant de gens n'en ont pas, ou ont des parents maltraitants, qui les rendent malheureux. Nous qui avons des parents bienveillants devrions éprouver une gratitude infinie.

Il avait raison. Évidemment. Ses parents avaient agi par amour pour elle, et elle leur en serait éternellement reconnaissante. Il fallait qu'elle cesse de se servir de cela comme d'une excuse pour ne pas aller les voir. C'était puéril et pathétique.

— De plus, poursuivit Francisco, si tes parents avaient vraiment eu envie de retourner vivre à Saint-Eustache, ils auraient pu le faire depuis longtemps. Même avec ton frère.

La remarque la fit rire.

— C'est vrai. Je le vois bien passer ses journées à la plage.

— Quoi qu'il en soit, tu es une personne magnifique, belle, douée et incroyable. N'importe quels parents seraient fiers de t'avoir pour fille.

Elle lui jeta un coup d'œil en plissant le nez, incrédule, puis baissa la tête pour qu'il ne voie pas les larmes qui lui montaient aux yeux.

Il lui avait fait des tas de compliments. Mais comment savoir s'ils étaient sincères ? Elle avait trop d'incertitudes pour y croire vraiment. Pourtant, quelque chose en elle la poussa à chercher la vérité. Elle releva la tête.

— Je n'ai pas une grande expérience en la matière, Francisco, alors je préfère te poser directement la question : es-tu en train d'essayer de me séduire ?

Elle vit son visage se rembrunir et sentit son cœur se serrer à l'idée d'avoir commis un impair.

— Pourquoi me poses-tu la question ? Parce que j'ai dit que tu étais belle, douée et incroyable ?

— Oui.

— Je pense que la vraie beauté n'est pas celle que prônent les magazines et la société de consommation dans son ensemble. J'ai côtoyé des milieux prétendus privilégiés et, crois-moi, je n'y ai pas vu beaucoup de choses belles. Pour moi, la beauté est intérieure et elle s'exprime dans la profondeur du regard ou d'un sourire. Ce soir, quand je suis venu te chercher, ce n'étaient pas tes nouveaux vêtements qui m'ont fait dire que tu étais *linda*. C'était toi, et la façon dont tu les portais. On voyait que tu t'y sentais bien. C'est ça qui te rendait resplendissante, pas les vêtements en eux-mêmes.

Il la fixa longuement, avant de poser cette question :

— Est-ce que tu me trouves beau ?

— Oui, répondit-elle. Tu es un très bel homme.

Il sourit.

— Et est-ce que tu te sens attirée par moi ?

— Oui, tu le sais bien, dit-elle en se sentant rougir.

— C'est parce que je suis beau ?

— Non.

— Alors qu'est-ce qui fait que tu es attirée par moi ?

— Je ne sais pas vraiment, dit-elle avec honnêteté. J'y ai beaucoup réfléchi, mais je ne suis parvenue à aucune conclusion.

Son sourire s'élargit.

— *Exatamente*. C'est la même chose pour moi. Tu m'attires, et plus je te vois, plus c'est le cas. J'apprécie la personne que tu es et ce que je ressens quand je suis avec toi. C'est un ensemble qui ne repose pas que sur ta beauté ou l'attraction physique, même si celles-ci sont indéniables.

Un frisson de désir parcourut son échine, et son cerveau cessa de fonctionner, l'espace d'un instant, alors qu'elle plongeait dans son regard hypnotique.

Puis elle se ressaisit en s'interrogeant sur le pouvoir de Francisco de provoquer de tels courts-circuits dans son cerveau.

Mais était-il important de le comprendre ? Ne pouvait-elle pas simplement se laisser aller à ce qu'elle éprouvait et voir où tout cela la menait, sans passer son temps à sur-analyser ? Après tout, ne ferait-elle pas mieux de vivre son aventure brésilienne à fond, sans se laisser dominer par ses peurs ?

— Cela fait partie de ces choses dont il faut simplement profiter et qu'il n'est pas nécessaire de s'expliquer ?

Le sourire qu'il lui adressa emplit son corps de chaleur et de plaisir.

— *De fato.*

Après le dîner, ils roulèrent jusqu'au parc d'Ibirapuera.

C'était un endroit magnifique, avec des chemins et des fontaines éclairées de centaines de lumières qui se reflétaient dans l'eau. Francisco lui prit la main. Elle se rapprocha de lui si bien que leurs bras se frôlaient. Sa main était chaude et enveloppante, et, du pouce, il caressait doucement la sienne.

— Nous reviendrons quand il fera jour, dit-il alors qu'ils s'enfonçaient dans le parc. Il faut que tu voies ça. C'est le plus bel endroit de Sao Paulo.

— Je te crois.

Il indiqua l'auditorium dessiné par Oscar Niemeyer et se mit à rire quand elle fit remarquer que le bâtiment avait l'air de tirer la langue aux passants.

— C'est l'architecte le plus célèbre du Brésil, et voilà comment tu traites son travail ! dit-il en riant.

— Je t'ai dit que je ne savais pas repérer la beauté, Francisco, alors ne tiens pas compte de mon avis.

Il s'arrêta et planta son regard dans le sien.

— Voilà encore une raison pour laquelle je suis bien avec toi. Pendant des années, on ne m'a regardé que comme un visage ou un corps à photographier, sans s'intéresser à ce qu'il y avait à l'intérieur. Je sais que quand tu me regardes, tu vois une personne, un homme, pas une image.

Avant qu'elle ait le temps de répondre, il se tourna et reprit son chemin. Il la conduisit vers un pavillon où le public écoutait un groupe de musique.

Elle n'avait jamais entendu ce genre de musique mais il lui plut instinctivement. Francisco expliqua qu'il s'agissait du *choro*, une forme musicale traditionnelle.

Elle eut l'impression que la guitare chantait dans une langue qu'elle ne connaissait pas, dont elle entendait les mots sans les comprendre. Elle se mit à bouger au rythme de la musique et sentit la main de Francisco se poser autour de sa taille. Elle se laissa aller à bouger doucement avec lui, en essayant de vivre l'instant présent, sans se poser de questions.

À la fin du morceau, quand il la lâcha pour applaudir, elle éprouva une sensation de vide.

Ils marchèrent ensuite jusqu'à un lac et empruntèrent un pont métallique. Arrivés au milieu, ils s'arrêtèrent pour admirer le paysage et, comme par magie, un couple leur laissa leur place. Au loin, la ville scintillait. Francisco la prit par les épaules et la serra contre lui. Elle ne put réprimer le soupir de contentement qui jaillit de son cœur.

Elle sentit qu'il la regardait et tourna la tête pour dire quelque chose, mais aucun mot ne sortit de sa bouche. L'éclat de son regard et la ligne de ses lèvres firent accélérer dangereusement son rythme cardiaque.

— C'est l'un de mes endroits préférés, dit-il d'une voix grave.

Il marqua une pause, et elle pria pour qu'il n'entende pas son cœur battre dans sa poitrine.

— Est-ce que je peux t'embrasser ?

Pour toute réponse, elle leva doucement la tête, emplie de ce qu'elle interpréta comme un désir intense, curieusement dénué de peur ou d'appréhension. Avec Francisco, elle se sentait en confiance. Qui mieux que lui, pouvait lui montrer le chemin ?

À l'instant où leurs lèvres s'effleurèrent, elle eut l'impression que le monde s'arrêtait de tourner. La sensation était si délicieuse qu'elle parut irréelle.

Puis Francisco émit un son grave et guttural, et l'attira plus fort contre lui. Pour la première fois de sa vie, son cerveau cessa de mouliner, les pensées s'arrêtèrent. Rien n'existait plus en dehors de Francisco et d'elle, et du miracle de ce baiser.

Au bout d'un moment dont elle ne sut pas s'il avait duré dix secondes ou une heure, il se détacha doucement d'elle et la fixa de ses yeux bruns.

— Je ne sais pas exactement quelle heure il est mais je pense qu'il faut qu'on y aille, *querida*, dit-il.

Elle avait tout sauf envie de partir de cet endroit féerique. Elle aurait pu rester là, avec lui, toute la nuit. Mais la raison l'emporta. Le parc allait fermer, et ils travaillaient le lendemain. Elle s'écarta de lui à regret.

— Tu as raison, acquiesça-t-elle d'une voix qui lui parut étrangement normale alors qu'à l'intérieur d'elle tout était sens dessus dessous.

Et quand elle se remit à marcher, ses jambes tremblaient.

Sur le chemin du retour, chacun sembla absorbé dans ses pensées. Face à autant de nouveautés et d'émotions dans sa vie, elle ne pouvait s'empêcher de se demander si leur baiser avait eu un effet aussi incroyable sur lui que sur elle. Si ce n'était pas le cas, elle doutait qu'il le lui dise, et pensa qu'il n'était peut-être pas judicieux de le lui demander.

— J'ai passé une très bonne soirée, dit-il une fois qu'il l'eut raccompagnée jusque dans le hall de la résidence.

— Moi aussi.

Sa réponse lui parut totalement en deçà de l'effet que ces moments partagés avaient produit sur elle.

Devait-elle l'inviter chez elle ? Francisco s'attendait-il que ce baiser débouche sur autre chose ? Était-elle prête à franchir la prochaine étape, quelle qu'elle soit ?

Tandis que ces questions se bousculaient dans sa tête, Francisco appela l'ascenseur. Puis il posa les mains sur ses épaules et lui sourit.

— Bonne nuit, dit-il avant de l'embrasser sur la joue. À demain.

Elle entra dans l'ascenseur, se retourna et vit Francisco se diriger vers la sortie de l'immeuble, la laissant seule, perplexe, avec ses questions.

10

Francisco croyait en les vertus de la patience et des décisions prises de façon réfléchie et consciente. Pourtant, le lendemain de cette merveilleuse soirée avec Krysta, il se réveilla avec la sensation désagréable d'avoir laissé filer une opportunité qui ne se représenterait peut-être pas de sitôt.

La douceur de ses lèvres, la sensation de son corps contre le sien ne le quittait pas et lui donnait envie de remonter le temps et de changer le cours de la soirée de la veille. En fait, ce souvenir faisait naître en lui mauvaise humeur et frustration.

Pourtant, il ne pouvait s'empêcher de penser qu'il ne fallait pas brusquer les choses avec Krysta. Il avait perçu son hésitation quand il l'avait accompagnée dans le hall de son immeuble. Peut-être appréhendait-elle la suite. Même si cela lui avait coûté, il avait probablement bien fait de rentrer chez lui.

Il savait que s'il s'était attardé chez elle, il l'aurait embrassée de nouveau et aurait eu envie d'aller plus loin. Mais une partie de lui n'était pas prête à franchir cette étape alors que son cœur lui jouait des tours et qu'il éprouvait déjà des sentiments pour Krysta. Or, deux mois plus tard, Krysta ne serait plus là.

Sa présence était trop précieuse, comme amie et comme collègue, pour risquer de tout perdre à cause de la simple satisfaction de pulsions physiques.

Il y avait aussi en elle une grande vulnérabilité, qui ne se voyait pas d'emblée derrière la confiance qu'elle affichait en public. Elle possédait incontestablement cette confiance dans sa vie professionnelle mais ne semblait pas l'avoir développée dans sa vie privée. Ce qui expliquait justement pourquoi elle s'était plongée à corps perdu dans le travail.

Il pourrait lui faire découvrir autre chose, lui montrer que la vie ne se résumait pas aux moments qu'elle passait dans les hôpitaux, les centres de recherche et les salles de conférences.

Cela lui permettrait, à lui aussi, de sortir des ornières dans lesquelles sa vie s'était calée. Sa rencontre avec Krysta lui avait fait prendre conscience de mener une vie un peu étriquée. S'il continuait sur cette lancée, il risquait de devenir un homme esseulé et amer, rongé par le regret. Il était reconnaissant envers elle de lui avoir évité un tel destin.

Lorsqu'il arriva à l'hôpital, on l'appela au bloc si bien qu'il n'eut pas le temps de passer voir Enzo Dos Santos avant la fin de la matinée. Quand il entra dans sa chambre, ce dernier n'était plus dans son lit mais assis sur une chaise, près de la fenêtre, les jambes surélevées. Il sourit en le voyant arriver.

— Comment allez-vous, *senhor* ? demanda Francisco en prenant son dossier.

Le patient prit sa tablette et écrivit à l'aide du stylet.

Prêt à aller jouer au foot.

Francisco éclata de rire.

— Il va falloir attendre encore deux ou trois jours avant de pouvoir descendre sur le terrain.

Les yeux d'Enzo brillèrent.

Comme le chirurgien de garde était passé peu de temps auparavant et avait laissé un compte rendu détaillé de l'examen de sa bouche, il décida de s'en tenir à l'examen de sa jambe et de son visage, dont il fut satisfait.

Enzo lui tendit la tablette.

Où est le Dr Simpson ? Vous êtes le deuxième homme qui vient m'examiner aujourd'hui. J'aime mieux quand c'est elle.

— Ne vous inquiétez pas, elle va passer, dit Francisco sur un ton rassurant.

Mais au fond de lui, il ne put s'empêcher de s'inquiéter. Lui-même avait espéré tomber sur elle dans la chambre d'Enzo, puisqu'elle avait l'habitude d'y aller à cette heure-là. Ce n'était pas son genre de manquer la visite d'un patient. Son absence avait-elle un rapport avec ce qui s'était passé la veille ?

C'était ridicule. Elle n'était pas du genre à laisser sa vie privée interférer avec son travail.

Lorsqu'il sortit de la chambre d'Enzo, il chercha l'infirmière de garde.

— Le Dr Simpson n'est pas là, aujourd'hui ?

— Elle a téléphoné pour dire qu'elle ne viendrait que cet après-midi.

Il la remercia et se dirigea vers l'ascenseur en se demandant s'il devait appeler Krysta. Sentant la confusion envahir son esprit, il se posa cette simple question : s'il ne l'avait pas embrassée la veille, hésiterait-il à l'appeler pour prendre de ses nouvelles ?

La réponse était évidente. Il prit son portable et composa son numéro. Comme elle ne répondait pas, il lui laissa un message, lui demandant s'ils déjeunaient ensemble, comme à leur habitude.

Elle le rappela dix minutes plus tard.

— Désolée, je ne pouvais pas répondre, j'avais un appel vidéo. Je dois régler un problème urgent à New York. Je ne vais pas pouvoir déjeuner avec toi.

Elle parlait sur un ton brusque, un peu impatient.

— Je suis désolé. Je ne te retiens pas plus longtemps. Préviens-moi quand tu seras libre. On peut toujours dîner ensemble, si tu veux.

— D'accord, dit-elle.

Elle hésita, l'espace d'un instant, avant d'ajouter :

— Je suis vraiment désolée de ne pas pouvoir déjeuner avec toi. Tous les jours, j'attends ce moment avec impatience.

Il sentit son cœur se serrer dans sa poitrine.

— Il faut que j'y aille, j'ai un autre appel vidéo, reprit Krysta.

Sur ce, elle raccrocha.

L'entendre dire qu'elle aimait bien déjeuner avec lui le consola quand il se retrouva seul devant son assiette, à la cafétéria.

De toute évidence, Krysta occupait une place de plus en plus importante dans sa vie, et ce constat le rendait perplexe.

— Pouvez-vous au moins me dire pour quelle raison le financement a été annulé ?

Krysta avait du mal à parler d'un ton égal. Elle avait très peu dormi la nuit précédente, aux prises avec les images, les émotions et les sensations que la soirée de la veille avait suscitées. Et à présent, elle apprenait que son prochain projet de recherche, celui sur lequel elle avait déjà commencé à travailler, tombait à l'eau, faute de financement.

— Je ne peux pas vous le dire, répondit l'administrateur de l'hôpital de Rochester. Mais vous savez que les fonds accordés à la recherche sont limités et qu'il faut faire des choix dans les projets.

— Y a-t-il une possibilité de trouver une autre source de financement ? Il est arrivé que mes recherches soient financées par le secteur privé.

— Vous pouvez tout à fait faire appel à d'autres financeurs, mais il faudra de toute façon que le projet passe devant le conseil d'administration.

Ce qui risquait de prendre des mois.

Elle raccrocha, bouillant de frustration. Ses précédentes recherches avaient rapporté à l'hôpital à la fois la reconnaissance et des retombées financières positives. Savoir qu'ils avaient accordé à quelqu'un d'autre le financement qui lui revenait la mettait hors d'elle.

Ce n'était pourtant pas la première fois qu'elle était confrontée à un problème de ce genre. Ils se succédaient même avec une régularité anxiogène. Elle avait cru que cette époque d'incertitude était révolue mais elle se trompait, apparemment.

Elle s'allongea sur le canapé et regarda le plafond en espérant y trouver l'inspiration. Qu'allait-elle faire si ce projet de recherche était abandonné, ne serait-ce que momentanément ? Elle adorait travailler sur le terrain, établir les diagnostics de maladies oto-rhino-laryngologiques et opérer tous les patients qui avaient besoin de l'être dans le cadre de sa spécialité, mais la recherche avait toujours eu une place à part dans sa vie. Elle faisait d'elle un précurseur dans son domaine.

Elle avait la désagréable impression qu'ils avaient profité de son absence pour redistribuer les cartes. Elle pourrait rentrer à New York et aller, en personne, demander des explications au conseil d'administration. Son contrat arrivait à son terme. Était-ce le moyen que quelqu'un avait trouvé pour lui faire comprendre qu'elle n'était plus la bienvenue à l'hôpital ? Lui rappeler que personne n'était irremplaçable ?

Cette pensée la fit rager. Elle s'assit, prit son ordinateur et regarda les vols pour New York. Mais elle tremblait et avait des haut-le-cœur. Elle referma l'ordinateur et décida de prendre du recul sur la situation.

Elle s'était engagée à rendre un visage à Enzo Dos Santos. Comment pouvait-elle envisager de tout plaquer pour sauter dans le premier avion, simplement parce qu'on avait supprimé le financement de son projet ?

À quel moment avait-elle laissé son amour du travail tourner à l'obsession ? Et pourquoi ?

Le travail était l'autel sur lequel elle avait tout sacrifié, ses liens familiaux, ses amitiés, ses relations avec les hommes, et maintenant, en regardant par la fenêtre le ciel bleu du Brésil, elle éprouvait une sensation de vide. Non pas simplement parce qu'elle n'avait pas obtenu sa subvention, mais parce que cela l'obligeait à voir ce que sa vie était devenue : son travail la définissait, c'était l'étalon à l'aune duquel elle mesurait sa valeur. Au point que le moindre contretemps la fasse partir en vrille.

C'est ce sur quoi le Dr Hellman avait attiré son attention, à la manière bien particulière des psys de faire passer un message. Quand elle avait exprimé sa culpabilité de ne pas être allée à l'anniversaire de mariage de ses parents, au lieu d'insister sur la culpabilité, le Dr Hellman lui avait demandé pourquoi elle n'y était pas allée. Puis, pourquoi elle n'avait pas d'activités ni d'amis à voir en dehors du travail. Presque toutes les questions concernant son absence de vie sociale et d'échanges avaient la même réponse : le travail. La recherche. Le besoin d'avoir une place dans son métier.

À présent, elle se considérait comme l'exemple type du dysfonctionnement en matière de vie sociale. En matière de vie tout court.

Vivait-elle vraiment ?

Même l'envie qu'elle avait eue la veille, en parlant avec Francisco, d'essayer d'améliorer ses relations avec ses parents, s'était envolée dès que le travail était revenu au premier plan.

Si le projet était écarté, que risquait-il de lui arriver ?

Elle eut un autre haut-le-cœur, qui lui coupa le souffle, et sentit les larmes lui picoter les yeux.

Instinctivement, elle eut envie de repousser cette idée, la jugeant insupportable. Mais elle prit une inspiration et s'efforça de considérer cette possibilité, de l'accueillir au lieu de la rejeter, de la laisser infuser en elle.

Curieusement, son estomac s'apaisa, et le calme revint.

Alors, que lui arriverait-il, si le projet était réellement écarté ?

Elle aurait du temps. Du temps pour aller voir ses parents, pour aller se promener et visiter des endroits, même si elle n'avait aucune idée des endroits qu'elle avait envie de découvrir. Elle pourrait faire ou apprendre d'autres choses, pas nécessairement liées au travail, mais juste pour le plaisir.

Elle pourrait apprendre à agir avec plus de spontanéité, au lieu de laisser son besoin compulsif de tout planifier dans les moindres détails gouverner ses journées.

Et, tant qu'elle était au Brésil, elle n'aurait plus à effectuer les travaux préparatoires pour le projet, ce qui lui laisserait plus de temps à passer avec Francisco.

Elle sentit son ventre réagir, mais non plus à la peur cette fois. L'excitation à l'idée de passer plus de temps auprès de lui, dans ses bras, l'emporta sur l'appréhension.

Elle se rallongea et ferma les yeux pour faire revenir les sensations de son corps musclé contre le sien, de sa bouche avide et sensuelle, de ses cheveux glissant entre ses doigts. Elle poussa un petit gémissement de plaisir. Ce baiser avait été sublime. Et l'avait aussi laissée avec une sensation dont elle n'avait jamais fait l'expérience auparavant, un manque qu'elle identifia comme un désir sexuel.

Voilà encore un pan de sa vie qui était resté inexploré mais qu'elle avait envie de découvrir.

Le fait de ne rester que quelques mois au Brésil ne devait pas l'empêcher de coucher avec Francisco, s'il en avait envie, lui aussi. Au contraire, c'était une occasion en or. Elle ne cherchait pas une relation durable mais elle aimait bien Francisco et le trouvait plus séduisant que tous les hommes qu'elle avait croisés dans sa vie. Lui-même était probablement soulagé à l'idée qu'elle ne s'éternise pas à Sao Paulo.

La question restait de savoir s'il avait envie d'avoir une aventure avec elle. Comment le savoir ?

Elle n'était pas naïve au point de penser que quelques baisers dans un endroit romantique signifiaient qu'il avait envie d'aller plus loin. Mais même si elle était bien décidée à faire preuve de plus de spontanéité dans sa vie, elle ne voulait pas prendre le risque de laisser le hasard décider. Il fallait s'organiser.

Pouvait-elle le séduire, comme elle croyait qu'il le faisait avec elle, la veille ? C'était sans compter qu'elle n'avait pas la moindre idée sur la façon de s'y prendre ! Et s'il refusait ses avances, l'humiliation serait trop cuisante.

Comment les gens signalaient-ils leur intérêt sexuel pour quelqu'un ? Peut-être qu'une recherche sur Internet lui apporterait des réponses.

Elle s'interrompit. Elle avait beau exceller dans la recherche, ce genre de quête en ligne lui parut vaine. Et si elle restait simplement elle-même, si elle essayait de donner corps à cette nouvelle Krysta qui émergeait peu à peu, et qu'elle prenait cela comme point de départ ?

Elle jeta un coup d'œil à sa montre. Francisco avait probablement fini de déjeuner. Il devait être dans le service, en visite auprès de ses patients. Elle eut envie de foncer à l'hôpital. Mais elle avait encore une conférence à donner le lendemain, et préparer méticuleusement ses interventions était le seul moyen qu'elle avait trouvé pour rendre le trac supportable. Si elle allait voir Enzo Dos Santos maintenant, elle aurait encore l'après-midi pour revoir sa présentation. Même si elle avait décidé de commencer un nouveau chapitre de son existence, plus détendu, moins réglé au cordeau, ce n'était pas le moment d'improviser pour autant, la veille d'une conférence. Il fallait simplement accepter de ne pas voir Francisco jusqu'au dîner.

Même si le Brésil la transformait, elle avait encore besoin de sa réputation et de son travail. Quelles que soient les attentes et les exigences de son corps.

11

Elle eut l'impression que la journée du lendemain n'en finissait pas. Mais elle se surprit à être moins stressée que d'habitude par le fait de parler devant un parterre de confrères et de consœurs. Au réveil, elle s'était sentie aussi nauséeuse que d'habitude à l'idée de monter sur scène, mais quand elle arriva à l'hôpital, le malaise s'était largement atténué. Voir que Francisco l'attendait y fut sans doute pour quelque chose.

— Ah ! te voilà ! dit-il en souriant. Comment te sens-tu ?

— Plutôt bien, répondit-elle en entrant avec lui dans le bâtiment. Comment s'est passée l'opération, hier soir ?

Un accident grave s'était produit en fin d'après-midi, dont les survivants avaient été emmenés au Paulista. Quand elle était arrivée pour voir Enzo, Francisco était déjà au bloc et, à 17 h 30, il lui avait envoyé un texto pour lui dire qu'il ne pourrait malheureusement pas dîner avec elle.

Elle avait été déçue mais avait accepté la nouvelle sans sourciller. Combien de fois s'était-elle trouvée au bloc pour une opération dont elle pensait qu'elle durerait deux heures et qui en avait duré cinq ?

— Le traumatisme était sévère. La patiente que j'ai opérée a perdu un œil. L'orbite a été écrasée. J'ai passé la majeure partie du temps à essayer de retirer des éclats d'os.

Ils se dirigèrent vers la salle d'attente attenante à la salle de conférences.

— Si elle doit survivre, ce qui n'est pas encore certain, elle aura besoin d'une reconstruction globale, y compris du plancher de l'orbite. Puisque l'autre œil n'a pas été touché, ce serait un cas parfait pour les techniques que tu nous as transmises. Même si je doute que cette femme ait les moyens d'y recourir.

— Certaines entreprises sont prêtes à proposer des soins gratuits ou à faible coût, quand ils souhaitent développer une collaboration avec un nouvel hôpital. Tiens-moi au courant de l'évolution de son état. Je pourrai en toucher un mot à l'entreprise belge.

Ils poursuivirent la discussion jusqu'à ce qu'un assistant vienne lui dire que l'heure de sa conférence était venue. Elle n'avait pas vu le temps passer.

Elle se leva.

— Avant que tu y ailles, dit tranquillement Francisco, est-ce que cela tient toujours, pour demain ?

— Bien sûr ! dit-elle en essayant tout de même de ne pas avoir l'air trop impatiente.

À partir de ce moment-là, elle eut l'impression que le temps s'était arrêté. Jamais elle n'avait été aussi impatiente de terminer une conférence, en dépit de sa passion pour le sujet.

Quand, enfin, les applaudissements du public retentirent, alors qu'elle s'apprêtait à partir, le directeur l'invita à déjeuner avec lui, en compagnie du chef du service de chirurgie. Il était délicat de refuser, alors elle les suivit jusqu'à un restaurant situé à quelques kilomètres de l'hôpital et participa au déjeuner le plus long de toute son existence. Les deux hommes étaient charmants et intéressants. Elle ne s'ennuya pas mais elle trépignait à l'idée d'être là, avec eux, plutôt qu'avec Francisco.

Elle profita néanmoins de ce déjeuner avec eux pour lancer l'idée d'approcher l'entreprise belge d'impression 3D pour qu'elle fabrique une réplique de plancher de l'orbite pour la victime de l'accident de la route qui avait perdu son œil.

— J'ai travaillé avec cette entreprise à plusieurs reprises et je les ai trouvés fiables, rapides et pas excessifs en termes de coût. Ce peut être une bonne idée que le Paulista soit en contact avec eux, au cas où.

— C'est la femme que le Dr Carvalho a opérée ? demanda le directeur.

— Oui.

Le chef de service prit la parole.

— Si le processus vital de cette femme n'est pas engagé, et même si, malheureusement, il l'est, je pense qu'il serait effectivement très profitable que vous nous mettiez en contact avec le bon interlocuteur de l'entreprise. Nous avons justement évoqué la possibilité de développer un programme utilisant les techniques et les informations que vous nous transmettez. Rien n'est décidé, pour l'instant, mais si nous décidons d'en parler au conseil d'administration, il sera utile d'avoir des informations à leur donner.

Elle éprouva le sentiment d'avoir réussi. Si le Paulista envisageait d'utiliser de nouvelles techniques, sa visite serait déjà un succès.

Lorsqu'elle revint à l'hôpital, elle passa voir Enzo Dos Santos qu'elle trouva en bonne forme physique et de bonne humeur. La convalescence se déroulait au mieux. Sa femme était rentrée chez eux pour quelques heures, et c'est Roque Cardoza qui lui tenait à présent compagnie.

— Vous ne me verrez pas demain, dit-elle après l'avoir examiné.

Il prit sa tablette et écrivit.

Un rendez-vous galant ?

Elle leva les yeux au ciel mais au fond d'elle elle sentait l'excitation bouillonner. Il lui fallut déployer de grands efforts pour rester calme et répondre d'un air détaché.

— Je vais visiter votre pays magnifique. Un endroit qui porte le même nom que vous : Santos.

Le regard d'Enzo Dos Santos s'illumina.

Plages et jardins somptueux. Musée du café.

— J'irai au musée. J'adore le café.

— Si vous avez le temps et l'envie, il y a aussi un jardin d'orchidées, ajouta Roque Cardoza. Et l'eau est peut-être un peu froide pour nager mais vous pouvez louer une combinaison et une planche près de Sao Vincente, si vous aimez le surf.

— Je nage dans les lacs du Nord, alors je supporterai peut-être la température de l'océan, dit-elle sans préciser que l'idée de monter sur une planche de surf la rendait nerveuse.

Elle ne croisa pas Francisco mais un texto l'informa qu'il retournait au bloc. Décidément, les fées n'étaient pas très clémentes avec eux.

Elle n'avait toujours pas décidé ce qu'elle voulait faire de leur relation. Le soir, aller nager ne parvint pas à atténuer son stress. Elle rentra dans son appartement, prit son téléphone et, avant de comprendre ce qu'elle était en train de faire, composa le numéro de sa mère.

— Bonjour ma chérie ! Que se passe-t-il ? Tu es toujours au Brésil ?

Fallait-il qu'il se passe quelque chose pour qu'elle appelle ses parents ? Elle s'efforça d'ignorer la culpabilité, toujours tapie quelque part en elle. Ses appels étaient rares et espacés, emplis de petits silences que sa mère remplissait de bavardages, ce qui ne faisait qu'ajouter à son malaise.

— Oui, je suis au Brésil. C'est un pays fantastique. Je pense que vous aimeriez, papa et toi.

— J'ai toujours eu envie d'y aller. Mais, avec ton père, il est impossible de prendre l'avion pour une destination plus lointaine que Saint-Eustache.

Elles rirent ensemble. Le fait que son père n'aime pas prendre l'avion était un sujet de plaisanterie dans la famille.

Quand Krysta partait en déplacement, elle proposait à ses parents de la rejoindre pour quelques jours mais son père trouvait toujours une excuse pour ne pas venir. À y bien penser, elle tenait beaucoup de son père, et pas seulement la forme de ses oreilles.

— Le Brésil serait moins loin si vous viviez à Saint-Eustache, dit-elle tranquillement, surprise de la liberté avec laquelle elle abordait le sujet.

Il y eut un petit silence.

— Si tu t'installais au Brésil, on finirait bien par venir te voir, tout de même. Mais je doute que cela arrive avant que tu rentres à New York. Ton père ne bougera pas. Il n'a jamais cessé de dire qu'il voulait retourner à Saint-Eustache, mais chaque fois que j'essaye d'en parler plus sérieusement avec lui, il a soudain plus urgent à faire.

Manifestement, c'est aussi de son père qu'elle avait hérité sa propension à la fuite et à l'évitement !

— C'est pour cela que vous n'êtes jamais retournés là-bas ?

— Bien sûr ! Quand tu as été en âge de te débrouiller seule, nous n'avions plus d'excuses pour ne pas y retourner, à part celles que ton père s'est mis à trouver, et qu'il continue à me resservir, aujourd'hui encore, dit-elle en riant. Quel vieux schnock ! Mais un jour, je le mettrai le dos au mur, et nous redéménagerons.

Krysta rit de nouveau, soulagée. Finalement, ce n'était pas elle qui avait empêché ses parents de bouger. Ils s'en privaient eux-mêmes. Pendant toutes ces années, elle s'était fait des idées.

Quelles autres croyances conservait-elle, qui pouvaient se révéler totalement erronées si elle se donnait la peine de les confronter à la réalité ?

Il faudrait qu'elle y réfléchisse sérieusement.

Cette nuit-là, quand elle finit par s'endormir, ce fut pour rêver une fois encore d'une piscine sans bords. Mais, cette fois, elle était emportée par un courant puissant et, en entendant un grondement croissant, elle se demandait s'il n'y avait pas une chute d'eau au bout.

Francisco sortit de l'hôpital après minuit et rentra chez lui, éreinté. Les deux derniers jours lui avaient rappelé ses années d'internat, où la seule chose qui le faisait avancer était la perspective de ses journées de congé.

Il était fou d'impatience de voir Krysta et de passer du temps avec elle.

Il n'avait toujours pas décidé ce qu'il voulait faire de leur relation. Il y avait trop d'éléments à prendre en compte qui rendaient la décision difficile.

Si leur relation se transformait en histoire sentimentale, ils prenaient le risque que cela leur nuise sur le plan professionnel, à l'un, à l'autre ou à eux deux. Il en avait déjà fait l'expérience et ne tenait pas à la réitérer.

Quand il s'était mis à sortir avec des femmes, c'étaient des mannequins, des maquilleuses, des stylistes, des jeunes femmes qui gravitaient dans le même milieu que lui. Mais plus d'une fois, dans le cas de relations ponctuelles comme dans des histoires plus sérieuses, les ruptures avaient eu des conséquences néfastes sur son travail.

Puis il avait mûri un peu et cessé de sortir avec des femmes qu'il voyait dans le cadre de son travail. Il détestait le mélodrame tout comme il détestait qu'on le fasse passer pour le méchant. Bêtement, il avait fait une entorse aux règles qu'il s'était fixées en sortant avec Mari, qui était mannequin elle aussi, et avec qui l'histoire s'était terminée de la pire façon qui soit.

Il savait qu'on surveillait ses faits et gestes, au Paulista, et il n'avait pas envie de faire voler en éclats la vie qu'il s'était reconstruite à Sao Paulo. Il avait le sentiment que certains, comme Delgado, pour ne citer que lui, n'attendaient qu'un prétexte pour se débarrasser de lui. Même si ce dernier n'était pas au sommet de la hiérarchie de l'hôpital, sa famille avait suffisamment d'influence pour convaincre le conseil d'administration de l'évincer, pour une raison ou pour une autre.

De plus, les aventures sans lendemain ne l'attiraient plus. D'un autre côté, il ne cherchait pas une relation sérieuse. Les plaies de la dernière n'avaient pas encore suffisamment cicatrisé. Cette dichotomie faisait qu'il était toujours sans femme, ni dans son lit ni à son bras, et qu'il n'avait pas fait l'amour depuis sans doute trop longtemps.

Plus jeune, cela ne lui posait aucun problème de ne passer qu'une nuit ou qu'une journée avec une femme. Il avait eu deux histoires un peu plus longues puis il avait rencontré Mari. Il était tombé fou amoureux d'elle, sans se rendre compte que l'attraction sexuelle et les montagnes russes émotionnelles n'étaient pas le gage d'un amour sincère et épanouissant, tant s'en faut.

Après leur rupture, il était resté méfiant vis-à-vis de toute forme d'attachement et avait préféré se concentrer sur sa carrière pour ne pas risquer une nouvelle débâcle sentimentale. Les femmes qui lui tournaient autour semblaient plus intéressées par le Cisco des défilés que par l'homme qu'il était dans le fond. Cela ne l'intéressait pas. Il préférait mener une vie d'ermite. C'était du moins le cas avant que Krysta apparaisse et lui donne envie de remettre ses principes en question.

Depuis qu'il la connaissait, il s'interrogeait sur la vie et sur ce qu'il en attendait. Il n'avait pas vraiment trouvé de réponses mais il aimait le fait de se poser les questions. C'était bon signe. Et, depuis leur baiser sur le pont, il rêvait de la serrer de nouveau dans ses bras. Sur le moment, il aurait voulu que ce baiser ne s'arrête jamais. Il aurait aussi voulu aller plus loin, satisfaire ce désir brûlant et irrépressible. Il se demandait encore comment il avait trouvé la force de ne pas monter chez elle et de repartir sagement après l'avoir raccompagnée.

Le lendemain, il était prévu qu'ils passent enfin la journée ensemble. Il risquait de ne pas pouvoir résister à la tentation de l'embrasser.

Non, pour être honnête, il *ne résisterait pas* à la tentation.

Ce qui le ramenait à la question de savoir quelle tournure allait ou devait prendre leur relation.

La question tourbillonna dans sa tête jusqu'à ce qu'il pose la tête sur son oreiller et sombre dans un sommeil profond.

12

Krysta était prête bien avant l'heure à laquelle il était convenu que Francisco passe la prendre. À 8 h 45, un texto l'informa qu'il aurait un quart d'heure de retard et ne serait pas chez elle avant 9 h 15.

Lors de sa virée shopping, le jour où ils étaient allés à Ibirapuera, elle avait acheté plusieurs tenues. Elle était notamment ressortie de la boutique avec un maillot de bain, à des années-lumière des une-pièce qu'elle avait l'habitude de porter et qui cachaient ses formes plus qu'ils ne les mettaient en valeur.

Les vendeuses appelaient cela un trikini. Au début, elle avait rejeté la suggestion d'emblée. Entre la découpe de part et d'autre du torse et les motifs colorés, tout était fait pour qu'elle passe son chemin sans hésitation. Mais les deux vendeuses avaient insisté pour qu'elle l'enfile. Elle ne risquait rien : s'il ne lui plaisait pas, elles lui en trouveraient un autre.

Elle avait longuement scruté son reflet dans le miroir en se demandant si c'était vraiment le sien. La coupe du maillot mettait ses seins en valeur, ce qui, en d'autres circonstances, aurait pu la mettre mal à l'aise mais qui, en l'occurrence, lui rappela qu'elle était une femme. Les découpes, sur les côtés, l'amincissaient et soulignaient la courbe de sa taille et de ses hanches.

Sur le moment, l'acheter, de même que les trois robes

d'été dont les vendeuses juraient qu'elles avaient été coupées pour elle, lui avait semblé couler de source. À présent, elle se demandait si elle était vraiment prête à franchir un pas aussi grand. La robe qu'elle avait choisi de porter était belle, même si elle était près du corps, mais le maillot qu'elle portait dessous suscitait en elle une certaine inquiétude.

L'idée de le porter à côté de Francisco ne lui procurait aucun soulagement, même si elle avait toute confiance en lui. D'ailleurs, s'il n'était pas arrivé avec une légère avance par rapport à ce qu'il avait annoncé, elle aurait probablement couru l'enlever pour remettre son vieux une-pièce informe et défraîchi.

Mais Francisco était là, et le sourire avec lequel il l'accueillit à la sortie de l'ascenseur dissipa son désarroi en un clin d'œil.

— *Querida*, dit-il en se penchant pour déposer un baiser sur sa joue. Je suis désolé d'être en retard. Je ne me suis pas réveillé, ce qui ne m'arrive pour ainsi dire jamais.

— C'est ce qui arrive quand on passe ses journées au bloc, comme cela a été le cas ces derniers jours, dit-elle, contente qu'il soit détendu, se retenant pour ne pas lui sauter au cou et l'embrasser à pleine bouche. Tu dois être exténué. Tu es sûr que tu as envie de faire de la route ?

— Ce n'est qu'à une bonne heure d'ici, dit-il en marchant vers la voiture. Et il faut vraiment que tu voies Santos. Ce sera plus reposant d'être là-bas que de rester ici.

Peut-être parce qu'ils avaient moins de risques de tomber sur quelqu'un de l'hôpital là-bas, même si ce n'était pas à exclure. Tenait-il à garder leur relation secrète ? Devait-elle lui en être reconnaissante ou en être agacée ?

De plus, comme il le souligna une fois qu'ils furent sortis de Sao Paulo, il y aurait moins de circulation un jour de semaine que le week-end.

— J'ai pensé que nous pourrions prendre l'ancienne route, *rodovia Antiga*, à l'aller, et revenir par la *rodovia dos Imigrantes*. La première est plus pittoresque.

Il expliqua que la nouvelle route avait été construite pour fluidifier la circulation entre Sao Paulo et la côte, tronçon qui était emprunté autant par les camions que par les particuliers. Quand le trafic était particulièrement intense, il n'y avait plus qu'un sens de circulation sur chaque route : tous les véhicules sortant de Sao Paulo roulaient sur l'une, tous ceux qui revenaient de la côte empruntaient l'autre.

— Les gens roulent vite, ici, dit-elle alors qu'ils croisaient un camion qui roulait à une allure qu'elle jugea excessive.

— Il va falloir que tu me fasses confiance. Les gens roulent parfois comme des fous, mais je suis habitué.

— Je te fais confiance, dit-elle tout en contemplant le paysage fabuleux qui défilait sous les yeux.

C'était une alternance de nature disciplinée par la main de l'homme et de jungle. Sur les montagnes, à l'arrière-plan, se dressaient quelques arbres obstinés. Par moments, son cerveau s'emballait, quand, par exemple, elle se demandait comment les humains s'y étaient pris pour tracer une route dans une nature aussi sauvage. Mais elle se félicita aussi de parvenir à le débrancher pour simplement admirer le paysage.

Lorsqu'ils arrivèrent à Santos, l'endroit lui fit penser à la partie la plus chic de la côte de Fort Lauderdale, en Floride.

— C'est un endroit très fréquenté, à la fois par les touristes et par les habitants de Sao Paulo, expliqua Francisco. C'est la raison pour laquelle il vaut mieux éviter de venir le week-end. C'est de la folie, surtout quand des bateaux de croisière accostent.

Elle comprit pourquoi les gens affluaient dans cet endroit. La plage, bordée de jardins, s'étendait sur des kilomètres de sable, et l'eau était transparente.

— On pourra aller sur la plage quand l'air se sera un peu réchauffé, si tu veux. En attendant, il y a des tas de choses intéressantes à voir, à commencer par le centre.

— Enzo m'a dit qu'il y avait un musée du café.

— As-tu envie de visiter le musée ou plutôt de boire un bon café ? dit-il comme s'il lisait dans ses pensées.

— Les deux.

— Alors allons-y.

Ils s'arrêtèrent boire un café et manger une pâtisserie dans un café, avant de se rendre au *Museu do café*, dont l'architecture était impressionnante.

— C'était la Bourse du café, dit Francisco. Est-ce que tu préfères une visite guidée ou visiter les lieux à ton rythme ?

Elle opta pour une visite libre dans ce bâtiment majestueux, au sol de marbre et aux vitraux somptueux qui reflétaient une certaine opulence.

Ils firent une petite halte dans le café du musée, où elle goûta différents mélanges et où ils burent une autre tasse.

— À ce rythme, nous risquons de ne pas dormir pendant trois jours, dit-il en riant.

Ils se rendirent ensuite au jardin d'orchidées, ainsi qu'au petit zoo qui y était rattaché. Ils déambulèrent dans la jungle tropicale, admirèrent des statues puis finirent par reconnaître qu'ils avaient faim.

Ils trouvèrent un restaurant avec une terrasse, où Francisco la pria de s'installer avant de s'éclipser aux toilettes. Krysta offrit son visage aux doux rayons du soleil. Avait-elle déjà été aussi détendue ? Aussi heureuse ? Quand elle était en compagnie de Francisco, les tensions qui l'habitaient se dissipaient naturellement, sans qu'elle ait à fournir quelque effort en ce sens.

Quand elle était aux États-Unis, elle n'avait même pas conscience d'être stressée, alors que son corps vivait dans une tension permanente et que son esprit tournait en boucle la plupart du temps. C'est en l'absence de ces symptômes qu'elle se rendait compte à quel point elle menait une vie malsaine.

Le déjeuner fut un concentré de plaisirs. Les plats étaient délicieux, et elle se laissa tenter par un dessert, en l'occurrence une glace au café.

— Ne m'appelle pas à 2 heures du matin pour me dire que tu n'arrives pas à dormir, dit-il d'un air faussement sérieux, que les petites rides autour de ses yeux démentirent aussitôt.

Ils reprirent la voiture pour se rendre à Sao Vicente, où Francisco lui montra la sculpture de Tomie Ohtake commémorant l'arrivée des migrants japonais au Brésil. Elle ressemblait à un dragon.

— Il produit différents sons, en fonction de la vitesse et du sens du vent, dit Francisco, quand une rafale lui fit émettre un sifflement grave.

Ils décidèrent de retourner à la plage à Santos qui, selon lui, était plus belle. Il n'y avait pas grand monde, probablement parce que le vent s'était levé. Une fois garés, ils traversèrent les jardins puis se déchaussèrent pour marcher sur le sable. Krysta poussa un énorme soupir.

— Qu'est-ce que la mer m'a manqué ! C'est en la voyant, là, que je me rends compte à quel point j'en ai besoin. Quand je retourne à Saint-Eustache, je passe ma vie sur la plage.

— Saint-Eustache te manque ?

Elle réfléchit, tout en marchant jusqu'au rivage, où le bruit de l'eau lui fit l'effet d'une berceuse apaisante.

— J'y suis née mais je n'ai pas grandi là-bas, contrairement à mon père. Mais oui, cette île me manque souvent. C'est un endroit avec lequel j'ai un lien fort.

Elle s'interrompit, hésitant à livrer une remarque aussi personnelle. Mais il y avait quelque chose en Francisco qui lui donnait envie de se confier autant que d'écouter ses confidences.

— Parfois, j'ai l'impression que l'île m'appelle, comme un murmure du vent, et elle me manque tellement que j'en éprouve une douleur physique, là, près du cœur.

— En brésilien, nous avons un nom pour décrire ce désir nostalgique. C'est la *saudade*. C'est ce que je ressens chaque fois que je m'éloigne du Brésil, même si ce n'est pas pour longtemps. Est-ce que tu retournes là-bas, quand tu éprouves la *saudade* ?

La culpabilité tenta de se frayer un chemin mais elle lui barra le passage. La partie d'elle qui ignorait ses sentiments, *saudade* y compris, était en train de mourir lentement, pour laisser renaître une nouvelle personne de ses cendres. Mais elle devait regarder son passé en face, avec honnêteté.

— Rarement. Depuis que mes grands-parents sont morts, je n'y suis pratiquement pas allée. Mais j'ai envie que ça change. C'est une partie de ma vie que j'ai négligée jusque-là, et à laquelle j'ai envie d'accorder plus d'attention.

— Tu as raison. Il faut nourrir notre âme autant que notre esprit et que notre corps. Je l'avais oublié, moi aussi, mais j'ai pris la décision de m'améliorer.

— Et toi, tu as trouvé un lieu, au cours de tes voyages, qui t'a marqué ?

— Paris, curieusement. Je ne sais pas pourquoi j'ai adoré cet endroit. J'ai eu l'impression que les Français accordaient de l'importance à ce qui est important dans la vie.

La mer lui léchait les pieds. Elle était fraîche mais pas plus froide que les lacs dans lesquels elle avait l'habitude de se baigner.

— Elle ne doit pas faire plus de 22 °C, dit Francisco en reculant sur le sable.

— À mon avis, elle est plus proche de 70, le corrigea-t-elle en plaisantant.

— Quelle idée vous a pris, vous les Américains, d'inventer les degrés Fahrenheit ? dit-il sur le même ton. En tout cas, quelle que soit l'unité de mesure, elle est trop froide pour que je me baigne.

— J'ai envie d'essayer, dit-elle en commençant à déboutonner sa robe.

Le regard qu'il posa sur elle lui fit presque changer d'avis et battre en retraite devant un nouvel assaut de ses peurs.

Mais l'envie de laisser s'exprimer la nouvelle personne qu'elle était en train de devenir l'emporta.

Aussi retira-t-elle sa robe avant de la lui jeter. Il la rattrapa d'un geste réflexe sans la quitter des yeux qui, à présent, exprimait un désir irréfutable, auquel son corps réagit comme s'il avait subi une décharge électrique. Elle demeura immobile, comme pétrifiée par ses yeux bruns chauds et profonds.

Puis Francisco bougea et s'approcha d'elle comme s'il avait décidé de se baigner. Comme si on l'avait libérée d'un sortilège, elle se tourna et courut vers la mer. Quand elle eut de l'eau jusqu'en haut des cuisses, elle piqua une tête dans une vague.

La fraîcheur de l'eau ne parvint pas à apaiser le pétillement circulant dans ses veines. Comment un simple regard pouvait-il produire un tel effet ? Elle nagea en direction de la ligne d'horizon puis fit la planche, en se laissant caresser par les chauds rayons du soleil.

Qu'allait-elle faire de toutes ces sensations, de toutes ces émotions ? Au lieu de lui apporter une réponse, la mer se mit à faire des vagues. Elle se laissa flotter quelques instants puis reprit la direction du rivage. Quoi qu'elle en dise, la mer était un peu fraîche pour qu'elle ait envie de s'y attarder.

Quand elle sortit de l'eau, le vent lui donna la chair de poule. Mais Francisco avait pensé à tout. Il l'attendait sur le sable avec une serviette dont il l'enveloppa en lui frottant le dos et les bras.

— Tu es gelée, dit-il d'un air soucieux. Viens, on va aller boire quelque chose de chaud sur la promenade.

— Un café ? dit-elle en claquant des dents.

Francisco se mit à rire et l'entraîna vers la promenade, un bras sur ses épaules. Il l'accompagna à la terrasse ensoleillée d'un café et se proposa d'aller chercher son sac dans la voiture pour qu'elle puisse se changer. Il revint avec le sac et une serviette sèche. Elle trouva une cabine de douche près des toilettes, où elle put se rincer avant de se rhabiller.

Elle retraversa le café et s'arrêta à l'entrée de la terrasse. Francisco regardait au loin, l'air pensif. Elle sentit son cœur battre plus fort. Il dut percevoir sa présence et tourna la tête. Quand il l'aperçut, le sourire qui illumina son visage la fit vaciller sur ses jambes.

13

Francisco regarda Krysta revenir et s'efforça de chasser les pensées contradictoires qui se bousculaient dans son esprit, sans y parvenir tout à fait.

Il devait bien reconnaître que la vue de Krysta courant vers la mer en maillot de bain avait fait monter son désir dans des proportions qui commençaient à le préoccuper. Quand elle avait retiré sa robe, dévoilant son corps magnifique dans son trikini, il avait eu l'impression d'avoir été changé en pierre. L'espace de quelques instants, il n'avait pu ni bouger ni même respirer, avant que le désir monte en lui comme un tsunami.

Il avait avancé vers elle pour la prendre dans ses bras quand elle s'était mise à courir vers la mer, rompant brusquement le charme. Brusquement et heureusement !

Si elle ne s'était pas éloignée, il n'aurait pas pu se retenir et l'aurait embrassée comme un fou. Il n'aimait pas se donner en spectacle, et la sensation de perdre le contrôle ne lui réussissait pas.

— Ça va mieux, dit-elle en posant son sac avant de se rasseoir à côté de lui. L'eau était bonne mais le vent, à la sortie, était glacial.

Elle frissonna.

— Es-tu sûre que tu t'es réchauffée ? On peut aller à l'intérieur, si tu veux.

— Non, tout va bien. Cela ira encore mieux quand ils m'auront apporté un bon cappuccino bien chaud.

Le serveur surgit, comme par enchantement, et déposa leurs tasses. Elle prit la sienne entre ses mains et huma le cappuccino en poussant un petit gémissement de plaisir qui le rendit fou.

— Quoi ? dit-elle en levant la tête vers lui.

Mais il vit ses joues s'empourprer et ne se donna pas la peine de répondre.

— Comment va la femme que tu as opérée ? demanda-t-elle soudain, probablement pour dissiper la tension sexuelle dont l'atmosphère était chargée.

Il n'avait pas envie de parler travail, mais répondit à la question.

— Elle est toujours en soins intensifs, mais le neurologue a bon espoir qu'elle se recouvre la majeure partie de ses capacités.

— J'ai parlé d'elle au directeur et au chef du service, et ils sont d'accord pour que je demande aux Belges de nous fournir un plancher de l'orbite. Je m'en occuperai demain.

— Je te tiendrai au courant de l'évolution de son état et du moment où elle sera à même de supporter une reconstruction.

Le silence retomba et, pour la première fois depuis qu'ils se connaissaient, il était tendu, inconfortable. Krysta se mordillait la lèvre, penchée sur sa tasse comme si elle allait y trouver les réponses à tous les mystères du monde.

Lui-même avait l'esprit encombré. Il aurait voulu tout connaître d'elle mais doutait qu'elle réponde à toutes ses questions. Il y en avait notamment une qu'il ressassait depuis le soir où ils étaient allés à Ibirapuera et dont la réponse pourrait lui fournir une autre pièce du puzzle.

— Krysta, est-ce que je peux te poser une question personnelle ?

Elle leva les yeux de sa tasse.

— Oui, dis-moi.

— Pourquoi est-ce que tu caches ton corps ?

L'expression de curiosité qu'elle avait un instant plus tôt s'évanouit.

Il eut l'impression d'avancer sur un terrain miné, mais il était encore plus difficile de revenir sur ses pas. Alors il poursuivit en priant pour que la terre ne se dérobe pas sous ses pieds.

— Tu as dit que la mode ne t'intéressait pas, ce qui n'est pas aberrant en soi. Il y a des tas de gens qui n'y accordent aucune importance. Mais on dirait que tu achètes exprès des vêtements qui ne sont pas à ta taille. Qui sont trop grands, en l'occurrence. Et, pour moi, tu as une bonne raison de le faire.

— Je ne savais pas que tu versais dans la psychologie, dit-elle sur un ton sarcastique qui lui fit comprendre qu'il avait fait mouche.

— J'ai travaillé dans l'univers de la mode dans lequel les névroses et les dysfonctionnements se manifestent à tous les niveaux. J'ai appris à repérer certains signes.

Elle détourna le regard, le dos droit et raide, lui offrant un profil tendu par une souffrance qu'elle avait manifestement enfouie en elle et sur laquelle il venait de mettre la lumière.

— Quand je suis entrée à l'université, j'étais très jeune mais déjà formée, physiquement. Ma mère disait que mon corps essayait de rattraper le rythme de mon développement intellectuel. Je n'y accordais pas vraiment d'attention puisque tout ce qui m'intéressait, à l'époque, c'était de réussir mes études.

Elle marqua une pause et passa nerveusement le doigt sur la faïence de sa tasse.

— Cela dit, je ressemblais à n'importe quelle autre ado. À l'époque, je m'habillais comme tout le monde – c'était la mode des jeans moulants et des débardeurs, des minijupes ou des mini-shorts quand il faisait chaud. Ma façon de m'habiller n'était pas mon principal centre d'intérêt mais j'aimais bien aller faire les magasins avec ma mère. Un soir, en rentrant de la bibliothèque, je me suis fait agresser. Un homme a surgi de nulle part, il a passé le bras autour de mon cou pour m'étrangler tout en m'entraînant vers des buissons.

Francisco se figea comme si tous les fluides de son corps avaient gelé. Puis la colère monta au point qu'il eut du mal à la contenir et à garder une expression neutre devant Krysta. Elle avait besoin d'une oreille attentive, pas d'un homme furieux, prêt à se battre contre un agresseur qui n'existait peut-être même plus.

Elle porta la tasse à ses lèvres. Ses mains tremblaient. Puis elle se redressa et le fixa droit dans les yeux. La peur et la détresse avaient déserté son regard, remplacées par l'expression de sa force intérieure.

— J'ai eu de la chance que mon père soit venu me chercher à la bibliothèque. Il m'a entendue crier. Il m'avait aussi donné des cours d'autodéfense, si bien que quand le type m'a attrapée par-derrière, j'ai fait la morte. Je suis devenue toute molle au lieu de me débattre. Il ne s'attendait sans doute pas à cela et m'a un peu lâchée. J'en ai profité pour lui donner un grand coup de sac dans la figure, puis mon père est arrivé, et l'homme a pris la fuite.

Un léger sourire se dessina sur ses lèvres mais disparut avant de s'être totalement épanoui.

— Mon père l'a poursuivi, rattrapé et frappé au point de lui casser la mâchoire. Quant à moi, j'étais contusionnée mais vivante. J'ai eu vraiment beaucoup de chance que mon agresseur ne soit pas arrivé à ses fins, quelles qu'elles soient. Ce qui ne m'a pas empêchée, à partir de ce moment-là, de poser un regard différent sur mon corps. J'avais l'impression qu'il était source d'ennuis et qu'il valait mieux que je le cache. C'est à ce moment-là que j'ai commencé à mettre des vêtements informes et sans doute moches. L'habitude est restée.

— Je suis désolé, dit-il d'une voix rauque, la gorge serrée par la douleur et la colère. Désolé que tu aies subi cela et désolé d'avoir tout fait remonter à la surface. Je ne voulais pas être indiscret.

Elle secoua la tête et sourit, plus franchement, cette fois.

— Ne sois pas désolé, cela m'a fait du bien d'en parler, au contraire. Le type a plaidé coupable, si bien qu'il n'y a pas eu de procès, par chance. Mais mes parents n'ont jamais voulu en reparler, et je n'avais personne à qui me confier, alors j'ai tout gardé en moi pendant longtemps. J'ai mis des années avant de reconnaître ce qui m'était arrivé et encore plus longtemps à le surmonter, si tant est que je l'ai surmonté.

Son sourire s'élargit encore. Francisco sentit son cœur se serrer face à une telle beauté.

— Depuis que je suis au Brésil, j'ai découvert des parties de moi que je n'avais même pas conscience d'avoir mises de côté. Et je veux te remercier pour cela. Merci, Francisco.

— Merci à toi de m'avoir confié tout cela. Je ne sais pas si je suis digne d'une telle confiance.

Elle secoua la tête mais n'ajouta rien. Puis, sans doute pour alléger l'ambiance, elle lui demanda comment elle devait s'habiller, pour son anniversaire chez ses parents. Après ce qu'elle venait de lui raconter, cette question anodine était lourde de sens. Il se sentit submergé par l'émotion, fier d'elle et de son courage, touché par la confiance qu'elle lui accordait. Son seul regret était de ne pas l'avoir connue à l'époque, pour pouvoir la protéger.

Lorsqu'ils décidèrent de quitter Santos, le jour commençait à décliner. Ils allèrent main dans la main jusqu'à la voiture. Ils s'étaient remis à bavarder et à rire, comme à leur habitude. Krysta se moquait de lui parce qu'il n'avait pas eu le courage d'aller se baigner, Francisco grimaçait de dégoût à cette idée.

— Je présume donc que si j'avais voulu aller faire du surf, comme Roque Cardoza me l'avait suggéré, je n'aurais pas pu compter sur toi pour m'apprendre.

— Certainement pas aujourd'hui. Même avec une combinaison.

Il faisait nuit quand ils arrivèrent à Sao Paulo. Francisco proposa qu'ils s'arrêtent dans un petit restaurant pour dîner, puis il la déposa chez elle.

Comme les autres fois, il l'accompagna jusque devant l'ascenseur. Il tendit la main pour l'appeler. Krysta l'arrêta.

— C'est à moi de te poser une question, dit-elle, et quelque chose dans son regard lui fit comprendre qu'elle était sérieuse. C'est une chose très personnelle. Ou plutôt un service que je voudrais te demander.

Il essaya de se détendre et de parler mais tout ce qu'il parvint à faire fut hocher la tête et retenir son souffle, pour une raison qui lui échappa.

— Voudrais-tu me faire perdre ma virginité ?

Krysta vit une lueur de désir traverser le regard de Francisco avant qu'il recouvre son expression impassible habituelle.

Elle-même n'éprouvait aucune appréhension. Francisco était le seul homme qu'elle ait rencontré pour lequel elle ressente à la fois confiance et désir. Au pis, il refuserait, et tout redeviendrait comme avant.

Ou pas.

Francisco la regardait, le bras toujours tendu vers le bouton d'appel de l'ascenseur.

— *Fale comigo*, dit-elle, répétant les mots qu'il avait un jour employés avec elle.

Elle le vit déglutir.

— Es-tu en train de me dire dans la même phrase que tu veux faire l'amour avec moi et que tu es vierge ?

— Ce n'est pas bien ? demanda-t-elle, le cœur battant.

Il abaissa le bras.

— *Meu Deus*. Tu ne plaisantes pas ? Pour moi, c'est un sujet grave, dont je ne peux pas discuter ici, devant un ascenseur.

Krysta appuya sur le bouton, et dès que les portes de l'ascenseur s'ouvrirent, elle entra dans la cabine.

— On peut discuter de ça là-haut, si tu préfères, dit-elle en empêchant les portes de se refermer.

— Tu me rends *louco*, dit-il en posant la main sur la sienne. Je sais qu'il faudrait que je parte mais je n'y arrive pas.

— Alors ne pars pas.

— Si je monte, je ne peux pas te promettre que je me comporterai en parfait gentleman. Réfléchis bien avant de me demander de rester ou de partir.

Loin de l'effrayer, sa déclaration attisa son désir pour lui. Elle le prit par le poignet et l'attira dans l'ascenseur.

Les portes se refermèrent, et elle appuya sur le bouton de son étage. Leurs corps ne se touchaient pas, mais ils se regardaient avec une intensité qui emplit la cabine d'une tension sexuelle palpable.

Francisco s'écarta pour la laisser sortir. Le trajet n'avait été que de quelques secondes mais elle avait l'impression qu'il avait duré une éternité. Sous sa peau, tout son être vibrait de désir. Elle se rappelait à quel point elle s'était sentie bien dans ses bras quand il l'avait embrassée et brûlait d'éprouver de nouveau ces sensations.

Elle ouvrit la porte de son appartement, entra et se retourna. Francisco la suivit lentement, et elle se rappela l'impression qu'il lui avait faite quand elle l'avait rencontré. Il s'arrêta face à elle et plongea son regard dans le sien.

— Tu n'as jamais fait l'amour ?

Elle secoua la tête.

— Pourquoi ? Comment est-ce possible ?

En d'autres circonstances, elle aurait sans doute éclaté de rire mais le moment n'était pas à la plaisanterie. Il était excitant, frustrant et un peu stressant.

— A priori, je dirais par manque d'intérêt. Et aussi parce que je n'ai jamais rencontré quelqu'un qui me donne envie de m'y intéresser davantage. Je n'ai jamais eu envie d'un homme comme j'ai envie de toi.

Son regard s'assombrit.

— Tu avais peur ? À cause de l'agression ?

Elle s'était toujours montrée honnête avec lui.

— Oui, sans doute.

— Et maintenant, tu as peur ?

— Un peu, parce que tout cela m'est inconnu. Mais je sais que tu me respectes et ne me feras pas de mal.

Il se passa la main sur le visage. Elle vit alors qu'il était partagé entre le désir et l'inquiétude.

— Mais il faut que tu saches que le sexe change tout. Si nous faisons l'amour, rien ne sera plus pareil, et peut-être dans le mauvais sens.

Elle leva la tête.

— Je veux bien tenter. Et toi ? Si tu ne veux pas, mieux vaut que tu partes tout de suite, avant que je te saute dessus.

14

Elle retint son souffle, curieuse de savoir quelle décision il allait prendre. Il tendit la main vers la poignée de la porte. L'espace d'un instant, son cœur cessa de battre. Mais Francisco se contenta de la fermer doucement, avant de se retourner.

— Il vaudrait peut-être mieux que je parte, mais l'idée de ne pas te prendre dans mes bras, de ne pas t'embrasser et de ne jamais savoir comment nos deux corps réagiront l'un à l'autre m'est insoutenable.

Ses jambes se mirent à trembler mais elle ne vacilla pas. Francisco la prit dans ses bras et l'embrassa passionnément. Elle répondit à son baiser avec la même ardeur. Elle avait passé trop de nuits à rêver de ce moment.

— *Amor, eu te quero*, murmura-t-il quand il se détacha d'elle, haletant. J'ai envie de toi. Je veux sentir ta peau contre la mienne. J'en ai besoin, comme de l'air que je respire.

— C'est ce que je veux, moi aussi.

Il lui prit la main et avança vers le canapé, s'assit, avec elle sur les genoux, pour l'embrasser encore. Elle sentit ses mains brûlantes parcourir son dos et son ventre à travers le tissu de sa robe. Impatiente, elle tira sur son T-shirt pour qu'il l'enlève.

La sensation de sa peau et de ses muscles sous ses doigts était fascinante et très excitante. Elle n'eut plus qu'une envie : le caresser, explorer ce corps qu'elle ne connaissait pas et qui suscitait en elle des réactions tout aussi inconnues. Quand elle passa la main sur ses tétons et les sentit se contracter sous ses doigts, il poussa un gémissement et l'arrêta.

— Pourquoi ? Tu n'aimes pas ? demanda-t-elle, un peu frustrée.

— Je vais te montrer pourquoi, répondit-il d'une voix grave.

Il déboutonna sa robe et fit glisser les bretelles sur ses épaules, la laissant nue sous son soutien-gorge bandeau qu'il dégrafa d'une main.

Puis il se mit à la caresser, laissant des traînées incandescentes partout où glissaient les doigts. Elle s'arqua, le corps en feu puis sentit ses doigts jouer avec le bout de ses seins comme elle l'avait fait avec lui quelques instants plus tôt. Elle se mit à trembler de plaisir et de désir mêlés. Lorsqu'il posa la bouche dessus et qu'elle sentit sa langue à la place de ses doigts, elle s'agrippa à ses cheveux, partagée entre la peur qu'il arrête et la peur de perdre connaissance. Jamais elle n'avait connu un plaisir aussi intense de sa vie.

Francisco la poussa doucement pour qu'elle s'allonge sur le canapé et se mit à la lécher du cou jusqu'au ventre. Krysta se tortillait au contact de sa langue, impressionnée par la réaction de son corps et par la violence de son désir. Puis elle prit peur et repoussa doucement la tête de Francisco.

Il se redressa et la prit dans ses bras.

— Je suis désolé, dit-il en lui caressant les cheveux. Il faut que je sois plus doux, que je prenne mon temps. Tu veux que j'arrête ?

— Non ! s'exclama-t-elle. Enfin, je ne sais pas. J'ai l'impression d'être submergée par quelque chose qui me dépasse, mais en même temps je n'ai pas envie que cela s'arrête. Je ne sais pas ce que je veux.

— Krysta, as-tu déjà eu un orgasme ?

Elle écarquilla les yeux, un peu surprise.

— Tu me demandes si je me masturbe ? La réponse est

non. J'ai vraiment verrouillé tout ce qui concernait le sexe. J'évitais d'y penser, tout simplement.

Il demeura silencieux un moment.

— Veux-tu que je te fasse jouir ? Il me semble que c'est ce que ton corps réclame.

Elle baissa les yeux, soudain prise d'un accès de timidité. Puis elle se souvint qu'elle avait été à l'initiative de tout ce qui était en train de se produire.

— D'accord.

— Dis-moi d'arrêter quand tu veux, dit-il, avant de l'aider à s'asseoir sur lui.

Sans enlever sa robe, il passa les mains le long de ses jambes, des chevilles aux genoux, des genoux aux cuisses. Puis ses mains glissèrent à la jointure entre les cuisses et les hanches, ce qui la détendit et l'excita en même temps. Comment était-ce possible ?

Ses jambes s'entrouvrirent d'elle-même.

Il glissa les doigts sous l'élastique de sa culotte et se mit à explorer son intimité. C'était à la fois doux et très excitant. Elle se surprit à soulever les hanches, comme pour accentuer les sensations au contact de ses mains sur cette partie encore inexplorée de son corps.

— Doucement, *amor*, dit-il. Laisse-moi faire.

Ses doigts se remirent à bouger, doucement au début, puis de plus en plus vite, jusqu'à ce qu'elle se mette à trembler et à gémir.

— Oui, là... là..., murmura-t-elle en haletant.

— Oui, *amor*... Jouis pour moi.

Comme s'il avait trouvé la formule magique, Krysta passa d'une sensation de désir et de frustration à un plaisir fulgurant, jaillissant, intense qui la submergea, corps et âme.

Elle mit quelques instants à se remettre de ce tsunami.

— Ça va mieux ? demanda-t-il quand elle eut enfin recouvré son souffle.

— Oui. Mais c'est possible de le refaire ? demanda-t-elle d'une voix apaisée.

Il pouffa.

— Francisco ?

— Hum ?

— Si tu n'as pas envie de faire l'amour, on peut arrêter.

— Arrêter ? Je suis loin d'avoir envie d'arrêter. Je crois que je pourrais te faire l'amour toute la nuit.

Elle leva la tête vers lui et sentit une autre vague de désir monter en elle. Sous ses fesses, elle sentait son sexe en érection. Elle voulut bouger mais Francisco l'en empêcha.

— Où vas-tu ?

— Nulle part. Je veux juste changer de position.

Il la libéra, et elle se leva pour finir d'enlever sa robe. Puis elle se sentit l'audace de retirer sa culotte devant lui. La façon dont il la regarda la remit dans un état d'excitation intense.

Alors elle s'approcha de lui, écarta les jambes et s'assit à califourchon sur lui. Il resserra les bras autour d'elle et posa la bouche au creux de son cou. Elle s'arqua sous l'effet de ce baiser mouillé.

— *Nossa Senhora*. J'ai envie de toi.

— Et alors ?

— Je ne sais pas si c'est une bonne chose, Krysta. Il faudrait que je réfléchisse posément, ce que j'ai du mal à faire quand tu es nue dans mes bras.

Elle se rapprocha et le fixa.

— Est-ce que tu hésiterais autant si je n'étais pas vierge ?

— Oui, répondit-il du tac au tac. Il y a quelque chose entre nous, quelque chose qui m'effraye. Dans moins de deux mois, tu ne seras plus là. Je ne veux pas que tu aies ou que nous ayons de regrets.

— Je comprends mais ne vaut-il pas mieux avoir des regrets plutôt que des remords à l'idée d'avoir laissé passer une chance ? Je n'ai pas envie de passer ma vie me demander quel effet cela aurait fait de t'embrasser, de te caresser, de faire l'amour avec toi. Là, au moins, je serais fixée.

Elle prit une grande inspiration et décida d'exprimer à haute voix ce qui planait entre eux depuis le début mais dont ils n'avaient encore jamais ouvertement parlé.

— Ce que nous avons trouvé l'un chez l'autre est spécial, du moins ça l'est pour moi. Mais il ne faut pas que je tombe amoureuse de toi ni que tu tombes amoureux de moi. Bientôt, chacun reprendra le cours de sa vie, toi ici, moi aux États-Unis. Tomber amoureux l'un de l'autre serait un vrai problème. Mais tout ça, ajouta-t-elle montrant leurs corps entremêlés, jamais, jamais je ne le regretterai.

Il scruta son regard comme s'il y cherchait son âme, les pupilles dilatées et entourées d'un fin cercle fauve.

— Tu es en train de dire que nous devrions nous fabriquer des souvenirs sans nous préoccuper de l'avenir ? Assouvir ce désir, nous emplir de toute cette passion puisque, de toute façon, tout s'arrêtera quand tu repartiras ?

— Oui, dit-elle dans un hochement de tête. C'est comme ça que je vois les choses, en fin de compte.

Il demeura silencieux quelques instants puis prit une profonde inspiration.

— Soit, finit-il par dire en se levant, agrippant ses fesses de ses grandes mains fermes et chaudes. Où est ta chambre ?

Il savait, comme elle, que le raisonnement de Krysta était censé. Pourtant, il se demandait si, en ce qui le concernait, il n'était pas trop tard. Il redoutait d'être déjà tombé un peu amoureux d'elle.

Leur relation n'avait effectivement pas d'avenir, mais il n'avait ni la force ni l'envie de résister à la passion qui se déchaînait en lui quand il était avec elle. Il n'aurait peut-être jamais plus l'occasion de faire une aussi belle rencontre et n'avait pas envie de la laisser filer, aussi préférait-il s'y accrocher de toutes ses forces, même au risque d'avoir le cœur brisé quand elle partirait.

Alors il lui fit l'amour, fier d'être l'homme qui l'initiait à la passion et à la découverte de ce pan si précieux de sa vie de femme.

Elle avait un corps magnifique et une absence de gêne qui l'excitaient comme jamais il n'avait été excité auparavant. Maintenant qu'elle avait démoli les barrières de ses inhibitions, elle accueillait le plaisir physique avec le même enthousiasme qu'elle manifestait dans le travail.

— Oh ! Francisco ! C'est bon... C'est tellement bon...

— Tu aimes, *amor* ? dit-il en continuant à explorer son corps et ses réactions. Tu veux jouir avec moi ?

Son corps se contracta autour de ses doigts, et ses cuisses se mirent à trembler.

— Oui, Francisco, encore.

Par chance, il avait un préservatif dans son portefeuille, seul *Deus* savait depuis combien de temps. Quoique l'idée qu'elle tombe enceinte ne lui parut pas aussi effrayante qu'elle aurait dû.

Il se plaça entre ses cuisses, attentif au moindre signe de douleur ou d'inconfort de sa part. Mais dès qu'il entra en elle, elle passa les jambes autour de sa taille et l'attira plus fort.

Il s'arrêta, toujours en elle, et l'embrassa pour lui laisser le temps de s'habituer à lui, scrutant les émotions qui s'exprimaient sur son visage. Quand il se remit à bouger, en de lents et longs mouvements, elle rouvrit les yeux et poussa un gémissement de plaisir si intense qu'il faillit perdre le contrôle.

Elle se mit à bouger le bassin, ajoutant des sensations à celles qui le submergeaient déjà, et il sentit qu'il ne tiendrait pas des heures. Il s'agenouilla et recommença à bouger plus fort, puis trouvant son clitoris, se mit à la caresser en même temps. Elle poussa des gémissements, de plus en plus fort, et quand ils atteignirent l'orgasme ensemble, Francisco sut que leur relation avait franchi un cap irréversible.

15

Krysta n'était pas sûre de comprendre dans quoi elle s'était embarquée, mais quelle que soit la manière dont cette histoire se terminerait, elle était bien décidée à la voir durer le plus longtemps possible.

Le souvenir de la bouche, des mains, du corps de Fransisco faisait irruption dans son cerveau aux moments les plus inopportuns, et elle avait l'impression d'avoir des bouffées de chaleur avant l'heure. Le plus difficile était de continuer, à l'hôpital, à faire comme si de rien n'était. Il lui sembla comprendre à présent ce que Francisco entendait quand il affirmait que le sexe changeait tout. Rester détachée et professionnelle exigeait d'elle des ressources qu'elle n'avait jamais pensé posséder.

Francisco et elle avaient décidé de se voir chez lui, car tous les autres médecins en visite au Paulista étaient logés dans la même résidence de Krysta. Cela impliquait toutes sortes d'allers et retours plus ou moins clandestins qui s'accordaient mal à son caractère franc et droit, mais parfaitement bien à la nature provisoire de leur relation. Et même si faire preuve de discrétion exigeait des efforts de leur part, la situation était parfaite telle qu'elle était. Son séjour au Brésil lui avait non seulement permis de regarder le monde d'un autre angle de vue mais aussi offert un amant dont elle se souviendrait longtemps. Passionné et expérimenté, tout en étant tendre et délicat.

Que pouvait-elle demander de mieux, surtout pour sa première expérience en la matière ?

À cette question, une réponse lui traversait parfois l'esprit mais elle l'écartait aussitôt.

Elle avait finalement renoncé à chercher un nouveau financement pour son projet. Elle profiterait de ce temps pour voir ses parents et ses frères, et pour vivre, tout simplement.

« Je n'ai pas l'intention de reprendre ma vie aux États-Unis au point où je l'ai laissée avant de venir au Brésil, avait-elle dit un jour à Francisco. Cela n'aurait aucun sens. Je vais probablement continuer à travailler à l'hôpital et à me déplacer occasionnellement pour des opérations comme celle que j'ai effectuée en France. Mais je vais surtout créer ma vie, une vie plus saine, plus équilibrée. »

Il avait acquiescé mais elle s'était demandé ce qu'il en pensait vraiment derrière son visage fermé.

Ils évitaient certains sujets, comme celui de son départ et de ses conséquences.

La patiente de Francisco était au début d'une longue convalescence. Krysta parvint à obtenir un bon prix de l'entreprise belge en leur expliquant que le Paulista envisageait de mettre sur pied un programme dans lequel les médecins utiliseraient et promouvraient leur technique de modélisation et d'impression en 3D.

— Quand elle sera en mesure de supporter l'opération, expliqua-t-elle à son interlocuteur, je ne serai plus au Brésil. Mais le chirurgien qui l'a déjà opérée a aussi travaillé avec moi sur le cas Dos Santos. Il vous fournira toutes les informations nécessaires. C'est vraisemblablement lui qui procédera à la reconstruction.

Enzo Dos Santos devait lui aussi quitter l'hôpital sous peu. Et la date de sa troisième et dernière conférence approchait. Il lui restait encore un mois à passer à Sao Paulo mais elle avait déjà le sentiment que la fin était proche. L'idée d'aller se rendre utile au dispensaire d'Aparecida et d'aller fêter l'anniversaire de Francisco dans sa famille lui mettait du baume au cœur.

Autant le Brésil lui avait permis d'entrevoir la possibilité d'une nouvelle vie, plus équilibrée, ou de contenter sa féminité, autant elle avait encore du mal à envisager de changer son rapport au travail, craignant que cela entame le respect qu'elle était parvenue à conquérir.

Par moments, elle ne pouvait s'empêcher de se demander si elle n'était pas en train de se leurrer. Pouvait-elle être sûre que le fait de changer d'apparence change aussi son fond ?

Être à l'écart, comme elle l'avait toujours été, l'avait protégée, dans une certaine mesure. Il fallait qu'elle se protège encore. Et qu'elle ne considère pas Francisco comme autre chose qu'une aventure de vacances. C'était sans doute ce qu'elle représentait aussi à ses yeux. Il ne pouvait rien y avoir de sérieux entre eux, ils vivaient dans des mondes trop différents.

Pourtant, cette nuit-là, dans les bras de Francisco, elle se mit à redouter le moment où elle se retrouverait de nouveau seule. Elle se retourna et, faisant fi de ses dernières inhibitions, lui fit l'amour comme elle en avait envie, pour le rendre fou, *louco*, comme il lui faisait perdre la tête tous les soirs.

Mais au moment d'atteindre l'orgasme, elle détourna le regard afin qu'il ne voie pas ses larmes.

Ils quittèrent Sao Paulo à 5 heures du matin pour se rendre à Aparecida. Les organisateurs du programme avaient prévu un hébergement pour toutes les personnes présentes, mais Francisco avait réservé une chambre ailleurs.

— Tu as peur des ragots ? Les gens vont s'apercevoir que nous logeons au même endroit.

— Ce n'est pas grave, répondit-il. Les ragots finiront par se dissiper.

« Quand tu ne seras plus là. »

Il ne le dit pas mais elle l'entendit le penser.

Quand ils arrivèrent à l'hôpital, elle fut étonnée du nombre de personnes, adultes et enfants, qui attendaient déjà, alors que les consultations n'avaient pas encore commencé.

— Souvent, quand on ouvre un dispensaire, dit Francisco, les parents qui ne se sont pas inscrits, pour une raison ou pour une autre, viennent quand même, dans l'espoir que leur enfant pourra se faire examiner. Les administrateurs font de leur mieux mais ils ne peuvent pas recevoir tout le monde. Alors, s'il reste du temps, on examine les enfants qui en ont le plus besoin.

Cette remarque lui donna l'énergie de se mettre au travail le plus rapidement possible. Elle répara deux fentes palatines, sur deux adultes, chose qu'elle n'avait jamais connue aux États-Unis, où les réparations avaient généralement lieu sur les enfants. Elle fit une pause après la deuxième opération et se dirigea vers la sortie pour prendre l'air quand une scène attira son attention.

Une mère mit son bébé au sein mais, au bout de quelques instants, l'enfant se relâcha complètement. Krysta s'approcha et vit que son visage et le bout de ses doigts étaient bleutés. En portugais, elle se présenta et demanda à examiner le tout-petit.

La mère acquiesça et le lui tendit.

— Comment s'appelle-t-il ? demanda-t-elle en essayant à la fois d'impliquer et de rassurer la mère.

— Paavo, répondit cette dernière en regardant Krysta sortir un abaisse-langue.

Un examen rapide confirma son pressentiment. Elle leva la tête et, croisant le regard d'une administratrice, lui fit signe d'approcher. La femme s'agita, l'air passablement énervée.

— Il faudrait qu'un pédiatre examine cet enfant, dit Krysta.

— Il n'y a que deux pédiatres, aujourd'hui, docteur. Qui sont évidemment débordés. Elle aurait dû s'inscrire…

— Le problème n'est pas qu'elle se soit inscrite ou non. Cet enfant a besoin d'aide. Je soupçonne une séquence de Pierre Robin, et ses voies respiratoires sont bouchées quand il essaye de téter.

— Mais…

Krysta portait le bébé, en maintenant sa tête de sorte que ses voies respiratoires restent ouvertes.

— Il y a un problème ?

La voix grave et posée de Francisco s'éleva derrière elle. L'administratrice changea aussitôt d'attitude.

— Non, j'expliquais simplement au docteur américain que nous devons suivre le protocole et que nous ne pouvons pas nous permettre de prendre des patients qui ne sont pas enregistrés avant d'avoir examiné tous les autres, dit-elle d'une voix radoucie.

Francisco se tourna vers Krysta. Elle sentait son agacement monter mais s'efforça de parler d'une voix calme.

— J'expliquais simplement à l'administratrice brésilienne que cet enfant souffre d'une glossoptose grave qui l'empêche de respirer quand il tète, et qu'il a besoin de voir un pédiatre au plus vite.

Francisco posa les yeux sur l'être minuscule, blotti au creux du coude de Krysta et, l'espace d'un instant, elle vit la douleur traverser son regard. Peut-être cet enfant lui rappelait-il son petit frère.

— Tu penses à une séquence de Pierre Robin ? demanda-t-il.

— Je le crains, oui. Regarde, la mâchoire a l'air réduite, aussi. Mais il faudrait le vérifier.

— Je vais voir s'ils ont de la place en pédiatrie, dit Francisco. Sinon, je vais m'occuper de lui.

Avant que l'administratrice trouve une réponse, il tendit les bras vers le bébé et s'adressa à sa mère.

— Suivez-moi, je vais examiner votre bébé.

Des larmes de gratitude montèrent aux yeux de la mère, ce qui emplit Krysta de satisfaction. Elle déposa le bébé dans les bras de Francisco et croisa son regard. C'est alors qu'elle dut se rendre à l'évidence : cet homme était un être exceptionnel, et elle était folle amoureuse de lui.

Mais ce n'étaient ni le moment ni le lieu pour exprimer ce qu'elle ressentait. Elle garda pour elle cette révélation, priant pour que son attitude ou sa voix ne la trahisse pas. Elle crut y parvenir lorsqu'elle le remercia, puis s'éloigna, retournant à la seule chose qui pouvait encore la sauver et la réconforter à l'avenir : le travail.

Francisco opéra le tout-petit, espérant que cela lui permettrait de grandir correctement. La mère, qui vivait dans une zone reculée située à des heures d'Aparecida, n'avait entendu parler du dispensaire éphémère que deux jours auparavant. Elle avait pris la route aussitôt dans l'espoir que son bébé soit au moins examiné.

En réalité, l'enfant avait besoin d'une distraction ostéogénique mandibulaire, mais cette opération nécessitait des soins intensifs pendant toute la période où on rallongerait sa mâchoire. Aucun hôpital de la région ne pouvait assurer ce genre d'opération. Mais Francisco avait déjà réglé deux problèmes majeurs, sans lesquels le bébé vivrait mieux, de toute façon.

Lorsqu'il se retrouva devant le lavabo, après l'opération, l'image de Krysta contenant sa colère devant l'administratrice lui revint à l'esprit. Il ne l'avait jamais vraiment vue s'énerver auparavant, mais au moment où il était intervenu, elle lui avait semblé près d'entrer en guerre.

Elle était, dans tous les sens du terme, *magnífica*.

Qu'allait-il advenir de lui quand elle ne serait plus là ?

Quand elle lui avait dit que son projet de recherche avait été annulé, il avait entrevu l'espoir qu'elle décide de rester plus longtemps au Brésil. Mais c'était une utopie, et il le savait. Elle avait pris un congé pour venir travailler à Sao

Paulo mais était attendue aux États-Unis, et y retournerait dès que sa mission brésilienne arriverait à son terme.

Autant il avait envie de profiter des moments qu'il passait avec elle, autant il sentait qu'une partie de lui se retirait déjà de leur relation, dans l'espoir probablement vain de préserver, autant qu'il le pouvait, son orgueil et son cœur. Mais, en la voyant se démener pour ce nourrisson qui lui rappelait tant João, comment pourrait-il ne pas être amoureux d'elle ?

Il se sécha les mains et retourna voir la mère de l'enfant pour lui expliquer l'opération et les démarches qu'il restait encore à faire. Puis les opérations suivantes s'enchaînèrent jusqu'au soir. Il faisait nuit quand ils regagnèrent leur hôtel où, épuisés, ils se douchèrent et se couchèrent sans avoir la force d'échanger plus de deux mots.

La journée suivante se déroula à la même cadence. Le soir, Francisco remercia tout le personnel qui avait participé bénévolement au bon déroulement de ces deux journées et grâce auquel ils avaient pu prendre en charge plus de patients qu'ils ne l'avaient prévu au départ.

Lorsque Krysta et lui se dirigèrent vers la voiture, elle avait l'air de ne plus tenir debout. Pourtant, elle se tourna vers lui en souriant.

— Alors, où est-ce qu'on va danser ? demanda-t-elle.

Il éclata de rire et lui ouvrit la portière.

— Je ne suis pas sûr que nous soyons en état de danser mais, rassure-toi, dans deux jours, nous danserons comme des fous, chez mes parents.

Elle bâilla et cala la tête sur le repose-tête.

— Je te préviens, tu risques d'être déçu : je ne sais pas danser. Ni la samba, ni le cha-cha-cha, ni le merengue.

— Le cha-cha-cha est une danse cubaine, le merengue vient de la République Dominicaine, donc ce n'est pas grave que tu ne saches pas les danser. Quant à la samba, tu vas apprendre, quitte à ce que nous nous fassions des ampoules aux pieds.

Elle pouffa.

Il referma la portière, le cœur léger. C'était une facette de sa personnalité qu'il adorait, cette façon d'être sérieuse dans son travail sans jamais se prendre au sérieux. Elle n'hésitait pas à se moquer d'elle-même ou à rire de choses idiotes. Cela apportait une légèreté qu'il n'avait pas ressentie depuis longtemps dans sa vie.

Elle rendait sa vie plus belle, rien qu'en étant elle-même.

Il s'installa au volant.

— Ton diagnostic d'hier, sur le bébé, était très pertinent. En le voyant, si fragile, dans tes bras, je n'ai pas pu m'empêcher de penser à João. Même si mon frère n'avait pas de glossoptose. Le cas du petit Paavo était plus grave. J'espère qu'il va pouvoir recommencer à se nourrir correctement et prendre du poids.

— Merci de t'être occupé de lui, Francisco. Et merci d'être l'homme que tu es.

Il voulut répondre mais son cœur déborda soudain d'émotion, et il préféra garder le silence plutôt que de trop en dire.

Et quand il tourna la tête vers elle, au feu rouge, elle était endormie, si bien que, quand il murmura : « *Eu te amo* », il sut qu'elle ne l'entendrait pas.

16

Quand elle se réveilla, le lendemain matin, Krysta sentit que sa fatigue n'avait pas totalement disparu. Mais, en ouvrant les yeux et en voyant Francisco, allongé à côté d'elle, qui la regardait, elle sourit et tendit les bras. Il l'avait déjà avertie qu'ils devraient dormir séparément quand ils seraient chez ses parents. Pendant deux nuits, ils ne partageraient pas leur lit, ni même leur chambre.

Ils firent l'amour lentement, tendrement, en prenant leur temps. Le fait d'admettre qu'elle était amoureuse de lui donnait une dimension nouvelle à leurs ébats. Elle se surprenait à mémoriser chaque moment passé avec lui, à prolonger chaque caresse, chaque baiser pour en tirer le maximum de plaisir.

— *Amor*, tu me rends fou, murmura-t-il.

— Joyeux anniversaire, dit-elle en embrassant chaque carré de sa peau jusqu'à ce qu'il frémisse.

Lorsqu'ils eurent repris leur souffle et leurs esprits, Francisco se tourna vers elle.

— Tu sais que mon anniversaire n'est que demain, n'est-ce pas ?

— Hum… C'est un premier cadeau, un peu en avance.

— *Puxa vida !* gémit-il. Le vrai cadeau risque de me tuer, alors.

Ils quittèrent Aparecida après un petit déjeuner tranquille et prirent la direction du village de ses parents.

— Je suis content d'avoir pu me rapprocher de chez eux en ayant obtenu ce poste à Sao Paulo. Quand j'étais à Rio, j'étais trop loin pour pouvoir leur rendre visite aussi souvent que je l'aurais voulu. Mais ils ne m'en ont jamais fait le reproche.

Krysta haussa les épaules.

— Moi, c'est le contraire. Depuis qu'ils ont déménagé en Géorgie, il y a trois ans, ils n'arrêtent pas de se plaindre qu'ils ne me voient pas, alors que quand ils étaient à Rochester, ils ne me disaient rien.

Ils rirent de ces contradictions puis Francisco lui suggéra de dormir un peu. Mais elle n'avait pas envie de manquer une seconde du temps qu'ils passaient ensemble. Elle aurait tout le temps de se reposer quand elle se retrouverait seule aux États-Unis.

Ils s'arrêtèrent à mi-chemin pour se dégourdir les jambes et achetèrent des noix de coco fraîches pour se désaltérer.

— Cela me rappelle les Caraïbes, dit-elle en regardant le vendeur manipuler sa machette.

Francisco lui tendit une noix mais elle refusa la paille qu'il lui tendait.

— Je vais essayer de boire comme mon grand-père m'a appris, dit-elle.

Par chance, elle y parvint sans faire couler le jus sur son menton et son chemisier.

— *Bravo ! Bravo !* s'écria le vendeur.

Elle eut envie que le reste de la journée soit imprégné de cet esprit de légèreté. Quand ils arrivèrent chez les parents de Francisco, elle sortit de la voiture et s'étira. La porte s'ouvrit en grand, libérant un bataillon entier de personnes qui parlaient toutes en même temps.

Ils accoururent vers eux pour les saluer, et, à sa grande surprise, l'embrassèrent aussi chaleureusement qu'ils accueillirent Francisco, tout en se présentant. Un peu étourdie par cette affluence tourbillonnante et colorée, elle sourit en essayant de mettre les prénoms sur les visages.

— Laissez-les respirer ! s'écria une femme en se frayant un passage vers eux. João, prends le sac de Krysta, et celui de ton frère, aussi !

C'était la mère de Francisco.

— Francisco est assez grand pour porter son sac tout seul, rétorqua Joao. Même s'il est très très vieux, maintenant.

Cela donna lieu à des jeux de mains et des injures qui n'en étaient pas, entre les deux frères qui semblaient surtout très heureux de se retrouver. Même si elle le savait drôle et facétieux, elle n'avait jamais vu Francisco sous cet angle, détendu, joueur, à la fois moqueur et moqué. Maillon d'une famille manifestement aimante et affectueuse.

— Ah ! ces garçons ! s'exclama *senhora* Carvalho en souriant, avant de prendre Krysta par le bras pour l'emmener vers la maison. Ils ont beau être médecin et architecte, une part d'eux ne grandit jamais vraiment.

La maison était spacieuse et pleine de coins et de recoins. Il y régnait une atmosphère chaleureuse et familiale, à laquelle contribuaient les cris et les rires résonnant dans les couloirs et la bonne odeur qui émanait de la cuisine.

— Tu dors là, avec moi, dit Teresa, la plus jeune sœur de Francisco en la guidant jusqu'à une chambre.

Puis elle haussa la voix.

— Parce que Mathilde a une chambre plus grande que la mienne mais c'est parce qu'elle prend plus de place que moi !

— Toi aussi, tu prendrais plus de place si tu étais enceinte de huit mois ! rétorqua l'intéressée depuis une autre pièce.

Krysta échangea un regard rieur avec Teresa.

Elle fit tout pour rester discrète mais tous les membres de la famille, comme Francisco, l'intégraient à toutes leurs conversations, et ralentissaient leur débit quand ils se rappelaient que le portugais n'était pas sa langue maternelle.

La *festa* en l'honneur de Francisco était prévue pour le

lendemain mais tout le monde semblait déjà d'humeur festive, à commencer par sa mère qui avait concocté un véritable festin.

— Emmène Krysta voir les animaux, suggéra son père.

Senhor Carvalho possédait une petite ferme qui arrondissait ses fins de mois d'inspecteur de la qualité de l'eau. Mais d'après Francisco, c'était surtout parce que son père adorait les animaux. Il y avait toujours au moins trois chiens dans la maison ainsi qu'un chat qui surveillait le salon, du haut d'une étagère. Krysta fit la connaissance des poules et des canards, d'une truie et d'un âne, de loin plus sympathique que tous ceux qu'elle avait croisés dans sa vie.

— Le dernier âne que j'ai rencontré a essayé de me manger un bout de main, dit-elle en souriant à Francisco. Celui-là a l'air vraiment gentil.

On l'emmena voir la portée de chatons qu'une chatte avait mis bas dans la grange. Quand elle se releva, profitant du fait qu'ils étaient seuls, Francisco lui barra le passage et finit par la serrer dans ses bras et l'embrasser comme si c'était la chose la plus naturelle du monde.

Après la visite du potager et de la petite plantation de café, la famille se réunit autour d'un repas. Comme Krysta n'avait pas participé à sa préparation, elle se proposa de faire la vaisselle et fut aussitôt intégrée à un tourbillon de femmes gaies et bavardes. Elle ne remarqua rien, au début, avant de se rendre compte qu'elles cherchaient à en savoir plus sur sa relation avec Francisco. Mais elle avait l'habitude de garder les choses pour elle et parvint tant bien que mal à esquiver les questions.

Lorsqu'arriva l'heure du coucher, elle salua l'assemblée d'un signe de la main en veillant à ne pas accorder plus d'attention à Francisco qu'aux autres. Une fois couchée, elle s'endormit sans demander son reste.

Le lendemain fut essentiellement consacré aux préparatifs de la fête, tout aussi virevoltants que la soirée de la veille. Puis le volume de la musique augmenta à mesure que d'autres invités affluaient dans la cour. On lui présenta tellement de gens que, pour une fois, sa mémoire d'éléphant lui fit défaut.

Juste avant que le dîner soit servi, elle se retrouva entre Francisco et son autre frère, Antonio, qui lui prit la main pour y déposer un baiser.

— Je ne suis pas sûr que tu aies envie de rester avec ce vieil homme, maintenant que tu as rencontré son frère, beaucoup plus jeune et beaucoup plus beau, dit-il d'un air faussement sérieux.

Francisco leva les yeux au ciel et lui donna une petite tape à l'arrière du crâne.

— Et si tu allais faire tes beaux discours aux petites filles qui te regardent d'un air admiratif ? Je suis sûre qu'ils leur plairont.

Antonio s'éloigna en haussant les épaules.

— Viens danser, dit Francisco en lui tendant la main.

Krysta déclina, arguant qu'elle devait aller aider sa mère à la cuisine.

— Il y a déjà au moins cinq cents femmes dans la cuisine. Pas sûr qu'elle ait besoin de toi.

Mais elle hésita, non qu'elle tienne absolument à être aux fourneaux ni qu'elle ait honte de ne pas savoir danser. Elle craignait simplement de ne pas résister si Francisco la prenait dans ses bras, ne serait-ce que pour lui donner un cours de samba, alors qu'ils faisaient tout pour cacher leur relation au reste du monde. Elle finit par céder.

— C'est bien parce que c'est ton anniversaire, dit-elle sur un ton faussement râleur.

Il éclata de rire et la conduisit sur la piste de danse déjà pleine de monde. À son grand étonnement, elle parvint à retenir assez rapidement les quelques pas de base que lui apprit Francisco et elle dansa avec plaisir sous les lanternes colorées qui s'agitaient au-dessus de leur tête.

Après quelques danses, elle alla s'asseoir au bord de la piste.

— Il danse bien, mon Francisco, hein ? dit *senhora* Carvalho, alors qu'il faisait le pitre sur la piste de danse avec ses cousins et cousines. Un homme doit avoir le sens du rythme.

— C'est vrai, dit-elle, incapable de détourner le regard du corps en mouvement de Francisco.

— Mais le plus important, c'est que ce soit un homme bien.

— En effet, acquiesça-t-elle encore.

Elle tourna la tête et vit que *senhora* Carvalho la regardait.

— Il a souffert, vous savez, à cause de gens qu'il considérait comme des amis, et d'une femme qu'il aimait beaucoup. Je ne veux pas que cela se reproduise. Il mérite mieux. Vous aussi, je crois.

— Oui, dit-elle, soudain envahie par la tristesse.

Son regard se posa de nouveau sur la piste de danse où Francisco bougeait les pieds à un rythme qu'elle avait du mal à suivre.

Sa mère venait de lui lancer un avertissement. Elle n'était pas dupe de leur piètre tentative de se faire passer pour de simples amis. Mais cet avertissement arrivait bien trop tard.

Comme toujours, Francisco était content de voir ses proches mais il était impatient de retourner à Sao Paulo, non pas parce qu'il lui tardait de reprendre le travail mais pour avoir de nouveau Krysta pour lui tout seul. Le compte à rebours avait commencé et semblait s'accélérer à mesure que l'échéance de son départ se rapprochait.

Il dressa mentalement la liste de tout ce qu'il leur restait à faire avant son départ : la dernière conférence de Krysta, le bilan postopératoire d'Enzo Dos Santos, un appel vidéo avec l'entreprise belge, le dîner d'adieu, qui aurait lieu au même endroit que le dîner de bienvenue.

La boucle se refermait, et il aurait préféré y voir un ruban de Möbius afin qu'elle ne se termine jamais. Plus il s'efforçait de ne pas penser au départ de Krysta, plus il prenait de place dans son cerveau.

Et le fait qu'elle soit pensive et particulièrement silencieuse, sur le trajet du retour, ne l'aida pas à calmer sa nervosité. Quand il lui demanda si tout allait bien, elle lui sourit et secoua doucement la tête.

— Je suis fatiguée, c'est tout. Ces quelques jours ont été intenses.

Il ne pouvait qu'être d'accord. Mais son désarroi augmenta quand elle demanda qu'il la dépose chez elle au lieu de rentrer chez lui. Il eut envie de la supplier, mais s'en voulut rien que d'y avoir pensé. Alors il se contenta d'acquiescer sans demander plus d'explications.

Il avait néanmoins une question à lui poser. Lorsqu'il se gara devant la résidence, il éteignit le moteur et se tourna vers elle.

— Je voudrais juste savoir si un membre de ma famille ou l'un des invités t'a dit quelque chose qui t'aurait contrariée. Ou moi, est-ce que j'ai fait quelque chose ?

— Non, tout le monde a été adorable. Toi compris, répondit-elle en fouillant dans son sac.

Son instinct lui recommanda de ne pas insister. Il sortit pour lui ouvrir la portière puis la raccompagna jusqu'à la porte de l'immeuble.

Pouvait-il l'embrasser avant de partir ? Il ne savait pas comment interpréter cette humeur soudaine et inhabituelle.

— *Até logo*, dit-elle avant de l'embrasser sur la joue, comme s'ils étaient devenus les copains qu'ils avaient feint d'être chez ses parents. À demain.

Elle lui prit son sac des mains et se dirigea vers l'ascenseur. Une fois dans la cabine, elle soutint son regard, et il eut l'impression qu'elle faisait tout pour avoir l'air impassible. Pourtant, il aurait juré qu'une profonde souffrance était tapie au fond de ses yeux.

17

Krysta entra dans son appartement et se dégonfla comme un ballon de baudruche. Elle se sentit idiote, lâche. Elle aurait dû parler à Francisco, ou du moins essayer de lui dire ce qu'elle ressentait et pourquoi elle était si distante. Mais elle ne se sentait pas en état de le faire. Il y avait un endroit sensible, au fond de son cœur, qui n'était pas prêt à souffrir davantage.

Elle avait essayé de faire appel à la Krysta de toujours, pragmatique et sensée, pour trouver une solution à son problème mais malheureusement, cette femme-là avait disparu, pile au moment où elle avait besoin d'elle. Aussi ressassait-elle la question de savoir laquelle de ces deux options serait la moins douloureuse, à la fois pour Francisco et pour elle : rompre maintenant ou rester ensemble jusqu'à son départ ?

Elle laissa ses sacs dans l'entrée et erra comme une âme en peine dans son appartement. Puis elle s'assit sur le canapé où les souvenirs de leur première nuit d'amour lui revinrent à l'esprit. Elle ne risquait pas de trouver une solution si elle se mettait à penser au sexe avec lui. Même si, à ses yeux, leur relation ne reposait uniquement sur une entente charnelle.

Quand elle était avec lui, elle se sentait mieux, plus légère, plus libre qu'elle ne l'avait jamais été. Francisco l'aidait à trouver en elle de la force, qu'elle avait toujours eue dans le cadre de son travail mais jamais vraiment exprimé au sein de relations plus personnelles, y compris des relations avec elle-même. C'est ce qui l'avait amenée à faire de son métier le centre de sa vie, un endroit confortable et connu dans lequel elle commençait à se sentir enfermée.

Blessée et perdue, elle éprouva la tentation de retourner dans son petit monde sécurisant mais savait qu'il ne lui convenait plus. Elle avait grandi, mûri et avait envie de se déployer encore. Mais y parviendrait-elle sans Francisco à ses côtés ?

Quelle idée ! Elle venait de prendre conscience de tout ce qu'elle avait négligé dans sa vie et était bien décidée à renouer des liens avec ses parents, à élargir son horizon et à continuer à aller de l'avant, ce qu'elle pouvait tout à fait réaliser toute seule, sans l'aide de personne.

Pour autant, elle adorait la présence de Francisco qui lui donnait du courage et l'empêchait de retomber dans ses vieux travers, quand elle flanchait.

Depuis leur rencontre, ses sentiments envers lui avaient grandi, eux aussi, jusqu'à occuper chaque recoin de son être. Et rien que l'idée de s'éloigner de lui était douloureuse.

En revanche, certaines facettes de la personnalité de Francisco demeuraient mystérieuses. Il ne lui avait jamais parlé de ce qui était arrivé entre son ex-fiancée et lui, et très peu de sa vie avant la chirurgie. Ce qui signifiait qu'il n'avait peut-être pas totalement confiance en elle ou qu'il ne souhaitait pas lui ouvrir certaines parties de son cœur.

Elle aurait aimé avoir le courage de lui poser directement la question. Mais elle préférait être confrontée au mystère qu'au rejet. Et estimait que c'était à lui de se confier à elle, pas à elle de lui tirer les vers du nez. Sans cette ouverture, il ne pouvait y avoir de relation sérieuse.

Cela dit, elle regrettait de l'avoir blessé, ce soir. Étant donné tout ce qu'ils avaient partagé, la façon dont elle l'avait traité était impardonnable. Elle était vraiment retombée dans ses vilaines habitudes de vieille fille égocentrique.

Senhora Carvalho avait raison : il méritait mieux. Dans

ce cas, même si leur histoire s'arrêterait bientôt, par la force des choses, elle pouvait s'efforcer de se comporter *mieux*.

Elle se releva et alla chercher son portable dans son sac. Se contenter de lui envoyer un texto serait lâche, elle préféra l'appeler.

Il répondit immédiatement et, au son, elle comprit qu'il n'était toujours pas rentré chez lui.

— Krysta ? dit-il avec une prudence qui lui brisa le cœur.

— Je suis désolée, dit-elle d'emblée. Je me suis comportée comme une gamine. J'ai pris la fuite.

Il demeura silencieux, ce qui laissa le temps à Krysta de se faire toutes sortes de reproches. Son cœur tambourinait dans sa poitrine.

— Qu'est-ce que tu cherches à fuir, *amor* ?

— Moi-même, mes sentiments, mes peurs.

Il poussa un profond soupir.

— Je comprends. Il est plus facile de les fuir que d'y faire face. C'est humain.

— Surtout quand on n'a aucune idée de ce qu'on est censé faire.

— Moi non plus je ne sais pas quoi faire.

— Oh ! Francisco, je ne sais plus où j'en suis.

Il se tut. Elle aimait sa façon de soupeser ses mots, de ne pas prendre de décisions à la va-vite. Quand il reprit la parole, sa voix avait changé.

— Oublions ce que nous dicte la raison. Dis-moi plutôt ce que tu as *envie* de faire.

C'était simple.

— Être avec toi.

— Dans ce cas, soit tu descends, soit je monte, et nous passons la nuit ensemble. Le reste peut attendre demain.

— Dans combien de temps penses-tu être chez moi ? demanda-t-elle, le cœur sautant de joie.

— Trente secondes. En fait, je ne suis pas parti. Je suis

toujours sur le parking, en train de me demander où j'ai commis une erreur et comment la réparer.

Elle sentit les larmes lui monter aux yeux et une boule se former dans sa gorge. Elle eut soudain envie de se retrouver chez lui, là où ils avaient déjà passé tant de nuits délicieuses.

— Alors attends-moi, je descends.

Ils demeurèrent silencieux pendant tout le trajet, comme si les mots risquaient de faire voler en éclats un équilibre fragile. Une fois chez lui, ils continuèrent à communiquer par des regards, des gestes et des caresses.

Veux-tu faire l'amour avec moi ? demanda-t-il en caressant son poignet.

Oui, répondit-elle par l'intermédiaire d'un baiser sur sa bouche, doux et tentant, mais pas exigeant. Puis elle se dirigea vers sa chambre.

Ils firent l'amour lentement, presque précautionneusement, jusqu'à ce que la passion reprenne le dessus et que les pensées s'envolent, ne laissant s'exprimer que deux corps désirants.

Francisco se réveilla le premier et tourna la tête pour regarder Krysta dormir. Ils avaient passé une nuit merveilleuse, et pourtant il souffrait.

Il pensait avoir connu des chagrins d'amour, il pensait avoir connu l'amour, même. Or, en regardant la femme endormie à côté de lui, il comprenait que ce qu'il avait connu jusque-là n'était qu'une illusion, celle d'un jeune homme inexpérimenté et sensible au charme d'un joli minois et de belles paroles.

La tempête émotionnelle qui s'apprêtait à s'abattre sur lui allait être dévastatrice. Il savait depuis le début que cette relation n'était pas vouée à durer mais n'avait pas pu s'empêcher d'espérer.

Il avait été son premier amant, persuadé qu'elle le remplacerait bientôt. Et, qu'un jour, ils se croiseraient quelque part dans le monde, à l'occasion d'un séminaire ou d'une conférence, et qu'elle lui adresserait un sourire évocateur de ces bons souvenirs.

Il fallait qu'il se réveille. La médecine exigeait de la logique, de la prévoyance, de la patience et de la détermination, autant de qualités qu'il avait cultivées mais dont aucune ne l'avait empêché de s'aventurer sur des terres dangereuses. De tomber amoureux et d'aimer plus que de raison.

Paradoxalement, il avait aussi le sentiment de ne pas avoir été totalement honnête avec elle. Il n'avait tout simplement pas eu le courage de dévoiler devant elle les zones d'ombre de son existence et encore moins de jouer franc jeu en lui demandant de rester à Sao Paulo.

Ils avaient vécu une belle histoire d'amour mais sans fin heureuse.

Krysta remua et s'étira voluptueusement puis ouvrit les yeux, et il eut l'impression qu'il allait se noyer dans les émotions qui traversaient son regard.

Elle se redressa et sembla chercher ses mots.

— Francisco, je ne l'ai pas cherché ni même voulu, c'est arrivé comme ça : je suis tombée amoureuse de toi, dit-elle comme si c'était la chose la plus simple et la plus naturelle du monde.

Il sentit son cœur faire un bond dans sa poitrine. S'ils s'aimaient d'un amour sincère et profond, ils trouveraient une solution, non ? Mais Krysta poursuivit avant qu'il puisse exprimer cette pensée.

— Cela dit, je repars à New York dans deux semaines. Ta vie est ici. J'aurais aimé pouvoir être prête à sacrifier tout ce que j'ai construit là-bas pour rester, mais je n'en suis pas capable. Je ne veux pas prendre ce risque et t'en faire un jour le reproche. Depuis que je suis arrivée, beaucoup de choses ont changé en moi, mais pas au point de mettre ma carrière en suspens.

— Jamais je ne te demanderais de faire une chose pareille,

dit-il. La communauté scientifique et médicale te doit déjà beaucoup, et tu as encore beaucoup à apporter.

Ils savaient l'un et l'autre que le Brésil ne lui présenterait jamais autant d'opportunités et que sa carrière finirait par décliner.

Pour sa part, il ne pouvait s'empêcher de penser que c'était cette première expérience avec lui qui lui laissait peut-être à penser qu'elle était amoureuse de lui. Autant ces émotions étaient puissantes, autant elles s'avéraient souvent illusoires.

— Et toi, de quoi as-tu envie ? demanda-t-elle d'une voix chevrotante, les yeux brillants. Tu veux que nous arrêtions de nous voir dès maintenant ?

— Est-ce que cela rendra notre séparation moins douloureuse ?

Lui-même avait son idée sur la réponse.

— Non, répondit-elle en essuyant les larmes qui coulaient sur ses joues.

— Dans ce cas, essayons de profiter de chaque instant passé ensemble. Nous aurons tout le temps, plus tard, de pleurer sur la belle histoire que nous avons vécue.

Elle hocha la tête en s'efforçant de sourire.

— Pour commencer, j'ai organisé avec Flávia la visite de la réserve.

— Tu viens ?

— Oui, si tu me promets de ne pas m'emmener voir les araignées, dit-il pour la faire rire.

Ils rejoignirent Flávia qui leur fit faire une visite très instructive. À la fin, Flávia serra Krysta dans ses bras.

— J'espère que nous allons nous revoir. J'aimerais bien que nous gardions le contact.

— Avec plaisir, répondit Krysta. Je ne sais pas quand je reviendrai au Brésil mais prévenez-moi si vous venez aux États-Unis.

Elle donna sa dernière conférence, et il éprouva une grande fierté de voir la sérénité avec laquelle elle prépara son discours et monta sur scène, bien loin de l'agitation du premier jour. Et il eut l'impression d'applaudir plus fort que tout le monde lorsqu'elle prononça le dernier mot de son allocution.

Lorsqu'ils procédèrent au bilan postopératoire d'Enzo Dos Santos et que Krysta rappela à leur patient qu'elle repartait à New York et passait le relais au personnel du Paulista, Enzo ne put s'empêcher de faire un commentaire.

— Le Dr Simpson a toujours ma préférence mais j'imagine que je n'ai pas le choix, dit-il à Francisco en riant.

— Je rentre aux États-Unis mais je surveillerai vos progrès de là-bas, alors tenez-vous bien, dit-elle en riant à son tour.

Les différents rendez-vous s'écoulèrent les uns après les autres jusqu'à ce qu'il prenne conscience qu'il ne restait plus que deux jours avant le départ de Krysta.

Ils retournèrent à Santos et, cette fois, il brava la fraîcheur de l'eau avec elle. Puis ils allèrent louer des combinaisons, et il lui apprit les rudiments du surf. Il avait envie de lui montrer à quel point elle avait changé et à quel point elle était courageuse.

Elle eut l'air étonnée de se débrouiller aussi bien pour une première fois, mais cela n'étonna pas Francisco. Il y avait en elle une énergie indomptable qui, alliée à son intelligence, lui assurait de réussir dans tout ce à quoi elle s'intéressait.

Quand il le lui dit, son visage s'illumina. Francisco sentit son cœur se fendre un peu plus devant la beauté de cette femme à l'âme et au cœur purs.

Ils firent une autre marche sur la plage, burent un autre café. Ils allèrent dîner dans le même restaurant et s'embrassèrent au clair de lune avant de regagner la voiture.

Tous ces beaux souvenirs étaient gravés à jamais dans sa mémoire.

Puis la veille de son départ toucha à sa fin, sans qu'il lui ait révélé les sentiments qu'il éprouvait pour elle et qu'il gardait enfouis au fond de son cœur brisé.

18

La soirée d'adieu passa en un éclair. Pendant le dîner, les discours et les serrements de mains, Krysta se demanda comment trois mois avaient déjà pu s'écouler depuis son arrivée.

Les dernières semaines avec Francisco, notamment. Elle avait du mal à accepter tout à fait que cette belle aventure brésilienne se termine.

Mais, avec le peu qu'elle connaissait de l'amour, comment savoir si elle n'aurait pas oublié Francisco dans une semaine, un mois ou un an ? Si le souvenir de son sourire, de ses baisers et de ses caresses ne s'estomperait pas jusqu'à n'être plus qu'une vague sensation dans le tréfonds de sa mémoire ?

De plus, en dépit de sa façon merveilleuse de faire l'amour ou de la regarder, surtout quand il pensait qu'elle ne le voyait pas, Francisco ne lui avait toujours rien dit concernant ses sentiments vis-à-vis d'elle ou de leur relation, comme s'il gardait pour lui une partie de lui-même. Ce qui lui donnait raison de vouloir partir sans se retourner, de ne pas s'accrocher à cette histoire, si douloureux que ce soit.

C'était une bataille sans vainqueur. Une énigme sans solution.

Plus qu'une nuit ensemble. Elle avait préparé ses bagages et les avait déposés chez lui. Pendant le trajet, ils avaient à peine parlé, chacun semblant opérer une retraite défensive face à la séparation imminente. À Santos, ils avaient parlé sans relâche comme s'ils cherchaient à se dire un maximum de choses avant son départ. Et ils avaient ri, même si, par moments, le rire se teintait d'une nuance de tristesse.

Lorsqu'ils quittèrent la soirée, elle vit le Dr Delgado regarder dans leur direction.

— Pourquoi cet homme a l'air de t'en vouloir autant ? ne put-elle s'empêcher de demander.

— C'est un lointain cousin de mon ex-fiancée, et il me considère comme le pire humain sur Terre.

— C'est mal te connaître, dit-elle sur un ton léger.

Puis elle se lança, sachant que c'était sans doute sa dernière chance d'entendre sa version de l'histoire.

— Qu'est-ce qui s'est passé, à part ce qu'on peut lire sur Internet ?

— Tu es la première personne à me le demander, répondit-il. Les gens s'en tiennent à ce qu'ils ont lu ou entendu, à l'exception de quelques rares personnes, ici, à l'hôpital, qui ne croient pas les rumeurs.

Son regard était si intense qu'il en devint presque tangible. Il la prit par la main et l'emmena un peu à l'écart.

— Je suis tombée amoureux de Mari, qui était mannequin, comme moi. Mais elle était issue d'une famille riche et moi, d'un milieu très modeste. Mais je n'imaginais pas que cela puisse avoir une incidence sur notre relation. Avec ce que j'avais mis de côté et ce que je gagnerais en tant que médecin, nous n'avions pas à nous inquiéter. Je l'ai demandée en mariage. Elle a accepté. Mais peu après, j'ai découvert qu'elle était cocaïnomane et je lui ai dit que je ne l'épouserais pas tant qu'elle n'aurait pas fait une cure.

Il secoua la tête.

— Elle m'a quitté, non sans avoir dépensé toutes mes économies – manifestement elle était plus attachée à la cocaïne qu'à son fiancé. Mais elle ne voulait pas qu'on sache pourquoi nous avions rompu les fiançailles. Alors elle a fait circuler la rumeur que je l'avais abandonnée et quand son père a découvert qu'elle était droguée, elle lui a dit qu'elle avait commencé à cause de notre rupture. Entre-temps, j'ai eu mon diplôme, et tout le monde s'est accordé à dire que je m'étais servi d'elle et de son argent pour arriver à mes fins puis que je l'avais quittée une fois que je n'avais plus besoin d'elle.

— Je suis désolée, dit-elle en posant la main sur son poignet.

Mais plus que désolée, elle était choquée et en colère. Comment pouvait-on traiter quelqu'un de cette manière, a fortiori quelqu'un d'aussi droit et d'aussi intègre que Francisco ?

— L'addiction pousse les gens à faire des choses qui nous paraissent incompréhensibles.

— *Sim*, dit-il avec une chaleur dans les yeux qui fit fondre son cœur. Merci.

— Merci pour quoi ?

— Merci de m'avoir accordé ta confiance, sans même connaître la vérité.

Une fois qu'ils furent rentrés chez lui, elle prit une profonde inspiration, conscience de se trouver pour la dernière fois dans cet appartement où elle avait passé les journées et les nuits les plus heureuses de sa vie, et découvert une part d'elle qu'elle n'aurait jamais découverte sans lui. Elle eut envie de lui dire qu'elle ne l'oublierait jamais et qu'elle éprouvait une reconnaissance infinie envers lui pour tout ce qu'ils avaient vécu ensemble, mais elle se tut quand il avança vers elle, la main tendue, une lueur particulière dans le regard.

— Je n'ai plus envie de parler, dit-il en l'entraînant vers la chambre. Je veux seulement ressentir.

Ils firent l'amour en silence, et il ne dit rien non plus quand ses larmes se mirent à couler. Il la serra plus fort dans ses bras en embrassant ses joues et ses yeux.

Le lendemain matin, il l'emmena à l'aéroport, bien que le Paulista ait proposé qu'une limousine passe la prendre.

Elle avait envie de profiter de chacune de ses dernières et précieuses minutes avec lui, tout en se demandant s'ils n'auraient pas mieux fait de se dire au revoir chez lui, pour abréger leurs souffrances.

Elle procéda à l'enregistrement de ses bagages puis ils se dirigèrent vers les contrôles de sécurité, main dans la main, comme pour faire durer le contact physique jusqu'au dernier moment. Là, ils se regardèrent longuement puis elle se jeta dans ses bras, le cœur serré et douloureux, le souffle coupé par la douleur.

— *Eu te amo*, dit-il. *Eu te amarei para sempre.*

Cette déclaration lui fit un choc, et les pensées les plus folles se mirent à se bousculer dans son esprit.

Puis la raison reprit le dessus. Francisco avait cherché les mots les plus romantiques, parfaits pour la circonstance. S'il pensait vraiment ce qu'il disait, il le lui aurait dit plus tôt, au lieu d'attendre que les jeux soient faits et qu'ils ne puissent plus rien y changer.

Alors, au lieu d'engager une conversation qu'ils n'avaient pas le temps de poursuivre, elle se contenta d'un murmure dans le creux de son oreille.

— Moi aussi, je t'aime, Francisco.

Puis elle se détacha de lui et passa la barrière de sécurité sans se soucier des regards qui se tournaient vers son visage inondé de larmes.

•

Rochester était plat et terne, en comparaison des paysages du Brésil. Elle replongea à corps perdu dans la vie professionnelle en essayant de retrouver l'enthousiasme qu'elle mettait dans son travail avant son séjour brésilien.

Elle profita de son temps libre pour aller voir ses parents puis son frère aîné, Kelvin, sa femme, et leurs deux enfants, à Houston.

— Qu'est-ce qui s'est passé au Brésil ? demanda Kelvin

alors qu'ils étaient tranquillement assis dans le jardin, une bière à la main. Maman m'a demandé de ne pas t'en parler mais je n'ai pas envie de l'écouter. Tu as changé. Même physiquement, tu n'es plus la même.

Elle sentit les larmes lui monter aux yeux et détourna le regard.

— Tu peux me parler, tu sais, dit-il en lui caressant le bras. Le Brésil doit être un pays magnifique.

— C'était merveilleux, dit-elle en reniflant.

— Alors, pourquoi pleures-tu ?

— J'ai rencontré un homme.

— Quoi ? dit Kelvin en se penchant vers elle.

Elle hocha la tête.

— Il s'appelle Francisco.

Kelvin poussa un grand soupir.

— Tu es amoureuse, voilà ce qui se passe. Mais c'est plutôt une bonne nouvelle, non ?

— On a décidé d'arrêter quand je suis partie. C'était plus simple comme ça. Il a sa vie à Sao Paulo, moi, la mienne aux États-Unis.

— Et tu continues à trouver ça plus simple, au bout d'un mois ?

— Non, reconnut-elle en secouant la tête. C'est atroce.

— Il faut que vous vous retrouviez, que vous trouviez un moyen d'être ensemble. Quand l'amour est là, il ne faut pas le laisser passer.

Kelvin et Ginny étaient mariés depuis six ans et heureux de l'être. Pourrait-elle connaître un tel bonheur ? Elle en doutait. Pourtant, depuis un mois, elle se repassait en boucle le moment où Francisco lui avait dit qu'il l'aimait. Elle se demandait s'il avait dit cela sur un coup de tête, pour lui faire plaisir et conclure leur histoire de façon positive et romantique. Mais à y bien repenser, était-ce le genre de Francisco ?

Non.

Il était bien trop intègre pour prononcer, sans les penser, des mots aussi riches de sens. Mais elle s'était enfuie, une fois de plus, au lieu de rassembler son courage et de chercher une solution.

Était-il trop tard ?

— Penses-y, dit Kelvin. S'il y a bien une personne capable de trouver une solution, c'est toi.

Francisco entra dans son appartement et posa ses clés. Puis il prit une profonde inspiration. Il se demandait s'il n'était pas en train de devenir fou. Cela faisait un mois que Krysta était partie mais son parfum flottait toujours dans l'air. Elle lui manquait comme jamais il aurait pensé que quelqu'un lui manquerait. Mais il ne pouvait pas continuer comme ça sans quoi cela finirait par se ressentir dans son travail. Delgado se montrait toujours aussi hostile à son égard. Au moindre faux pas, avéré ou imaginé, il se retrouverait au chômage.

Cela dit, ce qu'il avait vécu avec Krysta lui avait fait comprendre qu'il y avait des choses beaucoup plus importantes que le travail et son orgueil. Et, avec le recul, il ne comprenait toujours pas comment il avait pu la laisser partir sans réagir.

Il se jeta sur le canapé.

Il avait essayé de l'appeler dans l'après-midi, en vain. Il était tombé sur son répondeur et, à l'hôpital de Rochester, on lui avait dit qu'elle était absente, sans lui donner plus de détails. Il avait laissé un message, demandant qu'elle le rappelle.

Peut-être était-elle allée voir ses parents, comme elle projetait de le faire. Il espérait, en tout cas, qu'elle allait bien, qu'elle avait trouvé ses marques et continuait à s'épanouir, même sans lui.

Quand il avait enfin reconnu que lui aussi était tombé amoureux d'elle, elle était déjà partie. Il s'y était pris trop tard.

Pourtant, sa rencontre avec elle avait fait voler sa vie en

éclats, et provoqué un séisme émotionnel que seul l'amour est capable de provoquer. Il avait laissé passer sa chance et, à présent, il donnerait n'importe quoi pour être de nouveau avec elle.

Une idée lui traversa l'esprit et prit la forme d'une évidence. La vie était trop courte pour la passer à se demander si leur relation aurait été possible, et comment. Il fallait passer à l'action. S'il ne pouvait pas la contacter par téléphone, il irait à New York lui parler, en personne.

La sonnerie du téléphone le fit sursauter. Il décrocha sans prendre la peine de regarder qui l'appelait.

— *Oi*, dit-il.

Il faillit raccrocher en n'entendant personne au bout de la ligne.

— Francisco ?

Son cœur se mit à battre, et une joie intense s'empara de lui, corps et âme. Il bondit.

— Krysta ? *Amor* ?

— Oui.

Il eut l'impression qu'elle souriait aussi.

— Où es-tu ?

Elle ignora sa question.

— Francisco, est-ce que tu m'aimes toujours ?

Ses mots lui coupèrent le souffle.

— Oui, je t'aime toujours. Tu me manques. J'ai envie de te voir.

Il l'entendit renifler. Était-elle en train de pleurer ?

— J'aimerais tellement te serrer dans mes bras et essuyer tes larmes ! dit-il, submergé par la frustration.

— Alors ouvre-moi. Je suis là.

Il se figea, essayant de comprendre ce qu'il venait d'entendre. Puis, comme dans un rêve, il se dirigea vers la porte d'entrée et l'ouvrit, le cœur battant.

Ce n'était pas une plaisanterie – qui aurait été cruelle et

de mauvais goût. Krysta était là, en chair et en os, les joues baignées de larmes comme quand ils s'étaient quittés.

Il la prit dans ses bras, incrédule, et l'embrassa et la toucha pour s'assurer qu'il ne rêvait pas.

— Quand es-tu arrivée ? demanda-t-il quand ils reprirent leur souffle. Pourquoi ne m'as-tu pas prévenu ? Je serais venu te chercher.

Il prit son sac et la fit entrer.

— J'arrive de l'aéroport. Ce n'est qu'une fois dans l'avion qu'il m'a traversé l'esprit que tu pourrais ne pas être là.

Elle secoua la tête.

— Je voulais te parler mais pas au téléphone.

— Moi aussi, j'ai quelque chose à te dire. Mais je t'écoute, dit-il en la conduisant vers le salon.

— Francisco, je voulais te dire que je ne veux plus vivre sans toi et que j'envisage de quitter l'hôpital de Rochester à la fin de mon contrat. L'équipe française de transplantation faciale m'a proposé un poste. Je sais que cela paraît fou mais, puisque tu adores Paris, que les Belges cherchent un interlocuteur sur le sol français – quelqu'un de terrain, qui sache de quoi il parle – je me suis dit que tu serais peut-être intéressé et...

— Oui, dit-il sans la laisser finir, avant de l'embrasser pour sceller leur accord. Oui, oui, oui.

— Oh ! Francisco ! *Eu te amarei para sempre.*

Fou de joie, il la souleva de terre et l'emmena jusque dans sa chambre.

— Moi aussi, je t'aimerai toujours, dit-il en la déposant sur son lit, avant de s'allonger à côté d'elle.

— Au fait, qu'est-ce que tu voulais me dire ?

— Je voulais te dire que je t'aimais et que j'étais prêt à tout pour que tu sois près de moi. J'avais même l'intention de venir te le dire en personne à New York, mais tu m'as coupé l'herbe sous le pied.

— J'ai été plus rapide que toi, dit-elle en riant.

Il se pencha vers elle pour l'embrasser mais s'arrêta à quelques millimètres de ses lèvres.

— Plus rapide, c'est certain. Mais je compte bien rattraper le temps perdu.

CHARLOTTE HAWKES

Deux médecins au Brésil

INTÉGRALE
UN ÉTÉ À SAO PAULO

Traduction française de
ANOUK

SAGAS

HARLEQUIN

Titre original :
FALLING FOR THE SINGLE DAD SURGEON

Ce roman a déjà été publié en 2020.

1

Comme cette femme est belle, songea de nouveau Jake Cooper alors qu'il regardait la foule d'invités de marque qui se pressaient autour du buffet. Des médecins et divers spécialistes, ainsi que des journalistes, tous conviés au dîner de gala de bienvenue à l'université d'été du célèbre hôpital Paulista, au Brésil.

Régulièrement, Jake répondait à des questions, interpellé par des confrères ou des consœurs. Il communiquait quelques informations de base – combien de temps il serait présent, à quelle heure il interviendrait le lendemain... —, échangeait des politesses... Après quoi, happé tel un aimant, il reportait son regard sur la jeune femme.

Flávia Maura... Ou, comme elle était plus familièrement connue, la femme *selvagem*.

La femme sauvage. La femme de la jungle.

Elle se tenait avec deux autres collègues féminines qui paraissaient quasiment invisibles, très fades en tout cas, à côté de la flamboyante Flávia.

De fait, au milieu de la vaste salle luxueusement décorée, seule Flávia Maura se détachait, telle une orchidée au milieu d'un champ de simples pâquerettes, pensa Jake non sans amusement.

Seulement voilà, il s'agissait du Dr Maura...

Lui-même se trouvait à Paulista pour le travail, évidemment.

Il participerait aux colloques et tables rondes. Les meilleurs experts médicaux du monde entier s'étaient réunis pour apprendre, ensemble, et s'enseigner mutuellement de nouvelles compétences de pointe.

Pour sa part, Jake devrait procéder à la démonstration de l'essai clinique sur lequel il travaillait depuis plusieurs mois : il était l'un des rares spécialistes qui osaient utiliser une toxine à base de venin de scorpion destinée à mettre en évidence des cellules cancéreuses pendant une opération. Grâce à un éclairage à infrarouge, la toxine colorait les tumeurs.

Flávia Maura était la chercheuse qui avait découvert cette toxine révolutionnaire.

Un an plus tôt, Jake avait assisté à une conférence de cette brillante jeune femme. Il lui avait posé quelques questions techniques, en lien avec ses propres recherches.

Elle lui avait répondu avec précision et enthousiasme.

Jake se rappelait la passion dans la voix de Flávia quand elle avait parlé de l'importance des reptiles et des insectes dans le monde. Elle avait aussi évoqué la richesse des substances que ces espèces recelaient : des molécules qui permettaient de créer des sérums et autres thérapeutiques… Quel dommage, avait-elle insisté, que les serpents soient considérés comme nuisibles par l'homme, alors qu'ils contenaient de fabuleuses propriétés curatives, utiles pour envisager de nouveaux traitements anticancéreux !

Jake avait été impressionné…

Et plus que convaincu.

Il avait donc pris contact avec VenomSci, le laboratoire où travaillait Flávia, et, en accord avec son équipe, avait commencé à expérimenter ce remède hors du commun.

Son propre domaine d'expertise était l'oncologie vasculaire, mais il avait reçu l'autorisation de réaliser plusieurs tests cliniques avec le révélateur tumoral à base de chlorotoxine : la toxine découverte par Flávia. Auparavant, il travaillait à partir de molécules extraites de scorpion. Flávia, elle, avait mis au point un produit basé sur du venin de vipère – une espèce particulière qui vivait dans la forêt tropicale.

Il avait alors appris que Flávia allait parfois elle-même dans la jungle afin de recueillir la matière première destinée à la fabrication de certains sérums... D'où cette étiquette qui lui collait à la peau : la *femme sauvage...*

Jake la regarda de nouveau.

Aujourd'hui, malgré tout ce qu'il s'était promis en préparant son séjour au Brésil, ce n'était pas l'extraordinaire audace médicale du Dr Maura qui intéressait Jake.

À cet instant, il l'admirait, elle, tout simplement.

Sa chevelure d'un brun chaud, maintenue en un chignon fluide, mettait en valeur son ravissant visage aux pommettes hautes et fières. Elle avait une silhouette fine et élancée, épousée par une longue robe au tissu chatoyant, d'un vert profond. Un décolleté à la fois discret et suggestif, une peau gorgée de soleil...

Tout, en elle, évoquait la féminité, et une sensualité affolante.

Jake s'obligea à détourner le regard.

C'était ridicule.

Il en avait connu, des belles femmes, et même de très belles, alors pourquoi se sentait-il aussi fasciné par Flávia Maura ?

Peut-être parce qu'elle portait des escarpins à talons hauts et semblait avoir du mal à garder son équilibre, comme si elle n'avait pas l'habitude de ce genre de chaussures...

Peut-être parce qu'elle ne paraissait pas du tout à l'aise, alors qu'elle semblait sophistiquée et sexy en diable.

Flávia souriait sans conviction, mais ses mains jouaient avec ses boucles d'oreilles dans un geste involontaire et nerveux. Elle s'efforçait de rester en retrait des deux autres femmes, comme si ces dernières pouvaient constituer une sorte de barrière entre elle et ses collègues qui voulaient discuter avec la chercheuse qu'elle était.

Jake se remémora alors la conversation qu'il avait eue trois jours plus tôt avec Oz, son confrère et ami, pendant l'opération d'une tumeur au cerveau chez un patient, un homme d'une quarantaine d'années.

Apprenant que Jake avait été invité à l'université d'été de l'hôpital Paulista pendant un peu plus de trois semaines, Oz s'était extasié.

— Vous pourrez discuter, tous les deux, et même peut-être plus ! Je te préviens, le Dr Maura est une ensorceleuse...

— Très belle femme, oui, je sais. Mais je n'aurai pas le temps de m'amuser. Je pars avec Brady.

— Ton petit neveu... Oui, bien sûr, je comprends. Il est si triste... Donc pas de *sea, sex and sun*, pour toi, c'est ça ?

— Et non. Je serai sérieux et attentif au bien-être de l'enfant dont je suis désormais responsable, avait répondu Jake.

Puis tous deux avaient poursuivi l'intervention chirurgicale sans parler davantage, concentré sur chaque geste.

En vérité, Jake n'avait pas trop apprécié les allusions de son ami Oz, lui-même grand séducteur... Tout Jake l'avait été. Avant...

Avant qu'il recueille Brady, à la mort de sa sœur Helen dix mois plus tôt.

Brady était un petit garçon sombre, triste. Et Jake, qui ne savait pas du tout comment s'y prendre avec les enfants, en avait dorénavant la charge.

C'était une lourde responsabilité. Presque trop lourde pour lui...

Jour après jour, Jake s'efforçait de ne pas trop montrer à son neveu à quel point il se sentait mal à l'aise dans son rôle de père adoptif improvisé.

Revenant à l'instant présent, Jake se dirigea vers le buffet. Tant d'événements l'attendaient pendant ce séjour au Brésil. Sauf qu'entre les rendez-vous médicaux, les tables rondes et autres moments d'échange avec ses collègues, il faudrait qu'il prenne le temps de s'occuper de Brady et de l'emmener faire des activités distrayantes. Randonnées, visites... Il trouverait bien. En conséquence, il n'aurait vraiment pas le loisir de s'intéresser aux jolies femmes...

Et surtout pas à la mystérieuse « femme de la jungle ».

Plus que trois fois, se réjouit mentalement Flávia Maura en prenant congé de ses consœurs, Krysta Simpson et Amy Woodell. Soulagée, elle se fraya un passage à travers la foule rassemblée dans la salle de gala de l'hôpital.

Oui, encore trois soirées mondaines de ce genre, et elle pourrait enfin quitter la ville et retourner dans la forêt amazonienne, ou dans son laboratoire. Son monde...

Son vrai monde, où elle était parfaitement elle-même.

Oh ! elle aimait bien Krysta et Amy... En vérité, elle les admirait car toutes deux s'avéraient aussi gentilles que brillantes dans leurs métiers respectifs.

C'est juste qu'elle-même n'était pas à l'aise au milieu de tous ces gens...

Pas du tout.

Flávia se sentait mille fois mieux en compagnie des animaux, et surtout, en pleine nature...

Dans la jungle.

La société, ses règles de bienséance et ses contraintes ne lui plaisaient pas, même si elle savait s'y conformer quand c'était nécessaire.

Julianna et Marcie, ses deux nièces de six et neuf ans, avaient passé le week-end entier à tenter de lui donner un cours accéléré de « conversation de salon » ! Quant à sa propre sœur, Maria, la mère des deux fillettes, elle avait carrément consacré deux heures cet après-midi à la maquiller et la pomponner telle une poupée...

Quand Maria veut quelque chose, elle parvient toujours à ses fins ! songea Flávia avec affection tout en s'efforçant de ne pas se tordre la cheville.

Décidément, marcher perchée sur de vertigineux talons hauts, ce n'était pas du tout son truc… Mais Maria avait insisté pour que Flávia les porte afin, avait-elle expliqué, d'allonger encore d'avantage sa silhouette, déjà mise en valeur par la robe longue et moulante. Flávia, elle, se sentait tellement plus à l'aise en pantalon cargo, T-shirt et chaussures de randonnée…

Ce soir, elle avait l'impression d'être déguisée pour se rendre à un carnaval ! Ou comme une petite fille essayant les vêtements de sa mère, talons hauts et rouge à lèvres… Ses nièces, Julianna et Marcie, s'amusaient ainsi avec les vêtements de Maria.

À cette pensée, Flávia éprouva une soudaine nostalgie. Elle adorait les deux petites filles, mais parfois, en les regardant, elle ne pouvait pas s'empêcher de songer à tout ce qui leur avait manqué, à Maria et elle-même, durant leur propre enfance, au même âge. Les absences répétées de leur mère, jusqu'à ce qu'elle finisse par les abandonner purement et simplement, ne leur avaient pas permis de jouer de la sorte, ni de se projeter dans un monde de femmes adultes rêvées, idéales.

Leur *papai* bien-aimé, Eduardo, les avait élevées seul, et il les avait souvent emmenées en exploration dans la forêt amazonienne ou dans la jungle. Au fond, c'était un peu grâce à lui qu'elle était devenue chercheuse. Souvent, Flávia se remémorait ce temps-là où elle avait tout appris de la nature, de la faune et de la flore sauvage.

Flávia se dirigea vers les hautes portes donnant sur les jardins botaniques, probablement fermés au public à cette heure du soir.

Si elle parvenait à se faufiler à l'intérieur, elle pourrait enfin respirer un peu et oublier la sensation peu familière des bulles de champagne sur son palais. Depuis une heure, elle s'efforçait de finir sa coupe…

Alors qu'elle passait devant un groupe de médecins en

pleine conversation, elle entendit malgré elle ce que l'un d'eux énonçait d'un ton suffisant :

— L'hôpital devrait être plus attentif à sa réputation ! D'abord, ils engagent cette... *selvagem* qui nous vient tout droit de la jungle, puis un parfait inconnu pour la prochaine conférence, et enfin cette Krysta Simpson fagotée comme l'as de pique...

Glacée, Flávia s'immobilisa. Une autre personne, plus forte ou plus habituée qu'elle aux facéties mondaines, aurait sans doute poursuivi son chemin. Mais elle détestait suprêmement le Dr Silvio Delgado qui venait de parler ainsi.

Un mélange de honte et d'indignation l'envahit.

La femme de la jungle...

Ce n'était pas le terme lui-même – on l'avait qualifiée de cette manière à de nombreuses reprises et, en général, cela ne la dérangeait pas – mais plutôt le ton méprisant que l'homme avait employé qui la choquait. Tout comme il insultait son amie Krysta, grande spécialiste de l'oto-laryngologie et de la reconstruction faciale, il crachait le mot « selvagem » comme si Flávia était aussi sauvage et dangereuse que les animaux de la forêt tropicale...

La gorge nouée, Flávia détourna le visage et fila vers le jardin botanique. Le sang pulsait à ses tempes. Elle marchait si vite, tout à coup, malgré sa difficulté à être ainsi perchée sur des escarpins, qu'elle craignit d'accrocher l'ourlet de sa robe avec ses talons... Il ne manquerait plus qu'elle s'étale par terre devant tout le monde !

Respire, avance, concentre-toi...

Un court instant plus tard, elle parvint sans dommage au milieu d'arbres verdoyants, palmiers et autres espèces tropicales luxuriantes.

Un profond soulagement l'envahit.

Enfin seule !

Flávia esquissa quelques pas, admirant la canopée calme, magnifiquement touffue, mélange de feuillages et branchages entrelacés. Si seulement elle avait pu s'éclipser dès à présent, quitter cette soirée, ces gens si imbus d'eux-mêmes… Comme ils lui étaient antipathiques !

— Est-ce que le médecin qui vient de parler de manière si peu élogieuse est toujours aussi odieux ?

Flávia se figea.

L'homme qui venait de lui adresser la parole se trouvait juste derrière elle. Cet accent anglais, sa voix riche, emplie d'un dynamisme maîtrisé, grave et chaude…

Impossible de ne pas la reconnaître.

Elle en avait rêvé au cours des huit derniers mois et s'était sentie aussi ridicule qu'une adolescente.

Comment un simple inconnu croisé au cours d'une conférence pouvait l'avoir à ce point marquée ? Même Enrico, qu'elle avait pourtant cru être son fiancé, ne l'avait pas autant troublée.

Flávia se retourna lentement et, croisant le regard bleu intense de l'homme qui l'observait, sentit un long frisson la parcourir.

Elle ne s'était pas trompée… C'était bien *lui*.

2

La dernière fois qu'elle l'avait vu, il n'était qu'un homme de plus au milieu du public où tous portaient le même style de costume. Lui, cependant, s'était démarqué à cause de ses questions passionnées et pertinentes sur les recherches que Flávia présentait lors d'un colloque.

Aujourd'hui, il était vêtu d'un smoking impeccable, comme ses confrères. Ses cheveux arboraient le même style soigné que ceux des autres messieurs. Il avait un regard intelligent, d'un bleu profond, sans doute comme des millions d'êtres humains dans le monde. Malgré tout, il n'était pas comme eux.

Flávia se souvenait même de son nom : Jake Cooper. Ils ne s'étaient même pas réellement parlé... Jamais, en face à face. Mais elle ne l'avait pas oublié.

— J'ai bien peur que oui, soupira-t-elle. Le Dr Silvio Delgado, qui est le chef du service d'oncologie, se croit souvent tout permis, ajouta-t-elle, consciente que son cœur battait précipitamment. Il est exécrable. Son grand-père a été l'un des fondateurs de cet hôpital... À mon avis, il croit que cela lui donne le droit inaliénable d'insulter qui il veut quand il le veut.

— C'est ce que j'ai entendu. Il n'est pas très respectueux... Et j'ai admiré votre superbe indifférence. Vous avez bien fait. Je me présente, je suis le Dr Jake Cooper, poursuivit-il en s'avançant, la main tendue vers elle.

— Ah oui…

Flávia la lui serra brièvement.

— Votre nom m'est forcément familier, se hâta-t-elle de préciser, comme il la contemplait d'un air un peu surpris. Dans le domaine de l'oncologie, vous avez la réputation de repousser les limites. Vous avez, dit-on, mené des essais cliniques que d'autres avaient trop peur de tenter… Par exemple avec le révélateur de teinte fluorescente, à base de venin de scorpion, qui colore les cellules cancéreuses de manière très distincte…

Tout en prononçant ces mots, Flávia avait la sensation de s'exprimer comme une débutante en société. Elle était si peu habituée… Si peu sociable, en réalité. Soit elle se montrait trop distante, soit, au contraire, elle paraissait trop enjouée. Elle espérait être mesurée, là, à cet instant… Même si son cœur battait la chamade.

— Je suis flatté ! dit Jake. Vous me connaissez donc plus ou moins !

Elle sourit, séduite par la voix grave et chaleureuse, le regard d'un bleu envoûtant, l'allure virile, chic mais décontractée, de son interlocuteur.

— Si on veut, oui. Je connais votre réputation dans le monde médical. Je suis le Dr Flávia Maura.

— Je sais bien !

Jake sourit.

Elle sentit son pouls s'accélérer davantage encore.

— Vous êtes l'une des plus grandes spécialistes actuelles dans le domaine des thérapeutiques à base de venin. Il y a quelque temps, j'ai assisté à votre conférence sur l'application anticancéreuse d'une toxine extraite du venin de la guêpe brésilienne. C'était remarquable, conclut-il, une lueur admirative au fond des yeux.

— Merci. Le secret, c'est la *Polybia—MP* qui exploite la composition inhabituelle des lipides et des graisses dans les membranes des cellules cancéreuses… La *polybia-MP* troue en quelque sorte ces cellules, et de ces perforations s'échappent entre autres des protéines vitales. Comme les cellules cancéreuses ne peuvent pas fonctionner sans ces protéines, la toxine finit par les éliminer.

— Remarquable, répéta Jake. Alors, sur quoi travaillez-vous maintenant ?

Flávia hésita un court instant à se confier. Mais si elle n'abordait que l'essentiel, ça irait, n'est-ce pas ? Elle ne trahirait aucun secret professionnel.

— Eh bien, pour être franche, je vis pratiquement mon rêve de toujours. Je suis à la fois naturaliste et chercheuse. Je partage mon temps entre un sanctuaire qui se trouve dans la forêt tropicale, où l'on accueille toutes sortes de serpents, notamment des vipères, et mon travail dans un laboratoire, VenomSci.

Jake hocha la tête.

— Je connais VenomSci. J'utilise vos produits. J'ai entendu dire que vous cherchiez le meilleur moyen d'utiliser du venin pour freiner, voire stopper la prolifération des métastases cancéreuses ?

— C'est exact.

— Impressionnant... Ce qui a commencé comme une passion pour la faune de la forêt amazonienne peut maintenant vous permettre de sauver des vies humaines... et des reptiles, n'est-ce pas ?

Flávia ne put cacher sa stupeur.

— Vous avez lu ma dernière interview ?

— En effet.

— Mais c'était écrit en portugais...

— J'ai appris les rudiments de votre si belle langue avant de venir au Brésil, expliqua Jake. Et je m'intéresse beaucoup aux travaux de VenomSci. Comme tant d'autres médecins, j'imagine...

Il ébaucha un sourire puis jeta un bref coup d'œil sur sa montre.

— Vous et moi avions envie de nous changer les idées en venant dans ce beau jardin botanique, malheureusement le dîner est servi dans cinq minutes. Si nous nous mettons à la même table, nous pourrons poursuivre cette conversation...

— J'aimerais bien, mais nous serons placés, dit Flávia. Oh ! écoutez, je vais demander à Isabella Sanchez, en charge de l'organisation, de nous arranger ça. Vous venez ?

Soudain, elle se sentait sûre d'elle... Et motivée. La perspective de la soirée lui paraissait tellement plus agréable, tout à coup...

Et pour cause ! Le séduisant Jake Cooper ne pouvait pas deviner qu'il l'avait marquée à ce point, des mois auparavant, mais c'était un fait... Et un secret. Même si, Flávia le savait très bien, l'objectif de leur future discussion serait strictement professionnel, comment ne pas espérer autre chose ? Un petit flirt, par exemple...

Cet homme lui plaisait tellement !

— Mais si la morsure de ces vipères peut tuer un humain en quelques heures, voire quelques minutes, comment réussirait-on à guérir le cancer en injectant ce même venin sans tuer le patient ? demandait un médecin espagnol à Flávia. À moins que vous ne procédiez à la fabrication d'une version synthétique qui inverserait le processus d'empoisonnement...

Tout en écoutant la conversation, Jake prit une cuillerée de dessert, une délicieuse crème brûlée qu'il avait à peine goûtée. Isabella Sanchez avait fait en sorte que Flávia et lui se trouvent à la même table, et côte à côte.

Mais finalement, ce n'était pas une bonne idée...

Car il ne parvenait plus à chasser le trouble qui l'avait envahi depuis que la jeune femme avait posé les yeux sur lui.

Jake sentait que, malgré lui, il était profondément et irrésistiblement attiré par elle. Comme jamais.

Au lieu de s'intéresser aux recherches qu'elle menait, il

était littéralement charmé par la façon dont elle parlait. Flávia s'exprimait d'une voix douce et mélodieuse, qui aurait pu ensorceler le plus venimeux des reptiles !

— Tout dépend du serpent, de la composition de son venin et, naturellement, du mode d'administration, répondit-elle posément à son interlocuteur. Cela dépend aussi de ce que nous essayons d'accomplir.

De toute évidence, Flávia était passionnée et concentrée sur ce qu'elle avait entrepris, ses recherches très singulières dans le monde médical. À croire qu'elle n'était pas consciente de la puissance de sa beauté.

— Vous savez, j'en suis sûre, que le venin de serpent est un cocktail de centaines de composants différents, dont des minéraux et des protéines, des peptides et des enzymes, poursuivait-elle. Notre objectif est d'isoler et de réutiliser certaines toxines contenues dans ce venin, ce qui permettrait de tuer les cellules cancéreuses tout en laissant les cellules saines intactes.

Tous les regards étaient à présent tournés vers elle.

— Un chercheur australien, un certain Pouliot, travaille sur un venin capable de stopper la prolifération des métastases dans le cancer du sein. Il a réussi à inverser le processus du venin de la vipère *Bothrops alternatus*, qui est une espèce différente de celle avec laquelle je travaille. Il est parvenu à cloner la molécule en laboratoire mais sans pouvoir stabiliser le résultat...

— Étant donné l'agressivité de ces serpents mortels, vous devez être plus que désireuse de recourir à la rétro-ingénierie pour identifier les toxines dont vous avez besoin, et procéder à un biomimétisme, déclara un autre convive. Le but est, je suppose, de ne plus avoir besoin de serpents vivants... N'est-ce pas ?

Jake regarda Flávia. Était-il le seul à remarquer la façon dont elle se raidissait légèrement, comme pour se tenir plus droite ? La façon dont ses reins se cambraient ? Sa robe moulante épousait chacun de ses mouvements...

Quand Flávia lui jeta un coup d'œil, il sentit le sang pulser dans ses veines. Elle avait un regard couleur caramel chaud. Envoûtant.

— En fait, à ce stade de nos recherches, nous ne pouvons pas encore nous passer des reptiles à l'état naturel... L'objectif idéal serait d'extraire leur venin sans les mettre à mort, eux, précisa-t-elle posément. Et c'est là que le bât blesse. Le crotale, par exemple, qu'on appelle également le « maître de la brousse », est en réalité sensible à sa manière, et fragile au niveau du dos. Si vous vous en approchez correctement, il vous fera rarement du mal. En revanche, si vous ne le manipulez pas avec précaution, c'est une autre histoire...

Flávia hocha la tête.

— Pour vous échapper, il peut se briser l'échine en se tortillant de toutes ses forces. L'herpétologiste Raymond Ditmar a écrit, dans les années 1920 et 1930, que la meilleure méthode pour attraper ce genre de serpents était de les bloquer à l'aide d'une pince, en conservant une distance de sécurité. Dans le cas du fameux « maître de la brousse », cela risquerait de lui briser l'échine. Mes collègues, Raoul et Fabio, et moi-même utilisons une autre technique.

Jake, qui ne soufflait mot, remarqua que la plupart des convives à leur table paraissaient perplexes... Et fascinés par ce qu'elle énonçait.

— Néanmoins, insista l'un d'eux, le clonage en laboratoire doit être préférable, car même une mauvaise manipulation de la toute petite quantité de venin extraite des vipères vivantes pourrait vous tuer, ne serait-ce que par une simple éclaboussure sur votre peau !

— Je sais. Mais laissez-moi vous confier un fait à mon sujet qui n'est peut-être pas vraiment secret, dit Flávia en souriant.

De nouveau, elle regarda rapidement Jake et il ressentit un tel trouble qu'il détourna les yeux. Il devinait qu'elle se forçait à rester aimable, afin de transmettre ainsi sa passion et d'expliquer ce qu'elle faisait au quotidien.

— Je me suis intéressée à la thérapie par le venin pour soigner le cancer non pas pour sauver des humains, mais pour secourir des serpents.

La surprise se lut sur les visages de la majorité des convives. Et qui pourrait les blâmer ? Jake était étonné, lui aussi...

Et de plus en plus admiratif.

— Je suis engagée dans des recherches qui visent à guérir les cancers, poursuivit Flávia.

Était-elle consciente de la fascination qu'elle suscitait ? Sans doute...

Ou peut-être pas. Elle s'exprimait avec un tel naturel !

— En réalité, ce qui me motive vraiment, c'est de savoir que les « maîtres de la brousse » et les autres précieux reptiles sont désormais classés comme espèces vulnérables. De fait, nous avons détruit leurs habitats naturels dans la jungle et la forêt tropicale, et leur population a chuté.

— Raison de plus pour nous acharner à créer des toxines synthétiques, intervint Jake.

— Dans un sens oui, dit Flávia en croisant brièvement son regard. Personnellement, je rêve d'un écosystème qui respectera ces espèces tout en nous permettant, à nous, chercheurs, de trouver les thérapeutiques alternatives, innovantes, dont nous avons besoin.

Jake hocha la tête. Quand elle parlait ainsi, si sérieusement, il imaginait autre chose...

Des mots doux, sensuels...

Des paroles d'amour...

Il s'obligea à se ressaisir. Comment pouvait-il nourrir ce genre de pensées, là, maintenant ? C'était absurde !

À ce moment-là, son portable vibra. Jake le prit dans sa poche et consulta discrètement le message qui venait d'arriver. C'était Patricia, l'infirmière retraitée qu'il avait embauchée pour veiller sur son neveu Brady. Tous deux se trouvaient dans l'appartement que l'hôpital Paulista avait mis à sa disposition pendant le séjour.

Pourriez-vous venir dès que possible ? Merci…

Jake n'hésita pas une seule seconde. Il replia sa serviette et se leva.

— Je suis désolé, un contretemps m'oblige à vous quitter… Mais je vous retrouverai vite pour la suite de notre programme.

— Rien de grave, j'espère ? demanda Flávia en l'observant d'un air interrogateur.

Il parvint à sourire.

— Je ne sais pas… Je l'espère. Merci, en tout cas, pour toutes les informations que vous nous avez confiées ce soir et… à bientôt ! Bonsoir à tous.

En s'esquivant, et bien qu'il ait un réel prétexte pour s'en aller avant la fin du dîner, Jake éprouva soudain la ridicule impression d'être en train de fuir l'envoûtante chercheuse…

Non, ce n'était pas possible. La fatigue devait lui jouer des tours. Il faudrait qu'il s'oblige à oublier tous les fantasmes que la simple présence de la jeune femme à côté de lui avait suscités… Et qu'il se concentre sur ses objectifs professionnels, comme toujours.

3

Inspirant l'air parfumé du parc arboré de l'hôtel où se déroulait le gala de l'université d'été, Flávia se détendit enfin.

Le soir, les arbres et les fleurs exhalaient leurs senteurs merveilleuses. C'était le seul moment où elle pouvait se laisser aller et oublier le rôle qu'elle devait jouer durant la journée. Être professionnelle jusqu'au bout des ongles, souriante, polie, précise dans l'exposé de ses recherches... Tout cela l'ennuyait tant !

Durant le dîner, qui s'était achevé une demi-heure plus tôt, elle avait beaucoup parlé. Trop, peut-être. À sa table, les convives lui avaient posé tellement de questions ! Dans leurs yeux, elle avait perçu autant d'étonnement que de scepticisme. Sauf dans ceux de Jake...

Lui, il semblait l'écouter avec une réelle attention... Presque comme s'il la comprenait intimement.

Cet homme lui plaisait. Oui, lui comme aucun autre, en vérité. Jamais Flávia n'avait ressenti cette attirance inexplicable. Était-ce son physique ? Sa voix ? Sa gentillesse ? Elle avait regretté qu'il soit obligé de les quitter si vite... Sans lui, la tablée, pourtant composée de médecins et de chercheurs éminents, lui avait soudain paru inintéressante au possible.

Flávia se dirigea vers la piscine qui longeait l'espace vert. L'eau du bassin, bleutée, évoquait celle des plus beaux lagons, mais elle n'éprouvait aucune envie d'y nager. Elle aimait la mer, l'océan, les vagues, elle avait besoin de nature... La vraie nature, indomptable et mystérieuse.

Elle observa le lieu, si joliment arrangé avec parasols, à présent repliés, et transats, puis fit demi-tour. Autant retourner à l'hôtel et aller se coucher puisqu'elle n'avait plus rien à voir ni à faire. Peut-être appellerait-elle Maria ? Ou peut-être se glisserait-elle simplement sous la fine couette blanche et douce de son lit, après une bonne douche, et elle se détendrait en lisant un roman ou un magazine. *Oui, voilà une bonne idée*, se dit-elle en prenant la direction de l'établissement. Lire et s'évader ainsi, ne plus penser...

Mais, à ce moment-là, Flávia aperçut une haute silhouette masculine qui venait à sa rencontre. Jake Cooper ?

Oui, elle le reconnut instantanément.

Elle sentit son cœur s'affoler. Pourquoi fallait-il qu'elle tombe justement sur lui ?

— Quel hasard ! dit Jake en venant à sa rencontre, le sourire aux lèvres.

— Oui... J'allais rentrer, ajouta précipitamment Flávia, consciente que son pouls s'accélérait.

Jake resta devant elle, immobile, l'air gêné.

— Le dîner s'est bien terminé ? demanda-t-il.

— Oh ! oui... J'ai eu l'impression qu'il s'est éternisé, mais bon, c'était quand même agréable. Et délicieux.

Il hocha la tête.

— Cet hôpital universitaire dépense une somme incroyable pour toute la logistique liée à l'université d'été. Si on allouait le même montant à nos recherches...

— On serait gâtés, compléta Flávia. Malheureusement, en ce qui nous concerne, les budgets sont souvent très réduits. On travaille beaucoup avec peu de moyens.

— Exactement. Mais on aime ça... On est passionnés.

— Oh oui. Sans passion, on ne réussirait rien.

Jake la regarda dans les yeux et, une fraction de seconde,

Flávia éprouva un tel trouble qu'elle craignit que cela se remarque.

Pourquoi avait-elle la sensation qu'ils se connaissaient déjà ?

— Et si nous faisions quelques pas ensemble ? proposa-t-il. À moins que vous ne préfériez retourner à l'hôtel, évidemment, ce que je comprendrais...

Flávia hésita à peine.

— Marchons un peu, ça nous fera le plus grand bien.

Involontairement, elle avait utilisé le « nous », comme si c'était une évidence qu'ils se promènent ensemble et, surtout, qu'ils en aient tous deux besoin.

— J'avoue que respirer le grand air, là, maintenant, après le brouhaha du gala, c'est appréciable, dit Jake tandis qu'ils se dirigeaient vers le parc. En plus, je viens de passer plus d'une heure à essayer de calmer mon neveu Brady. Un affreux cauchemar l'avait brutalement réveillé, c'est pour cette raison que j'ai dû quitter la table tout à l'heure...

Son neveu ?

Jake était-il venu avec sa famille ?

— Quel âge a-t-il ? demanda Flávia.

— Tout juste sept ans.

— Il est bien jeune...

— Oui. Et il est fragile. Même si une très gentille infirmière spécialisée en pédiatrie, à la retraite aujourd'hui, s'occupe de lui en ce moment, il a du mal à s'habituer à tous les changements de son quotidien ! Brady se trouve dans un pays étranger, dans une chambre qu'il ne connaît pas, avec une dame inconnue, sans ses parents...

Flávia en déduisit que l'enfant était seul avec Jake.

— Ce n'est pas évident pour lui, j'imagine. Ni pour vous, d'ailleurs, ajouta Flávia. Venir ici avec un enfant, pendant que vous travaillez...

Elle s'en voulut de se montrer ouvertement curieuse, mais après tout, il fallait bien échanger quelques mots ! Et puis, au fond, elle avait envie d'en savoir plus sur Jake.

— Non, ce n'est pas évident. Mais il m'était impossible de le laisser en Angleterre. Brady est le fils de ma sœur décédée il y a dix mois à peine, précisa Jake. Maintenant, il est sous ma responsabilité ! Je suis en quelque sorte son père adoptif.

Étrangement émue par ces confidences très personnelles, Flávia garda le silence quelques instants.

— C'est une situation délicate, finit-elle par dire.

— Très. D'autant que je suis seul et que je n'y connais pas grand-chose au monde de l'enfance... Je fais de mon mieux.

— Comme tous les parents, je crois.

— Vous avez des enfants ? demanda-t-il.

Flávia fut frappée par le sérieux qui se lisait sur le visage de Jake.

— Non... Et je suis seule, moi aussi. J'ai beaucoup d'amies et collègues célibataires, poursuivit-elle. Curieux... On pourrait penser que nos métiers ne nous incitent pas à fonder une famille !

Jake se mit à rire.

— On a trop de choses à faire...

— Tant ! Dans mon cas, aller en forêt, explorer le terrain, observer les reptiles, intégrer mes recherches à des protocoles thérapeutiques..., énuméra Flávia.

— Exactement. Même si, de mon côté, j'interviens surtout à l'hôpital ! Mais grâce à ce que vous explorez et découvrez, j'améliore ma pratique. Vous m'êtes précieuse, ajouta Jake avec une pointe d'humour.

Flávia rit à son tour.

— Précieuse ? Utile, plutôt... Et tant mieux.

Ils continuèrent à marcher lentement, se dirigeant vers un ensemble de tonnelles ornées de glycines fleuries et de bougainvillées parfumées. Flávia songea alors qu'ils bavardaient vraiment amicalement, en toute confiance.

— Et, si ce n'est pas indiscret, de quoi est décédée votre sœur ?

— D'un cancer de l'œsophage. Helen souffrait de maux

d'estomac récurrents, mais le médecin hospitalier qu'elle a consulté a seulement suspecté des calculs biliaires. On l'a renvoyée chez elle en lui demandant de revenir, pour un simple suivi, durant les semaines suivantes. Mais elle n'a pas pu s'y rendre. Elle élevait Brady seule, ce n'était pas facile... Elle a pris des antalgiques, encore et encore, jusqu'à ce qu'il soit trop tard. Un jour, elle a dû se faire hospitaliser en urgence... Et on a diagnostiqué son cancer. Elle m'a appelée pour que je vienne de Londres... Elle est morte six jours plus tard.

Jake avait parlé d'une traite, comme s'il était soulagé de se livrer. Flávia sentait à quel point il était bouleversé par tout ce qu'il lui confiait. Peut-être que Jake avait été lui-même secoué par le cauchemar du petit Brady, et cela avait ravivé de douloureux souvenirs...

— Au cours des dix dernières années, nous n'avions pas été vraiment proches, poursuivit-il. On se téléphonait une ou deux fois par an. Je le regrette, aujourd'hui... Tout comme je regrette de ne pas avoir pu aider ma sœur. Je suis oncologue, et Helen a été emportée par un cancer... Quelle ironie du sort, vous ne croyez pas ?

Flávia s'immobilisa pour observer Jake. À cet instant, il lui parut si tourmenté qu'elle sentit sa gorge se nouer. Spontanément, elle lui effleura la main de la sienne.

— Oui, mais... Ainsi vont la vie et le hasard. Vous n'y êtes pour rien.

Sous sa paume, elle sentit Jake se raidir imperceptiblement. Le contact avait dû le surprendre. Mais il ne s'écarta pas pour autant. Au contraire, il la contempla avec une étrange douceur dans les yeux... À moins que ce ne fût de la tristesse.

— Merci de ces paroles, Flávia. Vous êtes une femme sensible... Nous aurons peut-être l'occasion de nous parler de nouveau pendant notre séjour ?

Le cœur battant, Flávia acquiesça d'un signe de tête.

— On va encore se rencontrer, je pense. Entre les colloques et les autres interventions prévues par cette université d'été...

— C'est certain. Tant mieux. Et sur ces mots, chère consœur, reprit Jake en se ressaisissant visiblement, pardonnez-moi, mais je vais vous laisser et retrouver mon neveu...

Il ébaucha un sourire.

— Je suis heureux de ce bref moment avec vous. Bonne soirée.

— Merci, vous aussi, dit Flávia.

Pourquoi avait-elle l'intuition qu'il avait brutalement mis un terme à leur conversation ? Jake n'avait sans doute pas envie qu'ils continuent à discuter de manière trop personnelle. Ce n'était pas bienvenu, compte tenu du contexte professionnel dans lequel ils se trouvaient... Et il avait bien raison. Il lui en avait déjà presque trop dit sur lui-même.

Songeuse, elle le suivit du regard pendant qu'il s'éloignait. Puis, chassant l'étrange émotion qui l'envahissait malgré elle, un mélange d'interrogations et de déception, elle décida de continuer à se promener seule dans le parc. Elle en avait besoin.

— Lumières, s'il vous plaît ! demanda Jake.

La salle d'opération devint sombre, simplement éclairée par les différents écrans de monitoring.

Il alluma une lampe à infrarouge et guida le faisceau vers la bouche de son patient, montrant une zone violacée surmontée d'un petit point violet.

— Voilà le carcinome cellulaire que nous devons éliminer, annonça-t-il aux participants qui assistaient à l'intervention organisée dans un but aussi bien thérapeutique que pédagogique.

Une fois que son équipe aurait extrait la tumeur et nettoyé les tissus tout autour, il passerait le relais au Dr Krysta Simpson qui envisagerait alors la réalisation d'une mâchoire de substitution à partir d'une plaque de titane.

En tout, il s'agirait d'une intervention multidisciplinaire

d'environ dix heures. Ce serait long, oui... Mais, dans un sens, cela tombait bien.

Honnête envers lui-même, Jake était soulagé de pouvoir se concentrer ainsi et ne plus penser à l'envoûtante Flávia.

Les souvenirs de la soirée précédente revenaient régulièrement à son esprit, obsédants et culpabilisateurs. Pas question de se laisser séduire par cette si belle chercheuse, aussi intéressante soit-elle ! Ne s'était-il pas promis d'être entièrement préoccupé par son travail et disponible pour Brady ?

Le petit garçon dormait profondément lorsqu'il était retourné à l'appartement. Patricia, l'infirmière, s'était éclipsée et, ce matin, elle était revenue pour rester avec l'enfant.

Bien sûr, ce n'était pas amusant pour Brady. Il passait les journées en compagnie d'une femme âgée, à regarder des dessins animés, à se promener autour de l'hôtel ou à profiter de la piscine. Le séjour durerait encore presque trois semaines, ce serait sans doute interminablement ennuyeux pour Brady...

Chassant ses soucis, Jake se concentra sur le patient qui se trouvait devant lui. Il avait déjà pratiqué cette opération de nombreuses fois, mais il fallait qu'il tienne compte de tous les imprévus. De plus, il exerçait en public... Une performance, en quelque sorte.

Tout en opérant, il commentait ses gestes dans un micro fixé à un casque. L'intervention était diffusée sur un grand écran, et dans la salle on la suivait avec attention.

Jake travailla ainsi sans relâche pendant deux heures. Il retira la zone cancéreuse tout en préservant les tissus sains, veillant à ne pas endommager les nerfs, faute de quoi son patient risquerait une paralysie faciale. Quand, enfin, il parvint à la fin du processus opératoire, Krysta Simpson et son équipe le rejoignirent dans le bloc, prêts à prendre le relais.

— Comment ça s'est passé ? demanda la chirurgienne.

— Très bien. Le patient est resté stable, aucune complication à signaler. J'ai laissé autant de condyles et de ramus ascendants que possible, précisa Jake, désignant des petits os de la mâchoire.

— Excellent, approuva Krysta. J'ai suffisamment de matière pour poursuivre avec succès...

— Oui, à vous d'agir, maintenant. Je suis certain que le résultat sera à la hauteur de nos exigences. Bonne chance malgré tout...

— Merci, dit sa consœur.

Elle se tourna vers ses assistants afin d'entamer leur propre intervention.

Synchrone, Jake sortit du bloc en compagnie de son équipe.

Après un rapide passage dans la salle de débriefing, il informa les organisateurs de l'université d'été qu'il avait accompli sa mission du jour : l'opération avait été filmée et retransmise avec succès, le patient se portait bien, le but était donc atteint.

Maintenant, il était libre...

Libre de se restaurer, de reprendre des forces, de partir se promener avec Brady...

Ou de revoir Flávia !

La pensée s'imposait à lui. Ainsi que l'envie... Une envie forte, pressante.

Non !

Jake se força à chasser ce qui jaillissait à son esprit. Le désir de retrouver la jeune femme, de lui parler, de mieux la connaître...

Ce n'était pas possible. Pas maintenant...

Et sans doute jamais.

Même si, poliment, il lui avait dit qu'il souhaitait avoir encore l'occasion de discuter avec elle, Jake savait qu'il ne fallait pas. En théorie, ne devrait-il pas s'interdire tout espoir de mieux découvrir l'énigmatique « femme sauvage » ?

Seulement voilà, il ne comprenait pas pourquoi il s'était autant livré à elle la veille au soir... Il avait senti qu'elle l'écoutait avec une attention sensible et sincère. Les quelques commentaires qu'elle avait faits lui avaient plu, et l'avaient encouragé...

Car au fond, oui, être ici, au Brésil, seul avec son jeune neveu en souffrance, ce n'était vraiment pas facile.

Mais ce n'était pas pour cette raison qu'il rêvait de croiser de nouveau Flávia...

4

Flávia parcourait ses notes à la cafétéria lorsqu'une voix enfantine résonna près d'elle.

— Les mots « venin », « poison » et « toxine » ne sont pas synonymes !

Elle leva les yeux et découvrit un petit garçon portant un pantalon cargo et un T-shirt orné de l'inscription « A Bug's Life » - « Une vie d'insecte ». Il regardait attentivement le logo VenomSci apposé sur le tissu noir de la sacoche de l'ordinateur de Flávia.

— Non, en effet. Ça t'intéresse ? demanda-t-elle, amusée.

— Beaucoup !

Remarquant l'accent anglais, Flávia eut l'intuition qu'il s'agissait du neveu de Jake. Rares étaient les enfants présents durant les quelque trois semaines que durait cette université d'été !

Elle jeta un rapide coup d'œil autour d'elle, cherchant à apercevoir la haute silhouette de Jake. Elle ne l'avait pas revu au cours des cinq derniers jours. Malgré elle, quand elle venait se restaurer au Paula's Café, Flávia ne pouvait s'empêcher d'espérer une rencontre fortuite avec le séduisant médecin. Comme elle se sentait ridicule de nourrir ce genre de fantasme...

— Je connais la différence entre le poison et le venin,

dit-elle gentiment. Et toi ? Au fait, tu ne t'appellerais pas Brady, par hasard ?

L'étonnement se refléta sur le visage encore poupin de son jeune interlocuteur.

— Comment tu le sais ?

— Ton oncle m'a un peu parlé de toi… C'est un de mes confrères. Je suis médecin, moi aussi. Plutôt chercheuse, en fait.

Brady hocha la tête d'un air impressionné.

— Chercheuse… Cool ! Alors voilà ce que je sais : le poison et le venin sont tous deux des toxines, mais c'est la méthode d'administration qui change. Le venin est injecté mais le poison est sécrété, expliqua-t-il, reprenant simplement leur conversation.

Il observait Flávia avec une petite lueur de défi au fond de ses yeux bleus, le visage grave.

— Bravo, dit-elle, sincèrement impressionnée. Et… Tu aurais des exemples ?

Brady ébaucha un sourire.

— Les abeilles, les scorpions, les araignées, les fourmis, les serpents… Ces insectes-là envoient des toxines par leur morsure ou leur piqûre, donc c'est du venin. Les tritons à peau rugueuse, les grenouilles à flèche empoisonnée, les crapauds de canne sécrètent des toxines, donc ils sont venimeux.

— Oh ! tu t'y connais drôlement bien ! Et le serpent tigre d'Asie, ça te dit quelque chose ?

Brady plissa les yeux et haussa les épaules comme si la question de Flávia lui paraissait inintéressante ou… facile.

— Oui. Il est venimeux puisqu'il peut nous empoisonner en nous mordant.

— Exact. En plus de ses crochets venimeux, ce reptile possède des glandes défensives à l'arrière de son cou qui sécrètent le poison qu'il stocke en dévorant des crapauds empoisonnés, précisa Flávia. Du coup, c'est le seul serpent à la fois venimeux et toxique.

Brady écarquilla les yeux.

— Toi, tu es trop savante ! C'est quoi, VenomSci ? questionna-t-il, en désignant le logo sur la sacoche de l'ordinateur de Flávia.

— Le laboratoire pour lequel je travaille. Comme je te l'ai dit, je suis chercheuse...

— Chercheuse... En venin ? Tu fais des expériences sur les animaux ? demanda Brady en fronçant les sourcils.

Flávia éprouva soudain une bouffée de tendresse pour le petit garçon. Il se montrait si curieux... Et il était visiblement passionné par le sujet.

Comme moi au même âge, ne put-elle s'empêcher de penser.

— Au contraire, assura-t-elle. Je m'intéresse au venin de guêpe, de scorpion, de serpent... Mais même si mes clients sont des sociétés pharmaceutiques, je fais tout pour préserver et sauver les espèces.

Brady la contempla en silence quelques instants. Puis il regarda rapidement derrière lui, comme s'il cherchait quelqu'un. Il échangea alors un signe amical avec une femme d'un certain âge qui faisait la queue à la caisse, un plateau à la main.

— C'est Patricia, la dame qui me garde pendant que tonton Jake travaille, expliqua-t-il. Il travaille tout le temps.

— Et toi, tu t'ennuies, j'imagine... Ce n'est pas drôle, pour toi, d'être ici.

— Ce qui n'est pas drôle, c'est que maman est morte, et je suis obligé d'être avec tonton Jake qui m'énerve un peu, lâcha subitement Brady.

Flávia resta muette un court instant, ébranlée.

— Je comprends... Peut-être que tu pourrais faire la connaissance de mes nièces, les filles de ma sœur Maria, qui ont à peu près ton âge, poursuivit-elle spontanément. Si ton oncle est d'accord, je pourrais...

À ce moment-là, Jake s'engouffra justement dans la cafétéria. Son regard vif fit le tour de la salle et, repérant Flávia et Brady, il les rejoignit à grands pas.

— Bonjour, docteur Maura, dit-il, un léger sourire aux lèvres. Ravi de vous revoir. Dis-moi, Brady, que fais-tu ici ? poursuivit-il d'un air contrarié. Tu ennuies certainement le Dr Maura...

— Pas du tout, déclara aussitôt Flávia. J'étais en train de lire mes notes et Brady est venu me poser des questions très pertinentes sur les insectes et les reptiles... Son savoir sur le sujet m'a impressionnée. Lui et moi avons déjà beaucoup sympathisé !

Jake la regarda dans les yeux, visiblement surpris et gêné. Puis il esquissa un petit sourire.

— Forcément. Brady est obsédé par toutes ces créatures...

— Obsédé ? répéta Flávia, un peu étonnée par ce qualificatif peu valorisant. « Passionné » serait un terme plus exact.

— Peut-être, mais je...

S'interrompant, Jake contempla son neveu et lui désigna la dame d'un certain âge qui parvenait maintenant à la caisse.

— Brady, si tu allais retrouver Patricia ?

— Déjà ? J'aurais aimé poser d'autres questions à...

En soupirant, le petit garçon fixa Flávia d'un regard interrogateur.

— Comment tu t'appelles ?

— Flávia. Ne t'inquiète pas, on aura sûrement d'autres occasions de parler ensemble, affirma-t-elle, ignorant l'étrange sentiment qui la gagnait soudain.

Curieusement, le fait que Jake ait ainsi dénigré l'intérêt enthousiaste de l'enfant l'attristait. Peut-être parce qu'elle-même, petite, avait dû subir le même genre d'incompréhension de la part de certains adultes...

Et surtout de sa propre mère.

— J'espère, j'aimerais bien qu'on parle encore, avec toi, au moins, j'apprends des choses, ajouta alors Brady, comme en écho des pensées de Flávia.

Puis, esquissant une moue boudeuse, il obéit à son oncle.

Dès que l'enfant se fut éloigné, Jake reporta son attention sur Flávia et sourit.

Elle sentit son pouls s'accélérer. Le sourire qu'il ébauchait illuminait son visage et le rendait infiniment plus séduisant.

— Je suis désolé de vous paraître aussi sévère, mais j'essaie de garder un axe avec Brady. Il est réellement obsédé par les bestioles que vous adorez, sauf qu'ici, cela pourrait être dangereux pour lui.

En parlant, Jake s'assit à côté de Flávia.

— Dangereux ? Et pourquoi donc ? demanda-t-elle, s'efforçant d'ignorer les battements trop rapides de son cœur.

Encore une fois, parce qu'elle était tout près de cet homme, elle avait l'impression de succomber à son charme comme si elle était hypnotisée. C'était décidément absurde.

— Parce qu'il y a toutes sortes d'insectes peu sympathiques qui fourmillent dans le parc de cet hôtel, ou ailleurs, et Brady adorerait sûrement en attraper, répondit Jake. Il passe les journées avec Patricia, vous savez... Je vous ai expliqué la situation. Du coup, évidemment, ce n'est pas très amusant pour mon neveu. Il regarde beaucoup de dessins animés et rêve sûrement d'aventures que je ne pourrai pas lui offrir pendant mon séjour au Brésil... Hélas.

— J'ai deux nièces qui ont environ son âge, dit Flávia. Ils pourraient se rencontrer ?

En prononçant ces paroles, elle se rendit compte qu'elle venait de franchir la frontière, en principe bien délimitée, entre sphère professionnelle et vie personnelle. Mais elle n'avait pas pu se refréner. La curiosité bouillonnante de Brady l'avait sincèrement impressionnée...

Et la solitude qu'elle devinait chez Jake la touchait.

Il la regarda avec surprise et intérêt tout à la fois.

— C'est très gentil, adorable même, mais je ne voudrais pas déranger...

— Je vous le propose, parce que c'est possible, insista Flávia. Julianna et Marcie, mes nièces, sont en vacances.

D'autre part, je vous invite, Brady et vous, dans mon laboratoire, qui comporte aussi un petit refuge, vous verrez... Le grand sanctuaire, celui dont je vous ai déjà parlé, se trouve en forêt. C'est un autre monde...

Ignorant l'intense étonnement qu'elle percevait dans les yeux de Jake, elle poursuivit en riant :

— Chez nous, on est accueillants ! Donc quand vous serez libre, entre deux interventions ou tables rondes, si vous en avez envie, venez avec Brady, il adorera ! Ça vous changera les idées...

Jake se mit également à rire.

— Oh ! là, j'en suis certain. Vous êtes décidément très généreuse...

Il hocha la tête, l'air hésitant, puis sourit.

— C'est tentant, je ne devrais pas accepter...

— Vous ne devriez pas ou vous ne voulez pas ? Ce serait surtout pour Brady, insista Flávia, soutenant le regard de Jake.

Il hocha la tête, pensif.

— Oui, pour Brady. Vous avez raison. Quand pourrait-on venir ?

— Quand vous voulez. Il vous suffit de prendre rendez-vous. Si je ne suis pas là, mes collègues vous recevront. Le centre de recherches VenomSci a une partie publique, ouverte aux écoles, par exemple, et...

— Je préférerais que vous soyez présente, tant qu'à faire.

— Moi aussi, avoua Flávia, sentant son pouls s'accélérer de nouveau. Contactez-moi et on organisera votre visite.

Elle prit une carte de visite dans son sac et la lui tendit.

— Vous serez les bienvenus.

— Merci, Flávia. Je suis certain que Brady sera très intéressé... Et moi également.

Flávia se contenta de sourire, consciente que son cœur battait de nouveau beaucoup trop vite.

Elle n'aurait peut-être pas dû formuler cette invitation, mais de fait, oui, le petit Brady l'avait tellement touchée…

Quant à Jake, il lui plaisait d'une manière si viscérale que c'en était vraiment troublant.

Pour l'heure, mieux valait qu'elle ne se pose aucune question.

5

Quelques jours plus tard, Flávia vit Jake et Brady franchir les portes de VenomSci.

Aussitôt, une vive émotion l'envahit et son cœur se mit à battre la chamade. Elle n'avait pas vraiment cru qu'ils viendraient, n'ayant eu aucune nouvelle de Jake après leur rencontre à la cafétéria. Puis il avait pris rendez-vous pour ce jeudi après-midi en veillant à ce qu'elle soit présente.

En souriant, Flávia se dirigea vers eux, heureuse de les accueillir dans son centre de recherches.

— Bonjour ! Vous avez trouvé du temps pour découvrir mon royaume...

— Le contraire aurait été inimaginable ! Bonjour, chère Flávia, dit Jake, un léger sourire aux lèvres. Merci de nous avoir invités.

Il lui serra la main tout en soutenant le regard de Flávia, puis reporta son attention sur Brady.

— C'est trop cool ici ! s'exclama le petit garçon, les yeux écarquillés.

Ébahi, il contemplait le diaporama projeté en permanence dans le hall, et qui montrait différents animaux de la forêt amazonienne, avec leurs habitats et leurs proies.

— Dis bonjour au Dr Maura, s'il te plaît, intima Jake.

Son neveu reporta son attention sur Flávia et un immense sourire illumina son visage.

— Bonjour !

— Ravi de te revoir, répondit Flávia. Ravie de vous revoir, ajouta-t-elle en souriant de nouveau à Jake. Alors, ici, vous devriez apprendre pas mal de choses, enchaîna-t-elle, maîtrisant son enthousiasme à l'idée de dévoiler ainsi une partie de son univers. Il y a une zone interactive avec des quiz et des jeux qui abordent le mimétisme dans la nature...

— Et qu'est-ce qu'on doit faire ? l'interrompit Brady.

— Relever des défis ! Par exemple, on te demande de distinguer l'animal du végétal, expliqua Flávia. Tu découvriras aussi un vivarium qui te permet, entre autres, de te plonger dans le cycle de vie d'un papillon. Là-bas, précisa-t-elle en désignant l'extrémité du hall.

— Trop cool ! Je peux y aller avec toi ?

Et, sans attendre de réponse, Brady prit la main de Flávia et l'entraîna.

— Viens !

Un peu gênée, Flávia lança un bref regard à Jake qui approuva d'un signe de tête, l'air amusé, et leur emboîta le pas.

Brady se précipita vers la grande cage vitrée où voletaient différentes espèces colorées.

— Waouh ! Là, c'est un monarque... Et là, un vice-roi ! s'écria-t-il, se dressant sur la pointe des pieds pour mieux voir les insectes dans leur habitacle.

— Exact. Le vice-roi imite le monarque, tu vois, et il a un goût horrible pour les prédateurs parce qu'il mange une herbe particulière, de l'asclépiade, quand il est une chenille.

— Oui, oui, je le savais !

Brady lança un coup d'œil à Jake qui écoutait en silence, l'air impressionné. Surprenant son regard posé sur elle, Flávia sentit de nouveau son cœur s'emballer. Elle se concentra vite sur les insectes.

— Là, on peut voir un lézard du Bushveld, une région sub-tropicale d'Afrique australe, et un scarabée *oogpister*, ou scarabée bombardier. Les prédateurs s'en méfient parce qu'il a, lui aussi, un goût infect...

— Ah oui, il sécrète de l'acide formique parce qu'il dévore des fourmis légionnaires, compléta Brady. Et ça, c'est une argiope-frelon ! poursuivit-il en désignant une araignée au corps strié comme celui d'une guêpe.

— Tu t'y connais vraiment très bien, commenta Flávia, admirative.

— Je vous avais prévenue, Brady est ultra-passionné, intervint Jake. D'ailleurs, je crois que je vais vous laisser tous les deux, je vais en profiter pour boire un café et lire mes mails tranquillement...

— Bonne idée, tonton ! Flávia et moi, on continue, et on te retrouve tout à l'heure, déclara le petit garçon d'un ton enjoué.

Flávia ne put s'empêcher de rire.

— Si ça ne vous ennuie pas..., dit-elle à Jake.

— Au contraire.

— Il y a un coin salon dans l'entrée, avec un distributeur de boissons, si vous voulez nous attendre là-bas...

— Ce sera parfait. Eh bien, à plus tard.

Après avoir lancé un clin d'œil à son neveu, Jake s'éloigna.

Pendant plus d'une heure, Flávia accompagna Brady dans sa visite. Elle le laissa choisir les jeux ou activités qu'il désirait essayer, ne donnant des conseils ou des informations que lorsque Brady la sollicitait. L'enfant semblait insatiable.

À un moment, alors qu'ils retournaient pour la troisième fois devant le vivarium, Brady la regarda fixement.

— Dis, tu es la petite amie d'oncle Jake ?

— Moi ? Pas du tout, affirma Flávia, prise de court. Nous sommes collègues, rien de plus.

— Ah...

Brady paraissait un peu déçu. Il garda le silence et contempla les insectes.

— Oncle Jake est toujours tout seul, lâcha-t-il finalement. Pourtant maman m'avait dit qu'il avait beaucoup d'amoureuses… Mais moi, je n'en ai jamais rencontré depuis que je vis avec lui.

— Tu aurais préféré qu'il ait une femme ?

— Ben oui. Ma famille serait plus grande, murmura Brady en haussant les épaules.

— Ta maman te manque beaucoup…

— Tout le temps. Mais je ne veux pas le dire à mon oncle, ajouta-t-il d'un ton grave en regardant Flávia. Ça le rendrait trop triste.

Flávia sentit son cœur se serrer.

Bravement, le petit garçon s'efforçait de faire son deuil en essayant de ne pas aggraver la peine de Jake. Elle-même avait agi ainsi vis-à-vis de son propre père quand, autrefois, sa mère avait quitté la famille.

Mais j'avais ma sœur Maria…, songea-t-elle.

Elles pouvaient se confier l'une à l'autre, se soutenir. Alors que Brady se retrouvait tout seul.

— Tu pourrais quand même parler à ton oncle, tu sais… Je suis sûre qu'il comprendrait.

Le visage de Brady s'assombrit.

— Peut-être, mais ça ne changerait rien. De toute façon, quand j'ai envie de pleurer, j'ouvre ma boîte à secrets et je retrouve maman en rêve…

De nouveau, la gorge de Flávia se noua. Elle connaissait si bien cet état intérieur, souvent impossible à partager avec autrui.

— Ta boîte à secrets… Avec des photos ?

— Beaucoup, beaucoup de photos ! Et des pétales de fleurs qu'on a cueillies pendant un pique-nique, le programme d'un match de foot où on est allés, des billets de cinéma, surtout le ticket de notre film préféré, des entrées de musée…

Brady sourit malgré la gravité de ses propos.

— Mais ma boîte est en Angleterre, chez moi, à Londres. Enfin, chez mon oncle Jake, mais maintenant, c'est aussi ma maison.

— Bien sûr…, dit Flávia, profondément touchée par les confidences spontanées de l'enfant. Tu as montré cette boîte à ton oncle ?

Brady secoua la tête.

— Pas encore. Je l'ai juste montrée à Oz.

— Qui est-ce ?

— Le meilleur ami d'oncle Jake. Il est plutôt cool et il a beaucoup de petites amies ! Je lui parle de maman parfois, mais pas toujours. Je ne veux pas faire de peine à tonton Jake…, répéta Brady.

Flávia s'abstint de tout commentaire.

— Et toi ? Tu as aussi un meilleur ami ?

— Pas vraiment.

Brady eut un petit haussement d'épaules.

— J'en avais un dans mon ancienne école, mais comme j'ai déménagé… Dans ma nouvelle école, à Londres, ils ne sont pas aussi gentils. Il y en a qui m'embêtent… Et ils ont des jeux que je ne connais pas… Ou ils ne me laissent pas jouer avec eux parce que dans mon ancienne école on avait des règles différentes. Je parie que toi, tu avais plein d'amis quand tu étais à l'école !

— Alors écoute, je vais te confier un secret…, chuchota Flávia en hésitant à prendre le petit garçon dans ses bras pour le réconforter. Je n'avais pas beaucoup d'amis à l'école.

— Ah bon ? Et alors, comment tu as fait ?

Brady l'observait avec une telle intensité dans le regard, une telle curiosité, que Flávia se sentit submergée de tendresse.

— J'ai fait comme j'ai pu. Chaque situation est différente… Dans mon cas, j'ai quand même eu de la chance car j'avais une sœur. Et à la maison, je retrouvais mon père et mon grand-père : *papai* et *vovô*.

Un grand sourire illumina le visage de Brady.

— J'ai aussi un grand-père et une grand-mère ! Mais je ne les ai rencontrés qu'une seule fois.

Une ombre se refléta dans son regard.

— En fait, maman ne les aimait pas beaucoup… Elle me disait qu'ils n'étaient pas méchants mais qu'ils étaient très froids et qu'ils ne savaient pas montrer leur amour. C'est pour ça qu'elle voulait que je vive avec oncle Jake…

— Parce qu'il savait montrer de l'amour ? compléta Flávia, de plus en plus émue par cette conversation.

Brady hocha la tête d'un air grave.

— Non, pas vraiment, tu sais. Mais maman me disait qu'il pourrait apprendre, alors que mes grands-parents, jamais… Elle m'a raconté que tonton Jake avait été un chouette frère quand ils étaient petits, mais en grandissant, ils ont changé, quoi… Maman pensait que je pourrais montrer à tonton Jake comment être plus cool, plus affectueux… Sauf que je ne sais pas comment faire.

Flávia s'agenouilla et, oubliant sa réserve initiale, prit le petit garçon dans ses bras et le serra fort contre elle.

— Ne t'inquiète pas… Il n'y a rien à faire. Reste toi-même, et aie confiance, ajouta-t-elle en regardant Brady dans les yeux. Ton oncle t'aime beaucoup, et avec le temps, tout ira de mieux en mieux, crois-moi.

L'enfant resta figé, comme saisi de stupeur, puis il acquiesça lentement.

— D'accord.

Flávia se redressa et sourit.

— Tu veux continuer à visiter le laboratoire, ou tu veux retourner auprès de ton oncle ? Il nous attend depuis un bon moment, déjà.

— On va le voir. Je lui ferai un gros bisou, comme ça, il ne sera pas triste.

— Bonne idée. Les baisers, ça guérit de tout !

En prononçant ces mots, Flávia se remémora fugitivement sa relation avec Enrico, son fiancé, qui l'embrassait tant… Les baisers brûlants d'Enrico l'avaient fait fondre plus d'une fois…

Mais finalement Enrico l'avait laissée tomber. Il avait rompu après avoir exigé qu'elle choisisse entre lui et le métier à risque qu'elle exerçait. « Passer des heures à essayer d'apprivoiser des bêtes venimeuses, potentiellement mortelles, ce n'est pas une vie quand on veut fonder une famille ! » affirmait-il.

Le pire ? Flávia n'avait même pas réfuté cette affirmation. Et, redevenue célibataire, seule encore, elle avait décidé de poursuivre son existence de femme libre, heureuse de plonger dans la forêt amazonienne quand cela lui plaisait.

C'était donc la première fois qu'elle ressentait ce genre d'émotion pour un enfant… Une émotion pure, inconnue, mélange de tendresse, d'affection, de compassion… Et de sens des responsabilités, ce qui pouvait semblait aberrant. Car qui était-elle pour ce petit garçon ? D'ici à trois semaines, Brady repartirait en Angleterre avec Jake… Et elle n'entendrait plus jamais parler d'eux.

— Viens, allons retrouver ton oncle, dit-elle, chassant ses interrogations.

Et sans plus tarder, évitant de prendre la main de Brady dans la sienne, elle se dirigea vers le hall de VenomSci.

6

Assis dans un profond fauteuil de cuir blanc à l'entrée du centre de recherches, Jake s'efforçait de contenir son impatience. Il avait lu et relu ses mails, réfléchi à des propositions de thèmes de conférence, consulté le programme du jour de l'université d'été, sélectionné tout ce qui l'intéressait, noté les moments où il interviendrait...

Maintenant, il avait hâte de retrouver Brady.

Et Flávia...

Tous deux étaient visiblement arrivés au terme de leur visite car ils se tenaient depuis un moment déjà devant le vivarium.

Ils parlaient...

Ou, plutôt, Brady parlait.

Se confiait-il à la jeune femme ?

Probablement... Car Flávia s'était agenouillée devant le petit garçon, et elle l'avait pris dans ses bras avec une évidente affection.

Elle est si généreuse...

Jake éprouva un pincement au cœur en réalisant à quel point, contrairement à Flávia, il ne savait pas se montrer rassurant. Il n'était sans doute pas suffisamment paternel avec son neveu. Sa sœur Helen lui avait souvent reproché son manque d'émotion apparente, mais comment pourrait-il changer du jour au lendemain ?

En réalité, il ressentait beaucoup de choses, trop même… C'est juste qu'il n'avait pas appris à laisser transparaître ce qu'il sentait. Helen et lui avaient été éduqués de façon rigide, envoyés par leurs parents dans des écoles privées où ils avaient été préparés à être performants d'un point de vue professionnel. En revanche, le côté personnel avait été comme ignoré, considéré moins important. Helen aurait pu devenir une excellente chirurgienne, mais le sort en avant décidé autrement. Enceinte alors qu'elle était étudiante en troisième année de médecine, elle avait choisi de se consacrer à sa vie de famille… Mais son couple n'avait pas tenu, et elle s'était retrouvée seule pour élever Brady…

Quant à Jake, oncologue et chirurgien réputé, il avait toujours été incapable de vivre une relation amoureuse de façon régulière. Jusqu'à présent, il avait aimé séduire et être séduit, sans chercher plus loin.

Mais maintenant qu'il se retrouvait responsable d'un jeune orphelin, ne devrait-il pas s'efforcer de transformer ses habitudes ? Ne lui faudrait-il pas rencontrer une femme à même de le comprendre, une âme sœur, si tant est que cela existe, une femme qu'il admirerait et respecterait, qu'il aurait envie de choyer jour après jour, une femme aussi belle à l'intérieur qu'à l'extérieur…

À ce moment-là, Brady se précipita vers lui, extirpant brutalement Jake de ses pensées.

— Tonton ! C'était trop bien !

Et il ponctua ses paroles d'un baiser sonore sur la joue de Jake.

Surpris par cette soudaine manifestation de tendresse, Jake se mit à rire, les yeux fixés sur Flávia qui s'approchait de lui, le sourire aux lèvres.

— Trop bien ? Vraiment ? demanda Jake en tenant l'enfant par les épaules.

Il aurait voulu le serrer contre lui, comme Flávia l'avait fait, mais il n'osa pas.

— Vraiment, oui ! Hein, Flávia ? J'aimerais recommencer la visite ! ajouta Brady d'un ton enthousiaste.

— Une prochaine fois, promit Flávia, le regard brillant. Brady est déjà très savant ! reprit-elle à l'attention de Jake. Il m'a posé des questions tout à fait intéressantes, et je suis étonnée de tout ce qu'il sait déjà. Il adore les animaux et la nature...

— Énormément ! renchérit Brady en sautant presque sur place. Comme toi, Flávia ! Mais toi, tonton Jake, pas tellement.

— Pas autant que Flávia ou toi, c'est sûr, admit Jake en se levant.

Il regarda la jeune femme et ressentit une étrange émotion. Un mélange d'admiration, encore une fois, mais aussi une pointe d'irritation. Qu'elle ait réussi à passionner Brady à ce point, en si peu de temps, lui paraissait incroyable ! Il en éprouvait même une pointe de jalousie.

— Je suis heureux que vous vous soyez rencontrés, tous les deux, poursuivit-il. Maintenant, mon petit Brady, on va retourner à l'hôtel et tu vas retrouver Patricia qui...

— Non !

Brady avait pratiquement crié son refus.

— Brady, désolé, mais on n'a pas tellement le choix, dit Jake, croisant brièvement le regard de Flávia.

Elle semblait perplexe, presque peinée.

— Je dois retourner travailler, hélas, ajouta Jake. Peut-être que demain, ou après-demain, on reviendra ici, et tu pourras de nouveau observer les espèces, les insectes et tout ce que tu aimes, conclut-il, conciliant.

Mais Brady secoua la tête, les sourcils froncés et la mine boudeuse.

Jake étouffa un soupir. Comment lui faire comprendre qu'il n'existait aucune autre solution ? Bien sûr, la perspective d'être de nouveau enfermé entre quatre murs avec une parfaite étrangère, ce n'était pas très exaltant pour le petit garçon...

— Je suis sincèrement désolé. Brady, mon petit Brady, sois un peu patient...

— Oui, ton oncle a raison, sois patient, et un de ces jours, je vous emmènerai peut-être tous les deux dans la jungle ! proposa alors Flávia.

La jungle ?

Jake éprouva comme un choc.

Certes, il s'intéressait à l'environnement sauvage du Brésil, mais il n'était pas question de s'y rendre en compagnie d'un enfant...

Même si Flávia, il l'avait lu, y passait beaucoup de temps, parfois à ses risques et périls. D'ailleurs, n'avait-elle pas été gravement piquée ou mordue, une fois, par l'une des dangereuses créatures de la forêt ? Jake se souvenait vaguement d'un article vantant l'audace de la chercheuse Flávia Maura, et qui insistait sur le fait qu'elle avait failli périr à cause de sa passion immodérée pour les secrets de la nature sauvage.

— Je ne pense pas que ce soit une bonne idée, dit-il, conscient du regard perplexe que Flávia dardait sur lui.

— Pourquoi, tonton, j'adorerais y aller ! s'exclama Brady.

Évidemment...

— Je m'en doute, mais ce n'est pas prévu, coupa-t-il. Pas prévu du tout, asséna-t-il, voyant l'étonnement se refléter sur le visage de la jeune femme.

— Ah... Bon. Je n'insisterai pas, fit-elle d'un ton déçu, après une courte pause.

— Je vous en remercie. Pour être franc, poursuivit Jake, je n'ai jamais mis les pieds dans la jungle, je n'y connais donc rien, mais quoi qu'il en soit, je ne me vois pas protéger Brady de tous les dangers qui serpentent et se tapissent dans les sous-bois ou les fourrés...

Flávia lâcha un petit rire.

— Oh ! je comprends. Moi-même, j'ai failli y laisser des plumes... Voire ma peau.

— Oui. C'est bien ce que je veux dire. L'endroit est très dangereux.

Il soutint le regard de la chercheuse et eut l'intuition, à la moue qu'elle esquissa alors, qu'elle l'avait parfaitement compris.

— D'accord, soyons plus simples, proposa subitement Flávia. Ma sœur Maria organise un barbecue samedi prochain. Mes nièces Julianna et Marcie, qui ont à peu près l'âge de Brady, seront présentes. Et si vous veniez ?

— Chez votre sœur ?

Jake avait du mal à dissimuler son étonnement.

— Oui, pourquoi pas ? Si cela vous tente, bien sûr ! Brady rencontrerait d'autres enfants… Et vous pourriez vous immerger davantage dans notre mode de vie local, ajouta Flávia en souriant. Culturellement, ce serait intéressant, n'est-ce pas ?

Jake hésita. Cette invitation le surprenait tellement qu'il en était sans voix. Brady, les yeux brillants, guettait sa réponse. Comment refuser ? Il voulait faire plaisir à son neveu avant tout…

Et s'accorder également un moment de détente. Seul hic : il serait de nouveau en compagnie de la trop belle Flávia. Il s'était promis de ne pas se laisser séduire, et cela deviendrait de plus en plus difficile s'ils passaient du bon temps ensemble…

— C'est très gentil de votre part. Samedi, dites-vous ? À quelle heure ?

Flávia ébaucha un grand sourire et jeta un coup d'œil à Brady qui souriait également, visiblement aux anges.

— À partir de midi. Je vous envoie l'adresse par SMS. Maria vit dans un quartier résidentiel très agréable, vous verrez.

— Merci… Merci du fond du cœur, dit Jake.

S'il s'était écouté, il aurait presque serré la jeune femme dans ses bras tant il se réjouissait soudain de cette échappée de son monde professionnel… Là, il allait s'amuser un peu avec Brady, et ce serait bien…

Très bien.

Les deux jours suivants, Jake se consacra entièrement à ce qui était organisé par l'université d'été : conférences, tables rondes, et une intervention publique de sa part suite à la projection d'un film réalisé par ses collègues de l'hôpital londonien pour lequel il travaillait. Jake avait détaillé les tenants et aboutissants d'une opération compliquée sur un patient atteint d'une tumeur à l'estomac. S'en était suivi un intéressant débat, puis il avait été invité à un dîner où il avait espéré retrouver Flávia.

Mais la jeune femme était absente. Déçu, il avait consulté le programme, et, ne voyant plus le nom de Flávia dans la liste des participants, lui avait adressé un SMS. La réponse avait été rapide : elle ne reviendrait pas, elle n'était pas invitée pour le moment. « Mais nous nous voyons très bientôt chez ma sœur Maria, l'invitation tient toujours pour vous et votre adorable neveu », avait-elle conclu.

Jake confirma aussitôt leur venue.

Il avait hâte d'y être... Vraiment hâte.

C'était une maison de plain-pied aux façades de couleur rose pâle, avec une grande terrasse ombragée, une piscine, et un vaste jardin planté de palmiers de plantes tropicales. On s'y sentait bien, à l'abri de la pollution et de l'agitation de la ville.

Quelle bonne idée d'être ici... , se répéta Jake alors qu'il regardait Brady qui jouait avec les deux nièces de Flávia. Le petit garçon paraissait si joyeux !

Les fillettes, Julianna et Marcie, redoublaient d'efforts pour que Brady soit à l'aise. Elles lui parlaient lentement, lui répétaient les mots en portugais, et cherchaient les traductions en anglais à l'aide de leurs portables. Tous trois étaient assis sous un arbre au feuillage luxuriant.

Plus loin, Flávia et sa sœur Maria, qui lui ressemblait mais était un peu moins jolie, s'affairaient autour d'un buffet copieusement garni. Des saucisses et de la viande cuisaient au barbecue, diffusant un appétissant parfum de grillades épicées. Eduardo, le père de Maria et Flávia, ainsi que deux amis de la famille, étaient également présents. Tout le monde bavardait gaiement.

Observant la scène, Jake se sourit à lui-même. Soudain, il se serait presque cru en vacances...

— Votre neveu a l'air heureux, déclara soudain une femme dans son dos.

Jake se retourna et découvrit Maria qui venait à sa rencontre. Sa voix paraissait si semblable à celle de Flávia... Les intonations, l'accent étaient fondamentalement identiques, et pourtant, même de loin, il aurait instantanément su laquelle des deux s'exprimait. Comme si tout son être était déjà programmé pour reconnaître Flávia de façon personnelle, intime...

Intime ?

Ignorant la sonnette d'alarme qui retentissait à son esprit, Jake adressa un sourire poli à son interlocutrice.

— Brady est aux anges. Merci encore de nous avoir invités. J'ai embauché une infirmière à la retraite, adorable et généreuse, qui s'occupe de Brady durant la journée, mais pas une seule fois, il ne s'est vraiment amusé depuis qu'on est arrivés dans votre beau pays ! Sauf quand on est allés visiter le laboratoire de Flávia, précisa-t-il. Brady s'est tellement passionné pour tout ce qu'il a découvert, entre autres le vivarium, qu'il ne cesse de m'en parler.

Hochant la tête, Maria but une gorgée de vin avant de répondre.

— Je le comprends ! Livvy m'a raconté leur visite enthousiasmante... J'appelle ainsi ma petite sœur, confia-t-elle en souriant. Livvy aime beaucoup Brady... Et je crois savoir pourquoi.

— Dites-moi...

— Eh bien, Brady lui fait sans doute penser à elle au même âge.

Jake eut du mal à dissimuler son étonnement.

— Vraiment ? Et pourquoi ?

Maria regarda ses filles qui continuaient à jouer avec Brady, puis elle jeta un coup d'œil vers Flávia, qui se tenait un peu plus loin en compagnie de leur père.

— Je ne pourrais pas vous expliquer cela de façon précise, c'est difficile à décrire... Une question de ressenti. Mais, par exemple, Livvy est un peu particulière, vous avez dû le remarquer, et enfant, elle l'était déjà... Donc elle n'avait pas beaucoup d'amis à l'école. Mais ça ne la dérangeait pas. Elle était heureuse dans ses pensées, je crois... Elle aimait rêver.

— Brady est assez solitaire.

— Ah, voilà leur point commun !

— Il y en a un autre : les insectes et les serpents, enchérit Jake. Brady est passionné par tout ce qui rampe !

Maria acquiesça d'un air entendu.

— Livvy aussi... Elle en a fait son métier, ajouta-t-elle avec un rire tranquille.

Un rire si similaire à celui de Flávia, et pourtant il ne troubla pas Jake de la même façon. Quand Flávia riait, il ressentait quelque chose d'inexplicable, comme si on le caressait au plus profond de lui-même.

— C'est sûr, votre sœur est très originale...

— Oh oui ! Elle est têtue comme une mule et se moque complètement de ce que pensent les autres. Quand on était petites, elle exprimait exactement ce qu'elle pensait, de façon abrupte, vous savez, beaucoup trop abrupte. Sans filtre, pour ainsi dire. Résultat, elle pouvait vexer les autres sans s'en rendre compte... *Papai*, notre père, me répétait souvent que je devais m'efforcer de montrer à Livvy qu'on peut prendre des gants, dans une conversation, mettre du baume dans les relations, enfin...

Maria soupira.

— J'ai essayé, mais je ne suis pas sûre d'avoir réussi ! Petite, Livvy se bagarrait souvent pendant les récréations, et si aujourd'hui elle est en apparence plus calme, elle pourrait se lancer dans des joutes verbales très facilement... En fait, elle n'a pas froid aux yeux.

— Tiens, Brady aussi se bat, dit Jake, surpris. Au début, j'ai cru que c'était à cause du traumatisme qu'il a subi à la mort de sa mère, puis du changement d'école puisqu'il vit à Londres avec moi. Mais il s'avère qu'il a toujours eu des problèmes relationnels, même dans son ancienne école. Il est un peu asocial, en fait, et il comprend tout trop vite. Du coup, ça décourage les autres... qui ont alors tendance à se moquer de Brady. Mais il ne se laisse pas faire...

Comme Maria le contemplait d'un air étonné, Jake s'en voulut de s'être ainsi livré à une parfaite étrangère.

— Pardonnez-moi, je vous raconte tout... Peut-être parce que vous êtes mère, ajouta-t-il avec sincérité. Je manque cruellement d'expérience par rapport aux enfants. J'improvise... Et je suis probablement très maladroit la plupart du temps.

Maria sourit gentiment.

— Rassurez-vous, être parent, ça s'apprend au fil du temps ! Et vous avez bien fait de vous confier. Car ce que vous venez de me décrire à propos de Brady me fait beaucoup penser à Livvy au même âge.

— À ce point ?

Voilà pourquoi Flávia s'est prise d'une telle affection pour Brady, songea Jake.

Maria fit un signe affirmatif.

— Mais vous voyez, ma sœur a trouvé sa voie. Aujourd'hui, Livvy est une chercheuse hors pair.

— C'est certain. Professionnellement, Flávia est extraordinaire dans son domaine. C'est une femme surprenante, affirma Jake, espérant en apprendre encore davantage. Par exemple, elle a proposé de nous emmener, Brady et moi, dans la jungle...

— Oh ! je pense que ça plairait beaucoup à Brady !

— Certainement..., dit Jake à contrecœur.

Maria observa Jake d'un air perplexe.

— Mais ça ne vous enchante pas, je le vois bien. Puis-je me permettre de vous demander pourquoi ?

Jake hésita, le regard fixé sur Brady qui jouait toujours avec les fillettes.

— Je ne voudrais pas vous offenser, Maria, vous ou Flávia, mais j'ai lu que votre sœur est plutôt risque-tout. Si elle nous emmène dans la forêt amazonienne, elle nous fera peut-être vivre de façon... sauvage, comme elle aime que ce soit le cas quand elle y est seule.

— Ou avec ses collègues Raoul et Fabio, précisa Maria. Il est vrai qu'elle a passé une année entière à manipuler des vipères alors qu'elle savait pertinemment qu'il n'y aurait pas assez de sérum antivenin en cas de morsure...

— C'est assez inconscient de sa part, observa Jake.

— Oh oui. Livvy est ainsi... Mais pas pour les autres, rassurez-vous ! Je lui ai déjà confié mes filles, et il n'y a jamais eu le moindre problème. En fait, Livvy ne veille pas très bien sur elle-même, hélas, ajouta Maria en esquissant une moue. Comme si elle n'avait pas peur de la mort. D'ailleurs, c'est ce qui a découragé Enrico, son fiancé...

— Son fiancé ? répéta Jake, éprouvant une soudaine et surprenante bouffée de jalousie.

Évidemment... Une aussi belle femme ne pouvait pas être célibataire ! Contrairement à ce que Flávia lui avait laissé entendre...

— Ex-fiancé, dit alors Maria. Ils ont rompu. Enrico ne supportait pas que Livvy tienne plus à ses serpents mortels qu'à lui !

Elle éclata de rire avant d'ajouter :

— Mais, entre nous, cet Enrico n'était pas fait pour elle. Il était si fier de lui, quel imbécile...

— Qui était un imbécile ? coupa la voix mélodieuse de Flávia.

Jake se retourna et, malgré lui, sentit son pouls s'accélérer.

Qu'elle était belle...

Ses yeux d'ambre brillaient, et sa peau dorée semblait gorgée de soleil. Flávia portait une petite robe rouge qui soulignait sa silhouette aux formes si féminines, et elle marchait pieds nus. Un fin bracelet d'argent ornait sa cheville droite, mettant en valeur la courbe et les muscles déliés de son mollet. Ses orteils étaient naturellement de couleur nacrée, dénués de vernis.

Jake reporta vite son attention sur Maria, conscient du désir de plus en plus intense qu'il éprouvait pour Flávia. C'était insensé...

— Ton ex était un imbécile, disait Maria à Flávia. Ce n'est un secret pour personne, pas vrai ?

Flávia haussa les épaules d'un air irrité.

— Oui, mais tu n'as pas besoin d'en parler de cette façon à Jake, qui est un simple collègue...

— Je t'ai vexée ? Toi ? Allons, Livvy, je t'en prie... Bon, je vous laisse bavarder tous les deux, moi je vais me servir un verre de rosé bien frais, lança Maria. Vous devriez en faire autant ! conseilla-t-elle à Jake avant de s'éclipser. Profitez-en pour vous détendre !

Jake sentit le regard de Flávia se poser sur lui, interrogateur.

— Vous voulez boire quelque chose ? proposa-t-elle.

— Pour l'instant, non merci. Je viens de déguster un délicieux cocktail sans alcool, et je n'ai pas envie de m'étourdir, avoua Jake. Je garde l'œil sur Brady...

— Rassurez-vous, il est bien entouré.

— Je sais. Et je vous remercie encore de nous avoir invités. Vous nous sauvez la vie !

— La vie ? répéta Flávia en riant. N'exagérons quand même pas...

Le cœur battant, Jake la regarda et, une fraction de seconde, eut la sensation qu'il n'allait pas pouvoir résister à l'envie de l'enlacer. Cette jeune femme le troublait, l'enchantait...

« Le Dr Flávia Maura est une ensorceleuse... », l'avait prévenu son ami Oz.

Exact. Flávia avait quelque chose dans le regard, le sourire et la voix qui l'hypnotisait complètement.

— Je suis au contraire très sincère. Vous nous sauvez la vie. Avant vous, ici, tout n'était que devoir, travail et ennui ! affirma Jake d'un ton amusé, alors qu'il ne faisait qu'énoncer la vérité. Restez avec moi, j'aimerais mieux vous connaître, s'entendit-il ajouter alors que la jeune femme s'apprêtait à s'éloigner.

Visiblement surprise, Flávia lui sourit gentiment.

— Avec plaisir. Que voulez-vous savoir ?

7

Flávia regretta immédiatement d'avoir posé une question aussi directe. Comme bien souvent, elle parlait trop vite, sans vraiment réfléchir, peu habituée à communiquer en société.

Sauf qu'elle n'était pas en société… Là, elle se trouvait en compagnie de sa famille, réunie le temps d'un agréable barbecue. Son père, ses nièces, Maria et son mari Luis, ainsi que quelques amis étaient présents.

Cela faisait du bien.

Du coup, elle se laissait aller…

Mais visiblement Jake n'en était pas gêné. Il lui souriait… Il lui souriait si gentiment que c'en était perturbant.

— Ce que je voudrais savoir de vous ? Mais… tout ! répondit-il avec un naturel déconcertant. Vous êtes une chercheuse hors du commun, et j'ai la chance de vous avoir en face de moi, en dehors de tout contexte professionnel. Donc j'en profite pour mieux vous connaître.

— Pas de souci…

Flávia éprouva une soudaine sensation de légèreté.

— C'est pour ça que vous parliez d'Enrico ?

Jake hocha la tête et jeta un coup d'œil en direction de Brady. Le petit garçon s'amusait avec les filles de Maria sans aucune retenue, et il riait aux éclats.

— Que je suis heureux de le voir ainsi…, murmura-t-il. Je crois bien que c'est la première fois depuis que je l'ai recueilli.

— Tant mieux.

Jake reporta son attention sur elle et une lueur amusée traversa ses prunelles. *Elles ont le bleu de la mer et d'un ciel de rêve...*, songea fugitivement Flávia.

— Maria a mentionné votre ex-fiancé parce que nous évoquions votre goût pour le risque... Un risque immodéré pour la nature sauvage ! ajouta-t-il en ébauchant un sourire.

— C'est vrai.

Flávia haussa les épaules, se remémorant toutes les fois où elle s'était rendue dans la forêt amazonienne pour étudier la faune et la flore... Parfois, elle y était allée seule. Jamais elle n'avait eu peur.

— J'en ai besoin. J'aime la faune, la flore, observer les animaux... Enrico, mon ex-fiancé, ne le supportait pas. Il redoutait toujours qu'il m'arrive quelque chose.

— Vous êtes restés longtemps ensemble ?

— Huit ans... On a rompu il y a deux ans. Depuis, je suis célibataire et...

Elle se mit à rire, pour dissimuler la gêne soudaine qu'elle éprouvait.

— Heureuse de l'être !

— Vraiment ?

— Eh oui. Je sais que ça peut sembler curieux, mais j'adore tellement mon métier que j'ai l'impression de ne pas avoir le temps pour autre chose... Enrico m'avait fixé un ultimatum inacceptable, poursuivit Flávia. Lui ou mes recherches sur le terrain...

— Vous avez choisi la recherche sur le terrain.

— Forcément. Je n'aurais pas dû avoir à faire ce choix. Ce n'était pas juste... Et encore moins une preuve d'amour.

— J'imagine qu'il craignait pour votre vie...

— Certainement, mais j'ai toujours survécu à mes sorties dans la jungle !

— Parce que vous avez eu de la chance. Et s'il n'y avait pas eu suffisamment de sérum antivenin pendant vos fameuses excursions ? On en a parlé dans la presse…

— Ah…

Flávia devina instantanément à quel incident Jake pensait. Les journalistes en avaient tellement parlé…

À tort.

Elle s'en était très bien tirée.

— Je n'ai été dans le pétrin qu'une seule fois, admit-elle. Et ça s'est produit il y a des années. Je m'occupe aussi d'un refuge, un sanctuaire de reptiles, qui se trouve dans la jungle, je crois vous l'avoir déjà dit… J'ai deux bons collègues, Raoul et Fabio, qui viennent en forêt avec moi. On essaie de sauver des espèces chassées de leur habitat naturel à cause de projets de constructions, ou parfois même du tourisme. Quand des agences touristiques organisent des randonnées en forêt amazonienne, ce n'est jamais sans conséquence sur l'écosystème, expliqua Flávia. La nature est transformée par l'homme : des arbres sont taillés, des passages créés, des passerelles construites… Tant bien que mal, les animaux, les insectes et les reptiles doivent s'adapter pour survivre.

Elle marqua une pause, consciente du regard intense que Jake gardait sur elle.

— Ce jour-là, j'ai voulu attraper une vipère qui s'était réfugiée dans des fourrés… Sauf qu'elle avait des petits. J'ai été mordue. J'aurais pu mourir, c'est vrai, car je n'avais pas pris suffisamment de sérum. Fabio a fait ce qu'il a pu, et j'ai été emmenée d'urgence à l'hôpital. Je m'en suis sortie, vous voyez ! poursuivit-elle non sans fierté. Et la vipère aussi… Elle est dans notre sanctuaire. Avec ses bébés qui, depuis, sont devenus grands !

Jake hocha la tête d'un air admiratif et un peu perplexe en même temps.

— Tant mieux… Mais vous avez couru un tel risque ! Tout le monde n'agit pas comme vous, vous le savez, n'est-ce pas ?

Flávia se mit à rire.

— Bien sûr… Je sais aussi qu'une morsure d'un serpent venimeux laisse des traces indélébiles dans notre organisme : on renforce notre système immunitaire de cette manière. C'est un peu comme un vaccin.

— Un vaccin dangereux !

— Oui. Dangereux mais efficace.

En prononçant ces mots, Flávia sentit de manière aiguë à quel point elle se livrait personnellement, de façon inhabituelle. Jake lui posait des questions qui la poussaient dans ses retranchements et l'obligeaient presque à se justifier…

— Vous parlez comme mon ex-fiancé.

— Vraiment ? Comme un homme qui s'inquiète pour vous, alors, ajouta Jake en souriant.

Troublée, Flávia ne répondit pas tout de suite. Elle jeta un coup d'œil circulaire et remarqua que Maria et Luis s'étaient assis à table, en compagnie des enfants. Brady ne quittait pas Marcie et Julianna. Les autres invités discutaient près du barbecue avec Eduardo, le père de Maria et Flávia.

L'ambiance était calme, détendue, et pourtant elle commençait à sentir son cœur battre trop vite.

Elle savait très bien pourquoi. Mais, du moment que Jake ne se doutait pas de l'impact qu'il avait sur elle, tout irait bien.

— Enrico n'aimait pas que je me mette en danger. Il a toujours voulu que j'abandonne mes activités pour le sanctuaire, et que je me consacre à plein temps à mes recherches en laboratoire. Il n'a jamais compris que ce que je préfère, c'est aller en forêt, humer la nature, la faune, la flore… J'ai du mal à rester enfermée, résuma-t-elle finalement.

Jake l'observa longuement.

— Vous regrettez d'avoir rompu ?

— Non. Je ne regrette jamais rien, affirma Flávia en soutenant le regard de Jake. Peut-être qu'un jour je rencontrerai quelqu'un d'autre, poursuivit-elle en allant s'installer sur un transat, à l'ombre d'un parasol au bord de la piscine.

Jake fit de même.

— On en a déjà vaguement parlé, nos métiers ne nous aident pas à construire nos vies d'un point de vue personnel, dit-il d'un air soucieux. Moi-même, je vis et travaille à Londres, et je ne m'accorde pas une minute à moi. Mais, depuis que je suis responsable de Brady, j'aspire à autre chose par moments.

— C'est-à-dire ? Une vie de famille ?

Jake garda le silence un court instant.

— Peut-être, oui. Un enfant, ça change tout. Brady est encore si fragile, triste, parfois tellement triste... Et je suis seul avec lui. En fait, Brady est souvent seul avec lui-même, rectifia-t-il. Je travaille tant... Il va à l'école, puis à l'étude, je le récupère en fin de journée, on dîne, on joue parfois à un jeu, et il va au lit... La journée se termine trop rapidement.

— Et le week-end ?

— On va se promener ou on regarde un film.

— Il vous a parlé de sa boîte de souvenirs ? interrogea Flávia après une brève hésitation.

Au coup d'œil perplexe que Jake lui lança, elle devina la réponse.

— Quelle boîte ?

Flávia soupira, un peu gênée d'aborder ce sujet peut-être secret pour le petit garçon.

— Eh bien, l'autre fois, Brady l'a mentionnée quand on visitait l'espace ludique du laboratoire... Il s'agit d'une boîte qui contient des choses très importantes pour lui, liées à sa mère.

Jake fronça les sourcils.

— Il ne m'a affectivement rien dit.

— Laissez-lui le temps de le faire... Il s'est peut-être confié à moi pour que je vous en touche un mot.

— Peut-être... Ça prouve aussi qu'il n'a pas totalement confiance en moi.

— Ou qu'il craint de vous peiner. Il sait à quel point la mort de votre sœur Helen vous a attristé, et il ne veut pas aggraver votre peine… Brady est un petit garçon déjà très mûr pour son âge.

Jake acquiesça d'un air pensif, les yeux tournés vers son neveu qui, à cet instant, riait aux éclats avec Julianna et Marcie. Les trois enfants venaient de se lever de table pour aller se resservir au buffet.

— En tout cas, là, maintenant, il va très bien… Et c'est grâce à vous, Flávia, ajouta-t-il en reportant son attention sur elle.

Elle sourit, consciente que ni l'un ni l'autre ne semblaient éprouver l'envie de rejoindre les autres. Maria, Luis, *papai* les laissaient également en tête à tête tous les deux, comme s'ils préféraient qu'il en soit ainsi. Flávia était souvent tellement seule, de son propre chef, certes, mais parfois c'était éprouvant, surtout lorsqu'elle partageait des moments en famille. Elle se sentait si différente, à part… Tout le monde le savait.

— Revenons à vos recherches, dit alors Jake. Vous travaillez sur un traitement à base de venin qui pourrait empêcher les cellules cancéreuses de se métastaser. C'est extraordinaire, Flávia. Mais il ne faudrait vraiment pas que ce soit au détriment de votre propre vie.

— Comme si je ne le savais pas ! Je suis prudente, évidemment ! En même temps, tout n'est pas déterminé par les thérapeutiques que j'essaie de mettre en place, précisa Flávia, soulagée de revenir sur un terrain de conversation plus neutre. Par exemple, quand je m'occupe du sanctuaire de reptiles, j'aime diffuser ensuite des informations qui permettent aux gens de ne plus tuer les serpents sans réfléchir… Sauf, bien sûr, en cas d'urgence ! Les serpents sont utiles… Ils peuvent même nous sauver.

Jake l'observa d'un air perplexe.

— J'ai comme l'impression que vous éprouvez de l'affection pour eux…

Flávia se mit à rire.

— En quelque sorte, oui. Une chose est sûre : j'ai besoin d'être au plus près de la nature sauvage pour exercer correctement mon métier de chercheuse. C'est pour cette raison qu'on me surnomme « la femme sauvage » !

Jake hocha la tête, songeur.

— Je ne sais pas si c'est une bonne chose...

— Moi non plus. Mais ça m'est égal, ajouta précipitamment Flávia. Je suis consciente que ma réputation est ce qu'elle est... Ça ne changera rien à ma manière de pratiquer. Tant pis si on me critique ou si on se moque de moi.

— Je doute que ce soit le cas. Au contraire, vous suscitez bien des interrogations, dit Jake. Les chercheurs se demandent qui vous êtes réellement ! En plus, vous êtes si belle...

Flávia se sentit rougir.

— Belle ? Moi ?

Jake la dévisagea en souriant.

— Ne me dites pas que vous l'ignorez.

— Je n'ai pas l'impression d'être belle, avoua-t-elle après une longue hésitation. Quand j'ai été invitée à cette université d'été, j'ai failli décliner... Parler en public, me montrer en société, c'est terriblement difficile pour moi.

— Vous étiez pourtant superbement habillée... Tous les regards se portaient vers vous !

— À cause de la robe moulante que Maria a choisie pour moi ! Personnellement, je ne suis à l'aise qu'en jean, baskets ou pieds nus, confia Flávia en riant.

— J'imagine bien. Vous êtes proche de la nature... La nature si réconfortante, parfois, ajouta Jake d'un air un peu rêveur. Ça manque cruellement, à Londres, même si on a de nombreux parcs !

— Et vous ? Vous aimez, la nature ?

— Oui, beaucoup.

Ils restèrent silencieux quelques instants. Flávia regarda discrètement Jake et éprouva une soudaine tendresse pour cet homme qui discutait si gentiment avec elle. Qu'il était beau... En T-shirt blanc et pantalon bleu ciel, il ne ressemblait plus au médecin sérieux, soucieux même, qu'elle avait croisé dans le cadre de son travail.

— J'ai une proposition à vous faire, reprit-elle alors. La semaine prochaine, mardi, je pars deux jours en forêt. Si vous voulez, amenez Brady et confiez-le à ma sœur et à mon beau-frère. Julianna et Marcie seront là, ainsi que notre père, *papai*, que mes nièces appellent *vovô* Eduardo... Quant à nous, nous pourrions partir camper avec Raoul et Fabio, mes collègues.

Jake la regarda d'un air surpris.

— Camper ?

— Partir en expédition, oui...

Flávia se mit à rire.

— Si ça vous tente ! Sauf si vous avez des rendez-vous, tables rondes, colloques ou autres moments importants à l'université, bien sûr.

Jake sourit.

— J'en ai, c'est certain, mais j'ai plutôt très envie de saisir l'occasion et de vivre cette aventure avec vous... Ce sera sûrement passionnant.

— Aucun doute là-dessus... La forêt nous oblige à donner le meilleur de nous-mêmes, toujours. Elle nous change... et nous fait évoluer, vous verrez.

Jake soutint le regard de Flávia.

— J'ai déjà hâte d'y être. Le plus dur sera de convaincre Brady de rester ici au lieu de nous accompagner...

8

Entre samedi soir et mardi matin, Jake ne cessa de se demander s'il avait bien fait d'accepter la proposition de Flávia.

Certes, il aimait la nature, mais peut-être pas au point d'aller passer deux journées en pleine forêt amazonienne…

Sauf qu'il s'était engagé à y aller.

Au fond, il était curieux, oui, curieux et très attiré par cette expérience totalement nouvelle, en compagnie de Flávia.

Peut-être était-ce même uniquement pour être avec elle qu'il avait dit oui…

Apprenant qu'il ne participerait pas à l'expédition, Brady avait bien sûr été très déçu, et même en colère. Mais Jake lui promit qu'il pourrait partir en promenade avec le père de Flávia, Eduardo, Julianna et Marcie. Entre autres réjouissances.

— Pendant mon absence, tu vas rester chez Maria, la sœur de Flávia, et tu pourras t'amuser, j'en suis certain ! affirma-t-il à son neveu.

— Ah oui, avec Julianna et Marcie, c'est cool…, admit Brady. En plus, chez elles, il y a une piscine.

— Exactement. Une belle piscine et…

— Mais c'est moins bien qu'une sortie dans la jungle !

Jake dut parlementer, négocier, et, finalement, le petit garçon s'apaisa.

Mardi, de bonne heure, Brady fut joyeusement accueilli par Maria et ses fillettes. Il se dérida vite. Rassuré, Jake put retrouver Flávia au laboratoire VenomSci où, comme prévu, la jeune femme l'attendait en compagnie de deux assistants de recherches, Raoul et Fabio.

— Prêt pour l'aventure ? lança-t-elle d'un ton taquin après l'avoir présenté à ses collègues.

— Tout à fait prêt, dit Jake, admirant malgré lui la silhouette élancée de Flávia.

Elle portait un T-shirt à manches longues, un jean doté de grandes poches, des baskets et une casquette. Ses cheveux étaient maintenus en queue-de-cheval, ce qui lui donnait une allure très jeune.

— Vous n'êtes pas trop chargé, j'espère ? demanda-t-elle en désignant le sac à dos qu'il portait.

— Je n'ai pris que le strict minimum.

— Parfait. Raoul et Fabio transportent tout ce dont on a besoin pour le campement. Vous verrez, notre installation dans la jungle vaut le détour ! ajouta Flávia d'un ton enjoué.

Jamais Jake ne l'avait vue aussi détendue. Il s'apprêtait sans doute à voir vivre la vraie Flávia, que très peu d'autres personnes, en dehors de la famille de la jeune femme, connaissaient. Un frisson d'excitation le parcourut quand il pensa à tout ce qu'il allait découvrir, sur elle comme sur l'environnement, la faune et la flore.

— Je me réjouis d'avance de ce que je vais apprendre grâce à vous, répondit-il, croisant le regard amusé de Raoul et Fabio.

Tous deux étaient âgés d'une quarantaine d'années, bruns, bronzés et musclés, si bien qu'ils ressemblaient plus à des gardes du corps de Flávia qu'à des assistants de recherches.

Ils s'installèrent dans un grand 4x4 garé devant le bâtiment de VenomSci. Raoul prit le volant et Fabio s'assit à côté de lui afin de copiloter. Flávia et Jake se calèrent sur la banquette arrière, entre des casiers contenant des bonbonnes d'eau potable.

Une bouffée d'exaltation gagna de nouveau Jake quand le véhicule démarra. Quelle chance il avait…

Ils se dirigèrent vers un boulevard périphérique, déjà encombré de voitures bien qu'il fût encore tôt ce matin-là, et sortirent rapidement de la grande ville.

— C'est votre première fois ? demanda Flávia en lui souriant.

— Ma première fois... dans la jungle ? Eh oui.

— Vous ne serez pas déçu. La forêt offre une expérience sensorielle qu'on n'oublie pas.

— J'en suis sûr... Merci de me permettre de vivre une telle aventure !

Flávia se contenta de sourire de nouveau, puis elle ouvrit un carnet et commença à en parcourir les pages.

De son côté, Jake s'absorba dans la contemplation du paysage, essayant de ne pas être trop troublé par le léger parfum de Flávia. Une senteur citronnée, fraîche, sans doute celle d'un savon. *Délicieuse...*

Pendant tout le trajet, Flávia ne parla pas, occupée à lire et prendre des notes. Devant, Raoul et Fabio bavardaient à mi-voix.

Plus ils s'éloignaient de São Paulo, plus la végétation devenait dense. Au bout d'environ trois heures, ils parvinrent à la lisière de la forêt amazonienne. Ils se garèrent sur un vaste parking, récupérèrent leurs sacs, de l'eau, et, sans tarder, partirent d'un bon pas sur un chemin de terre sèche.

Le rythme de l'expédition s'annonçait soutenu.

— Et voilà, on y est, dit Flávia en ouvrant les bras, les yeux tournés vers le ciel. J'adore être ici. On va être entourés de milliards d'arbres !

— C'est fabuleux, renchérit Jake. Cette forêt est le plus grand réservoir de biodiversité au monde.

— Malheureusement menacé par la déforestation ! rappela Fabio.

— Il existe de nombreuses zones protégées, maintenant, répliqua Raoul. On doit préserver la végétation à tout prix...

— Et la faune, particulièrement les serpents, n'est-ce pas, Flávia ? ajouta Fabio d'un air complice.

Flávia acquiesça.

— Nos chers serpents… Bon, reprit-elle, notre mission du jour est de nous installer dans un endroit sécurisé, et d'observer les environs, puis de photographier, filmer et d'effectuer des relevés de territoire… Le but étant toujours, si on le peut, de recueillir un peu de venin utile pour nos sérums et autres préparations à but thérapeutique.

— Tout un programme…, dit Jake, impressionné.

Ils marchèrent pendant une bonne heure, puis s'arrêtèrent dans une clairière où s'élevaient des hévéas en nombre. Ils accrochèrent leurs sacs à des branches, après quoi Fabio et Raoul commencèrent à rassembler du bois pour allumer un feu. On voyait qu'ils avaient l'habitude. Leurs gestes étaient rapides et précis.

— Oh… Vous entendez ? demanda Flávia à Jake.

— Quoi donc ?

Elle le regarda, les yeux plus brillants que jamais.

— Justement… Tout ! Ici, ça bruisse de vie, partout, sous les feuilles, les fourrés… Partout !

Jake tendit l'oreille mais, à son grand regret, ne perçut rien de particulier. Il secoua la tête.

— J'ai bien peur d'avoir l'ouïe quelque peu abîmée par les nuisances sonores de la ville…

— Comme la majorité des gens, hélas. Pourtant, la jungle est emplie d'animaux et d'insectes qui, ensemble, créent la plus harmonieuse des symphonies. Écoutez !

Flávia ferma les yeux et leva un index comme pour souligner ses propos.

— J'entends des oiseaux, des grenouilles, des gazouillis, des croassements, des bourdonnements… J'entends même des singes hurleurs au loin… Et je peux aussi sentir l'odeur de toute cette végétation ! La terre, le bois, les fleurs, les arbres… C'est comme si la jungle s'offrait à nous, à moi, pour me séduire et m'envoûter !

Sidéré, Jake observait la jeune femme qui, les paupières

mi-closes, semblait soudain en totale osmose avec la nature. Qu'elle était belle… Plus que belle ! Magnifique !

Presque intimidante.

Ses longs cils noirs formaient une ombre gracieuse sur ses joues dorées. Il aurait aimé les embrasser…

— Dans la jungle, tout peut être très imprévisible, reprit Flávia en rouvrant les yeux.

Elle contempla Jake et lui désigna l'un des sacs à dos suspendus à une branche.

Il se ressaisit tant bien que mal, chassant les pensées troublantes qui l'avaient assailli un court instant.

— Règle numéro une : ne jamais rien laisser traîner par terre. Les mygales aiment beaucoup se glisser dans nos affaires…

Jake réprima un frisson.

— Je préfère qu'elles restent loin de nous.

— Je vous comprends. Moi aussi, en vérité, admit Flávia. Elles sont trop malignes pour nous ! Allez, on va installer notre couchage.

Elle déplia une bâche vert kaki et sortit deux hamacs.

— On sera très confortables, assura-t-elle tandis que Jake l'aidait à sécuriser les attaches et cordes entre deux branches. Ensuite, on n'a plus qu'à mettre les moustiquaires, et le tour est joué !

— Raoul et Fabio n'ont pas de hamacs ? s'étonna Jake.

— Ne t'inquiète pas pour eux, répondit gaiement Flávia. Au fait, on pourrait peut-être se tutoyer ? enchaîna-t-elle en arquant un sourcil moqueur. Ici, en pleine forêt, certaines conventions d'usage n'ont vraiment plus lieu d'être !

— Bien sûr !

Elle hocha la tête et sourit.

— C'est plus simple.

— Naturellement. Tu disais… ?

— Raoul et Fabio construisent leurs propres abris à partir de rien, indiqua-t-elle en désignant ses collègues un peu plus loin.

— Leur abri... Une cabane dans les arbres, en réalité ! constata Jake avec admiration.

En effet, les deux hommes avaient entrecroisé des branchages à mi-hauteur de deux hévéas, formant ainsi une base qu'ils étaient en train de surmonter de feuillages.

— Mais ils possèdent aussi une moustiquaire chacun, précisa Flávia. On étudie les insectes et les serpents, mais on ne veut être ni piqués ni mordus !

— Ça va de soi. Brady sera impressionné par tout ce qu'on va lui raconter, dit Jake.

Il inspira profondément et regarda autour de lui. Les cimes si hautes qu'elles semblaient presque infinies, la végétation dense, d'un vert intense, qui ne laissait pratiquement pas passer le soleil. Puis, tout à coup, il perçut un bruit léger, comme un crissement.

— Ah, j'entends quelque chose !

Flávia laissa échapper un rire léger.

— Ce sont des coléoptères qui vivent au pied des arbres... Il y en a tellement par ici ! Ils sont très utiles, parce qu'ils aèrent la terre. Tu te joins à nous pour l'observation du terrain ?

— Évidemment. Je ne vais pas rester dans mon hamac à me tourner les pouces...

Flávia éclata d'un rire si joyeux, si vibrant, que Jake sentit son cœur battre soudain plus vite. Là, à cet instant, c'était vraiment la « femme sauvage » qui se trouvait avec lui. Une femme libre...

Merveilleusement libre et fascinante.

Décidément, Jake l'étonnait et l'impressionnait de plus en plus favorablement. Il avait participé aux activités d'observation sur le terrain avec un enthousiasme que Flávia n'aurait pas pu imaginer.

Certes, il était médecin, mais il était surtout toujours prêt à innover, à expérimenter de nouveaux traitements, notamment ceux à base de toxines extraites de reptiles. Sans les protocoles d'essai pratiqués par des professionnels tels que Jake, Flávia ne pourrait pas développer ses axes de recherches. Elle avait besoin d'être en contact avec des praticiens comme Jake…

Toutefois, ce qui se produisait entre eux était sans nul doute exceptionnel.

Flávia éprouvait la sensation troublante qu'ils se comprenaient, et que Jake soutenait totalement ce qu'elle faisait, qu'il ne la jugeait pas, contrairement à tant d'autres personnes de son milieu professionnel. Seuls Raoul, Fabio, ainsi que Maria et Luis savaient qu'elle n'avait jamais perdu la tête en s'aventurant ainsi dans la forêt amazonienne pour mieux connaître les serpents. Certains intégraient spontanément le sanctuaire, riche en feuillages, insectes et, parfois, rongeurs dont se régalaient les reptiles. Flávia les contemplait et, de temps en temps, prélevait, grâce à une technique unique, un peu de leur précieux venin.

Après avoir scruté l'environnement pendant environ deux heures, ils avaient mangé, autour du feu, des repas préparés d'avance et conditionnés sous vide. Jake avait posé de nombreuses questions à Raoul et Fabio. Comme il ne parlait pas portugais, Flávia s'était improvisé interprète. Après quoi, Raoul et Fabio étaient partis se réfugier dans leur cabane perchée en haut des arbres.

Le temps file tellement vite ici, songea Flávia en se balançant doucement dans son hamac.

En dessous, le feu de camp crépitait. Au-dessus, les étoiles scintillaient, illuminant le ciel d'une clarté irréelle. Inspirant profondément, elle savourait pleinement ces instants de calme, comme à chaque fois qu'elle s'immergeait dans la jungle. Elle percevait tant de sons, de crissements, parfois des ululements au loin… La nuit, une autre vie s'éveillait sous la canopée. C'était tout simplement fantastique.

— À quoi penses-tu ? demanda-t-elle à Jake qui était allongé à côté, dans son propre hamac.

Il était silencieux depuis un long moment, visiblement émerveillé par tout ce qui les entourait.

— Je pense à mon neveu Brady, répondit-il. Il adorerait vivre cette expérience, être ici, en pleine forêt amazonienne...

— Ça arrivera peut-être un jour ? Une autre fois ? Nous resterons peut-être en contact une fois que vous serez rentrés en Angleterre, ajouta Flávia. Si jamais Brady et toi souhaitiez revenir au Brésil pour passer des vacances, je serais heureuse de vous conseiller, ou d'être votre guide si mon emploi du temps me le permet !

— C'est adorable, Flávia. Merci... Un grand merci. Mais Brady n'a que sept ans, et la jungle est un environnement tellement dangereux... Plus tard, oui, vraiment plus tard, il risque de te solliciter pour l'emmener et, qui sait, peut-être sera-t-il l'un de tes assistants de recherches !

Jake se mit à rire. Autour d'eux, la pénombre devenait plus dense, à peine troublée par les lueurs du feu de camp. En revanche, certains insectes et oiseaux sifflaient de plus en plus fort, s'en donnant à cœur joie.

— En fait, j'ai promis à ma sœur Helen que je prendrais soin de Brady, poursuivit-il, probablement encouragé à se confier grâce à l'extraordinaire ambiance qui les enveloppait. Je tiendrai parole, coûte que coûte. Seulement j'ai un problème : je me sens si loin de Brady... Je ne parviens pas à établir une réelle communication avec lui. Quand on est ensemble, je sens qu'on est à distance l'un de l'autre. J'ignore comment faire pour briser cette barrière...

— Je ne sais pas s'il faut faire quelque chose, murmura Flávia, les yeux rivés vers les étoiles. Je n'ai pas d'enfant, mais je vois souvent Julianna et Marcie, avec ou sans Maria. J'ai remarqué à quel point elles sont spontanées quand elles sont en confiance. Tu as pu discuter avec Brady depuis votre visite au centre, l'autre jour ?

— Très peu. Pour lui, je ne suis sans doute pas un interlocuteur de confiance ! C'est paradoxal… Helen l'adorait, il était son petit prince… Et quand elle est morte, je suis arrivé pour m'occuper de lui. Brady n'a pas eu son mot à dire. Peut-être aurait-il voulu que ce soit quelqu'un d'autre que moi… Je lui demande souvent ce qu'il ressent, comment il va, mais il ne me répond pas, ajouta Jake d'un ton amer.

— Peut-être qu'au lieu de chercher à savoir ce qu'il ressent, lui, tu devrais plutôt lui dire ce que toi, tu éprouves, suggéra Flávia.

— Moi ? fit Jake, surpris. Quel intérêt y aurait-il à ce que je lui parle de moi ?

— Pas forcément de toi… De sa mère, par exemple. Tu pourrais évoquer des souvenirs…

— Sauf que je n'ai pas souvent vu Helen au cours des dix dernières années.

— Dans ce cas, raconte-lui votre enfance, à Helen et toi…

— Ce n'est pas très passionnant. Nos parents étaient tous deux médecins et chercheurs universitaires. Ils travaillaient beaucoup, publiaient de nombreux articles, voyageaient dans le monde entier… Ils avaient le culte de la performance, et du devoir. Helen et moi fréquentions des écoles privées, étions bien habillés, mais on n'avait pas l'impression d'être vraiment aimés par notre mère et notre père. Ils semblaient indifférents… Ils étaient froids, détachés… Ils pensaient qu'on pourrait tout apprendre en lisant… Résultat, je suis incapable d'exprimer mes propres sentiments aujourd'hui, conclut Jake.

Flávia perçut une telle tristesse dans ses propos qu'elle en eut le cœur serré. À l'évidence, le fait qu'ils soient tous deux côte à côte dans deux hamacs séparés par une distance d'un bon mètre, sous les frondaisons si feuillues de la forêt, loin de tout, incitait Jake à se confier.

— Là, tu exprimes tes sentiments, fit-elle remarquer. Tu es en train de me dire à quel point tu regrettes que Brady et toi soyez si distants l'un de l'autre, alors qu'il est un peu comme ton fils adoptif... Tu es aussi en train de me dire que tes parents ne t'ont pas appris à partager ce qui est affectif, puisqu'eux-mêmes n'étaient pas affectueux.

— Exactement...

— Eh bien, voilà ce que tu pourrais expliquer à Brady un jour. La vérité de ton histoire personnelle et familiale... Il y sera forcément sensible. Les enfants qui ont souffert grandissent vite, parfois plus vite que les autres, et on peut en quelque sorte s'adresser à eux comme à des êtres dignes de confiance.

— Comment tu le sais ?

— Je l'ai vécu.

— C'est-à-dire ?

Flávia sentit sa gorge se nouer.

— Désolée, je n'ai pas envie de me confier sur ce sujet-là maintenant.

— Pardon... Je n'insisterai pas. Donc c'est moi, et seulement moi, qui raconte ma vie, répliqua Jake d'un ton amusé. Mais l'atmosphère de cet endroit extraordinaire s'y prête... J'ai l'impression de renaître au monde !

— Vraiment ?

— Oh oui. Jamais je n'oublierai ces instants magiques, ici, en pleine forêt amazonienne. Mes parents, qui voulaient tant que ma sœur et moi devenions chirurgiens, seraient peut-être admiratifs de mon expérience !

— Ils voulaient que vous deveniez chirurgiens ? Ils n'ont quand même pas décidé pour vous ? s'étonna Flávia.

— Si... Plus ou moins. Dès notre plus jeune âge, ils nous ont répété que ce serait notre voie. Celle-là et aucune autre ! Alors que j'aurais rêvé de devenir ingénieur !

— Vraiment ?

— Eh oui. Fabriquer, essayer, tester, mettre en place des processus qui permettent de découvrir des choses, tout ça me passionnait.

— Ça explique que tu apprécies les protocoles d'essai, les

recherches appliquées sur les nouveaux traitements… C'est l'ingénierie qui te passionne !

— Exactement.

— Ta sœur aussi ?

— Je l'ignore, avoua Jake après une brève hésitation. En fait, Helen a commencé des études de médecine, mais elle s'est retrouvée enceinte alors qu'elle était en troisième année. Elle a voulu tout arrêter pour se consacrer à sa vie de famille… Sauf que mes parents n'ont pas accepté son choix. Ils ont dit à Helen qu'elle était trop jeune pour avoir un bébé, et ils lui ont fortement conseillé de ne pas le garder.

— Mais elle a refusé, devina Flávia.

— Exactement. Non seulement elle a refusé mais elle a quitté notre maison, et on n'a plus entendu parler d'elle pendant six ans.

— Si longtemps ?

— Hélas, oui. Je ne savais pas où elle était. La première fois que j'ai rencontré Brady, il avait cinq ans… Helen m'a dit qu'elle n'avait plus de nouvelles du père de son fils depuis des années. Sa grossesse l'avait pris de court, il n'était pas prêt à être père, elle l'a laissé libre de choisir… Et il a préféré la quitter avant qu'elle accouche. Quand j'ai enfin retrouvé Helen, parce qu'elle m'avait contacté, elle se débrouillait comme elle pouvait et élevait Brady seule. Il était au centre de sa vie… Complètement. Elle l'adorait plus que tout au monde.

Flávia garda le silence, plus touchée par ces confidences qu'elle ne l'aurait souhaité. Peut-être parce que Jake évoquait la mère de Brady… Une mère aimante, attentive, qui avait tout entrepris pour le bonheur de son enfant.

Tout le contraire de la mienne…, pensa-t-elle.

— Dans un sens, Brady a eu de la chance, dit-elle finalement. Même s'il est orphelin aujourd'hui, il a reçu beaucoup d'amour pendant ses premières années. C'est comme un socle symbolique, au plus profond de lui-même. Brady a été aimé…

— Par sa mère, mais pas par son père, rappela Jake. On

ignore où se trouve son père. Brady n'a plus que moi, et il faut que j'assure, que je sois à la hauteur de ce que j'ai promis à ma sœur... Oui, à la hauteur, répéta-t-il d'un ton soucieux. Je réalise à quel point c'est important pour moi, ici, maintenant, alors que je contemple les plus hauts arbres du monde !

— C'est un signe que tu vas réussir, Jake... Aie confiance en toi, et tout ira bien.

Jake se souleva légèrement dans son hamac, qui tangua doucement entre les branchages. Des oiseaux s'envolèrent au loin, peut-être perturbés par le mouvement subit.

— Merci... Je vais faire de mon mieux. Et toi ? Si tu me parlais de toi ?

— Une autre fois... Maintenant, il est l'heure de dormir, dit Flávia, heureuse de trouver ce prétexte.

— Déjà ?

— Oui, déjà ! Demain matin, on va se réveiller aux aurores pour continuer nos recherches. Il faut être en forme ! Sinon, on ne sera pas efficaces.

— Je comprends, dit Jake à regret. Alors... bonne nuit.

— Bonne nuit.

Mais, après que le silence se fut établi, Flávia ne parvint pas à s'endormir. Blottie dans son hamac, elle écouta les bruits qui s'élevaient autour d'eux, des sons mystérieux d'insectes, de feuillages vibrants... C'était comme si la forêt lui parlait !

Par-delà les bruissements nocturnes de la jungle, elle percevait aussi autre chose : les battements de son cœur et les pulsations du sang sous ses tempes, en rythme avec la vision de plus en plus tenace, presque obsédante, qu'elle s'efforçait de chasser de son esprit. Celle où elle s'imaginait poursuivant son échange avec Jake...

Dans les bras de Jake.

Un pur fantasme...

Qu'elle avait intérêt à oublier au plus vite.

9

Vêtue d'une longue robe de coton blanc qu'elle portait à même la peau, Flávia sortit du pool-house et retourna tranquillement vers la maison de Maria et Luis.

À leur retour de la forêt, elle s'était longuement douchée, heureuse de retrouver le confort de la civilisation... Après quoi, elle était allée ranger des serviettes et différentes affaires, laissant Jake avec Brady. Il avait beaucoup à lui rapporter après leur courte expédition... De même, le petit garçon avait forcément pas mal de choses à raconter après son séjour chez Maria, en compagnie de Julianna et Marcie. Celles-ci, en vacances pour tout l'été, étaient heureuses d'avoir un nouveau compagnon de jeu !

Afin que Jake et Brady soient ensemble plus longtemps, Flávia ne s'était pas dépêchée de finir ce qu'elle avait à faire, traînant même un peu au bord de la piscine. On était jeudi, elle n'avait pas à retourner au laboratoire avant le lendemain matin...

Parfait.

Sans doute déjeunerait-elle avec Maria et Luis. Jake et Brady resteraient peut-être, s'ils le souhaitaient. Elle espérait secrètement qu'il en serait ainsi, vu tout ce que Jake et elle avaient partagé au cours des dernières quarante-huit heures. Des temps d'observation sur le terrain, des échanges amicaux... Des conversations à bâtons rompus tant avec

Raoul et Fabio que lorsqu'ils se retrouvaient tous deux, par la suite, dans leurs hamacs, comme protégés par les hauts arbres de la jungle.

De si bons moments...

Parvenant sur le seuil de la cuisine, Flávia s'immobilisa.

Jake était tout seul, à moitié nu, avec seulement une petite serviette autour de la taille, ses cheveux noirs mouillés par la douche qu'il venait de prendre. Il buvait un verre d'eau.

— Où est Brady ? demanda-t-elle, surprise.

Jake lui sourit. Ses yeux bleus brillaient d'un éclat inhabituel, probablement à cause de la fatigue. Leur périple en pleine jungle, certes passionnant, n'avait pas été de tout repos.

— Maria a emmené ses filles et Brady manger des glaces. Apparemment, elle leur en avait promis ce matin, et elle ne nous attendait que beaucoup plus tard. Elle m'a précisé qu'ils ne reviendraient pas avant plusieurs heures : ils vont aller visiter une réserve animalière.

— Ah bon ? Tant mieux pour eux, ajouta Flávia, déconcertée.

Pourquoi Maria ne lui avait-elle rien dit ? À croire qu'elle voulait la laisser en tête à tête avec Jake... Ce qui ne serait pas étonnant de la part de sa sœur qui espérait, depuis longtemps, que Flávia ait un amant. Maria se désolait de la voir encore célibataire.

Malgré elle, Flávia admira le torse bronzé et musclé de Jake. Il avait de longues jambes athlétiques, une peau lisse qui...

Elle détourna les yeux, consciente de la nature de ses pensées. Elle n'avait pas connu d'homme depuis si longtemps...

Mais, à ce moment-là, Jake s'approcha et posa une main sur le bras de Flávia.

Elle soutint son regard et sourit. Si seulement elle n'avait pas ressenti ce désir irrésistible, une sensation qui s'embrasait subitement tel un feu de paille... Jake devait forcément le sentir !

— Oui, murmura-t-il alors, comme en écho des pensées de Flávia. C'est pareil pour moi... Pourtant, il ne faudrait pas.

Ses yeux ne la quittaient pas. Le cœur battant à se rompre, Flávia y perçut de l'hésitation mais aussi quelque chose de brûlant, une étincelle ardente qui résonnait avec ce qu'elle éprouvait à cet instant.

Un doux vertige la gagna alors. Ce serait si simple de s'écouter, de s'abandonner à l'envie qui l'enveloppait, pressante, déraisonnable mais délicieuse.

— Il ne faudrait pas, non, et pourtant, ce serait si bon... En revenant de forêt, nos sens sont en éveil, n'est-ce pas ? ajouta-t-elle sans détourner le regard.

Soudain, elle voulait que Jake lise en elle... Qu'il pénètre ses pensées tout comme, de son corps, il pourrait venir en elle...

Il suffirait qu'elle s'ouvre librement.

Oui, fais-le...

Elle esquissa un pas vers lui, le sourire aux lèvres, sûre d'elle tout à coup.

— Étonnamment en éveil, admit-il en accentuant doucement la pression de ses doigts sur le bras de Flávia. C'est merveilleux... J'ai l'impression de m'être rempli de sensations grisantes, et quelle ivresse maintenant... Une ivresse qui se prolonge parce que tu es là, tout près de moi.

— Vraiment ?

Jake plongea son regard dans celui de Flávia.

— Vraiment... Et même énormément. Je suis... submergé. Depuis que je t'ai rencontrée, j'espère cet instant-là, avoua-t-il. Je n'ai pas cessé de refouler ce que je sens pour toi, on dirait un... appel. Je te désire tellement, Flávia.

Elle sourit, bouleversée, consciente qu'à partir de cette seconde tout changerait définitivement entre eux.

— Moi aussi...

Elle glissa une main autour du cou de Jake et, en le regardant dans les yeux, tendit ses lèvres. Il s'en empara aussitôt, et ils s'embrassèrent longtemps, passionnément. Flávia sentait le désir de Jake à travers le tissu de la serviette. Il l'étreignait si fort contre lui...

— Viens, allons dans la chambre d'amis, murmura-t-elle entre deux baisers.

Elle lui prit la main et l'entraîna à l'autre bout de la maison, dans une pièce aux volets entrebâillés, meublée sommairement d'un grand lit, d'une armoire et d'une table de travail. C'était là que Flávia dormait quand elle restait chez Maria et Luis.

Ce serait là qu'elle vivrait sa première étreinte amoureuse depuis une éternité.

Sans un mot, elle referma la porte, se blottit contre Jake et fit glisser la serviette. Nu, affichant fièrement son envie d'elle, Jake lui ôta sa robe d'un geste fébrile.

Leurs bouches se cherchèrent, leurs souffles se mêlèrent tandis qu'ils se laissaient tomber sur le lit. Ils s'embrassèrent à perdre haleine, serrés, la peau humide à cause de la chaleur et des palpitations de leurs corps avides.

Soudain, plus rien d'autre ne comptait que les caresses qu'ils se prodiguaient, emplis d'un même feu. Jake lui caressait les seins, les hanches, le ventre, les cuisses... Puis, de la pointe de la langue, il recommençait ce trajet sensuel, encore et encore... Enivrée de plaisir, Flávia répondait à ses caresses.

Puis elle se donna à Jake sans réserve, s'enroulant autour de lui telle une liane, s'agrippant à ses épaules viriles pour mieux l'accueillir en elle, savourant l'extase profonde qui irradiait en elle...

En eux.

La chambre était emplie de leurs soupirs et de leurs gémissements, les mots devenaient inutiles. Le plaisir qu'ils partageaient là, maintenant, serait inoubliable... D'autant plus inoubliable qu'il resterait unique. Confusément, avant de sombrer dans une spirale de sensations éclatantes pendant que Jake allait et venait en elle, Flávia se répéta qu'ils ne feraient plus jamais l'amour ensemble, c'était cette fois, une seule fois, alors autant en profiter pleinement...

Flávia entrouvrit les yeux et regarda fixement les rais de lumière qui irisaient le plafond. Combien de temps avait-elle dormi ?

Elle se redressa, jeta un coup d'œil au réveil posé sur la table de chevet. Il était presque 15 heures...

Et elle se trouvait seule dans le lit.

Elle jeta un rapide coup d'œil autour d'elle, aperçut sa robe blanche sur le seuil, mais pas la serviette que Jake avait portée.

Serait-il parti sans rien lui dire ?

Peut-être que Maria et les enfants étaient revenus, et, réveillé avant elle, Jake se serait précipité pour accueillir Brady, et sans doute le ramener à l'hôtel...

La gorge nouée, Flávia se leva et ramassa sa robe. Son corps lui faisait un peu mal au niveau du creux des reins, après l'intense étreinte, si passionnée, qu'elle avait vécue quelques heures auparavant. Une énergie nouvelle semblait frémir en elle, comme si elle était enfin revenue à la vie après un long sommeil.

Mais, tout à coup, son cœur aussi était douloureux. Jake l'avait déjà laissée...

Évidemment.

Ils venaient de vivre un moment d'égarement.

Je ne regrette rien... Je ne regrette absolument rien, se répéta Flávia en allant prendre une douche rapide dans la salle de bains adjacente à la chambre.

Des rires d'enfant lui parvinrent alors, depuis la cuisine.

Sa sœur et ses nièces étaient bel et bien rentrées.

Elle se recoiffa, lissant ses cheveux en arrière, appliqua une crème hydratante sur son visage et un soupçon d'ombre à paupières. Au cas où Jake serait encore là...

Mais pour elle aussi. Elle voulait se trouver belle.

Quand elle rejoignit Maria, elle sentit son cœur battre plus vite, espérant revoir Jake et Brady... Mais, avec déception, elle constata leur absence.

— Ah, te voilà ! s'exclama sa sœur en esquissant un large sourire complice. Tu t'es bien reposée ?

Elle était en train de ranger des courses.

— J'ai dormi comme un loir, avoua Flávia. Où sont Julianna et Marcie ?

— Elles viennent de filer dans leur chambre. Elles se sont régalées de glaces au chocolat et à la chantilly, tout comme le petit Brady. Quel garçon adorable ! On a aimé l'avoir à la maison... Il peut revenir quand il veut.

— Je savais que ça se passerait bien entre vous. Brady est donc parti ?

— Avec son père, oui, il y a à peine quinze minutes.

— Ah... Et Jake n'a rien dit ? demanda Flávia, ignorant à grand-peine le vide qu'elle éprouvait soudain.

— Juste au revoir et merci. Mais rassure-toi, il m'a chargée d'un message pour toi, précisa Maria.

Elle marqua une pause, disposant soigneusement différents fruits dans une corbeille.

Flávia eut du mal à dissimuler son impatience.

— Quel message ?

Maria lui lança un coup d'œil amusé et, après l'avoir observée pendant quelques secondes, sourit.

— Oh ! oh... Ne me dis pas que tu es en train de tomber amoureuse de lui !

— N'imagine rien, je t'en prie, répliqua Flávia avec une pointe d'agacement.

— Hum... Je te connais. Tes yeux brillent comme lorsqu'on te promettait la lune quand tu étais petite !

— N'importe quoi.

— Tu crois ? Ce serait une erreur... Tu dois redescendre sur terre, ma Livvy.

Flávia haussa les épaules.

— Maria, tu me dis souvent qu'il faut que je m'amuse... Eh bien voilà, je l'ai fait. J'ai pris du bon temps.

— Parfait ! Mais ne craque pas pour lui, je te le déconseille, en tout cas, ajouta Maria.

— Ne t'inquiète pas…

Sauf qu'en prononçant ces mots Flávia sut immédiatement qu'elle se mentait à elle-même.

— Tu ne peux pas t'autoriser de sentiments pour cet homme, aussi gentil, séduisant et intéressant soit-il. Dans quelques semaines, je ne sais pas quand exactement, il quittera le Brésil, ajouta Maria en regardant Flávia d'un air entendu.

— Je sais.

— Mais tu viens de passer deux jours avec lui en pleine forêt, et je parie que cette expérience vous a rapprochés…

Flávia sentit son cœur se serrer.

— Exact.

— Je te connais, Livvy… Je ne t'ai jamais vue avec ce regard-là.

— Qu'est-ce qu'il a, mon regard ?

— Il brille… Tu as des étoiles dans les yeux… Même quand tu étais fiancée à Enrico, tu n'avais pas cette expression.

— Enrico ne comprenait rien à ma passion pour la jungle… Jake est venu avec moi là-bas, dans ce territoire qu'Enrico jugeait trop dangereux…

— Justement, Jake a marqué un point. Il t'a conquise.

— Pas faux… Mais même si on a passé un merveilleux moment ensemble, Maria, je sais qu'il va retourner en Angleterre. On ne se reverra pas, et peut-être même qu'on ne se rencontrera plus d'ici son départ, poursuivit Flávia.

— J'en doute… Puisqu'il t'a donné rendez-vous demain matin, à 7 h 30, au café qui se trouve juste en face de l'entrée de l'université. Si tu peux t'y rendre, bien sûr. Apparemment, Jake t'y attendra en compagnie de Brady.

Une bouffée de joie envahit Flávia.

— C'est vrai ?

— Bien sûr ! Je ne risque pas de te raconter des histoires… Même si, en voyant ta tête maintenant, je regrette un peu de vous avoir laissé la maison ! Bref, reprit Maria, dans le cas d'un contretemps, tu n'auras qu'à lui envoyer un texto, il comprendra. Mais il me charge de te dire qu'il t'attendra et qu'il espère prendre un café avec toi avant que tu ailles travailler.

— Pas de problème, j'y serai !

Maria la contempla de nouveau, l'air sceptique cette fois.

— Modère ton enthousiasme, Livvy, s'il te plaît. Jake est un bel homme, et avec toi, il y a de fortes chances qu'il ait simplement eu envie de s'amuser...

— Mais moi aussi ! coupa Flávia. Exactement comme je te l'ai déjà dit. J'ai passé un bon moment avec lui, et je ne regrette rien. D'ailleurs, merci du fond du cœur de nous avoir prêté ta maison...

Elle sourit, assaillie de bribes de souvenirs érotiques. Son étreinte avec Jake avait été tellement passionnée qu'il lui suffisait d'y penser pour sentir son cœur s'emballer.

— C'était magnifique, oui, avoua-t-elle. Mais c'est fini. On restera probablement en contact une fois qu'il sera parti du pays, vu qu'on est collègues et qu'il teste des produits fabriqués par VenomSci, mais en tant qu'amis, rien de plus... Rassure-toi, Maria, je maîtrise la situation.

Sa sœur la dévisagea, une expression bienveillante au fond des yeux.

— Tant mieux. Je ne voudrais pas que tu regrettes quoi que ce soit.

— Je ne regrette rien du tout.

Mais une fois de plus, en énonçant cette affirmation, Flávia sut qu'elle ne disait pas l'entière vérité. Elle aurait tant espéré que Jake ne reparte jamais...

10

— Tu as raconté à ton oncle ce que tu as vu dans la réserve animalière hier ? demanda Flávia à Brady.

Le petit garçon avait commandé des œufs brouillés accompagnés d'un jus d'orange, et il se régalait. Jake s'était contenté d'un café au lait avec du pain grillé. Il n'avait pas très faim... S'il s'était écouté, là, tout de suite, il aurait pris la jeune femme dans ses bras et l'aurait embrassée. Leur étreinte de la veille semblait encore résonner dans tout son corps, et son désir demeurait intact, peut-être même était-il encore plus fort.

Jamais il n'avait eu autant envie d'une femme...

Malgré tout, quand Jake avait proposé de la retrouver au café, ce matin de bonne heure, en compagnie de Brady, il avait volontairement chassé de ses pensées tout ce qui n'avait pas trait à un simple rendez-vous amical. Il voulait prouver à Flávia qu'il la considérait comme une camarade, une collègue, une amie...

Même s'ils avaient fait l'amour comme des amants passionnés. Une fois...

Rien qu'une fois.

— Oncle Jake n'est pas comme nous. Il n'aime pas les animaux, il n'aime que son travail à l'hôpital, déclara Brady en esquissant une petite moue, ramenant brutalement Jake à la situation présente.

Brady avait énoncé cette remarque comme s'il s'agissait d'une simple constatation, sans la moindre animosité. Mais, pour Jake, ce fut pire qu'un reproche clair et net.

Sa gorge se noua.

Chaque fois que j'ai l'impression d'avancer d'un pas avec lui, il me fait comprendre qu'en réalité je recule, réalisa-t-il, attristé.

Avant qu'il ait pu formuler quoi que ce soit, Flávia intervint d'une voix douce.

— Pour être franche, Brady, je pense que ton oncle serait très intéressé de t'entendre parler de la loutre que Julianna, Marcie et toi avez observée ! Maria m'a raconté que c'était génial...

Brady hocha la tête, l'air sceptique, et regarda Flávia, qui lui sourit et esquissa un petit mouvement du menton, comme pour l'encourager.

— Alors ?

— Alors rien, marmonna Brady en adressant un bref coup d'œil à Jake.

— Rien ? répéta Jake, déconfit.

Le message avait le mérite d'être clair. Brady ne voulait pas communiquer avec lui. La veille, lorsque Jake l'avait ramené à l'hôtel, où Patricia les attendait, l'enfant n'avait pas desserré les dents. Jake avait mis cela sur le compte de la fatigue. Mais, de toute évidence, le problème était tout autre.

Il ébaucha un sourire engageant.

— Je suis sûr que tu as des choses passionnantes à me raconter. Je suis là... Et je t'écoute.

Brady le contempla avec une évidente surprise, puis une lueur différente brilla dans son regard.

— C'est vrai ?

— Bien sûr ! Habituellement, je suis occupé, trop occupé à cause de mon travail, mais là, je suis disponible, et...

Jake se racla la gorge et, croisant le regard bienveillant de Flávia, se fit l'effet d'être un élève en face de son maître. Pourtant, la jeune femme n'avait pas d'enfant... Mais elle savait être naturelle, et si chaleureuse, avec ses nièces et Brady. Il avait, pour sa part, tout à apprendre…

— En fait, on a vu une loutre néotropicale, annonça Brady. En latin, ça se dit *Lontra longicaudis*.

— Une loutre ? Et comment était-elle ? interrogea Jake.

— Grande ! Elle mesurait soixante centimètres et pesait presque sept kilos. Elle était trop belle ! Sauf que c'est une espèce menacée, donc elle est sur la liste rouge de la faune brésilienne en danger.

— Je l'ignorais, avoua Jake.

— En général, la loutre évite les endroits où il y a beaucoup d'hommes, poursuivit Brady d'un ton animé. Elle aime nager dans les hauts fonds, les eaux vives, et elle se cache là où il y a beaucoup de végétation, parce que ça la protège !

Puis le petit garçon continua à décrire les animaux avec précision et, surtout, beaucoup de passion. En l'écoutant, Jake se rendit alors compte à quel point il était passé à côté de l'essentiel avec son neveu. Il n'avait jamais réalisé à quel point Brady était avide de connaissances… Pas étonnant qu'il n'ait pas encore réussi à établir de réel lien amical avec lui !

Sans Flávia, je ne me serais peut-être jamais aperçu de tout ça…, songea-t-il.

Il pensa soudain à la mère de Brady. Helen aurait eu des points communs avec Maria et Flávia, qui n'hésitaient pas à discuter avec les enfants, plaisantant et échangeant des points de vue, créant une relation aussi généreuse que riche… Alors que lui-même était, depuis toujours, muré dans le détachement.

En vérité, afin de préserver Brady de toute émotion négative, Jake s'était interdit d'en éprouver lui-même. En conséquence, Brady et lui restaient distants.

Il reporta son attention sur Flávia.

— Et toi, tu ne devineras jamais ce qu'on a vu dans la jungle, déclarait-elle à Brady.

— Quoi ? Raconte !

Mais Flávia se contenta de sourire en regardant Jake, lui cédant visiblement la parole.

— Qu'est-ce que vous avez vu ? interrogea le petit garçon d'un ton vif. C'était spécial ?

— Oui, très spécial : une araignée errante du Brésil, ajouta Jake, se remémorant les images avec une certaine appréhension rétrospective. Tu connais cette espèce ?

Brady fronça les sourcils, l'air pensif.

— Je crois bien... Elle est assez grosse, marron et velue. On l'appelle « araignée errante » parce qu'elle ne construit pas de toiles comme les autres araignées. La journée, elle se cache sous des morceaux de bois, des branches ou n'importe quoi, et la nuit, elle sort et se balade partout dans la forêt à la recherche de proies.

— Exactement. Félicitations, lui dit Flávia. Un vrai savant, ton neveu ! commenta-t-elle en souriant à Jake.

Elle regarda de nouveau Brady.

— Tu sais ce qu'elle mange ?

— Des souris ? Peut-être d'autres araignées ?

— Oui, mais pas seulement, répondit Jake, qui avait écouté ce que Flávia lui avait raconté pendant leur expédition.

Brady le dévisagea d'un air perplexe.

— Tu veux un indice ? poursuivit Jake, enchanté de l'avoir intéressé. C'est un insecte qui construit des sortes de forteresses vivantes pour se défendre ou attaquer...

— Des fourmis légionnaires ! s'écria Brady.

— Bravo, mon grand !

Brady lui sourit...

Il lui sourit vraiment. Peut-être parce que c'était la première fois que Jake l'appelait de façon plus affectueuse.

— La fourmi légionnaire crée de vrais raids, c'est dingue, reprit Brady avec enthousiasme. Alors, qu'est-ce que vous avez vu d'autre ?

— Un face-à-face entre une colonne de fourmis légionnaires et une araignée errante, annonça Jake.

— Waouh ! Qui a gagné ?

— À ton avis ? répliqua Jake.

— Bah... Les fourmis légionnaires sont super fortes et féroces, répondit son neveu, après avoir échangé un coup d'œil avec Flávia. Elles peuvent injecter du venin pour paralyser leurs proies à l'aide d'un dard, et elles ont des mandibules pointues qui coupent les insectes et les écrasent... Donc je crois qu'elles seraient carrément capables d'arracher les pattes de l'araignée !

— C'est certain, admit Flávia. Pourtant, cette espèce d'araignée de la jungle possède un venin extrêmement puissant... Elle peut même tuer des humains. Logiquement, elle devrait donc être plus forte que nos fourmis légionnaires, n'est-ce pas ?

— Je l'aurais cru, renchérit Jake. Sauf que la réalité est différente. Les minuscules fourmis ont littéralement réduit l'araignée à néant. Elles l'ont massacrée !

— Oh ! J'aurais adoré voir ça ! s'enthousiasma Brady. Je voudrais aller dans la jungle, moi aussi... Flávia, tu m'emmèneras, la prochaine fois ?

La jeune femme regarda Jake, une lueur hésitante dans les yeux.

Jake devina ce qu'elle pensait. Y aurait-il une prochaine fois ? Bientôt, Jake et Brady retourneraient à Londres. Quand tous trois se rencontreraient-ils de nouveau ? S'ils se revoyaient... Rien n'était moins sûr.

— Je ne peux te répondre, mon petit Brady, avoua Jake à regret. Franchement, je ne sais pas...

Le visage de l'enfant se rembrunit aussitôt. La moue boudeuse, il baissa la tête quelques secondes, puis la redressa vivement et se tourna vers Flávia puis Jake.

— D'accord, tonton Jake. Vovô Eduardo m'a expliqué qu'il fallait que je sois fort ! Et si je boude, il paraît que je ressemble à un bébé... C'est Julianna qui me l'a dit !

Après cette déclaration triomphante, il fouilla dans son

sac à dos et en extirpa une feuille de papier qu'il déplia et tendit à Jake.

— Pour toi. Je l'ai dessiné pendant que Flávia et toi étiez en forêt.

Surpris, Jake s'empara du dessin.

C'était une représentation un peu maladroite, mais criante de réalisme, d'un bel oiseau jaune et noir.

Une émotion inconnue le submergea soudain, mélange de fierté, de tendresse et de reconnaissance.

— Merci…

— C'est une carouge safran, indiqua Brady. Une espèce de passereau d'Amérique du Sud…

— Très beau ! dit Jake.

— Oh ! oui, il est très beau, renchérit Brady. J'adore cet oiseau et…

— Ton dessin est très beau… Autant que l'oiseau, précisa Jake, bouleversé.

— Merci ! fit Brady, les yeux brillants. Je voulais te le donner, poursuivit-il à l'attention de Flávia, mais je me suis dit que ça plairait à tonton Jake… Peut-être pour décorer son bureau ! Je t'en ferai un autre rien que pour toi, d'accord ?

Flávia ébaucha un sourire.

— J'en serais très contente. Tu pourras me l'envoyer, tu sais ? Si tu le dessines après ton départ du Brésil, je veux dire…

— Bonne idée, encouragea Jake, plus ému qu'il ne l'aurait souhaité. Brady, j'accrocherai ton dessin dans mon bureau, c'est sûr, pour que tous mes patients puissent l'admirer !

Il regarda Flávia et son pouls s'accéléra. Depuis qu'il l'avait rencontrée, ses relations avec Brady s'étaient tellement améliorées ! Jamais il n'aurait pu imaginer qu'en venant au Brésil pour participer à une université d'été il réparerait aussi ce qui n'allait pas entre l'enfant et lui…

Il fallait qu'il remercie Flávia.

Il fallait qu'elle sache à quel point il lui était reconnaissant… Comment le lui dire ? Quand pourrait-il la revoir ?

Ce ne fut que lorsque Flávia se leva, expliquant qu'elle devait se rendre à VenomSci pour travailler, que Jake se décida.

Au fond, tout serait très simple. Il lui enverrait un SMS pour l'inviter à sortir avec lui le lendemain soir… Au théâtre et au restaurant, par exemple. Il demanderait à Maria de lui indiquer les endroits que Flávia appréciait.

À cette occasion, il lui parlerait à cœur ouvert.

Il n'avait plus qu'à espérer que Flávia serait libre… Et qu'elle accepterait de passer une soirée avec lui.

11

Flávia sourit, étonnée et intriguée.

C'était comme dans un rêve...

Jake et elle se promenaient sur l'avenue San Pedro, aux larges trottoirs bordés de restaurants, bars et cinémas. Un endroit où elle ne se rendait quasiment jamais, hélas, essentiellement faute de temps... ou de motivation. Jake lui avait proposé une mystérieuse sortie après lui avoir demandé, par SMS, si elle accepterait de passer la soirée avec lui.

Elle avait accepté sur-le-champ. Comment aurait-elle pu refuser ? Elle se sentait si bien en sa compagnie...

Après le travail, elle s'était rapidement rendue chez elle pour se changer, troquant son jean et son T-shirt contre une robe légère et des sandales à fines lanières. Jake était venu la chercher en taxi en refusant malicieusement de lui préciser où ils iraient.

Mais, avisant l'imposant immeuble blanc vers lequel ils se dirigeaient, Flávia devina son intention.

— Tu ne m'emmènerais pas au théâtre, par hasard ?

Jake se mit à rire.

— Gagné. Maria m'a dit que tu n'y étais pas allée depuis l'âge de six ans.

— C'est vrai. Comme je me suis toujours sentie mieux en forêt, j'ai fui la ville et ses distractions, même les plus intéressantes d'un point de vue culturel !

— À ce point ? s'étonna-t-il, pris de court. J'espérais te faire plaisir...

— Mais c'est le cas ! Pardon de t'avoir vexé, ce n'était pas mon but, au contraire...

De fait, Flávia était très touchée que Jake ait ainsi tout organisé. Elle ne s'y était pas attendue. La veille, quand ils s'étaient retrouvés avec Brady pour le petit déjeuner, elle avait bien eu la sensation qu'entre Jake et elle le courant passait de mieux en mieux. Il paraissait à l'écoute, heureux de voir Brady leur raconter tout ce qu'il savait...

Mais, lorsque Jake la regardait, ses yeux exprimaient autre chose que de la gentillesse. De la tendresse, de l'affection... Et une franche complicité.

Évidemment, depuis qu'ils avaient fait l'amour, plus rien n'était comme avant.

Ils partageaient un secret.

Par moments, Flávia sentait à quel point s'abandonner à vivre ce genre de relation était risqué. Maria l'avait mise en garde afin qu'elle n'oublie pas que Jake repartirait en Angleterre...

Pour sa part, elle ne voulait pas y penser pour l'instant.

Certainement pas.

L'heure était à l'insouciance...

Ou un semblant d'insouciance.

— Tu ne m'as pas vexé, répondit Jake.

Il s'immobilisa pour l'observer.

— Tu es naturelle et directe, comme toujours. Ça me plaît...

Troublée, Flávia soutint son regard. Son cœur se mit à battre la chamade quand il lui caressa la joue d'un geste rapide, comme s'il craignait de paraître trop pressant.

— Je tiens à te remercier pour tout ce que tu as fait, Flávia.

— Moi ? Mais je n'ai rien...

— Si. Grâce à toi, je discute, je parle avec Brady. Grâce à toi, j'ai découvert l'extraordinaire forêt de ce pays... J'ai progressé avec toi.

Flávia garda le silence, étrangement émue. Autour d'eux, les passants allaient et venaient, les contournant sans les voir.

— Tant mieux. Parfois, dans la vie, on rencontre des gens qui nous permettent de mieux avancer...

Sans répondre, Jake lui sourit, puis il lui saisit la main et se dirigea vers le théâtre.

— J'ai adoré ! s'exclama Flávia quelques heures plus tard, tandis qu'ils descendaient le double escalier et gagnaient la sortie. Je ne pensais pas que ça me plairait à ce point. Merci mille fois !

— De rien... J'espérais te faire plaisir, dit Jake. Tant mieux si j'ai réussi...

Ils avaient assisté à la représentation très joyeuse d'une comédie italienne, et Flávia avait beaucoup ri. Lui aussi.

— Maintenant, allons manger, indiqua-t-il en prenant le bras de Flávia.

Quelques instants plus tard, ils franchirent le seuil du restaurant familial où il avait réservé une table en terrasse. Découvrant l'endroit, Flávia poussa une exclamation de surprise.

— Je venais ici avec mes parents quand j'étais petite...

— Je sais. Maria me l'a dit.

— Maria t'a tout indiqué, alors ? s'étonna-t-elle. Le théâtre, puis cet établissement...

— J'avais besoin d'être conseillé, je l'avoue. Je la remercierai également ! Elle a vu juste.

— Complètement. Je le lui dirai aussi, ajouta Flávia avec un large sourire.

Un serveur les accueillit et les installa. Pendant que Flávia étudiait la carte, Jake l'observa, attendri par le sérieux qu'il lisait sur son visage. Elle paraissait si jeune avec ses cheveux noués en queue-de-cheval... Sa robe mettait en valeur sa peau hâlée et ses formes si féminines. Qu'elle était belle...

Pendant le repas, qu'elle choisit végétarien – lui-même opta pour une salade composée agrémentée de crevettes —, ils parlèrent peu. Régulièrement, Flávia regardait autour d'elle, peut-être pour retrouver des souvenirs.

— J'espère que ça ne te rend pas nostalgique d'être ici, commenta Jake.

— Oh non. J'étais si jeune la dernière fois que je suis venue ! Mais ça me fait drôle d'être assise à cette table, dans ce restaurant... Rien n'a changé, je crois. Rien... Sauf moi ! Je me rends compte, poursuivit-elle, que je suis quand même d'un tempérament un peu triste... Triste en permanence. Mais j'oublie cette tristesse quand je pars en forêt. C'est curieux, non ?

— Je ne sais pas. Peut-être est-ce juste normal ? La mort d'un parent marque à jamais.

— Mais, dans ma famille, aucun parent n'est mort... Pourquoi dis-tu ça ? interrogea Flávia, sourcils froncés.

— Parce que...

Soudain, Jake regretta ses paroles. Sans doute venait-il de commettre une maladresse.

— Désolé. Comme tu comprends si bien Brady, j'ai cru que toi aussi tu avais perdu ta mère.

Flávia le dévisagea d'un air grave.

— Je comprends Brady parce qu'il est passionné de nature, et surtout d'insectes, comme moi ! Mais nos points communs s'arrêtent là.

Après un court silence, elle reprit :

— Ma mère n'est pas morte. Elle est partie. Elle nous a laissés, ma sœur, mon père et moi.

Jake resta silencieux, brusquement aussi chagriné que gêné.

— Ma mère ne possédait aucun instinct maternel, ajouta Flávia. Elle était infirmière, mais je pense qu'elle aurait rêvé d'être médecin.

— Qu'est-ce qui l'a empêchée de le devenir ?

— Je ne sais pas... Les circonstances de la vie, j'imagine.

Elle a rencontré mon père, s'est retrouvée enceinte et s'est mariée. Elle a endossé le rôle d'épouse, de mère... C'est ce que sa famille attendait d'elle. Et tant qu'elle se conformait à ces règles, tout était acceptable.

— C'est-à-dire ?

— Les autres ne la critiquaient pas, même si elle n'était pas une bonne mère.

Flávia haussa les épaules, une moue amère aux lèvres.

— Toi, Jake, tu as eu des parents qui exigeaient que ta sœur et toi soyez performants à l'école et dans vos études. Ils n'étaient pas affectueux, m'as-tu dit. Ma mère ne l'était pas non plus... Sauf qu'en plus elle était négligente. Elle ne s'occupait pas de nous. En revanche, elle se fâchait beaucoup contre moi.

— Contre toi en particulier ? Pourquoi ? s'étonna Jake.

Flávia haussa les épaules, comme si elle essayait de refouler de douloureux souvenirs.

— Maria m'a dit que je me bagarrais à l'école, que je refusais de faire mes devoirs, que je filais loin de la maison pour aller à la lisière de la forêt chercher des animaux, des insectes que j'observais des heures durant...

— Et ça inquiétait ta mère ?

— Peut-être. Elle ne supportait pas ce que j'étais, ma personnalité, mes envies... Elle criait après moi beaucoup trop souvent et m'accusait de lui rendre la vie impossible. Pendant longtemps, je me suis crue responsable, ajouta Flávia d'un ton attristé. C'était moi, la mauvaise fille... C'était à cause de moi qu'elle était partie... Du moins était-ce ce que j'imaginais. Puis, avec le temps, j'ai compris qu'en vérité ma mère ne nous aimait pas, ni l'une ni l'autre, et que notre existence l'empêchait de vivre ce qu'elle voulait. On représentait des obstacles à sa liberté, donc elle a fini par craquer et ficher le camp, voilà tout...

— Vous avez gardé contact avec elle ? interrogea Jake, touché.

— Non. Mais, après la naissance de Julianna et Marcie, Maria a entrepris des recherches. Elle avait besoin de savoir ce qui avait poussé notre mère à agir de la sorte.

Flávia esquissa une moue amère.

— Je crois aussi qu'elle avait peur de devenir comme elle. Elle voulait vérifier…

Le cœur serré, Jake resta silencieux, l'encourageant à poursuivre.

— On a découvert qu'elle s'était remariée seulement quelques années après nous avoir quittés. Le pire, c'est qu'elle a eu d'autres enfants et a fondé une nouvelle famille. Mais Maria et moi ne comptons pas pour elle.

Jake prit la main de Flávia dans la sienne et la serra tendrement, s'abstenant de tout commentaire. Ce que la jeune femme venait de lui révéler était si intime et douloureux…

Maintenant, il comprenait mieux pourquoi elle demeurait à distance des autres personnes, sans doute pour se protéger. Elle ne se sentait bien que dans la nature sauvage, seule, donc à l'abri de toute trahison.

Il mesurait aussi à quel point, avec ses confidences, Flávia lui prouvait qu'elle avait confiance en lui.

— J'ai juré que je ne serais jamais comme elle, reprit-elle alors, comme en écho des pensées de Jake. Je me suis promis que je ne commettrais pas le même genre d'erreur. Si j'ai une famille un jour, je m'engagerai totalement, sans faillir.

— Je n'en doute pas, dit Jake.

Il la regarda dans les yeux, ému par la fragilité qu'il lisait dans les prunelles ambre de la jeune femme. Elle paraissait si triste, mais également si déterminée à tenir bon, à suivre l'axe de vie qu'elle s'était fixé.

Et moi, je lui tiens la main comme si j'étais son amoureux…, songea-t-il brusquement.

C'était irréfléchi… et dangereux.

Bientôt, l'université d'été s'achèverait, et Brady et lui

prendraient l'avion pour rentrer en Angleterre. Par respect pour Flávia, ne faudrait-il pas qu'il se montre plus distant ?

Oui… Mais il n'en avait aucune envie.

Au plus profond de lui-même, il rêvait de se rapprocher encore plus d'elle et de mieux la connaître.

Par moments, de manière fugace, Jake se remémorait leur étreinte passionnée et le plaisir fou qu'il avait connu. Il avait fait l'amour avec Flávia… Et curieusement, ils n'en avaient jamais reparlé. À croire qu'il s'était agi d'une parenthèse enchantée et irréelle. Pourtant, son corps, lui, se souvenait parfaitement de ces instants d'intense volupté… Le désir s'éveillait en lui dès qu'il y songeait, ou quand Flávia lui souriait…

— Serais-tu toujours d'accord pour nous emmener dans la jungle, Brady et moi ?

En prononçant ces paroles, Jake sut instantanément qu'il venait d'opter pour le contraire de ce qui aurait été raisonnable et sage.

Tant pis.

— Avec Brady ? répéta Flávia, surprise. Tu lui offrirais un beau cadeau de fin de séjour au Brésil…

Jake ignora volontairement l'allusion. Bien sûr, elle savait que leur retour au Royaume-Uni était d'ores et déjà prévu. Elle lui montrait ainsi qu'elle était consciente de ce qui se jouait entre eux, ce léger flirt, cette passion sous-jacente qu'ils voulaient repousser, oublier peut-être.

— Oui. Ce sera un beau cadeau pour moi aussi, précisa Jake.

Il porta la main de Flávia, qu'il avait gardé dans la sienne, jusqu'à ses lèvres, et l'embrassa doucement.

— Par avance, merci de cette expérience unique et merveilleuse que tu partageras avec nous, ajouta-t-il.

Les yeux de la jeune femme brillèrent.

— Ce sera avec un réel plaisir. Je demanderai à Raoul et Fabio de nous accompagner. Cette fois, on ira dans notre fameux sanctuaire, dit-elle d'un ton enjoué. Mais attention,

Brady et toi devrez impérativement rester en zone sécurisée. Il faudra bien expliquer cette règle à Brady.

— Bien sûr. C'est comme si c'était fait. Il sera tellement content...

— Oh ! oui ! J'en suis sûre ! s'exclama Flávia.

Elle écarta ses doigts de ceux de Jake et tapa ses paumes avec enthousiasme.

— J'ai déjà hâte d'y être. Hâte de voir ses réactions... On pourrait y aller, disons... Samedi prochain ? En début de matinée, ça irait ?

Jake acquiesça, ému par sa joie évidente. Qu'elle était spontanée, généreuse... Et tellement originale !

S'ils ne s'étaient pas trouvés dans une salle de restaurant, il se serait levé pour l'enlacer et l'embrasser à perdre haleine, parce qu'il craquait pour elle, il craquait de plus en plus.

12

— Là-bas ! s'exclama Raoul, l'index tendu vers l'ombre d'un bosquet de cédrèles.

Flávia vit aussitôt ce qu'il leur montrait sous des arbres qui ressemblaient à des fougères géantes.

Le sanctuaire couvrait plusieurs hectares de forêt, délimités par de discrets fils de nylon inoffensifs pour les animaux. Des années plus tôt, elle avait dû négocier âprement avec les autorités locales pour avoir le droit d'utiliser cet espace comme réserve naturelle. Peu à peu, grâce à sa réputation de chercheuse pour VenomSci, elle avait réussi à convaincre tout le monde du bien-fondé de son action de sauvetage et de préservation des espèces.

Elle fit signe à Jake, qui tenait la main de Brady, de s'approcher doucement.

Ils se trouvaient en hauteur, dans une cabane suspendue équipée de grandes ouvertures permettant de tout voir en toute sécurité.

À côté d'eux, muni d'un caméscope, Fabio était déjà en train de filmer l'immense serpent noir et marron lové au pied d'un des troncs. Il semblait dormir...

Mais Flávia savait pertinemment que ce n'était qu'une apparence. Même si le reptile vivait surtout la nuit, il conservait la vigilance permanente d'un prédateur.

— C'est un *Lachesis muta*... Autrement dit « le maître de la brousse », chuchota-t-elle à l'attention de Brady. Viens voir...

Elle l'invita à regarder le reptile sur l'écran de la caméra de Fabio.

— Waouh... Il est très, très venimeux, dit le petit garçon, une pointe de respect mêlé d'effroi dans la voix.

— Extrêmement venimeux. Et pourtant, de nombreux remèdes homéopathiques sont fabriqués à partir de son venin, précisa-t-elle.

— Vraiment ? fit Jake. Je l'ignorais...

Flávia lui jeta un bref coup d'œil et lui sourit. Les dernières heures passées en sa compagnie, dans le véhicule tout-terrain qu'ils avaient emprunté pour se rendre en forêt, lui avaient été facilitées par la présence de Brady, Raoul et Fabio. Qu'il y ait les deux hommes et le petit garçon l'avait en quelque sorte aidée à rester un peu plus distante de Jake.

Cela devenait indispensable.

Depuis leur soirée au théâtre et au restaurant la semaine précédente, elle ne cessait de penser à lui. Pourquoi s'était-elle autant confiée ? Pourquoi se sentait-elle aussi bien avec lui ? Comme si elle l'avait toujours connu...

Comme s'ils allaient passer de bons moments ensemble, encore et encore, alors qu'en réalité Jake repartirait bientôt en Angleterre. Quand ? Elle l'ignorait. Elle savait juste qu'ils ne feraient plus l'amour. Même si elle sentait qu'il en avait autant envie qu'elle, ils ne recommenceraient pas...

Et de toute façon, l'occasion ne se présenterait pas. Là, ils étaient dans la jungle pour quelques heures, après quoi ils retourneraient en ville. Jake irait à l'hôtel avec Brady, et elle rentrerait chez elle.

— Admirez..., murmura-t-elle, reportant son attention sur Raoul qui venait d'emprunter l'échelle pour descendre de la cabane d'observation. Il va essayer de récupérer un peu de venin...

En bas, les jambes protégées par de hautes bottes en

caoutchouc, mains gantées, Raoul s'approchait à pas de loup de l'immense vipère enroulée sur le sol. Flávia le regarda déplacer son bâton doté d'une fourche jusqu'au cou du reptile. Douceur et précision, telle était la devise de Raoul. Mais même s'ils choyaient les serpents de leur sanctuaire, ils n'oubliaient jamais de quoi ces puissants animaux étaient capables.

Comme toujours dans ces moments-là, elle retint son souffle.

Raoul serait rapide et précis.

À l'aide de son bâton, il bloqua le « maître de la brousse » contre terre. Sur la défensive, le serpent se redressa aussitôt, mâchoires grandes ouvertes.

Tout se joua en une fraction de seconde.

Avec une perche, Raoul poussa un petit récipient transparent devant la vipère qui ouvrit la gueule et cracha son venin.

— Et voilà ! approuva Flávia. On n'en récupérera peut-être que quelques gouttes, mais ça permettra quand même de concocter du sérum. J'espère qu'un jour le monde entier saura à quel point cette espèce venimeuse, considérée comme ultra-dangereuse, est malgré tout extrêmement précieuse.

— C'est génial, trop génial ! répéta Brady avec enthousiasme.

— Je suis impressionné, renchérit Jake. Il faut avoir beaucoup d'expérience pour oser ce que Raoul vient d'accomplir. Ou beaucoup d'audace...

— On a besoin des deux, en réalité : si on n'est pas courageux, ou si on n'est pas suffisamment expérimenté, inutile de courir le risque... On sent lorsqu'on peut intervenir, précisa Flávia. Mais il suffirait d'une seconde d'inattention pour être mortellement mordu.

L'air satisfait, Raoul revenait déjà, le bocal à la main. Un couvercle le fermait de façon hermétique. Il grimpa jusqu'à mi-hauteur de l'échelle, et tendit son butin à Fabio qui le rangea dans une boîte.

— J'aimerais apprendre à faire comme toi, lança Brady à Raoul. Tu m'emmènerais ?

— Brady, voyons, c'est impossible, intervint Jake. Tu as entendu ce que Flávia vient d'expliquer ?

— Oui, mais un jour peut-être que ce sera possible ! insista Brady. On reviendra ici, pas vrai ?

— Quand est-ce que tu retournes en Angleterre ? lui demanda Fabio.

Flávia remarqua que Brady se rembrunissait, fronçant légèrement les sourcils comme si la question l'énervait.

— Tonton Jake, on repart quand ?

— Dans une semaine, répondit Jake, après avoir brièvement croisé le regard de Flávia.

— Une semaine ? Ça va vite venir ! Je n'ai pas envie de rentrer à Londres, moi, soupira Brady. Je n'aime pas vivre en ville... Je déteste la ville ! Je voudrais passer le plus d'heures possible dans la forêt, à observer les bêtes, les insectes, les plantes...

— Comme je te comprends, avoua Flávia. J'étais comme toi, au même âge.

— Comme moi ? C'est vrai ? s'exclama Brady. Et tu es chercheuse ! Trop bien ! Moi aussi, je veux être chercheur en venin !

Flávia sourit, émue par la spontanéité du petit garçon. Cela lui permettait d'oublier ce qu'elle venait d'entendre à propos du départ prochain de Jake et Brady. Ne s'y était-elle pas attendue ? Mais, maintenant qu'elle était fixée sur ce point, son cœur se serrait.

— Je suis avant tout médecin, tu sais ? J'ai fait de longues études...

— On continue ?

La voix de Raoul fit presque sursauter Flávia.

— Oui, bien sûr...

Elle revint brusquement au présent. Certes, ils étaient là pour montrer le sanctuaire à Jake et Brady, mais ils devaient en profiter pour recueillir le maximum de matière première.

— Je viens avec toi, déclara-t-elle à l'attention de Raoul.

Ignorant Jake, qui continuait à parler avec l'enfant, Flávia enfila ses bottes de sécurité, ses gants, et descendit rapidement dans l'enceinte du sanctuaire.

Pendant la demi-heure qui suivit, Raoul et elle travaillèrent rapidement et systématiquement, prélevant sur deux autres serpents plusieurs gouttes de venin, qu'ils stockèrent avec soin dans de petites boîtes stériles.

En agissant ainsi, Flávia avait l'impression de s'obliger à se concentrer sur ce qui comptait vraiment dans sa vie. Sa carrière… Et les reptiles qu'elle étudiait et observait. Ses gestes étaient précis, bien rodés. Elle maîtrisait la situation, même si elle était en train d'évoluer dans une zone de la jungle où vivaient de nombreuses espèces venimeuses.

Oui, le plus important dans son existence, c'était son travail avec Raoul et Fabio. Pour VenomSci. Pour la recherche. Elle n'avait pas besoin d'un homme, de sentiments, de désir…

N'avait-elle pas très bien vécu ainsi jusqu'à présent ?

Lentement mais sûrement, Flávia parvint à se détacher de ce qui l'avait tant perturbée quelques instants auparavant. Tant pis si Jake et Brady repartaient la semaine prochaine… Ils poursuivraient leurs chemins, et elle, le sien.

Elle sentait bien que Jake, depuis la cabane en hauteur, ne la quittait pas des yeux. Obstinément, elle regardait le sol, entre les fougères et les racines des arbres centenaires, à l'affût de la moindre présence reptilienne… Au fond, c'était réellement ici, dans ce milieu hostile pour la majorité des humains, qu'elle était à l'aise…

Presque heureuse, se dit-elle.

C'est à ce moment-là qu'elle se tordit la cheville et trébucha…

Elle poussa un cri strident.

13

Jake sut que quelque chose n'allait pas avant même que Fabio et Raoul aient réagi.

Une sensation glaciale s'était infiltrée en lui un court instant auparavant, quand Flávia avait disparu entre des fourrés.

— *Acidente*. Accident…, lâcha Fabio en lâchant son caméscope.

— S'il vous plaît, occupez-vous de Brady, ordonna Jake sans hésiter.

— D'accord, allez voir, vous êtes docteur aussi…

— Qu'est-ce qui se passe ? s'écria Brady. Elle est où, Flávia ? Pourquoi on ne la voit plus ? C'est elle qui a crié ?

— Flávia… Flávia était en train de collecter *o veneno*. Du venin, mais elle a dû tomber…, dit Fabio.

— Tu ne bouges pas d'ici, lança Jake à Brady. Fabio, je vous le confie !

Puis il dévala l'échelle et se rua dans l'enceinte du sanctuaire, là où il n'avait pas le droit de se rendre. Mais impossible d'agir autrement…

L'idée que Flávia puisse être gravement blessée, en danger, lui était simplement insupportable.

— Sortez ! Sortez d'ici ! s'exclama alors Raoul, le visage sombre.

Il portait Flávia, évanouie, dans ses bras. La jeune femme avait le visage livide.

— Elle a été mordue à la cuisse… On a une trousse de secours dans la voiture…

Jake se rappela que le véhicule tout-terrain était garé à environ cinq cents mètres.

Ce n'était pas loin, mais il faudrait faire vite malgré tout. Très vite.

— Fabio, appelez une ambulance ! demanda Jake en glissant les mains sous les aisselles de Flávia, pour aider Raoul à la transporter.

— Oui… Ce sera sûrement un hélicoptère ! répondit Fabio. On est trop loin de la ville…

— Qu'est-ce qu'elle a, Flávia ? s'écria Brady d'un ton inquiet. Elle va mourir ?

Jake sentait son cœur se serrer de plus en plus. L'angoisse du petit garçon était si évidente, et ô combien compréhensible.

Non, elle ne mourra pas ! répondit-il en son for intérieur, plus alarmé qu'il ne voulait le montrer.

Mais comment affirmer un tel pronostic ? Il ignorait tout de la morsure dont souffrait Flávia. Une morsure puissamment nocive puisqu'elle avait perdu connaissance.

— On s'occupe d'elle, lança-t-il à son neveu, espérant le rassurer. Surtout, reste avec Fabio, on emmène Flávia jusqu'à la voiture pour la soigner…

En parlant, il voyait la peau si pâle de la jeune femme. Elle avait les lèvres qui commençaient à bleuir, ce qui était mauvais signe. On apercevait des taches brunâtres sur le tissu de son pantalon, au niveau de la cuisse droite, là où le serpent l'avait attaquée.

À ce stade, le plus important était de contrecarrer la diffusion du poison dans le sang de Flávia…

Quelques instants plus tard, Jake et Raoul étendaient Flávia sur la banquette arrière de leur véhicule. Raoul sortit un flacon d'antidote de la trousse, une seringue et un tensiomètre. Il devait avoir l'habitude, car ses gestes étaient précis et calmes malgré la gravité de la situation.

Jake prit le pouls de Flávia et mesura ses constantes.

— Elle est en hypotension. Passez-moi vite le sérum…

En faisant le garrot autour du bras de Flávia, il se rendit compte que ses propres doigts tremblaient légèrement. Autant Raoul paraissait calme, autant lui-même était au bord de la panique. Mais pour rien au monde il ne devait le montrer. N'était-il pas le seul médecin présent et donc seul responsable de la prise en charge de Flávia ?

Jake injecta le produit en espérant que ce serait un antidote efficace. Y aurait-il la quantité suffisante ? Ce n'était pas certain… Dans tous les cas, le sérum permettrait au moins de minimiser la réaction, et surtout d'éviter un choc anaphylactique qui pourrait être fatal…

— Flávia… Tu m'entends ? murmura-t-il, en posant une main sur le front de la jeune femme.

Elle ne tressaillit même pas, comme plongée dans le coma.

— Elle est profondément évanouie, commenta Raoul, les yeux fixés sur sa collègue. Au moins comme ça, elle ne sent plus la douleur…

Jake hocha la tête.

— Son corps se défend comme il peut. Quand va arriver l'ambulance aérienne ? s'impatienta-t-il.

Raoul regarda le ciel et tendit le doigt vers un hélicoptère lointain.

— Ils sont là ! On a de la chance, ils ont fait vite… Vous allez voyager avec Flávia ?

— Oui. Je vous confie Brady, veillez bien sur lui, dit Jake, la gorge sèche tout à coup.

Bon sang, il était trop anxieux.

— Comptez sur nous, pas de souci, assura Raoul. On le ramènera à votre hôtel…

— Merci. Brady est comme mon fils, précisa Jake. Il a perdu sa mère, donc ce qui se passe avec Flávia risque de le traumatiser… Si ça ne se termine pas bien.

Raoul fronça les sourcils, l'air attristé.

— Pauvre petit… Prions pour que notre Flávia se remette vite… C'est une femme forte, et ce n'est pas la première fois qu'elle est mordue par l'un de nos serpents. Son corps sait se défendre contre le poison !

— Je l'espère, murmura Jake d'une voix assourdie par l'inquiétude.

À cet instant, Flávia semblait si fragile… Et plus belle que jamais.

Je t'en prie, tiens le coup, je tiens à toi, je tiens tellement à toi… , pensa-t-il, les deux mains posées sur le torse de la jeune femme.

— C'est une femme exceptionnelle. Je l'admire beaucoup.

— Oh ! nous aussi, affirma Raoul.

Puis il se redressa. Dans un vacarme assourdissant, l'hélicoptère venait de se poser au milieu d'une clairière à une centaine de mètres.

— On y va, dit Jake en soulevant Flávia dans ses bras.

— Laissez-moi vous aider ! protesta Raoul.

— Ça ira. Elle est légère comme une plume…

Presque vingt-quatre heures plus tard, Flávia commença enfin à manifester des signes d'éveil. Elle s'agita dans son lit d'hôpital, juste après la visite du médecin en début de matinée.

Ce dernier s'était montré rassurant :

— Votre femme va déjà mieux… C'est une battante.

Soulagé, Jake s'était contenté de sourire, s'amusant intérieurement de la méprise. Mais une fois de nouveau seul avec Flávia, encore endormie à ce moment-là, il lui avait pris la main et s'était laissé aller à murmurer des paroles de tendresse.

— Tu es la plus belle des femmes que j'aie jamais connues… La plus étonnante et la plus courageuse… Tu as risqué ta vie, mon amour, mais il ne fallait pas, aucune recherche ne mérite que tu te mettes ainsi en danger…

Mon amour.

Il l'avait dit sans réfléchir.

S'en rendant compte, Jack s'était senti profondément troublé par ce que cela impliquait. Était-il tombé à ce point amoureux de Flávia ? Depuis qu'il l'avait rencontrée à la soirée d'ouverture de l'université d'été, il avait l'impression d'être envoûté par la jeune femme. Son ami Oz l'avait prévenu que Flávia était une ensorceleuse...

Dans un sens, c'était vrai. Sans rien faire de spécial, rien que par sa personnalité et sa beauté sauvage, Flávia l'avait peu à peu conquis.

Et maintenant, je suis à son chevet... Et presque à ses pieds, songea Jake dans un élan d'humour teinté d'ironie.

Il massa sa nuque endolorie, résultat de sa posture inconfortable dans le fauteuil à côté du lit de Flávia, pendant toute la nuit et une partie de la matinée. Il n'avait pas quitté Flávia depuis qu'elle avait été admise en urgence.

— Où suis-je ? balbutia la jeune femme en clignant des yeux.

— À l'hôpital. Tu l'as échappé belle.

— Ah bon ? Aïe...

Fronçant les sourcils, Flávia grimaça en se frottant la cuisse.

— Oh oui, c'est une jeune vipère qui m'a mordue... Une jeune qui fait partie du clan des « maîtres de la brousse », ces reptiles fabuleux..., murmura-t-elle, les yeux mi-clos, comme dans un songe. Je suis tombée, elle était là et elle ne m'a pas ratée...

— Tu aurais pu mourir, dit Jake. Il a fallu t'administrer une double dose d'antidote, ton corps ne réagissait plus...

Flávia l'observa avec étonnement.

— Pourtant, je suis habituée. Je devrais être en quelque sorte immunisée !

Puis, comme si elle se rendait compte de l'absurdité de ce qu'elle énonçait, elle laissa échapper un petit rire un peu amer. Son visage reprenait peu à peu des couleurs, et un éclat particulier se reflétait dans ses yeux, comme si Flávia était à la fois ensommeillée et triste.

— Non, bien sûr, aucune véritable immunisation n'est possible. Madame Vipère est forcément la plus forte... Mademoiselle, devrais-je dire, puisque c'est une toute jeune, très vive, qui m'a piquée. Oui, j'ai failli perdre la vie, j'en suis consciente.

— C'est vrai. Et l'enjeu n'en valait pas la chandelle. Aucune recherche médicale, aussi importante soit-elle, ne mérite qu'on se mette en danger, ajouta Jake en prenant de nouveau la main de Flávia dans la sienne.

Il sentit les doigts délicats de la jeune femme se raidir. Lentement, elle l'obligea à la lâcher.

— Je ne suis pas d'accord. Dans ce cas, comment faire avancer la science ? On doit bien s'engager à fond pour trouver des solutions, et les différents sérums que mon laboratoire fabrique permettent de sauver de nombreuses vies humaines, ou d'aider à guéri... Avec les opérations telles que celles que tu pratiques !

Surpris, Jake regarda Flávia qui, en parlant, s'animait déjà. On n'aurait jamais pu croire qu'elle venait de dormir profondément pendant plus de vingt heures. Elle s'était évanouie dans la forêt, était restée inconsciente pendant une quinzaine de minutes, puis s'était rendormie à cause des puissants produits antihistaminiques et antivenimeux qu'on lui avait injectés.

— Ce n'est peut-être pas le moment d'aborder tout ça, répondit-il. C'est presque le sujet d'un colloque ! Viens en parler à l'université d'été, il reste quelques jours consacrés à des tables rondes et...

— Je n'en ai aucune envie, coupa Flávia. J'ai déjà dit tout ce que j'avais à dire, et les journalistes publieront des résumés de mes propos.

Elle se redressa et saisit un verre d'eau sur sa table de chevet. Elle le but d'un trait puis, lentement, essaya de se lever.

— Attends que le médecin vienne prendre ta tension, conseilla Jake.

Elle lui lança un coup d'œil un peu moqueur. Avec son abondante chevelure qui retombait en cascade sur ses épaules, sa chemise blanche d'hôpital, elle ne ressemblait pas du tout à une personne mal en point. Au contraire, elle dégageait même un trop-plein d'énergie.

— Je me sens parfaitement bien, maintenant. Si nécessaire, tu peux, toi, mesurer les battements de mon pouls ! Tu veux le faire ? proposa-t-elle en lui tendant son avant-bras droit.

Pris de court, Jake entoura le poignet de la jeune femme de son pouce et de son majeur. Les pulsations qu'il capta étaient régulières et rassurantes.

— Tu vas mieux.

— Merci... Eh oui, je suis en pleine forme. C'est normal, j'ai tellement dormi ! Je vais aller me laver le visage, ajouta Flávia en se dirigeant vers le petit cabinet de toilette. Tu peux encore rester quelques minutes ? J'ai quelque chose à te demander...

— Bien sûr. Brady est à l'hôtel, avec Patricia, j'ai tout mon temps.

— Oh ! Brady...

Flávia regarda Jake d'un air un peu inquiet, avant de s'engouffrer dans la salle de bains. Elle referma la porte, et Jake l'entendit faire couler de l'eau. Elle réapparut quelques instants plus tard, les joues plus roses.

— Comment va Brady ?

— Mieux depuis qu'il sait que tu pourras lui parler de nouveau, ou du moins rester en contact après notre départ, ajouta Jake. Il a eu très peur quand on était en forêt.

— Peur... que je meure ? devina Flávia.

— Exactement. C'est un petit garçon très sensible... Et il t'aime beaucoup. Il t'admire.

En souriant, Flávia s'allongea sur le lit, pensive.

— Je l'admire aussi. Tu le lui diras, promis ?

— Promis.

Jake soutint le regard de la jeune femme. Ses prunelles mordorées étaient plus envoûtantes que jamais.

— Quand repartez-vous en Angleterre ? demanda-t-elle. Bientôt, je crois...

— La semaine prochaine, dit Jake, la gorge nouée. J'aurais tant aimé rester plus longtemps... Pour mieux te connaître.

Flávia hocha la tête.

— C'est sûr. On n'a pas eu beaucoup de temps pour nous deux, à part ce moment-là, tu sais, quand on a fait l'amour...

Elle avait prononcé ces mots tout doucement.

— Et c'était si bon, murmura Jake. Merveilleux. Je n'oublierai jamais... Je ne t'oublierai jamais, toi, Flávia.

— J'en suis touchée. Merci.

Jake l'observa, conscient qu'elle était plus distante, tout à coup. Même si elle souriait.

Il résista à l'envie de la prendre dans ses bras et de la serrer contre lui.

— Bon... Je vais te laisser te reposer.

Flávia acquiesça d'un bref signe de tête.

— Tu devrais partir... Je te remercie de t'être autant occupé de moi. Si gentiment... J'en ai rêvé, ajouta-t-elle en souriant de nouveau. En fait, j'ai rêvé que tu me disais « mon amour » ! C'est bête, pas vrai ?

Jake, qui venait de se lever, se figea, interdit. Il avait bel et bien prononcé ce mot quand il s'était adressé à la jeune femme endormie... Par quel incroyable miracle, ou tour du destin, l'avait-elle entendu ?

— Les rêves sont souvent des indicateurs de ce qu'on aimerait vivre ou, au contraire, de ce qu'on redoute, poursuivit Flávia. Je me demande bien, dans mon cas, ce que ça signifie ! Puisque je sais que tu t'en vas, et qu'entre nous il n'y a rien... Rien qu'une bonne entente professionnelle, avec un petit moment d'égarement !

Un court instant, Jake hésita à lui avouer la vérité. Après

tout, pourquoi lui cacher ce qu'il avait ressenti ? Ce sentiment si fort pour elle, cette attirance irrésistible et totalement déraisonnable. Mais, à cet instant-là, la porte de la chambre s'ouvrit, laissant apparaître Maria et Eduardo, le père de Flávia.

— Il paraît que tu vas mieux ! On peut enfin respirer ! s'exclama Maria en s'avançant rapidement pour enlacer sa sœur avec affection.

— On était si inquiets, ma fille chérie, renchérit Eduardo. Quelle idée d'aller encore te frotter de si près à ces dangereux serpents qui…

— Papa, arrête ! Tout le monde me dit la même chose, ça ne me changera pas, j'irai encore et encore, affirma Flávia. Mais plus prudemment, précisa-t-elle en jeta un coup d'œil à Jake. Sans toi, Jake, je ne m'en serais peut-être pas aussi bien sortie.

— Oui, merci mille fois à vous, cher Jake, dit Eduardo en serrant chaleureusement la main de Jake. Nous vous devons une fière chandelle.

— Toute la famille vous remercie, poursuivit Maria. Vous êtes notre héros !

— N'exagérons rien, répondit Jake, sincèrement gêné. Je n'ai fait que mon devoir… Flávia a eu la gentillesse de nous emmener au sanctuaire, dans la forêt, avec Brady, mais manque de chance, il y a eu cet accident. Heureusement que Fabio et Raoul ont bien réagi, eux aussi.

— C'est certain, ils sont formidables, admit Maria. Je suis toujours rassurée de savoir qu'ils accompagnent ma sœur pendant ses missions risque-tout en pleine jungle !

Puis elle se tourna vers Flávia.

— Alors, comment te sens-tu ?

Jake comprit qu'il était temps qu'il s'éclipse. La jeune femme était rétablie et bien entourée…

Il s'en alla aussi discrètement que possible, essayant de ne pas penser au fait qu'il ne reverrait sans doute plus jamais l'extraordinaire Flávia.

14

Un mois et demi plus tard

— Pour la dernière fois, Livvy, tu veux bien appeler cet homme pour lui apprendre ce qui t'arrive… Et ce que tu ressens ? ajouta Maria. Et arrête de frotter ce vase que tu voulais seulement dépoussiérer, tu vas finir par en détacher la peinture !

Flávia poussa un soupir et posa le chiffon, manquant de faire tomber le bibelot en même temps.

— Arrête de me répéter ça. Je ne veux pas l'appeler, je n'ai strictement rien à lui dire.

Maria leva les yeux au ciel. Toutes deux se trouvaient dans l'appartement de Flávia, et par les fenêtres grandes ouvertes s'infiltraient des parfums d'été, fleuris et lourds.

Depuis peu, Flávia ne supportait plus ces senteurs, qu'elle appréciait tant auparavant. Maintenant, ces odeurs lui flanquaient la nausée.

— Ne me raconte pas n'importe quoi, protesta Maria. Tu te morfonds. Tu es malheureuse comme les pierres… Je te connais, Livvy.

— Je sais.

Soudain, Flávia en eut assez de se comporter comme si son cœur n'avait pas été brisé en un milliard de petits fragments.

Lorsqu'elle avait su que Jake et Brady étaient repartis en

Angleterre, elle avait éprouvé une profonde tristesse. Elle avait regretté d'avoir affiché une fausse indifférence face à Jake. En même temps, leur dernière rencontre, à l'hôpital, alors qu'elle se rétablissait de cette vilaine morsure de serpent, n'avait pas laissé place aux sentiments. « Puisque je sais que tu t'en vas, et qu'entre nous il n'y a rien... Rien qu'une bonne entente professionnelle, avec un petit moment d'égarement ! » lui avait-elle affirmé.

Jake n'avait pas soufflé mot.

Il était parti et n'avait plus donné signe de vie.

Quelques jours s'étaient écoulés, une semaine, une autre encore... Le temps semblait s'être figé. Flávia s'efforçait de ne plus se remémorer ce qu'elle avait vécu avec Jake. Il fallait qu'elle l'oublie, se répétait-elle régulièrement, consciente qu'en se forçant à le chasser de la mémoire elle pensait encore à lui. Douloureux paradoxe.

Puis, un matin, elle avait ressenti une sorte de léger malaise, ses seins s'étaient durcis, étaient devenus douloureux...

Et une visite chez le médecin avait confirmé ses soupçons.

Elle n'avait fait l'amour avec Jake qu'une seule fois, et elle était... enceinte.

Enceinte !

Sa stupeur passée, Flávia s'était efforcée de composer avec cette nouvelle réalité à laquelle elle ne s'était pas du tout attendue. Pourtant, ils avaient pris des précautions... Mais un préservatif n'était jamais fiable à cent pour cent. La preuve...

C'était incroyable.

Tout allait changer, pour elle...

Tout. À jamais.

— Je ne sais pas comment le lui apprendre, murmura-t-elle, enfouissant brièvement son visage dans le creux de ses mains.

— Déjà, commence par lui avouer que tu l'aimes. Je parie qu'il t'aime aussi, ajouta Maria.

— Comment peux-tu le savoir ? s'insurgea Flávia. Tu ne

le connais pas... Et il est au bout du monde, pour moi ! Il ne m'a jamais écrit ! Il n'a jamais voulu avoir de mes nouvelles !

Elle secoua la tête.

— En fait, tu veux que je te dise ? Jake n'est pas différent d'Enrico !

— Faux. Il est complètement différent. Et je sais que tu le sais aussi.

— Pourtant, Jake aussi préférerait que j'arrête d'aller en forêt pour m'occuper des serpents ! Lui aussi pense que c'est dangereux...

— Mais c'est dangereux ! répliqua Maria. De toute façon, maintenant que tu attends un bébé, Livvy, tu ne peux plus continuer à vivre de la même manière... Et il faut que tu préviennes Jake. Ne serait-ce que par honnêteté... Qu'il soit au courant. Il prendra la décision qui lui semblera juste, sachant que toi, tu n'attends rien de lui...

— Non. Rien du tout... Rien, répéta Flávia en s'asseyant sur une chaise, soudain plus triste que jamais. Tu oublies juste une chose, Maria : je suis enceinte, mais bien que je semble aller bien, les médecins ne savent toujours pas si la morsure de la vipère a pu affecter le bébé. Tu crois vraiment que je peux l'appeler maintenant ? ajouta-t-elle d'un ton plus vif. Moi non !

Maria garda le silence, debout au milieu du salon. Elle paraissait si préoccupée qu'un court instant Flávia regretta son emportement.

— En plus, Jake est responsable de Brady... Ce petit garçon a perdu sa mère, il est fragile, et si Jake apprend que j'attends un bébé qui risque, peut-être, de ne pas vivre... Il y aurait des répercussions sur son moral, va savoir, donc indirectement, sur Brady qu'il doit rassurer le plus possible. Non, non, ce n'est pas encore le moment.

Maria prit place sur le canapé, en face de Flávia, et réfléchit un instant.

— Peut-être. À toi de voir. Mais une chose est sûre, Jake est très différent d'Enrico.

— Vraiment ? En quoi ? Décris-moi au moins deux différences, lança impatiemment Flávia.

Maria haussa les épaules.

— Facile. D'abord, Enrico t'a posé un ultimatum un an après t'avoir demandée en mariage. Sans doute parce que tu n'avais pas hâte de fixer une date... Et qu'au fond il savait probablement que tu n'étais pas aussi impatiente que lui de te marier...

— Je l'aimais, mentit Flávia.

Sa sœur lui lança un coup d'œil perçant.

— Non, tu ne l'aimais pas, et tu le sais bien. Tu n'aurais jamais fait pour lui ce que tu as fait pour Jake.

— J'ai juste eu envie de m'occuper un peu de Brady, son gentil neveu de sept ans seulement, rétorqua Flávia.

— Oui, mais ta générosité s'adressait aussi à Jake. Sois honnête envers toi-même.

— Peut-être, admit Flávia en soupirant. Et la deuxième différence ?

Pendant un instant, Maria l'observa attentivement.

— La deuxième différence vient de toi, Livvy. C'est ce que tu ressens... Tu n'aurais jamais pu envisager de modifier quoi que ce soit dans ta vie pour Enrico. Mais depuis le départ de Jake ton cœur est triste. Vraiment triste. Et j'ai l'impression que tu es en train de changer.

— Comment ça ?

— Tu n'as plus l'air aussi déterminée quand tu parles de la forêt, de la jungle, cette jungle si précieuse pour toi... Je te connais, Livvy. Je sens, en toi, quelque chose de différent. Et ce n'est pas seulement parce que tu attends un enfant.

— Qu'est-ce que tu racontes ? J'aime mon métier, j'aime veiller sur le sanctuaire que j'ai créé..., protesta Flávia. Mais...

Elle hésita, prenant brusquement conscience de ce que Maria voulait dire.

Effectivement, depuis cette vilaine morsure qui l'avait tant fait souffrir, elle se sentait un peu plus réticente à se rendre en forêt. Une légère crainte, totalement nouvelle, semblait s'être emparée d'elle, une appréhension inconnue qui, depuis qu'elle avait appris sa grossesse, se logeait en elle de manière insistante et insidieuse.

— Personne ne te demande d'arrêter ton travail, reprit Maria. Bien sûr que tu continueras. Tu iras sur place, tu observeras les espèces qui te sont si chères, tu sensibiliseras l'opinion parce que c'est important pour toi d'agir ainsi… Mais il faudrait que tu renonces à aller au plus près des serpents, tu comprends ? Le recueil de venin, ce n'est plus pour toi… Du moins pour l'instant, n'est-ce pas ? Pense au bébé… Ton bébé, Livvy.

Flávia resta silencieuse, soudain embarrassée et mal à l'aise. Elle détestait quand sa sœur se montrait aussi directive.

— Fabio et Raoul peuvent se charger de récupérer du venin, enchérit Maria d'un ton déterminé. C'est bien pour cette mission très spécifique qu'ils ont été embauchés par VenomSci, pas vrai ?

— Oui.

— Alors tout va bien. Toi, tu poursuis ton travail de chercheuse, personne ne te demande d'abandonner le sanctuaire, Livvy. Eux, ils accomplissent ce que tu ne peux plus faire.

Songeuse, Flávia se rendit compte qu'elle n'éprouvait pas l'indignation qu'elle aurait inévitablement ressentie deux mois plus tôt en entendant de tels propos. Tout simplement parce que Maria formulait l'entière vérité.

— D'accord, j'admets que tes arguments se tiennent, concéda-t-elle à contrecœur.

Elle marqua une pause, la gorge nouée.

— Et si je n'étais pas faite pour ça ?

— Que veux-tu dire ?

— La maternité, la famille, ce genre de choses… Imagine que je laisse tomber ou que je modère ma pratique sur le terrain, dans le refuge, parce que c'est dangereux, oui, je le sais, et parce que j'attends un enfant... Donc pour lui, pour ce bébé, je changerais ma façon d'exercer mon métier ? Qui sait si, plus tard, je ne lui en voudrai pas ?

— Impossible, lâcha aussitôt Maria.

Flávia l'observa, lui enviant presque sa certitude alors qu'elle-même était pleine de doutes.

— Comment tu peux le savoir ?

— Je le sais, c'est tout.

— Pourquoi ?

Maria la regarda droit dans les yeux, le visage grave.

— Parce que tu n'es pas comme notre mère.

Flávia se sentit soudain submergée par un trop-plein d'émotions. Maria avait parfaitement perçu sa peur la plus profonde.

— Comment peux-tu en être aussi sûre ? murmura-t-elle.

Maria ébaucha un pâle sourire.

— Je te connais, Livvy. Tu es complètement différente d'elle. Tu es une sœur loyale, une tante aimante et une femme bienveillante. Tu aimes ton travail, mais tu ne le fais pas systématiquement passer avant ta famille... Du moins, pas comme elle ! conclut-elle avec un petit rire.

Flávia lui sourit.

— Tu crois ?

— Évidemment. Tu n'es pas comme elle, Livvy. Tu ne l'as jamais été et tu ne le seras jamais... Et surtout pas maintenant.

Les yeux baissés Flávia garda le silence. Peut-être avait-elle donné l'impression d'être parfois indifférente aux autres, lointaine, uniquement focalisée sur son métier... Mais, au fond, elle n'était pas ainsi. Non, pas du tout. À cet instant, elle se sentait si fragile...

Et prête à relever le défi.

— D'accord, imaginons que je propose à Fabio et Raoul d'aller prélever du venin sans moi... Et ensuite ?

— Ensuite, tu appelles Jake, tu lui annonces la grande

nouvelle à propos de ta grossesse, mais tu lui proposes d'agir comme bon lui semble, en accord avec lui-même... Et tu lui dis que tu l'aimes.

— Oh ! là, là, comme tu y vas ! Moi, ça me fait peur, avoua Flávia d'une voix assourdie.

— Peur ?

Maria se mit à rire.

— Lui avouer que tu l'aimes t'effraie ? Alors qu'après avoir été mordue plusieurs fois par des serpents venimeux tu es retournée dans la jungle pour retrouver tes fameux « maîtres de la brousse » sans la moindre crainte ?

— Oui, mais Jake ne m'aime pas, répliqua Flávia. Il est parti, et depuis, il ne m'a jamais donné de nouvelles...

— Peut-être parce qu'il est convaincu que tu tiens davantage à ta vie d'aventurière dans la jungle qu'à une relation amoureuse... Moi, j'ai vu la manière dont il te regardait, poursuivit Maria. Il est gentil, un peu perdu avec son neveu, et il est dingue de toi, je suis prête à le parier. Mais bien sûr, Livvy...

Elle hocha la tête.

— C'est à toi d'agir en fonction de ce que tu ressens. La balle est dans ton camp.

Une main sur son ventre, Flávia resta muette, le cœur serré, plus indécise que jamais. Mais, en son âme et conscience, elle savait déjà que Maria avait raison.

15

Jake s'appuya contre la portière de sa voiture et regarda les enfants sortir de l'école, restant à distance comme Brady le lui avait demandé. Malgré tout, même de loin, il remarqua le visage renfrogné de son neveu.

L'enfant le rejoignit lentement, sans le moindre enthousiasme.

— Tu as passé une bonne journée ?

— Bof.

Jake se glissa au volant tandis que Brady s'affalait sur le siège côté passager. Le petit garçon boucla sa ceinture sans un mot et croisa les bras contre sa poitrine, visiblement peu enclin à discuter.

— Raconte-moi, insista Jake en mettant le moteur en marche.

— Non. Ça ne sert à rien, marmonna Brady.

Jake prit la direction du quartier résidentiel où ils vivaient.

— Bon… On va rentrer à la maison, et je vais te préparer un goûter.

— La maison ? Ce n'est pas ma maison, répliqua Brady. Je me suis senti à la maison… à São Paulo ! Dans la forêt… Avec Julianna et Marcie, et Vovô Eduardo, et Maria et Luis me manquent… Et surtout, Flávia ! Elle me manque trop.

Surpris par ce flot de confidences, Jake ne réfléchit même pas avant de répondre.

— Flávia me manque aussi beaucoup, mon petit Brady.

En prononçant ces paroles, venues du cœur, il se remémora les derniers jours de son séjour au Brésil. Il s'était obligé à ne pas contacter Flávia, afin de respecter ce qu'elle lui avait déclaré. « Entre nous, il n'y a rien... Rien qu'une bonne entente professionnelle, avec un petit moment d'égarement... », avait-elle affirmé.

Jake s'était alors dit que la jeune femme avait peut-être raison. Entre eux, il n'y avait rien eu... Rien sauf une attirance purement physique.

Il n'avait pas insisté.

Ravalant sa déception, il avait préféré partir discrètement.

Le dîner de clôture de l'université d'été lui avait paru mortellement ennuyeux. Sans Flávia, le monde lui avait soudain semblé plus terne. Puis, peu à peu, il s'était efforcé d'accepter la réalité : la jeune femme et lui resteraient collègues.

— Si elle te manque, pourquoi on est ici ? protesta alors Brady, ramenant Jake à la situation présente.

Bonne question.

— Parce que ce n'est pas aussi simple que tu le penses. Pour commencer, il faut tenir compte de ta scolarité, de mon travail...

Il s'interrompit, à court d'excuses, conscient que Brady le fixait d'un regard perplexe et plein de reproches.

— Je déteste mon école ici, tonton Jake ! Pourquoi je n'irais pas en classe là-bas, hein ? Et toi, si tu le voulais vraiment, tu pourrais travailler au Brésil, pas vrai ?

— Travailler au Brésil ? Comme si c'était aussi facile que ça...

Jake secoua la tête et trouva le seul argument qui lui paraissait valable.

— C'est vraiment plus compliqué que tu ne l'imagines.

— Maman m'a toujours dit que c'est ce que les adultes racontent quand ils ne veulent pas expliquer quelque chose, rétorqua Brady. Je ne suis pas un petit...

— Bien sûr que non. Je sais que tu aimes penser que tu es

mature et que tu comprends la vie et le monde qui t'entoure... Pourtant, Brady, tu es un enfant de sept ans ! Nous, les adultes, en savons plus que toi sur la vie, c'est un fait, que ça te plaise ou non, poursuivit Jake, catégorique. Et nous, les adultes, nous savons ce qu'il est bon de faire ou de ne pas faire.

— C'est trop injuste ! s'écria Brady.

Pendant le reste du trajet, il se plongea dans un silence maussade.

Au moins cette conversation éprouvante était-elle terminée.

Mais Jake n'en éprouva aucun soulagement. Au contraire.

Il avait eu l'impression que leurs relations s'étaient franchement améliorées pendant leur séjour au Brésil, mais, dès leur retour en Angleterre, tout avait de nouveau changé. Brady avait commencé à s'enfermer dans sa chambre et à s'isoler, même pour jouer. Rien ne parvenait à le dérider, ni la présence d'Oz, ni les programmes de documentaires sur la nature sauvage et les insectes que Jake avait sélectionnés, ni les dessins animés...

Parfois, ils parlaient du Brésil, ils regardaient des photos... Et là, systématiquement, Brady posait les mêmes questions : quand y retourneraient-ils ? Pourquoi n'avaient-ils aucune nouvelle de Flávia et de sa famille ?

À plusieurs reprises, Jake avait été tenté d'envoyer un mail à la jeune femme, mais il n'avait pas osé.

Dès qu'ils parvinrent devant chez eux, Brady sauta hors de la voiture et se rua à l'intérieur de la maison. Le temps que Jake arrive à son tour, le petit garçon avait disparu dans sa chambre à l'étage.

Étouffant un soupir, Jake hésita, debout en bas de l'escalier.

Soit il laissait Brady seul, comme il le faisait la plupart du temps, en espérant que l'enfant serait plus communicatif un peu plus tard...

Soit il allait vers lui, pour l'inciter à se confier.

Comme Flávia l'a fait...

En un éclair il se remémora la fois où, alors qu'ils visitaient

VenomSci, la jeune femme avait pris Brady dans ses bras, pour le serrer affectueusement contre elle. Le petit garçon s'était alors ouvert à elle, Flávia le lui avait dit par la suite.

Le changement de relation devait venir de lui... Il fallait qu'il se montre plus proche... Vraiment plus proche.

La gorge nouée par une étrange appréhension, Jake monta l'escalier et frappa un coup bref à la porte de la chambre de Brady.

Mais au même instant le battant s'ouvrit à la volée. Brady se tint devant Jake, les yeux brillants de larmes contenues, une feuille pliée en deux à la main.

— Je veux qu'on donne ça à Flávia !

— Qu'est-ce que c'est ?

— Un dessin... Un dessin pour elle ! insista Brady, le visage sombre.

— D'accord. On le lui enverra, promit Jake.

— On le lui enverra... Et on la reverra, hein ? Pourquoi ce serait impossible ? Elle est super, Flávia... Je ne comprends pas pourquoi on ne peut même pas lui parler au téléphone, poursuivit Brady, à la fois triste et énervé. Là-bas, on était copains, on a été invités dans sa famille...

— C'est vrai. Flávia est une femme exceptionnelle, dit Jake en s'agenouillant devant le petit garçon. Elle est très généreuse... Vraiment très généreuse, oui. On ne l'oubliera jamais.

Brady le regarda droit dans les yeux, comme pour lire en lui.

— Moi, je ne comprends pas pourquoi on ne retourne pas au Brésil, insista-t-il. Elle fait des recherches sur des venins qui peuvent aider à soigner des gens, et toi, tu es médecin et tu pourrais travailler là-bas, peut-être avec elle ?

— Avec Flávia ? Ce serait difficile, répondit Jake en riant. On n'intervient pas dans les mêmes domaines, même si on a des liens professionnels...

Mais, en prononçant ces mots, il se souvint de son étreinte passionnée avec Flávia, de ce qu'il avait ressenti... Et ressentait encore pour elle.

Il pensait si souvent à Flávia…

La vérité n'avait rien à voir avec leurs métiers respectifs… Et Brady avait déjà dû le deviner. L'enfant était en train de le pousser dans ses retranchements.

— Tonton Jake… Si jamais toi, tu tombais malade, je serais tout seul, dit alors Brady d'un ton grave. Maman ne voulait pas que j'aille chez grand-père et grand-mère, tu te souviens…

Il baissa les yeux.

— J'ai joué avec Julianna et Marcie, tu sais, et elles m'ont dit que je pourrais revenir chez elles quand je le voulais ! Et ici, je n'ai pas de copains…, murmura-t-il.

— Tu n'as pas de copains, répéta Jake, bouleversé.

Il prit Brady dans ses bras et le serra très fort. L'enfant résista pendant un court instant, avant de se laisser aller. Un sanglot lui échappa mais il s'efforça de se ressaisir dès que Jake s'écarta.

— Je ne veux pas pleurer, lâcha-t-il.

— Pourquoi ? Ça fait du bien, parfois…

Brady haussa les épaules et garda le silence, le regard fixé vers le sol.

— Qu'est-ce que tu as dessiné pour Flávia ? demanda Jake.

Brady lui tendit la feuille.

— Elle comprendra.

Jetant un coup d'œil au dessin, Jake fut surpris de découvrir une grenouille verte et marron, esquissée avec précision au feutre.

— C'est une grenouille à flèche empoisonnée. Hyper protectrice pour les petits, ajouta Brady. On en a parlé une fois, avec Flávia. Elle s'y connaît trop bien !

Jake sourit.

— Oh oui. Alors écoute…

Profondément ému, conscient qu'il s'apprêtait à agir en

écoutant non pas sa raison mais son cœur, il s'agenouilla de nouveau devant le petit garçon.

— À la réflexion, tu vois, je crois que ce serait mieux que tu offres ce beau dessin directement à Flávia…

16

Passeport, billets, carte de crédit...

Après avoir effectué une dernière vérification, Flávia referma son sac, prit sa valise et la fit rouler jusqu'à la porte.

Elle verrouillait la serrure quand elle entendit la légère sonnerie de l'ascenseur derrière elle. Elle jeta un coup d'œil par-dessus son épaule...

Et se figea, stupéfaite.

Jake...

Il s'avançait vers elle à grands pas, un sourire aux lèvres.

Un court instant, Flávia crut être en train de rêver. Mais elle sentit la main de Jake sur sa joue, il lui effleurait tendrement la joue et souriait encore...

— Qu'est-ce que tu fais ici ? murmura-t-elle, abasourdie.

— Je viens te voir... Te revoir... J'en avais besoin.

Jake hocha la tête.

— J'arrive à temps... Juste avant que tu ne t'envoles pour Londres, pas vrai ?

C'était si simple, si direct, que Flávia eut l'impression que son cœur s'arrêtait de battre.

— Comment tu es courant ?

— Je suis allé chez ta sœur aussitôt après avoir atterri. Je me disais qu'elle saurait où tu étais, en forêt, ici, à VenomSci... Elle m'a expliqué que tu partais.

Flávia sentit son pouls s'accélérer. Savait-il pour sa grossesse ?

— Qu'est-ce qu'elle t'a dit d'autre ?

— Qu'elle était contente que je vienne... Que je pouvais laisser Brady avec elle aussi longtemps que nécessaire, et...

Jake hésita, comme s'il cherchait les mots justes.

— Et qu'il fallait qu'on parle.

— C'est sûr, murmura Flávia, le cœur battant.

Elle le regarda, consciente du trouble profond qui l'envahissait, un trouble mêlé de la crainte de ne pas oser lui révéler la situation.

De plus, à cet instant, elle n'avait pas beaucoup de temps... Son avion décollait dans trois heures. Un taxi ne tarderait pas à venir la chercher.

— Je suis reparti si vite, il y a déjà plus d'un mois et demi, reprit-il. J'aurais voulu t'écrire...

— Moi aussi. Mais on ne l'a pas fait. Pourquoi ?

— Je ne sais pas. On a d'abord pensé à notre travail, à nos habitudes, on a eu peur, peut-être... Flávia, je tiens énormément à toi, on en a même parlé avec Brady, qui t'adore ! ajouta Jake.

Flávia se mit à rire.

— Je vous aime beaucoup, tous les deux. Vous m'avez manqué...

— Toi aussi. Tu nous as manqué. Tu m'as manqué... Tu m'as tellement manqué que j'ai décidé de venir m'installer au Brésil. Tout à l'heure, j'ai rendez-vous à Paulista pour évoquer mon embauche comme chirurgien, précisa Jake. Toi et moi pourrions collaborer de manière encore plus efficace, pas vrai ?

Flávia l'observa, incrédule, envahie d'un tel sentiment de joie qu'elle faillit se jeter dans les bras de Jake.

— Quelle belle nouvelle... Merveilleuse nouvelle ! Et moi qui m'apprêtais à aller à Londres pour te retrouver !

Jake lui sourit de nouveau.

— On a tant à se raconter, je crois... Grâce à toi, je m'entends mieux avec Brady... Grâce à toi, j'ai compris que j'étais trop détaché de lui, qu'il fallait que je m'engage plus fortement, moi, de façon personnelle, avec mes émotions...

— J'en suis ravie, dit-elle, sincère. C'est si important, essentiel même, d'être proche des enfants...

— Oh oui... Et pas seulement des enfants, renchérit Jake en la prenant dans ses bras.

Il l'enlaça si passionnément que Flávia sut qu'elle n'avait aucun doute à éprouver. La décision qu'il avait prise, et sa tendresse, lui prouvaient qu'il tenait à elle. Qu'aurait-elle pu espérer d'autre ?

Il fallait qu'elle lui apprenne qu'elle était enceinte.

Maintenant.

— Je vais annuler mon vol pour Londres, déclara-t-elle en s'écartant. Viens, allons boire un thé ou un café à la maison...

— Tu es sûre ?

— Certaine. Tu es venu pour me voir, j'allais partir en Angleterre en espérant te retrouver... Et j'ai quelque chose de très important à t'annoncer, ajouta Flávia, le cœur plein d'espoir.

Elle prit les clés de son appartement dans son sac, déverrouilla la porte, et invita Jake à entrer.

Le salon était lumineux, décoré de plantes luxuriantes gorgées de soleil. D'un coup d'œil, Jake apprécia le mobilier en rotin clair, le canapé orné de coussins multicolores, les nombreuses photos de la jungle qui ornaient les murs blancs. Chez Flávia, on se sentait bien tout de suite.

— Installe-toi, dit-elle en mettant sa valise dans un coin de la pièce. J'ai juste à prévenir la compagnie aérienne, et je suis à toi...

Jake s'assit et, étrangement ému, écouta d'une oreille distraite la jeune femme qui appelait l'aéroport puis annulait son taxi. Il aimait tellement sa voix...

Il l'aimait, elle, tout simplement.

Sa conversation avec Brady quelques jours plus tôt l'avait obligé à s'avouer la vérité : jusqu'à présent, il avait évité tout engagement sentimental, mais avec Flávia, c'était différent.

— J'ai préparé du thé glacé, dit-elle, revenant quelques instants plus tard.

Elle disposa tasses et théière sur une petite table, puis s'assit près de lui et sourit, l'air émue et un peu perplexe. Elle portait une jupe longue, fleurie, et un chemisier blanc qui lui conférait un air étonnamment sage.

— Ça fait drôle de se revoir ici, pas vrai ?

— Oui. Ça change, admit Jake. Tant mieux !

Hochant la tête, Flávia les servit. La boisson avait une belle couleur ambrée… Presque la même teinte que les prunelles de la jeune femme.

— Alors, qu'est-ce que tu voulais me dire ? demanda-t-il.

Elle le regarda longuement, en silence, et but quelques gorgées du breuvage rafraîchissant qu'elle venait de concocter.

— Tu te souviens de notre moment d'égarement chez ma sœur ? Quand on a fait l'amour…

— Comment pourrais-je l'avoir oublié ?

Elle sourit.

— C'est inoubliable. Et ça le sera pour toujours, car figure-toi que j'ai appris…

Elle s'éclaircit la voix.

— Je suis enceinte.

Enceinte ?

Si Flávia lui avait lancé un verre d'eau froide sur le visage, ça lui aurait fait moins d'effet.

— Tu es sûre ? murmura-t-il, effaré.

— Certaine.

Abasourdi, Jake observa la jeune femme. C'était incroyable… Pourtant, ils avaient pris leurs précautions !

Il resta silencieux un long moment, envahi par un tourbillon d'émotions contradictoires. Il aurait dû être choqué, inquiet, refuser cette nouvelle de toutes ses forces…

Curieusement, ce n'était pas le cas.

Quand il reprit la parole, il ne reconnut pas sa propre voix. Il avait l'impression d'être saisi de vertiges.

— C'est fou, quand même… On n'a fait l'amour qu'une seule fois…

— Il suffit d'une seule fois. Visiblement, ça nous est arrivé, lâcha Flávia.

Elle le contempla un court moment sans rien dire, pensive.

— Inutile de te dire que pour moi ça révolutionne tout… Absolument tout. J'en ai parlé avec ma sœur, et j'ai déjà décidé de changer certaines choses dans ma vie pour ne pas courir de risques… Mais sache que je ne te demande rien.

— Tu ne me demandes rien ?

Elle soutint son regard.

— Rien.

— Mais je vais être père…

— Si tu le veux. Tu n'es pas obligé… Jake, on se connaît à peine, on a passé du bon temps ensemble, je me retrouve enceinte… J'assume et j'assumerai.

Jake s'efforça de digérer ces informations supplémentaires. En d'autres termes, Flávia était en train de lui expliquer qu'elle s'occuperait du bébé seule…

Sans lui.

Il pensa à Brady, à la responsabilité énorme qu'il avait désormais. Comment réagirait le petit garçon en apprenant que Flávia attendait un enfant ?

S'il le lui révélait… S'il continuait à voir Flávia une fois qu'ils seraient tous deux installés à São Paulo…

Mais oui, oui, je veux la revoir ! Encore et toujours !

De toute évidence, la question ne se posait pas. De plus, Brady adorait Flávia, il serait souvent en lien avec elle, et à cette heure, il jouait déjà avec Julianna et Marcie, les filles de Maria. Toutes deux l'avaient accueilli avec un franc enthousiasme. Brady avait eu raison de lui rappeler la générosité de la famille de Flávia…

— Depuis quand le sais-tu ? demanda-t-il.

— Je l'ai appris peu de temps après ton départ. Sauf que j'ai d'abord craint d'éventuels effets secondaires de cette affreuse morsure de vipère, tu sais…

Elle esquissa une moue.

— Le médecin a dû procéder à des examens complémentaires. Mais de toute évidence, ce petit gars, ou cette petite fille, qui grandit en moi possède une force de guerrier ! On doit quand même continuer à faire des tests et surveiller, précisa Flávia d'un air soucieux.

— Je connais un excellent spécialiste qui travaille à Paulista, dit Jake en prenant son portable. Je vais l'appeler et…

— Ne t'inquiète pas, je suis déjà parfaitement suivie, affirma Flávia en posant brièvement une main sur celle de Jake.

Il sentit les battements de son cœur s'accélérer.

— Tant mieux alors… Si tout va bien, je veux dire…

— Oui, en principe, le fœtus n'a pas souffert.

La gorge serrée, Jake comprit alors que la jeune femme ne l'avait pas informé de sa grossesse. S'il n'était pas revenu au Brésil, aurait-il été mis au courant ?

— Je devais m'assurer que le bébé se portait bien, précisa Flávia à ce moment-là, comme en écho aux pensées de Jake. Ne m'en veux pas d'avoir tardé à t'informer… Aujourd'hui, j'allais prendre l'avion pour Londres, j'avais la ferme intention de te parler…

— Tu m'aurais dit la vérité ?

— Bien sûr. Je préférais te l'annoncer de vive voix plutôt que par courrier ou mail…

— Et si je n'avais pas été à Londres à ce moment-là ?

Flávia hésita, l'air prise de court.

— J'avoue que je n'ai pas envisagé cette hypothèse… Je crois que j'aurais attendu ton retour. Pour te parler. Je porte notre enfant, Jake, notre enfant…

Ces mots bouleversèrent tellement Jake qu'il garda le

silence un long moment, peinant encore à réaliser ce que cela impliquait.

— On se retrouve en fin de journée, tu veux bien ? finit-il par proposer. J'ai un rendez-vous à l'hôpital Paulista, pour le travail et…

Il s'était efforcé de sourire.

— J'ai besoin de réfléchir, Flávia… Ne m'en veux pas…

Elle secoua la tête, l'air grave.

— Mais on se voit ce soir, quoi qu'il arrive, promit-il.

— D'accord. Mais je te le répète, je ne te demande rien…

17

Ce jour-là, Flávia quitta son laboratoire tard dans la soirée, son portable à la main, le SMS de Jake éclairant encore l'écran.

Hâte de te retrouver, avait-il écrit. 19 heures, si ça te va ?

Elle avait accepté sans hésiter.

Raoul et Fabio avaient été surpris de la voir arriver, ils pensaient qu'elle partait à Londres... Flávia leur avait simplement expliqué qu'un contretemps l'avait obligée à annuler son voyage.

Elle avait passé la journée à travailler comme d'habitude. De son côté, Jake s'était rendu à l'hôpital Paulista, attendu pour un long entretien avec la direction des ressources humaines.

Durant cette journée peu ordinaire à VenomSci, Flávia avait pu se détacher de ses préoccupations personnelles. Sauf qu'une pensée lui revenait à l'esprit, obsédante : en apprenant qu'elle était enceinte, Jake n'avait pas sauté de joie, certes, mais il ne s'était pas crispé pour autant. Soit c'était bon signe, soit cela signifiait qu'il était indifférent.

À 19 h 30, Flávia traversa le hall, poussa la porte et se dirigea vers le parking, cherchant Jake.

Il l'attendait devant sa voiture de location, bras croisés et sourire aux lèvres. Il portait une chemise bleue et un pantalon blanc, plus séduisant que jamais.

Elle s'approcha, le cœur battant.

— Tu as passé une bonne journée ? demanda-t-il.

— Oui, et toi ?

— Excellente. J'ai obtenu le poste que j'espérais...

— Félicitations ! Viens, allons faire un tour, il y a un petit parc pas loin, proposa-t-elle.

Quand Jake lui prit la main, elle sentit une chaude émotion l'envahir.

Il n'est pas indifférent, réalisa-t-elle.

Ils se dirigèrent vers le jardin planté d'arbres centenaires où elle aimait parfois se réfugier après le travail, quand elle n'avait pas la possibilité d'aller se promener dans la nature. L'atmosphère y était fraîche et apaisante.

— J'ai encore quelque chose à te dire, Jake. Il y a une autre raison pour laquelle je ne t'ai pas appris tout de suite que j'attends un bébé.

— Laquelle ?

— Ma crainte... Ma propre crainte de ne pas réussir à être une bonne mère. J'ai toujours redouté de ressembler à ma mère. Quand elle nous a quittés, mon père, ma sœur et moi, je me suis plongée dans la forêt corps et âme... Ça m'a donné le sentiment d'exister. Je me suis engagée pour la cause des espèces sauvages menacées, et ça me rendait différente.

— Tu es différente.

— Oui, sans doute... Aujourd'hui, avec ma grossesse, je ressens déjà tout de manière plus aiguë. Mes sentiments, mes émotions, mes peurs...

— Comme celle d'être comme ta mère qui vous a abandonnés ?

— Oui. Mais Maria m'a rassurée. Je ne suis pas comme elle. Quoi qu'il arrive, ma famille passera toujours en premier... Avant mon travail, c'est certain. Je le sais... Je le sens.

Jake s'immobilisa, l'air ému.

— Moi aussi, j'ai quelque chose à te dire. J'ai confiance en toi, Flávia... Complètement. Tu portes mon bébé... Notre bébé... Par conséquent, si tu le veux bien, toi et moi, sommes dorénavant ensemble pour toujours.

— Pour toujours, répéta-t-elle en écho.

Sauf qu'elle avait presque énoncé ces mots avec l'intonation d'une question.

Jake l'enlaça tendrement, puis il lui encadra le visage de ses mains avec une infinie délicatesse. Après quoi, il l'embrassa lentement, profondément…

Intensément.

Enivrée, Flávia se serra contre lui et répondit à son baiser, en savourant chaque seconde.

Puis Jake s'écarta, les yeux brillants, se mit à genoux devant elle et sortit de sa poche une petite boîte de velours rouge.

— Flávia Maura, tu es la femme la plus extraordinaire que j'aie jamais connue. Tu t'es frayé un chemin dans mon cœur, et tu m'as permis de ressentir des émotions qui m'étaient inconnues… Depuis que je t'ai rencontrée, je me sens pleinement en vie !

Elle sourit, saisie d'un doux vertige. Rêvait-elle ? Tout ce que Jake déclarait était trop merveilleux, trop… onirique. Trop parfait.

— Je n'imagine pas ma vie sans toi, poursuivit-il. Et je sais pertinemment que Brady ressent la même chose. Tu m'as sauvé, Flávia… Tu nous as sauvés tous les deux et je t'aime. Épouse-moi.

— Oh ! oui… Je t'aime aussi, murmura-t-elle, bouleversée.

Tandis que Jake lui glissait au doigt une fine bague en or torsadé, ornée d'une simple perle de nacre, superbe, elle comprit que jamais elle ne s'était sentie aussi heureuse et comblée. Et quand il la prit dans ses bras pour l'embrasser, elle sut que leur amour ne cesserait jamais…

Épilogue

Flávia et Jake se marièrent un mois plus tard, célébrant leur union dans les jardins botaniques où ils s'étaient rencontrés pour la première fois.

La cérémonie fut conviviale et simple. Flávia, aux anges, savait que son père Eduardo était heureux qu'elle épouse Jake. Brady, quant à lui, était fier d'être le témoin en compagnie d'Oz, le meilleur ami de Jake.

Julianna et Marcie, nommées demoiselles d'honneur, débordèrent d'enthousiasme. Maria sanglota de bonheur. Parmi les invités, Raoul et Fabio furent parmi ceux qui, de toute évidence, étaient les plus émus.

Le champagne coula à flots, on chanta et on dansa joyeusement jusqu'à l'aube...

Et, six mois plus tard, la famille Maura-Cooper accueillit son quatrième membre, par un glorieux matin de printemps où le soleil brillait déjà magnifiquement.

Antonia Maura-Cooper vint au monde en poussant une sorte de cri de guerre digne d'une pionnière... Jake la prit dans ses bras et contempla sa fille avec une telle tendresse que Flávia sentit son cœur se gonfler de joie. Mais, quand Jake la regarda, elle, ce fut de l'amour que Flávia éprouva... Un amour invincible.

TINA BECKETT

Conquise par le Dr Cardoza

INTÉGRALE
UN ÉTÉ À SAO PAULO

Traduction française de
VIRGINIE CANTIN

SAGAS
HARLEQUIN

Titre original :
ONE HOT NIGHT WITH DR CARDOZA

Ce roman a déjà été publié en 2020.

1

En entrant dans l'hôtel chic, Amy Woodell ajusta une dernière fois la bretelle de sa robe. Elle l'avait raccourcie un peu pour en modifier la ligne, mais cela n'avait pas tout à fait résolu le problème et les points restaient fragiles.

Dans sa hâte de faire ses valises pour partir au Brésil, elle avait apporté les mauvaises chaussures, des escarpins argentés moins hauts que les talons aiguilles noirs qu'elle aurait dû porter. Mais elle avait appris à la dernière minute sa participation au programme de conférences d'été du prestigieux hôpital universitaire Paulista et n'avait pas eu le temps d'aller faire du shopping.

À travers les palmiers qui composaient ce décor tropical luxuriant, elle repéra un visage familier dans la foule. Krysta ? La file aux douanes avait été longue, mais, heureusement, elle avait trompé son attente en bavardant avec cette spécialiste en oto-rhino-laryngologie et en reconstruction faciale, qui faisait aussi partie du groupe de médecins en visite.

La mort soudaine de la mère d'Amy, six mois auparavant, lui avait fait prendre conscience qu'elle ne connaissait presque rien de son histoire. Le fait d'être au Brésil, le pays d'origine de sa mère, lui donnait toutefois le sentiment de rétablir un lien avec elle. Elle avait aussi un oncle qu'elle n'avait jamais rencontré et qui vivait dans la banlieue de Sao Paulo – à en croire les papiers trouvés dans les affaires de sa mère.

Eh bien, elle allait profiter de ces trois mois pour renouer avec sa famille ! Et si elle pouvait adopter la philosophie de sa mère, qui consistait à vivre le moment présent, ce serait encore mieux.

Amy observa la grande salle de réception. Les tables rondes étaient garnies de nappes en soie et d'énormes bouquets de fleurs tropicales. On aurait dit la couverture d'un magazine de voyages de luxe. C'était magnifique.

Les gens aussi étaient très élégants et, pourtant, Amy ne s'était jamais sentie aussi mal à l'aise.

Elle cilla en croisant le regard d'un homme grand et mince, à l'autre bout de la pièce. Brun et tout de noir vêtu, de son costume à sa cravate en passant par les pointes de ses chaussures cirées, il était impressionnant.

Il ne lui manquait plus qu'une faux pour ressembler à l'ange de la mort venu rendre justice, songea-t-elle en réprimant un frisson. Quand elle s'aperçut qu'elle était immobile et le fixait, elle se força à se remettre en mouvement.

Pourvu qu'il ne l'ait pas remarquée ! Elle fut soulagée de le voir se pencher vers une jolie blonde, sa bouche s'incurvant en un léger sourire qui révélait ses dents très blanches. C'était probablement sa femme, songea Amy, et par chance, celle-ci n'avait pas vu son manège.

Elle rejoignit Krysta et lui sourit.

— Quelle magnifique fête de bienvenue ! Vous vous souvenez de moi. Amy Woodell ?

Krysta acquiesça.

— Bien sûr ! Vous êtes kinésithérapeute, n'est-ce pas ?

Elle toucha le bras d'une femme, à côté d'elle.

— Amy, je vous présente Flávia Maura. Elle étudie actuellement les serpents et les araignées venimeuses de la Forêt atlantique. Elle est venue donner une conférence.

— Enchantée... J'ai honte de l'avouer, mais j'ai un peu peur des serpents, dit Amy en levant la paume de sa main, où deux petites cicatrices étaient encore visibles. Les serpents à sonnette nains sont assez courants en Floride. Les piscines aussi. Et les deux vont bien ensemble...

L'air préoccupé, Flávia lissa le devant de sa robe, puis sembla fixer un groupe de gens, dans l'assemblée.

— Oui, je connais cette espèce. Mais j'admets que les seuls serpents qui me dégoûtent vraiment sont ceux qui se tiennent sur deux pattes, se vantent des donations de leur *avô* à cet hôpital et passent le plus clair de leur temps à offenser leur prochain...

L'image de l'inconnu s'imposa de nouveau à Amy. Est-ce de lui que parlait Flávia ? Il lui avait semblé qu'elle regardait dans sa direction. Si c'était le cas, Amy devrait s'estimer heureuse de ne pas avoir à travailler avec lui !

Pourtant, son sourire avait plutôt l'air bienveillant. Mais les apparences pouvaient être trompeuses, comme elle l'avait découvert à ses dépens. Elle avait cru en effet que son dernier petit ami était très amoureux d'elle... Jusqu'à ce qu'il ne le soit plus et disparaisse sans explication.

Elle s'était alors juré ne plus avoir avec les hommes que des relations faciles et éphémères. De simples flirts, sans promesse ni engagement.

— Il y a de l'agitation, près du podium, dit Flávia, la tirant de ses réflexions. Le colloque va commencer. Logo até.

Alors qu'Amy hésitait à aller retrouver Krysta, on tapa sur le micro.

— Bienvenue à tous les participants à cette soirée d'ouverture...

L'anglais de l'orateur était excellent, et facilement compréhensible par les conférenciers venus du monde entier. Bien que sa mère fût brésilienne, Amy ne parlait qu'un portugais sommaire, mais comprenait presque tout ce qui était dit.

— Si vous ne l'avez pas encore fait, veuillez consulter le plan de table à l'entrée pour trouver votre place. Le dîner sera servi sous peu.

Amy prit une grande inspiration. Alors qu'elle se dirigeait

vers le pupitre, à l'entrée de la salle, l'homme en noir apparut près d'elle. La jeune femme blonde qui l'accompagnait quelques instants auparavant avait disparu.

— Bonjour. Je suis Amy Woodell.

— Ah, c'est vous, notre kinésithérapeute ? Je me demandais où vous étiez.

— En effet. Suis-je la seule représentante de cette profession ?

— Oui. Je suis Roque Cardoza, le chef du service d'orthopédie. Nous allons travailler ensemble, semble-t-il.

Il jeta un coup d'œil au plan de table.

— Et nous serons aussi voisins de table. Vous venez ?

Travailler avec lui ? Et dîner en sa compagnie ? Oh ! non !

Elle cligna des yeux plusieurs fois, et s'exhorta au calme alors qu'ils se dirigeaient vers la table. Il tenait une canne dans la main gauche. S'était-il blessé ?

— C'est un plaisir de vous rencontrer. J'ai hâte de commencer à travailler avec vous.

Pour sa part, elle aurait préféré être ailleurs, tout à coup.

— Oui. Moi aussi, s'entendit-elle répondre.

Elle réprima un frisson. Son léger accent, sa façon de scruter son visage, tout en lui paraissait séduisant. Elle posa discrètement les yeux sur son annulaire. Il ne portait pas d'alliance, et pas de trace de bague non plus. Mais cela ne signifiait rien, songea-t-elle. Beaucoup de gens choisissaient de ne pas porter leur alliance.

Roque lui indiqua son siège et attendit qu'elle soit assise pour prendre place à son tour. Il n'avait pas utilisé la canne pour marcher et il ne portait pas de chaussures orthopédiques. De plus, il n'avait eu aucune difficulté à s'asseoir. En fait, il était...

Elle ignorait qui il était exactement. Sauf qu'il n'était pas son genre d'homme !

Pressée de chasser les pensées importunes qui l'assaillaient, elle tourna son attention vers sa voisine de droite, une spécialiste de médecine du sport venue de Londres, quand il demanda :

— Connaissez-vous la médecine du sport ?

— J'ai commencé à exercer la kinésithérapie dans un centre spécialisé dans les blessures sportives. Celles-ci sont difficiles, car la plupart des athlètes mobilisent beaucoup la zone du corps touchée afin de réaliser des performances. Il arrive qu'ils ne se rétablissent pas complètement.

— Oui, en effet, et ce quels que soient les soins prodigués, confirma Roque. Et...

Il s'interrompit au moment où le serveur déposa une assiette devant lui.

— On dirait des crevettes au lait de coco, comme ma mère en faisait, dit Amy.

— Votre mère est brésilienne ?

— Oui. Je crois qu'elle appelait ce plat *camarão no leite de coco.*

— Très bien. Vous parlez le portugais ?

— Pas couramment, hélas, mais je le comprends.

Il eut un geste rassurant de la main.

— Si vous comprenez la logique de cette langue, vous apprendrez vite, vous verrez.

— Je ne crois pas que je resterai ici assez longtemps pour faire beaucoup de progrès.

Elle n'était au Brésil que pour trois mois. Si elle rencontrait quelqu'un d'autre, un homme avec qui elle n'aurait pas à travailler, pourquoi ne pas s'amuser un peu ? Et, cette fois, elle n'attendrait rien. Rien de plus qu'un agréable interlude.

Sa mère avait rencontré son père alors qu'il était au Brésil pour affaires. Ils étaient tombés amoureux au premier regard et s'étaient mariés tout aussi vite. Elle avait tout quitté pour suivre l'homme qu'elle aimait. Quand il était mort brutalement, cinq ans plus tard, elle était restée en Floride pour pouvoir se rendre sur sa tombe où elle l'avait rejoint, bien des années plus tard...

— Si les responsables de l'hôpital découvrent que vous comprenez la langue, reprit Roque, je peux vous garantir qu'ils en profiteront.

— Ils n'en sauront rien. À moins que vous vendiez la mèche...

— Je pense que je n'aurai pas à le faire, Amy. Vous vous trahirez toute seule.

Il avait raison. Elle échouerait à garder secrète sa connaissance de la langue. En vérité, elle évitait de parler, de crainte de faire des erreurs. L'anglais de Roque n'était pas parfait, mais il le parlait quand même, soucieux de se faire comprendre.

Qu'aurait fait sa mère dans cette situation ? Elle se serait attaquée à cette barrière linguistique et l'aurait vaincue, comme elle l'avait fait lorsqu'elle avait épousé son père. Bien qu'elle ait toujours gardé son accent, elle parlait très bien l'anglais.

— Vous avez raison. Dans ce cas, je n'essaierai pas de le cacher !

Il lui adressa un léger sourire, qui la troubla au plus haut point. Prenant une profonde inspiration, elle goûta une bouchée de crevette afin de détourner son attention de son trop séduisant voisin. Sur le podium, un intervenant expliquait que les participants qui ne donnaient pas de conférences devraient suivre un membre du personnel pendant la première moitié de leur séjour et seraient autorisés à participer aux soins des patients.

C'était intéressant. D'après les informations qu'elle avait trouvées en ligne, Paulista pouvait aisément rivaliser avec n'importe quel hôpital américain.

— Les nouveaux arrivants trouveront sur leur table une enveloppe indiquant le nom du professionnel de santé référent. Qui sait ? Vous êtes peut-être déjà assis à côté de lui !

Les sens en alerte, Amy repéra l'enveloppe en question, mais attendit d'avoir terminé son assiette pour l'ouvrir... et sentit son cœur manquer un battement.

Oh ! mon Dieu ! Elle allait travailler en étroite collaboration… avec lui ! Pendant six semaines !

Roque se pencha vers elle et lui glissa à l'oreille :

— On dirait que vous allez être obligée de me supporter au-delà de ce dîner. Mais ne vous inquiétez pas. Je ne trahirai pas votre petit secret.

Son petit secret ?

À ces mots, elle se sentit rougir. Avait-il deviné qu'il lui plaisait ?

— Je… ne comprends pas de quoi vous voulez parler, balbutia-t-elle.

— Je ne dirai à personne que vous comprenez notre langue…

Il fronça les sourcils avant d'ajouter :

— Pourquoi ? Il y a un autre secret que je devrais connaître ?

— Non, non, répondit-elle d'un ton qu'elle espérait dégagé.

Elle réussit à terminer la succulente crème brûlée qu'on leur servit pour le dessert, puis tout le monde se leva, et des groupes se formèrent dans la grande salle, qui bruissait d'agitation.

Quand Roque se leva pour rejoindre son groupe de travail, sans s'aider de sa canne, elle le suivit.

Ce n'est que pour six semaines, Amy. Tu vas y arriver.

La médecin du sport se présenta sous le nom de Lara Smith. Ensuite un homme aux cheveux châtains vint serrer la main de Roque, puis la sienne.

— Je suis le Dr Peter Gunderfeld. Vous devez être le Dr Cardoza et le Dr Woodell ?

Tous les membres de son groupe étaient médecins, sauf elle.

— Juste Amy, pour moi, répondit-elle, saisie d'un malaise grandissant.

Pourquoi avait-elle pris la décision de venir au Brésil ? Ces personnes étaient toutes douées et brillaient dans leurs domaines respectifs. Au lieu de se lancer dans ce programme ambitieux, peut-être aurait-elle dû s'offrir des vacances à la campagne ?

— Appelez-moi Peter.

— Et moi, Lara.

— Roque...

Ils échangèrent quelques banalités sur leurs pays d'origine. Elle savait déjà que Lara venait d'Angleterre. Peter, lui, était de Munich, en Allemagne, tandis que Roque était originaire de Rio de Janeiro. Elle avait remarqué une différence entre son accent et celui de sa mère, native de Sao Paulo.

— Saviez-vous que le nom « Floride » vient du mot espagnol signifiant « fleuri » ? demanda Roque dans un sourire sur lequel elle s'efforça de ne pas s'attarder.

Elle hocha la tête. Elle brûlait de lui demander ce que signifiait son nom, mais elle se dit que ce serait peut-être un peu trop personnel.

Peter n'hésita pas à parler de sa vie privée, révélant qu'il était marié et père d'une fillette de deux ans.

— Il a dû être difficile de les laisser à la maison, commenta Lara.

— Oui, mais nous nous retrouverons ici, la dernière semaine de notre séjour, pour aller passer des vacances aux chutes d'Iguaçu.

— Bon choix, approuva Roque en se tournant vers Amy, Foz do Iguaçu vaut la peine d'être visité. J'espère que vous et Lara avez aussi pris quelques jours supplémentaires pour profiter de votre voyage ?

Elle n'avait pas vraiment pensé à cela. En fait, elle avait déjà son billet de retour, mais peut-être était-il encore possible de changer les dates.

— Je suis déjà venue au Brésil plusieurs fois et je n'ai ni mari ni enfants, confia Lara à Peter. Je ne suis ici que pour assister à la conférence.

Roque n'avait pas fait de commentaires sur sa vie privée, et Amy n'avait pas l'intention de demander – ni de révéler

– quoi que ce soit. Non seulement ce n'étaient pas ses affaires, mais elle ne voulait pas qu'il pense qu'elle s'intéressait à lui de cette façon.

Car cela n'était pas le cas.

Le frisson qu'elle sentait courir dans tout son corps en sa présence était un signe de nervosité, rien de plus. Si elle s'en tenait à des discussions strictement professionnelles, elle aurait moins de mal à refréner sa libido.

Peut-être avait-elle besoin, au contraire, de rencontrer un homme et de laisser libre cours à ses pulsions ? Il y avait longtemps qu'elle n'avait pas fait l'amour et...

Mais Roque n'était pas un partenaire potentiel, et plus tôt elle cesserait de fantasmer sur lui, mieux cela vaudrait.

Tendu, celui-ci consulta sa montre.

— Je dois me lever tôt demain. Connaissez-vous tous le chemin pour regagner votre chambre ?

— Oui. La résidence s'appelle Fonte Cristalina, n'est-ce pas ?

Amy avait déjà déposé ses bagages dans l'immeuble où l'hôpital les avait installés. Il n'était pas très luxueux, mais il était propre et offrait une vue magnifique sur la ville.

— Oui, confirma Roque. C'est à deux pas de Paulista. Retrouvons-nous dans le hall de l'hôpital à 8 heures demain matin, d'accord ?

— Très bien, dit Peter. Je vais aller appeler ma femme. À demain.

— Et moi, je vais retrouver un ami pour un dernier verre, ajouta Lara une seconde plus tard.

Amy resta plantée là, ne sachant que dire. Était-elle la seule à se sentir un peu perdue ?

Roque dut deviner ses pensées car il lui proposa :

— Voulez-vous que je vous dépose ?

— Oh ! non, merci, je peux prendre un taxi. Il y en a tout près, j'en suis sûre.

La foule dans le hall se faisant de plus en plus dense, il fit un pas de côté, tandis qu'Amy reculait pour laisser passer quelqu'un. Soudain, elle perçut un bruit d'étoffe déchirée.

Oh ! Oh ! non !

Le haut de sa robe ne tenait plus qu'à un fil ! Au moment où elle tentait de le retenir, la bretelle lui resta dans la main.

Roque fixa son épaule, avant de baisser les yeux vers son pied, qui écrasait l'ourlet de la robe.

— Oh ! Je suis désolé, Amy. Je n'ai pas fait attention. Je... Permettez-moi de vous raccompagner, pour me faire pardonner.

L'idée de sortir de l'hôtel à la hâte et cramponnée à la bretelle de sa robe ne la réjouissant guère, elle accepta d'un discret signe de tête.

— Merci. Pourriez-vous... me cacher une seconde ?

Il se posta devant elle, beaucoup, beaucoup plus près encore que quelques instants auparavant.

Le souffle court, elle ajouta :

— Pouvez-vous... vous tourner dans l'autre sens, maintenant ?

Un muscle de sa mâchoire se tendit, comme lorsqu'il avait découvert la liste des noms, mais il s'exécuta, la protégeant ainsi des regards indiscrets.

D'un geste habile, elle glissa la bretelle sous le bustier de sa robe, puis plaqua son bras droit sur sa poitrine et prit son sac à main.

— Vous pouvez vous retourner, maintenant.

— Je vous dédommagerai pour les dégâts que j'ai causés, bien sûr, promit-il. Je connais une très bonne couturière, qui travaillerait gratuitement.

Oh ! mon Dieu ! Et s'il était marié ? Elle l'imagina en train d'essayer d'expliquer à une épouse médusée qu'il avait pratiquement déshabillé une inconnue devant une assemblée de confrères...

— Je suis sûr que ce n'est pas...

— Ma mère est très douée pour la couture. Elle pourrait

même reprendre l'ourlet, si vous le souhaitez. Sa boutique se trouve à son domicile.

— C'est un peu gênant, n'est-ce pas ? dit-elle en souriant.

— Non. Elle s'attend à ce que je sois un peu plus… maladroit qu'avant, expliqua-t-il en désignant sa canne du regard.

— Vous n'êtes pas maladroit. C'était un accident.

C'était même l'homme le plus élégant et le plus gracieux qu'elle ait rencontré depuis longtemps.

— Quoi qu'il en soit, j'insiste pour vous aider.

Amy comprit qu'il ne laisserait pas tomber.

— Demandez au moins à votre mère si elle est d'accord, avant de supposer qu'elle dira oui.

— Promis. Mais je sais qu'elle n'y verra pas d'inconvénient, dit-il avec un lent sourire qui la fit fondre. Laissez-moi faire ça pour vous, Amy. Ce n'est rien, je vous assure.

Ce n'était pas rien. Pas pour elle. Mais, si elle s'obstinait à refuser, il finirait par comprendre qu'il y avait autre chose derrière tout ça. Quelque chose qui suscitait sa méfiance à l'idée de travailler dans son équipe pendant les trois prochains mois.

Elle n'avait pas d'autre choix que d'accepter en espérant que, une fois la robe réparée, elle oublierait définitivement cet incident. Elle pourrait alors se concentrer sur les véritables raisons de sa venue au Brésil : renouer avec l'histoire de sa mère et retrouver son oncle. Et faire avancer sa carrière, bien sûr…

Et aucune de ces raisons n'impliquait un rapprochement avec l'homme qui se tenait devant elle.

2

Qu'avait-il fait, bon sang ?

La kinésithérapeute qu'il avait tenté d'exclure de son équipe avait l'air très sympathique. Son air fragile l'avait touché, et il regrettait de ne pas avoir pu y résister. Par ailleurs, le service manquait de personnel en ce moment et il ne pouvait vraiment pas se passer d'une ressource supplémentaire...

Dire qu'il avait déchiré sa robe ! Et lorsqu'il s'était retrouvé face à elle, si proche qu'il la touchait presque, il aurait pu...

Rien du tout.

Cette maudite jambe ! Alors même que cette idée déplacée lui traversait l'esprit, une douleur fantôme lui irradia la cuisse.

Il appuya sur l'accélérateur. Le trajet jusqu'à l'appartement, situé à deux kilomètres à peine, lui semblait interminable, sans doute parce que le trafic était dense, mais aussi parce qu'il jetait de fréquents coups d'œil sur sa droite pour vérifier que le haut de sa robe n'avait pas glissé. Si cela se produisait, il devrait se préoccuper de sa santé mentale. Parce que lorsqu'il l'avait vue, dans cette pièce bondée, il s'était surpris à le souhaiter. Ce qui était ridicule. Et manquait singulièrement de professionnalisme.

Enfin, ils arrivèrent, et Roque tapa le code pour ouvrir la lourde porte du garage, qui se referma doucement derrière sa Mercedes, créant une étrange intimité entre eux.

Il s'efforça de dire quelque chose dans l'espoir qu'elle ne devinerait pas que ses pensées s'égaraient.

— L'hôpital a acheté plusieurs appartements dans cet immeuble pour les médecins en visite ou les patients VIP venant d'autres régions du pays.

— C'est une bonne idée.

— Voulez-vous que j'attende pendant que vous enlevez votre robe ?

— Excusez-moi ?

Un signal d'alarme se déclencha dans sa tête, que son corps ignora.

— Je ne voulais pas dire dans la voiture, bégaya-t-il, mais chez vous. Vous pourriez me la rapporter, à moins que vous ne préfériez l'apporter à l'hôpital.

Elle hésita.

— Pourquoi ne viendriez-vous pas à l'appartement ? Je pourrais vous la donner là-bas. Mais il n'est vraiment pas nécessaire que votre mère la répare, vous savez.

— J'insiste… Si vous êtes d'accord, je monte. Cela vous évitera de revenir jusqu'ici.

Pourquoi diable s'était-il proposé de faire cela ? Ne serait-il pas préférable de l'avoir bientôt hors de sa vue ?

— Très bien.

Quand il se pencha pour l'aider à défaire sa ceinture de sécurité, Roque frôla son bras nu et perçut un léger parfum floral qui semblait imprégner sa peau.

— Attendez-moi ici.

Il prit sa canne et contourna la voiture pour aller lui ouvrir la portière.

— Pouvez-vous sortir toute seule ?

Deus do céu, il espérait qu'elle le pourrait !

Elle sortit ses jambes de la voiture et posa les pieds sur le sol, mais sa voiture au châssis assez bas ne lui facilitait pas la tâche.

— Donnez-moi votre main.

Elle le laissa faire, et il nota que sa main ferme et chaude s'attardait dans la sienne.

— Merci…

Elle le suivit jusqu'à l'ascenseur. Sa démarche lui parut encore un peu hésitante, mais il ne se servit pas de sa canne pour autant. Après tout, pourquoi aurait-il eu honte de son léger boitillement ?

Et quand il avait marché sur sa robe, avait-il été fier de lui ? S'il s'était servi de sa canne, il aurait sans doute pu éviter ce regrettable incident…

— Vous vous êtes blessé au pied ?

Sa question était venue de nulle part, semblant faire écho à ses propres pensées, lorsque les portes de l'ascenseur s'ouvrirent.

— À quel étage êtes-vous ?

Il s'arrêta un instant pour tenter de rassembler ses pensées.

— Au quatrième… Je suis désolée. Je n'aurais pas dû vous poser cette question.

— Non, pas de problème.

Il appuya sur le bouton correspondant à son étage, et s'adossa à la paroi de l'ascenseur pour la regarder. Son bras était pressé contre le décolleté de sa robe, et il remarqua deux petites cicatrices sur sa main.

Il s'efforça à revenir à sa question.

— Ma blessure… Il semble que je ne sois pas seulement doué pour trébucher sur les robes, mais aussi sur mes propres pieds. C'est une vieille blessure de sport.

— Quel sport ? demanda-t-elle en promenant négligemment son regard sur son torse, ses bras…

La gorge sèche, il répondit.

— *Futebol.*

— Avez-vous suivi des séances de kiné ?

Sa question lui fit l'effet d'un seau d'eau glacée en plein visage. Si seulement elle savait ! Oui, il avait suivi des séances de kiné. Et bien d'autres thérapies encore. Tout cela n'avait suffi qu'à le torturer, à renforcer son sentiment d'échec, à mettre du sel sur ses plaies béantes. De plus, il avait l'impression que toutes les femmes qu'il rencontrait pensaient pouvoir le soigner et le remettre sur pied comme par magie.

Il serra la mâchoire à se faire mal.

— Me proposez-vous vos services, Amy ? lâcha-t-il d'un ton sec.

Comprenant aussitôt qu'elle avait franchi les limites, Amy répondit :

— Non. Je suis désolée. Vous êtes orthopédiste. J'imagine que vous avez tout essayé.

— C'est une blessure ancienne. Et permanente. Et ce résultat est le seul que vous, et tous les autres, obtiendrez jamais. Toutes les thérapies du monde n'y changeront rien.

Diabos. Pourquoi avait-il lancé cette attaque ? Elle essayait de l'aider. Elle n'était pas comme son ex-thérapeute ou l'une de ces femmes avec qui il était sorti et qui avaient montré un intérêt morbide pour sa jambe endommagée.

Il s'approcha et toucha sa main.

— Excusez-moi. Ce n'est pas ce que je voulais dire...

Ils arrivèrent au quatrième étage avant qu'il ne puisse s'expliquer davantage. Elle sortit à la hâte et enfonça sa clé dans la serrure de la porte la plus proche, sans résultat. Elle la retira et essaya de nouveau.

— C'est bizarre. Cela fonctionnait, tout à l'heure. Je ne sais pas pourquoi ce n'est pas...

La porte s'ouvrit soudain sur Lara, et Amy recula d'un pas.

— Je suis vraiment désolée. J'ai dû me tromper. Cette clé porte le numéro 402. Je ne suis venue ici qu'une seule fois.

Roque remarqua le regard perplexe de Lara, qui devait se demander ce qu'il faisait là.

Tout comme lui, d'ailleurs.

Devait-il lui fournir une explication ? Lui avouer qu'il avait failli arracher la robe d'Amy durant la réception ?

Probablement pas, car, présentés ainsi, les faits seraient encore plus accablants !

— Il n'y avait plus de taxi...

Amy avait menti avec aplomb. De toute évidence, elle n'était pas plus désireuse que lui de donner la véritable raison de sa visite. Mais, en réalité, cet argument ne tenait pas : il y avait toute une flotte de taxis garés devant le lieu de la réception, et, même dans le cas contraire, cela n'expliquait pas pourquoi il était monté dans l'ascenseur avec elle.

Il vit la poitrine d'Amy se soulever légèrement sous l'effet d'une profonde inspiration.

— J'ai déchiré la bretelle de ma robe et comme la mère de Roque est couturière professionnelle, il va lui demander de la recoudre.

Il cligna des yeux. Elle avait fourni des détails. Pourquoi ?

— Oh ! c'est très gentil de sa part, murmura Lara.

— Désolée de t'avoir dérangée, ajouta Amy. À demain matin.

Lara leur sourit et leur souhaita bonne nuit, avant de refermer la porte, les laissant seuls dans le couloir.

Roque ne put s'empêcher de sourire

— Je n'avais encore jamais vu quelqu'un qui puisse faire passer ainsi la vérité pour un mensonge.

Quand elle se retourna pour le regarder, elle avait pâli. Elle murmura :

— Cela vous est égal qu'elle puisse penser que nous sommes venus ici pour...

Il n'était pas prêt à admettre qu'il y avait lui-même songé.

— Euh... Non, vraiment pas. Je ne m'inquiète pas de ce que les gens pensent de moi.

Du moins n'était-ce pas le cas jusqu'à... un instant plus tôt, quand il avait vu son regard affolé.

— Ma mère était comme ça. Cela doit être assez libérateur.

— Libérateur ? Comment ça ?

Sans répondre, Amy vérifia le numéro d'une porte voisine et inséra sa clé dans la serrure. Cette fois-ci, elle s'ouvrit sans difficulté sur un couloir tapissé de blanc et qui donnait sur un petit salon.

Roque entra derrière elle et observa les lieux.

— Faites comme chez vous. Je vais juste aller me changer. Il n'y a pas grand-chose dans le réfrigérateur, puisque je n'ai pas encore fait les courses.

— Merci, je n'ai besoin de rien.

Il remarqua que l'une de ses valises posées dans le salon était grande ouverte. En apercevant de jolis slips roses en dentelle qui en dépassaient, il sentit revenir en force les pensées importunes qu'il avait bannies plus tôt, suivies cette fois d'une manifestation toute physique de son excitation...

Quand elle revint, elle se précipita et referma rapidement sa valise sur les sous-vêtements incriminés. Hélas, elle ne pouvait pas contenir de la même manière la question qui lui venait à l'esprit : quelles autres merveilles interdites avait-elle cachées dans ses bagages ?

Elle fit rouler une valise jusque dans la chambre, puis referma la porte.

Ses slips !

Elle s'appuya au battant et, mortifiée, ferma les yeux.

Oh ! mon Dieu ! Quelques minutes à peine après qu'une voisine – et collègue – les eut surpris ensemble, voici qu'elle exhibait sans le vouloir ses dessous ! Et cela sous les yeux stupéfaits de Roque, avec qui elle devait travailler tous les jours, pendant au moins un mois et demi !

Certes, elle avait laissé sa valise ouverte, mais elle ne s'attendait pas à avoir un homme dans son appartement dès sa première nuit ! songea-t-elle avec ironie.

Roque ne se souciait pas de ce que les gens pensaient, mais elle, si. Beaucoup trop, même. Et elle ne voulait surtout pas qu'on raconte qu'elle avait amené une conquête – qui n'était autre que son supérieur – dans l'un des appartements loués par l'hôpital !

Ouvrant les yeux, elle se dirigea vers le lit et y posa sa valise en la soulevant d'une seule main. C'était ridicule, songea-t-elle alors. Il ne pouvait pas la voir, en ce moment. Elle lâcha donc sa robe, et le haut de son bustier glissa jusqu'à sa taille. Elle attrapa un pantalon de yoga et un T-shirt ample, puis ouvrit la fermeture latérale de sa robe pour la retirer complètement.

Voilà, tu es contente, maintenant ?

Elle ramassa la robe et la jeta sur le lit d'un geste rageur.

Elle fouilla dans son sac à la recherche de son soutien-gorge. Elle l'avait porté durant le vol, et il devait être ici quelque part. À moins qu'elle ne l'ait fourré par erreur dans l'autre valise, restée dans le salon ?

Ah, oui, elle se souvenait, maintenant ! Elle l'avait laissé dans la salle de bains lorsqu'elle s'était changée pour la fête, puisqu'elle n'en avait pas eu besoin pour la robe. Mais elle n'allait pas aller le chercher dans le salon, alors que Roque était là ! Ce serait presque pire que de lui avoir montré ses sous-vêtements. Et... Si elle se faisait des idées ? se demanda-t-elle soudain, pleine d'espoir. S'il n'avait rien remarqué ?

Si, il avait très bien vu : elle avait surpris ses yeux rivés sur ses petites culottes.

Alors, que faire ? Elle avait toujours eu une petite poitrine. Cela l'avait beaucoup complexée à l'adolescence mais en cet instant elle s'en réjouissait. Après avoir enfilé le T-shirt noir trop grand pour elle, elle se regarda dans le miroir et décida que, à moins de fixer son buste, on ne remarquait rien.

Alors elle remonta son pantalon de yoga sur ses hanches et glissa ses pieds dans une paire de tongs, avant de retirer le peigne fantaisie qui retenait ses cheveux.

« Je ne m'inquiète pas de ce que les gens pensent de moi. » N'était-ce pas ce qu'il avait dit ?

Elle ferait bien de s'en inspirer... Elle secoua ses cheveux, puis plia sa robe et la mit dans un petit sac en papier. Elle était prête.

Prenant une profonde inspiration, elle ouvrit la porte et entra dans le salon d'une démarche qu'elle espérait nonchalante. Mais, dès qu'elle le vit, elle regretta d'avoir accepté de lui confier sa robe. Il était confortablement installé sur son canapé, les deux bras croisés derrière la tête, aussi à l'aise dans son costume sombre que lorsqu'il était arrivé à la réception. Elle, en revanche...

Assez ! Arrête de te soucier de ce que les gens pensent de toi.

Elle sentit son regard sur ses cheveux, puis sur le sac qu'elle tenait à la main.

— C'est ça ?

— Oui, dit-elle en le lui tendant. Merci encore.

— Pour avoir déchiré votre robe ?

Peut-être... Se pouvait-il que cette petite mésaventure ait permis de briser la glace ?

— Vous êtes assez intimidant, vous le saviez ?

Il secoua la tête.

— Non, pas vraiment.

— Je pense que même Peter et Lara l'ont ressenti.

Mais il n'était pas intimidant au sens péjoratif du terme, comme l'avait suggéré Flávia, évoquant carrément une sorte d'arrogance.

— Je vous promets d'y travailler, déclara-t-il.

Comme il se levait et s'approchait d'elle, elle sentit de nouveau un étrange frisson courir sur sa peau et ses seins se tendre, tandis qu'un tourbillon de sensations délicieuses envahissait son corps tout entier. Elle dut lutter contre l'envie soudain de ramener son bras sur sa poitrine pour se protéger, comme elle l'avait fait quand la bretelle de sa robe avait cédé.

— Vous n'avez pas à travailler sur quoi que ce soit. Je suis sûr que cela est une question de sensibilité personnelle, de perception... Presque tout m'intimide en ce moment.

— Ne soyez pas intimidée, Amy. Vous verrez que les Brésiliens sont assez *amigáveis*.

— Je sais qu'ils sont amicaux. Ce n'est pas ce que je voulais dire.

— Que vouliez-vous dire, alors ?

— Je n'en sais rien. Je me sens juste un peu mal à l'aise. Toutes les personnes que j'ai rencontrées sont soit médecins soit experts dans leur domaine.

— Vous êtes experte dans votre domaine, vous aussi, sinon vous ne seriez pas là.

Elle n'avait pas songé à cela. Elle avait entendu dire que la sélection des participants à cet échange était difficile et avait été surprise d'y être admise – même si elle avait pris la place d'un candidat démissionnaire.

— Eh bien, merci. Mais... pas vraiment, en réalité.

— Ne vous sous-estimez pas. L'équipe a décidé que vous étiez faite pour ce poste.

— L'équipe ? répéta-t-elle. Mais pas vous ?

— Les chefs de service reçoivent une liste de candidats présélectionnés... Votre nom y figurait.

Il éludait la question.

— Mais je n'ai été inscrite qu'à la faveur d'une défection, n'est-ce pas ?

— Il n'y a pas eu de défection. Le comité a essayé de trouver le poste le mieux adapté à votre profil. Et comme le service de kinésithérapie a cruellement besoin de praticiens en ce moment, vous travaillerez avec moi pendant les deux prochains mois. J'ai failli refuser, jusqu'à ce que je lise l'un de vos dossiers, qui m'a fait changer d'avis.

Il avait failli refuser de travailler avec elle ? S'il l'avait fait, elle serait toujours aux États-Unis. Elle ne voulait pas qu'il voie à quel point elle était vexée.

Il a changé d'avis, Amy. Cela n'est pas rien.

— Quel dossier ? demanda-t-elle d'un ton dégagé.

— Le patient atteint de spina bifida qui a ensuite pratiqué les arts martiaux.

Bobby Sellers... Elle avait failli ne pas l'inclure, car il n'avait pas été la réussite éclatante recherchée par l'hôpital. Mais ce patient l'avait émue. Et lorsqu'il lui avait confié avoir toujours voulu casser une planche au tae kwon do, une discipline à laquelle la mère d'Amy l'avait initiée très tôt, il avait touché en elle une corde sensible. Et elle l'avait aidé à travailler dans ce sens, allant même jusqu'à assister à la démonstration d'arts martiaux où Bobby avait en effet réussi à casser une planche. Elle en avait eu les larmes aux yeux.

— Mais pourquoi avoir retenu précisément ce dossier ? demanda-t-elle, curieuse.

— Parce qu'il prouve votre capacité à vous aventurer hors des sentiers battus, à oser, au lieu de vous en tenir aux pratiques habituelles. Vous avez légèrement modifié le plan de traitement du médecin prescripteur pour y inclure les objectifs de vie personnels de votre patient. C'est exactement ce que je veux voir à Paulista. Les choses ne suivent pas toujours une ligne prédéfinie. La médecine n'est pas une science exacte, mais une science humaine.

— J'en suis persuadée, en effet. Nous devons considérer les patients dans leur ensemble, et non comme la somme de leurs symptômes. Nous devons les aider à s'adapter et à changer lorsque l'organisme ne coopère pas.

Il sourit et se leva en s'aidant de sa canne.

— Il faut que je rentre, maintenant. J'ai beau me moquer de ce que les gens pensent, j'ai le sentiment que ce n'est pas votre cas. Et puisque le Dr Smith sait que je suis ici, dans votre appartement...

Oui, il était temps qu'il s'en aille, mais pas à cause de Lara Smith. Ou du fait que le morceau de dentelle rose qui dépassait de sa valise allait le hanter pendant des jours. Il était presque sûr qu'elle ne portait pas de soutien-gorge sous ce T-shirt. Mais ce n'était rien de tout cela qui le poussait à rendre congé. Quand ils avaient parlé de la façon dont elle avait été admise dans le programme d'échange, il l'avait sentie très vulnérable, comme si elle ne ressentait pas sa présence ici comme légitime – un sentiment qu'il avait sans doute alimenté en se montrant parfaitement honnête envers elle. Pourtant, il n'aurait pas voulu travailler avec quelqu'un comme la kinésithérapeute qui lui avait été assignée après son opération. Il ne voulait pas de quelqu'un qui le « répare », mais d'une personne raisonnable, capable de fixer à ses patients des objectifs réalistes. En fin de compte, Roque n'aurait pas donné son accord si la candidate n'avait pas rempli cette condition. Ses patients étaient trop importants pour qu'il se montre négligent sur ce point.

Hélas, il avait commis une maladresse en marchant sur la robe d'Amy. Il n'avait certes pas la coordination qu'il avait à l'époque où il jouait pour Chutegol, son club de football. Mais sa blessure avait entraîné des lésions musculaires et nerveuses et, même si la longue cicatrice, sur la face externe de sa cuisse, ne le laissait pas deviner, les dommages aux structures sous-jacentes avaient mis fin à sa carrière de footballeur. Heureusement, il avait gagné assez d'argent pendant ses cinq années de présence sur le terrain pour financer ses études de médecine.

— Eh bien, merci d'être venu…

La voix d'Amy interrompit le fil de ses pensées, et il leva les yeux vers elle, en évitant soigneusement de regarder sa poitrine.

— Je vous tiendrai au courant, pour la robe, conclut-il en désignant le sac qu'il tenait à la main.

Sa mère serait heureuse de la réparer pour elle. Mais elle poserait sans doute une ou deux questions et chercherait à savoir ce que cette jeune femme représentait pour lui…

Pendant ses années de gloire, quand il était joueur, les

femmes se jetaient littéralement dans ses bras. Puis, après son accident et la rupture tragique de ses fiançailles, sa kinésithérapeute avait tenté de le séduire, ce qui l'avait perturbé, l'amenant à se demander si quelqu'un pouvait vraiment s'intéresser à lui pour ce qu'il était : un homme d'origine modeste qui avait travaillé dur pour réussir. À partir de ce moment, il s'en était tenu à des relations brèves et très superficielles, fuyant toutes les femmes qui se mettaient en tête de « régler » ce qu'elles croyaient être son problème.

Alors, oui, sa mère lui posait des questions, et il la comprenait.

Mais Roque, s'il tentait toujours de réparer les erreurs qu'il avait commises, évitait de s'attarder sur celles qu'il ne pouvait pas réparer.

— C'est ma faute, si vous avez marché sur ma robe, reprit Amy, alors ne vous en souciez pas. Comme je vous l'ai dit, elle était trop longue, et je n'aurais pas dû la porter.

Comme l'image d'Amy, son avant-bras serré sur sa poitrine pour empêcher le bustier de tomber, lui revenait en mémoire, il se demanda soudain si tous ses sous-vêtements étaient roses, et si elle portait toujours de la dentelle...

Son téléphone vibra dans sa poche, chassant ses pensées importunes. En consultant l'écran, il fronça les sourcils. Enzo Dos Santos ? Il n'avait pas eu de nouvelles du président du club de football depuis des lustres, si ce n'est un petit mot lui indiquant qu'il avait été opéré d'une lésion cancéreuse de la mâchoire. Les choses s'étaient-elles dégradées ? Il ne décrocha pas et se promit de rappeler son ami une fois revenu à la voiture.

— À demain matin, alors..., dit-il à la hâte, avant de se diriger vers les ascenseurs, sans se retourner.

3

Il lui avait donné le choix : prendre sa matinée ou assister à une opération urgente du tendon d'Achille.

Le choix avait été facile. Et elle s'était préparée pour la chirurgie.

Le masque la gênait un peu, mais c'était aussi une expérience intéressante et elle comprenait mieux maintenant pourquoi on disait que les yeux étaient la fenêtre de l'âme.

Roque la regarda, les sourcils levés.

— Êtes-vous sûre de vouloir assister à cette intervention ?

— Absolument, répondit-elle, tout en se demandant pourquoi Lara et Peter n'étaient pas présents au bloc.

Peut-être parce qu'ils avaient déjà assisté à de nombreuses interventions chirurgicales, et qu'une rupture complète du tendon était un cas assez banal à leurs yeux. Mais ce n'était pas le cas pour elle, et cela lui donnerait un aperçu de ce qui se passait avant qu'un patient n'arrive sur sa table de kinésithérapie.

— Si vous avez des questions, faites-le moi savoir, car je parlerai en portugais dès que nous commencerons. Je vais faire une réparation percutanée plutôt que d'ouvrir sa jambe, pour réduire le risque d'infection.

— Et si vous devez greffer une partie du tendon ?

Il eut l'air surpris.

— Bonne question. Je ne crois pas que ce sera nécessaire,

car ce cas est assez simple. Si les extrémités du tendon étaient déchiquetées, j'ouvrirais la jambe et je rabattrais une partie du gastrocnêmio...

— Le muscle gastrocnémien ?

— Oui, c'est ça.

Elle déglutit avec peine quand les coins de ses yeux se plissèrent au-dessus du masque. Comme elle ne voyait pas le reste de son visage, elle devait observer attentivement son regard pour déchiffrer ses émotions, ce qui exacerbait ses propres sens.

— Nous utiliserions une partie de ce tissu pour renforcer la réparation. Pour éviter que le tendon se rompe une seconde fois.

— Mais vous n'en aurez pas besoin cette fois-ci ?

— Non. Ce patient est jeune et en bonne santé. Il devrait pouvoir retourner jouer au football, une fois la blessure cicatrisée complètement.

Il jeta un coup d'œil dans la salle de chirurgie où les autres membres du personnel semblaient attendre un signal de sa part.

— Commençons. Vous pouvez poser d'autres questions au fur et à mesure.

Elle répondit d'un signe de tête rapide.

Roque s'approcha du patient, déjà préparé pour l'opération et sous anesthésie générale. Il lui fit signe de le rejoindre, tandis qu'une infirmière se tenait de l'autre côté, avec un plateau chargé d'instruments chirurgicaux. Amy le regarda pratiquer deux petites incisions de chaque côté de la jambe, puis utiliser des pinces pour les agrandir légèrement. Il fit un commentaire en portugais, qu'elle fut surprise de comprendre presque entièrement.

— Je vais placer des sutures sous la peau, en attrapant la partie supérieure du tendon pour le tirer vers le bas afin de rejoindre l'autre moitié.

Il fit passer l'aiguille dans la première des incisions et la fit sortir par la seconde, puis répéta le processus jusqu'à ce qu'il atteigne l'autre extrémité du tendon. Ses gestes étaient sûrs et précis, ses longs doigts dansant presque sur la peau de son patient.

— C'est fini...

Amy jeta un coup d'œil à l'horloge, stupéfaite de constater qu'il ne s'était écoulé qu'une dizaine de minutes depuis le début de l'intervention. La procédure avait été beaucoup plus simple qu'elle ne l'avait cru. Il avait trouvé le tendon sous la peau sans aucun matériel d'imagerie, et sans hésiter un seul instant. Combien d'opérations de ce genre avait-il pratiquées au cours de sa carrière ? Assez pour être très à l'aise, en tout cas.

Roque tirait sur les deux extrémités de la ligne de suture, et elle pouvait presque voir les extrémités du tendon se resserrer sous la peau du patient.

— Ces sutures sont résorbables, alors que les points que je mettrai à l'extérieur devront être enlevés.

Une fois les points de suture internes terminés, on lui tendit une autre aiguille avec laquelle il ferma chacune des incisions pratiquées dans la peau.

Il leva les yeux vers elle.

— Voilà, c'est terminé. Pas très excitant, n'est-ce pas ?

Si, au contraire, mais pas dans le sens qu'il croyait. Les yeux de Roque étaient bruns mais, quand il portait sa blouse blanche, ils prenaient une teinte ambrée qu'elle n'avait pas remarquée la veille. Sans doute parce qu'elle avait été trop occupée à observer l'homme dans son ensemble plutôt que de fixer son attention sur une petite partie de lui...

Mais ce n'était pas du tout le moment de se laisser distraire par ce genre de pensées, songea-t-elle, mortifiée. Il attendait une réponse professionnelle de sa part, et elle devait la lui donner sans tarder...

— Merci de m'avoir laissée assister à cette opération en tant qu'observatrice. J'ai traité plusieurs patients ayant subi une rupture du tendon d'Achille ou atteints du syndrome de Haglund. La guérison est longue et difficile...

Il acquiesça de la tête, puis retira son masque et remercia son équipe avant de répondre. Amy remarqua alors une petite fossette, sur sa joue gauche.

— En effet, le processus est long. Andreu, notre patient, ne pourra pas jouer pendant six mois et devra porter une attelle pendant plusieurs semaines.

Elle soupira.

— Six mois peuvent paraître une éternité pour quelqu'un d'aussi jeune.

— Oui, mais au moins il obtiendra un bon résultat, lui.

Ces paroles lui firent mal, car elle avait saisi sans peine à qui il faisait référence.

Alors qu'il se dirigeait vers le fond de la pièce, ses pas lui parurent un peu plus lents, et la claudication qu'elle avait remarquée la veille plus prononcée. Il avait laissé sa canne dehors, probablement pour éviter de contaminer le bloc opératoire. Elle faillit lui proposer d'aller la lui chercher mais, comme personne dans la salle ne s'était porté volontaire, elle se dit que c'était peut-être un sujet délicat. En tant que kinésithérapeute, elle savait que plus les gens pouvaient faire de mouvements par eux-mêmes, mieux cela valait.

Soudain, une question lui vint.

— C'était votre première opération de la journée ?

— Non, ma troisième.

Elle retira son masque et ses gants, les jeta dans la poubelle, près de la porte, et consulta l'horloge, sur le mur.

— Mais... Il est à peine huit heures et demie !

— Il y a eu un accident de mototaxi au petit matin. Le conducteur et son passager ont tous deux subi des blessures multiples.

Sa spécialité était la médecine du sport, mais il s'occupait aussi d'opérations orthopédiques plus classiques.

— Est-ce qu'ils vont bien ?

— Le passager s'en sortira, mais le conducteur…

Il secoua la tête.

— C'est terrible. Ma mère prétend que les motards vivent dangereusement ici, mais je suis sûr que c'est vrai partout.

— C'est très vrai ici, en effet.

Il poussa la porte, prit sa canne et s'y appuya quelques instants.

— Vous voulez prendre un café ? Peter et Lara ne seront pas là avant midi, et j'ai une longue journée devant moi.

— Je peux me débrouiller seule, si vous avez besoin d'aller faire une sieste de chat.

— Une sieste ? répéta-t-il avec un sourire. Il y a bien longtemps que je n'avais pas entendu ce mot ! Mais pourquoi « de chat » ?

— Sans doute parce que ces animaux font de petits sommes réguliers. Le chat que nous avions quand j'étais petite dormait beaucoup, répondit-elle en souriant.

— Le mien fait la même chose.

Il avait un chat ?

Elle était surprise, car elle ne l'imaginait pas comme une personne à chat, même si elle ne savait pas trop pourquoi. L'imaginer en train de parler à un félin boudeur la fit sourire. Un sourire qui s'évanouit rapidement sous son regard soupçonneux.

— Qu'y a-t-il de drôle ?

— Rien. Je suis juste surprise que vous ayez un chat.

— Oui. Moi aussi. Je… Disons que je l'ai hérité de quelqu'un.

— De vos parents ?

Le chat de son enfance, Tabby, était mort peu de temps après le décès de sa mère, qui l'avait adoré.

— Non. Il n'appartenait pas à mes parents.

— Je suis désolée. Je n'aurais pas dû demander, s'excusa Amy, devinant à son expression soudain sombre qu'elle venait de commettre une gaffe.

— Pas de problème. Ma fiancée considérait Rachel comme

son chat. Mais quand nous avons rompu… Eh bien, disons qu'elle s'est soudain découvert des allergies. Alors le chat est resté avec moi.

Les allergies avaient-elles pu jouer un rôle dans la rupture ? Non, cela n'avait pas de sens. Soit sa petite amie l'avait trompé, soit elle avait rencontré quelqu'un d'autre peu de temps après leur séparation, et…

Arrête de spéculer, Amy.

Hélas, la façon abrupte dont il avait évoqué la fin de cette relation suggérait que les choses ne s'étaient pas déroulées sans heurts.

— Eh bien, je suis contente que vous n'ayez pas emmené le chat dans un refuge.

— Il y a très peu de refuges ici. Mais je ne l'aurais pas fait de toute façon. Rachel était un chat errant, mais elle s'est très bien adaptée à la vie en appartement.

Et Roque s'était manifestement très bien habitué à vivre avec un chat. L'imaginer accroupi, en train de nourrir et de réconforter un chaton apeuré, fit monter en elle une vague d'émotion. Elle avait toujours eu un faible pour les hommes qui traitaient bien les animaux. Et qui appelaient leur chat Rachel…

À moins que cela n'ait été une idée de sa fiancée. Elle se surprit à lui poser la question.

— Comment avez-vous choisi son nom ?

— C'était le titre d'une série américaine que ma fiancée adorait. Cela se passait dans un café.

Elle avait regardé tous les épisodes, avec sa mère.

— C'est un classique, en effet. Vous l'avez vu ?

— Je ne pouvais pas vraiment l'éviter, répondit-il, tandis que sa mâchoire se crispait de nouveau.

Heureusement, ils arrivaient à la cafétéria de l'hôpital, si bien décorée qu'elle aurait pu rivaliser avec celle de la série télé.

— Ça a l'air sympathique, ici.

— Que voulez-vous boire ?

— Je vais commander…

— C'est l'hôpital qui vous invite.

Elle ne se souvenait pas que les pauses-café étaient prises en charge par l'établissement.

— Un latte vanille allégé, s'il vous plaît.

Le voyant hésiter, elle expliqua :

— C'est un café au lait écrémé aromatisé à la vanille… Comment dit-on cela, en brésilien ?

— *Leite desnatada…*

Roque alla passer leur commande au comptoir, tandis qu'elle cherchait une table dans un coin tranquille. Avec ses confortables fauteuils qui entouraient une table basse en bois, l'endroit avait l'air d'un salon où l'on se réunissait entre amis pour bavarder.

Non qu'elle et Roque fussent amis, ou davantage que de simples connaissances. Il était chargé de s'occuper d'elle, ainsi que de Lara et de Peter, pendant au moins deux mois, ce qui, à en juger par la lenteur avec laquelle s'était déroulée cette deuxième journée, lui paraissait une éternité.

Se laissant tomber dans son siège avec un soupir, Amy regarda autour d'elle. Installée au rez-de-chaussée de l'hôpital, dans un lieu de passage, la cafétéria était fréquentée par de nombreux étudiants en blouse blanche. À la table voisine, l'un d'eux présentait à ses camarades les équipements de l'hôpital. Il y avait aussi un couple d'amoureux, qui échangeaient de longs regards sensuels…

En les regardant, Amy sentit son cœur se serrer douloureusement. Sa dernière relation l'avait rendue méfiante, et elle n'avait pas du tout l'intention de s'engager dans une histoire vouée à l'échec pendant son séjour à Sao Paulo.

Ce qui ne l'empêchait pas de s'accorder une aventure sans lendemain, n'est-ce pas ?

Soudain, Roque revint avec une tasse d'expresso, un grand verre rempli d'un liquide clair et une petite bouteille d'eau gazeuse.

— Café *com leite desnatada e baunilha*...

Il lui tendit son verre, ainsi que les deux petits biscuits qui l'accompagnaient, et prit place dans un fauteuil après avoir posé sa canne contre le mur.

— Parfois, vous vous en servez et parfois vous l'oubliez, dit-elle, en se reprochant aussitôt d'avoir de nouveau évoqué ce sujet.

— Ma jambe se fatigue vite, et j'ai souvent des crampes. Après la réduction de la fracture du fémur, j'ai développé une infection qui m'a fait perdre une partie du muscle. Ça ne me dérange pas tant que ça, mais soit j'accepte d'utiliser la canne, soit je tombe la tête la première de temps en temps...

— Désolée, je ne sais pas pourquoi je vous parle de ça. Ce ne sont pas mes affaires.

— Vous êtes curieuse. C'est naturel. Croyez-moi, je n'aurai aucun problème à vous le dire si vous dépassez les bornes.

Si elle cherchait à en savoir plus sur sa fiancée, par exemple ? Quel genre de femme aimait Roque ? Non, non ! Elle ne voulait rien savoir de leur relation, ni des raisons de son échec. Elle était presque sûre qu'il la remettrait très vite à sa place si elle lui posait la moindre question à ce sujet, ce qui ne l'empêchait pas d'en mourir d'envie...

Elle prit une gorgée de café et se concentra sur le goût. Il était délicieux, avec des arômes suaves et riches qui se mariaient à merveille avec le lait et la vanille.

— Hum, c'est très bon.

C'était peut-être dû à la présentation, ou à l'épaisse couche de mousse, sur le dessus. En tout cas, cette boisson était bien meilleure que ce qu'elle avait l'habitude de boire chez elle. Ou peut-être était-ce simplement le fait de boire du café au Brésil ? Elle avait rêvé si longtemps de venir dans ce pays !

Tout à coup, il tendit la main, et l'un de ses longs doigts effleura le coin de sa bouche.

— Vous avez quelque chose, là... *Espuma*.

Oh ! La mousse du lait. Elle se passa la langue sur les lèvres.

— C'est parti ?

Elle le vit déglutir avec peine tandis qu'il levait les yeux vers elle. Elle soutint son regard pendant un long moment, puis, enfin, il articula :

— Oui...

Sa voix avait un timbre étrange, presque nostalgique. Pourtant, il ne semblait pas être le genre d'homme à regarder en arrière...

Roque prit une bouchée de biscuit, tandis qu'elle demandait :

— Avez-vous d'autres opérations prévues aujourd'hui ?

— Plus tard. Je dois d'abord m'occuper de mon patient motard et de celui que je viens d'opérer du tendon d'Achille. Vous pouvez m'accompagner, si vous le souhaitez, proposa-t-il avant de finir son café.

Le pronostic vital d'un de ses patients était engagé, d'après ce qu'il avait laissé entendre, et il devait être épuisé émotionnellement. Elle secoua la tête.

— Je pense que je vais visiter l'hôpital, si cela vous convient. Nous nous reverrons à midi, quand Lara et Peter arriveront. Où voulez-vous que nous nous retrouvions ?

— Pourquoi pas ici ? dit-il en jetant un coup d'œil à sa montre. Je vais voir mes patients, et ensuite je pourrais faire cette sieste dont vous avez parlé.

Elle sourit, et, pour la première fois depuis longtemps, se sentit légère, insouciante.

— Vous avez raison, je suis un peu fatigué. Vous vous débrouillerez toute seule, n'est-ce pas ?

Peut-être aurait-elle dû se sentir vexée qu'il lui demande cela. Mais il appartenait à une culture différente et elle le savait. Et, en vérité, elle appréciait qu'il se préoccupe de son bien-être.

Cependant, elle avait bien besoin d'être seule quelque temps pour recouvrer son calme, mis à rude épreuve en ce moment.

— Oui, sans problème, merci. J'ai un oncle à Sao Paulo,

et j'aimerais bien lui rendre visite. J'espère qu'il est toujours à son ancienne adresse.

— Voulez-vous de l'aide pour le retrouver ?

En vérité, elle ne savait pas comment s'y prendre et, à part se rendre à sa dernière adresse connue, elle ignorait la marche à suivre.

Aussi répondit-elle simplement :

— Oui, peut-être. Quand vous aurez le temps. Je me préoccupe plus de la barrière de la langue que d'autre chose.

— Je ne pense pas que ça sera un obstacle important. Mais je serai heureux de vous accompagner, si vous le souhaitez.

Elle ne s'attendait pas à cela, mais elle éprouva un tel soulagement qu'elle dut fournir un énorme effort pour ne pas le montrer.

— Oui, ce serait bien. Merci beaucoup.

Il rassembla leurs tasses et soucoupes et allait se tourner vers le comptoir quand il fit un faux pas et manqua tomber. Un verre se brisa avec fracas sur le sol carrelé.

Maldito !

— Laissez-moi faire, dit-elle simplement en lui prenant la vaisselle des mains.

Il n'esquissa pas un geste pour s'agenouiller et ramasser les gros éclats de verre, et elle comprit qu'il craignait peut-être de ne pas pouvoir se relever sans aide. Pour quelqu'un comme Roque, cette pensée était probablement insupportable. Il avait dit qu'il utilisait sa canne quand sa jambe était fatiguée, ce qui devait être le cas en ce moment.

Quand le serveur arriva avec un balai et une pelle à poussière, elle lui demanda discrètement de la laisser faire et, en quelques instants, elle nettoya tout, puis alla déposer leur vaisselle au bar.

— Je suis désolé…

— Ce n'est rien, Roque. J'aurais tout aussi bien pu les faire tomber moi-même.

— Mais vous ne l'avez pas fait.

Elle lui toucha la main.

— Cela m'est déjà arrivé, et je ne suis pas la seule.

— Ah oui ? rétorqua-t-il, avec une pointe de colère dans la voix, cette fois.

Il la trouvait sans doute condescendante, et pourtant elle ne l'était pas. Oui, il avait un handicap permanent, mais cela ne le rendait pas plus maladroit que n'importe qui. N'avait-elle pas failli trébucher sur sa robe lors de la réception de bienvenue ? Plus d'une fois, même ?

— Oui. L'erreur est humaine. Tout comme vous et moi...

Elle s'efforça de sourire pour chasser les larmes qui lui montaient aux yeux.

— ... même si vous ne voulez pas y croire, conclut-elle.

Dans un mouvement qui la surprit, il lui saisit la main et la retint dans la sienne pendant plusieurs longues secondes. Son cœur battait si fort qu'elle avait l'impression qu'il allait jaillir de sa poitrine.

— Je n'ai aucun doute sur le fait d'être humain. Mais merci...

— Maintenant, allez vous reposer ! Je vous verrai à midi.

Il la libéra et lui fit un signe de tête rapide en tendant sa canne.

— À plus tard. Si vous avez des questions, vous trouverez toujours quelqu'un pour y répondre. Notre personnel sera heureux de vous aider.

Elle l'avait remarqué dès son arrivée, et pas seulement à l'hôpital : les Brésiliens étaient très amicaux.

— Je suivrai vos conseils, merci.

Roque se retourna et sortit lentement de la cafétéria. Mais cette fois, au lieu de poser sa canne tous les cinq pas, il lui fit toucher le sol à chaque fois qu'il avançait la jambe gauche. Il devait avoir vraiment mal, songea Amy.

Bon sang ! Elle devrait peut-être lui suggérer de reprendre les séances de kiné. Ou au moins lui recommander des massages en profondeur des tissus pour permettre à son muscle endommagé de récupérer un peu d'énergie.

Au pire, il réagirait mal et lui reprocherait d'avoir franchi les limites, même s'il savait qu'elle pouvait lui apporter un certain soulagement.

Elle avait l'impression qu'il ne s'agissait pas seulement de douleur, ou d'une quelconque sensation physique. Il s'agissait de sa fierté, un sentiment qu'Amy ne connaissait que trop bien. Elle se souvint des gens qui avaient voulu l'aider, après le décès de sa mère, et qu'elle avait découragés d'un simple revers de la main, comme pour leur dire qu'elle pouvait très bien surmonter seule cette épreuve. Comme si perdre sa mère était un événement banal. Pourtant, elle avait eu l'impression de mourir avec elle…

Et si elle tentait de faire croire à Roque que l'idée venait de lui ?

Il était peu probable, en effet, qu'il sollicite son aide. En outre, il avait déjà tout essayé, en matière de physiothérapie, semblait-il.

Oui, peut-être. Mais à quand remontait sa dernière séance ? Il y avait toujours de nouvelles méthodes, des avancées techniques…

Elle se promit d'y repenser plus tard, quand elle disposerait d'un peu plus de temps et aurait pris ses marques à l'hôpital. Quand elle aurait compris, aussi, ce qui la troublait tant chez lui – avant de passer trop de nuits blanches…

Oui, plus vite elle saurait pourquoi il la touchait ainsi, mieux cela vaudrait pour elle. Et pour lui.

4

Roque tapa du poing sur son oreiller, puis s'y laissa retomber, les mains derrière la tête. Il ne comprenait toujours pas pourquoi il avait proposé à Amy de l'aider à retrouver son oncle.

Il avait passé les deux derniers jours à analyser toutes les raisons possibles et imaginables et les avait notées une à une : premièrement, elle ne maîtrisait pas la langue. Enfin, pas à la perfection, mais assez pour comprendre presque toutes les conversations courantes. Deuxièmement, il s'inquiétait de la voir sortir seule dans certains quartiers de la ville. C'était vrai, mais ce programme de conférences et d'échanges avait lieu chaque été, et jamais encore il n'avait ressenti le besoin de chapeauter ainsi l'un des résidents. Troisièmement, il ne parvenait pas à chasser de son esprit l'image de ces maudits slips roses en dentelle qu'il avait aperçus dans sa valise...

Troublé, il passa bien vite à la raison numéro quatre : il n'arrivait pas à la cerner, et cela le bouleversait. Cette énigme l'avait tenu éveillé jusqu'à bien après minuit, malgré la journée éreintante qu'il avait passée.

Peut-être déciderait-elle d'abandonner sa quête, ou de partir sans lui ?

Il ferma les yeux. Même s'il regrettait de lui avoir fait cette proposition – ce qui, décidément, le torturait beaucoup trop —, il se rendait compte qu'il voulait vraiment l'aider. Du moins pour lui permettre d'atteindre cet objectif bien précis.

Voilà. C'était la solution. Une bonne action en plusieurs années de participation à ce programme, ce n'était pas trop ! Et puis, elle n'avait rien à voir avec la kinésithérapeute qui lui avait fait des avances, peu après son accident. Tant qu'Amy ne lui proposait pas de le soigner, tout allait bien.

Une fois cela réglé, Roque se sentit plus léger, réalisant pour la première fois à quel point il était crispé. Il visualisa mentalement chaque groupe de muscles, membre par membre, et se força à les détendre.

Il prit une profonde inspiration, laissant l'obscurité de la pièce s'immiscer en lui et incitant son subconscient à faire de même. Peut-être qu'il pourrait alors enfin dormir quelques heures, avant que le soleil ne se lève sur une nouvelle journée de dur labeur.

Déjà trois jours de passés ! Il en restait quatre-vingt-sept...

Cela faisait beaucoup, songea Amy en massant les muscles endoloris de son cou. Au moins, les choses ne s'étaient pas trop mal passées la veille, quand Roque avait rencontré le reste de leur petit groupe.

Elle emprunta l'entrée principale de l'hôpital et montra sa carte d'identité au vigile posté près de la porte.

À son signal, elle traversa le hall en direction des ascenseurs, où plusieurs personnes attendaient déjà. Elle aperçut Krysta et Flávia, et les rejoignit.

— J'ai une étrange impression de déjà-vu, leur confia-t-elle. C'est sans doute l'effet du décalage horaire. Bizarrement, je n'étais pas si fatiguée à la fête de bienvenue.

Kryzta lui sourit.

— Nous parlions justement de la rapidité avec laquelle tout se déroulait, ici, à Sao Paulo.

— Avez-vous déjà donné vos conférences ? Je n'ai même pas encore regardé le programme...

Krysta et Flávia devaient s'exprimer sur leur expérience dans leurs domaines respectifs.

— Non, répondirent les deux jeunes femmes en chœur.

— À quel étage vas-tu ? demanda Krysta.

— Au quatrième. J'ai rendez-vous avec Roque Cardoza.

— C'est lui qui était assis à côté de toi, pendant le dîner d'ouverture ?

— Oui. Il est responsable de moi pendant les deux prochains mois. Je dois faire tout ce qu'il m'ordonne…

Les deux femmes pivotèrent vers elle, et elle comprit qu'elle s'était mal exprimée.

— Je veux dire… Tout ce qui a un rapport avec le travail, précisa-t-elle en rougissant.

— *Com certeza. Só o trabalho.*

Flávia avait parlé d'un ton léger.

— Ce n'est pas comme s'il était difficile à regarder, ajouta-t-elle en anglais. À condition d'aimer ce genre d'homme, bien sûr…

Amy se sentit rougir de plus belle.

— Je… ne le regarde pas du tout comme vous semblez le croire. En plus, il n'est pas si beau que ça.

Menteuse.

— Voici ton ascenseur ! lança Flávia. À bientôt.

Quelques secondes plus tard, Amy entrait dans la cabine, suivit de très près par Roque, qui venait d'apparaître derrière elle. Quand elle leva les yeux, elle le vit esquisser un demi-sourire. Pourvu qu'il n'ait pas surpris leur conversation ! Mais non, c'était impossible…

— Comment allez-vous ? demanda-t-elle pour briser le silence.

— Je suppose que ça dépend de quelle partie de moi vous parlez ?

Il les avait entendues !

— Vous… Vous étiez là ?

— Depuis suffisamment longtemps pour entendre à quel point vous ne me trouviez pas attirant.

Elle était déjà écarlate l'instant d'avant, mais maintenant elle avait l'impression que son visage allait exploser.

— Désolée. Je ne savais pas quoi dire d'autre. Heureusement qu'elle n'avait pas dit la vérité et parlé de lui comme une collégienne énamourée !

— En vérité, je suis heureux que vous ne pensiez pas à moi ainsi, parce que cela pourrait compliquer les choses pendant votre séjour. Il est préférable de s'en tenir à une relation strictement professionnelle.

Et Dieu sait qu'elle avait du mal à le faire, même si elle ne savait pas trop pourquoi.

— Bien sûr. Je ne voudrais pas qu'il en soit autrement.

— Montons, l'équipe nous attend déjà en haut.

Ils se mirent à parler de différents cas et de la façon dont elle allait mettre en pratique ses connaissances professionnelles au cours des prochaines semaines. Un petit frisson d'excitation la traversa, qui n'avait rien à voir avec Roque, cette fois-ci.

— J'ai un vieil ami qui doit bientôt entrer à l'hôpital, déclara Roque. Il va se faire reconstruire la mandibule après avoir été opéré d'un cancer. Il devra faire de la rééducation par la suite, et j'aimerais que vous vous occupiez de lui.

— Moi ? demanda-t-elle comme les portes de l'ascenseur s'ouvraient.

— Oui, c'est un cas délicat, et nous avons été débordés après le départ de deux kinés pour un autre hôpital. Sa femme est anglaise, et il maîtrise parfaitement votre langue.

Il venait de lui dire à mots couverts qu'il l'avait recrutée pour faire face à l'activité intense du service de physiothérapie.

— Je vous aiderai comme je peux, bien sûr, dit-elle d'un ton neutre. Savez-vous quelle proportion de sa mâchoire a été réséquée ?

— Assez pour que la reconstruction soit un véritable

défi. Mais Krysta Simpson est plus que capable de réussir cette opération, à mon avis. Le Dr Francisco Carvalho, notre chirurgien, travaillera avec elle sur ce projet – vous aurez sans doute l'occasion de le rencontrer. Il y a eu un petit problème, mais j'espère que tout est rentré dans l'ordre, désormais.

— Un problème ?

— L'un de nos meilleurs oncologues a voulu reprendre le dossier, mais il a été assez rapidement écarté par toutes les personnes impliquées, y compris le directeur de l'hôpital. À Paulista comme ailleurs, nous avons notre lot de rivalités et de drames…

Le commentaire de Flávia au sujet un serpent qui marchait sur deux jambes lui revint. Mais elle ignorait à qui elle avait fait allusion, alors elle s'abstint.

— Quel conseil pouvez-vous me donner ?

— Je ne sais pas… Mais si, pour une raison quelconque, un médecin que vous ne connaissez pas vient vous voir une fois que le patient a commencé sa rééducation, j'apprécierais que vous m'en fassiez part par un message ou un appel. Ce ne sera pas nécessairement une mauvaise chose, mais je ne veux pas qu'Enzo ait à supporter davantage que ce qu'il a déjà enduré.

— Bien sûr, je comprends tout à fait.

Il désigna du menton la salle d'attente.

— Les autres sont là…

Aujourd'hui, les pas de Roque étaient fermes et sûrs, et elle voyait s'amenuiser les chances de le voir accepter un massage ou quelques séances de kiné supplémentaires. Peut-être les douleurs ne revenaient-elles que lorsqu'il était fatigué ? En l'observant attentivement, elle crut voir cependant un léger boitillement, si léger qu'elle aurait pu se tromper.

Il lui jeta un regard par-dessus son épaule.

— Vous venez ?

Elle était restée plantée, là, à le fixer tandis qu'il marchait !

Elle pressa le pas, puis salua Peter et Lara et se concentra sur son travail.

Elle ne le trouvait pas si beau que ça ?

Cela aurait dû le laisser indifférent, mais après avoir passé la moitié de la nuit éveillé, à penser à elle, Roque se répétait en boucle les mots qu'elle avait dits à ses amies. Des mots qui étaient loin, hélas, de le laisser indifférent ! Peut-être parce que lui la trouvait magnifique. Et son sourire...

Bon sang !

Peut-être qu'il ne lui plaisait pas, tout simplement. Ou, pire encore, c'était à cause de sa jambe. Son ex avait changé d'attitude dès qu'elle avait appris qu'il ne jouerait plus jamais au football. Elle s'était empressée de sortir de sa chambre d'hôpital sous prétexte d'aller se changer et de revenir lui tenir compagnie. Seulement, elle n'était pas restée... Par la suite, elle était revenue une ou deux fois lui rendre visite mais, dès son retour à la maison, elle avait déclaré vouloir lui laisser le temps de se rétablir.

Elle aussi avait besoin de temps... pour faire tout autre chose. Elle n'avait pas tardé à rompre, affirmant qu'elle était tombée amoureuse de quelqu'un d'autre *avant* même qu'il ne soit blessé, mais refusant de lui dire de qui il s'agissait.

Les tabloïds avaient repris l'histoire et annoncé la nouvelle au monde entier : Halee Fonseca, reine des *telenovelas* brésiliennes, avait largué Roque Cardoza, l'ancien joueur de l'équipe de Chutegol ! Elle était amoureuse d'un autre joueur... qui se trouvait être un coéquipier de Roque, et son meilleur ami. Quelle ironie !

C'était un coup dur. Mais qui aurait pu lui en vouloir ? Elle était célèbre et en bonne santé et voulait un partenaire à son image. Le couple était désormais marié et avait deux enfants. Quant à Carlos, il avait pris le poste de Roque dans l'équipe et continuait à marquer des buts.

Roque secoua la tête pour chasser ces pensées. Il n'avait pas songé à Halee depuis des années et n'était pas sûr de ce qui avait réveillé ces souvenirs. Peut-être le commentaire d'Amy ? En tout cas, une chose était certaine : même si son ex revenait et voulait renouer, il refuserait. Il l'avait bel et bien oubliée.

Et si Amy lui faisait des avances ? Est-ce qu'il les refuserait aussi ?

Cela n'arriverait pas. Il l'avait entendu lui-même : elle ne le trouvait pas si attirant que ça.

Mais... Si elle avait menti ?

— Roque ?

La voix d'Amy le ramena à l'instant présent.

— Pardon... Pouvez-vous répéter, s'il vous plaît ?

— Je vous demandais si votre patient au tendon d'Achille rompu viendra à Paulista pour sa rééducation. J'aimerais voir comment vous traitez ce genre de cas ici.

— Je pense que vous constaterez qu'il n'y a pas tant de différences que ça avec ce qui se fait aux Etats-Unis. Nous étudions les méthodes utilisées dans le monde entier, comme vous l'avez sûrement fait aussi. Nous les adaptons à notre situation particulière, et vous constaterez que nous nous inspirons de tous les meilleurs hôpitaux du monde.

Il se sentait sur la défensive... ou, pire, arrogant, ce qui n'était pas du tout son intention. Sans doute à cause du manque de sommeil de la nuit dernière. Tout ce qu'il savait, c'était que ses muscles se crispaient de nouveau, ce qui n'était pas bon pour sa jambe.

— J'en suis sûre, et c'est la raison pour laquelle je voulais tant venir ici. C'est une chose de lire sur les techniques chirurgicales, mais ç'en est une autre d'aller les observer sur le terrain. C'est un peu comme les plages, ici, au Brésil, dit Amy en soupirant. J'aurais dû prévoir des vacances, mais je ne l'ai pas fait. Je vais essayer de trouver le moyen d'aller à la plage pendant mon séjour.

Peter sourit.

— Ma femme me tuerait si je ne l'avais pas invitée à venir passer quelques jours avec moi. À quelle plage voudrais-tu aller ?

— À Guarujá. C'est à 80 km de la ville et ça a l'air sublime...

— Pas tout à fait.

Roque n'avait pas pu s'empêcher d'intervenir. Tout le monde se tourna vers lui.

— Est-ce que j'ai mal prononcé le nom de cette plage ? s'enquit Amy.

— Non. Guarujá est une très belle plage, mais elle est peu fréquentable, surtout à cette époque de l'année.

Elle fronça les sourcils.

— Pourquoi ? Les environs sont magnifiques, d'après ce que j'ai lu.

— C'est vrai, mais... Beaucoup de gens très fortunés vivent près de la plage de Guarujá, qui attire aussi beaucoup de voleurs et d'escrocs. Cela crée des problèmes, comme partout.

Son visage s'éclaircit.

— Je comprends. Alors, que suggérez-vous ?

Il jeta un regard sur Lara et Peter, puis décida qu'il valait mieux qu'ils n'entendent pas ce qu'il allait dire.

— Vous voulez bien continuer seuls un instant ? J'ai laissé une liste de patients que j'aimerais que vous voyiez au bureau des infirmières.

Il se trompait peut-être, mais ils avaient tous deux l'air soulagés d'être écartés. Pourvu que personne ne se fasse de fausses idées sur sa relation avec Amy !

Il se tourna de nouveau vers elle.

— Si l'adresse de votre oncle est correcte, nous pourrons peut-être combiner cette visite avec un détour par Guarujá. Qu'est-ce que vous en pensez ?

— Êtes-vous sûr de vouloir m'accompagner ? Je ne veux pas abuser de votre temps. Vous avez déjà dû venir jusqu'à mon appartement.

Oui, et le souvenir de ces maudits sous-vêtements en dentelle n'avait pas encore disparu de sa mémoire. Peut-être avait-il juste besoin de le remplacer par d'autres, moins… troublants.

— Ça ne me dérange pas, à moins que vous ne préfériez y aller avec Lara et Peter.

Elle réfléchit quelques instants avant de répondre :

— C'est une bonne idée, mais ni Lara ni Peter ne peuvent me servir d'interprète. J'apprécie vraiment votre aide. Merci…

— Je vous en prie. Nous allons accorder nos emplois du temps et essayer de profiter de mon prochain jour de congé pour partir.

Il y avait longtemps qu'il n'avait pas entendu le fracas des vagues ni senti la brise salée sur sa peau – des choses qu'il avait appris à aimer, enfant, dans le quartier de *Barra da Tijuca*, à Rio. Les longues balades jusqu'à la plage lui manquaient.

C'est sans doute pour cette raison qu'il était soudain impatient de passer la journée avec elle. Peut-être un peu trop. Mais il était trop tard pour se raviser, maintenant, et il se rendit compte qu'il n'en avait aucune envie. De plus, ce n'était pas comme si quelque chose allait se passer entre eux. Elle l'avait dit clairement : il ne l'attirait pas…

— Peut-on surfer à Guarujá ? J'aimerais vraiment essayer le surf au Brésil un jour, déclara Amy, les yeux brillants.

— Vous surfez ?

Bien sûr que oui ! Elle était originaire de Floride.

— Un peu, oui. Un ami m'a appris il y a quelques années, et j'aime bien regarder, aussi.

L'image d'Amy en bikini blanc, pagayant à côté de lui, jaillit dans son esprit. Il cligna des yeux. Il n'aurait d'aventure avec personne, et encore moins avec Amy, qui était ici pour moins de trois mois…

Elle était si différente de Halee, qui détestait l'océan. Son ex appréciait à la rigueur de faire un peu de bateau, mais elle ne supportait pas le contact direct avec l'eau. Ils étaient tellement différents qu'il se demandait même parfois ce qu'ils avaient trouvé l'un chez l'autre. Mais il était différent avant l'accident. Arrogant et bien trop sûr de lui-même et de sa propre invulnérabilité. Une collision sur le terrain avait réglé ce problème à jamais, en une fraction de seconde...

Il lui sembla soudain qu'il avait beaucoup changé ces derniers temps. Y compris dans ses goûts en matière de femmes ?

Le regard d'Amy captura le sien pendant un moment, puis elle lui sourit.

— Une journée à la plage, c'est un projet intéressant !

Elle avait raison. Roque ne se souvenait pas de la dernière fois qu'il avait pris une journée pour profiter d'une des plus célèbres plages de Sao Paulo. Il y avait un an ou deux, peut-être ?

Il sortit son téléphone et fit défiler son agenda.

— Que diriez-vous de vendredi dans trois semaines ? Nous prendrons ma voiture plutôt que le bus.

— Dois-je emporter une tenue de bain ? demanda Amy.

— À vous de décider si vous voulez vous baigner.

Il espérait vraiment qu'Amy renoncerait, car il redoutait de la voir en bikini. Mais pourquoi, au juste ? Il y avait des belles femmes partout, dans ce pays, et aucune ne l'avait jamais bouleversé à ce point.

Quand les portes de l'ascenseur s'ouvrirent, il leva les yeux et retint un gémissement. C'était sa mère, qui rapportait la robe d'Amy.

Celle-ci se retourna, et rougit aussitôt. Ce n'était pas le meilleur scénario, songea Roque en voyant sa mère foncer droit sur eux.

— J'aurais pu aller la chercher, lui murmura Amy.

— Oui, c'est ce que je lui ai dit. Mais ma mère ne m'écoute pas toujours.

— Roquinho, *graças a Deus*. Enfin, je t'ai trouvé !

Un peu gêné par l'emploi de ce diminutif, il répondit :

— Tu aurais pu me faire appeler. Ou m'envoyer un texto.

— Oh ! oui, tu as raison ! J'oublie toujours.

Son regard inquisiteur se posa sur Amy, qui se raidit légèrement.

— Voici donc la jeune femme dont tu as failli ruiner la robe ! Décidément, c'est le destin...

Elle avait prononcé ces mots les yeux mi-clos.

— Oui. Amy, je vous présente ma mère, Claudia Cardoza. Maman, voici Amy Woodell. Elle est ici pour suivre le programme d'échange.

— Oh ! oui, je sais tout cela.

Pourquoi chaque mot qui sortait de sa bouche avait-il l'air d'une conspiration ? Il n'aimait pas beaucoup cela...

Sa mère lui tendit la robe et s'approcha d'Amy puis, les mains posées sur ses épaules, lui donna un baiser retentissant sur la joue, comme on le faisait à Sao Paulo.

— Je suis ravie de vous embrasser, Amy.

— Tu veux dire « de vous rencontrer », maman ?

Sa mère rit et haussa les épaules. Même si son anglais n'était pas parfait, la chaleur de son accueil l'emportait sur tout le reste. La plupart des gens trouvaient cela charmant.

Lui aussi. D'habitude...

— Merci d'avoir recousu ma robe, *Senhora* Cardoza. Combien vous dois-je ?

Amy s'était exprimée dans un portugais un peu formel mais parfait. Et, à en juger par l'expression de sa mère, celle-ci avait apprécié l'effort.

Elle balaya la question d'un signe de la main.

— Vous plaisantez !

— Mais...

— Roque ne me demande presque jamais rien, alors je suis heureuse de lui rendre service. Et maintenant, je voudrais que vous m'accordiez une faveur en retour. Voulez-vous venir dîner chez moi ?

— Dîner ?

— Oui, cela me ferait plaisir. Roque m'a dit que votre mère était brésilienne...

— Oui. Eh bien… J'accepte avec plaisir votre invitation, si Roque est d'accord, bien sûr.

— Bien sûr qu'il l'est !

Super. Comme d'habitude, sa mère parlait à sa place.

Plantant ses yeux dans les siens, Roque souffla à sa mère, en portugais :

— Maman, ne la mets pas mal à l'aise, s'il te plaît.

En guise de réponse, sa mère lui sourit en lui tapotant la joue, et il leva les yeux au ciel, soudain très heureux d'avoir envoyé Lara et Peter au bureau des infirmières.

5

— Amy, voici Enzo Dos Santos et sa femme, Lizbeth...

Les yeux noirs de Roque ne quittèrent pas les siens, pendant ces présentations. Plus de trois semaines s'étaient écoulées depuis que la mère de ce dernier lui avait rendu sa robe et l'avait invitée à dîner – un dîner qui devait avoir lieu le soir même, après le travail.

L'équipe avait vraiment commencé à travailler de façon collégiale, et Amy n'avait pas hâte d'être reléguée aux consultations de kinésithérapie, même si elle savait que c'était prévu depuis le début.

Peut-être le mot « reléguée » était-il mal choisi, puisque Roque lui avait déjà parlé du cas d'Enzo. Cela était assez étrange de rencontrer une nouvelle personne de son entourage. D'abord sa mère – qui l'avait observée avec une insistance qu'elle n'avait pas réussi à oublier – et maintenant son ancien entraîneur. L'homme qu'elle devrait aider à guérir une fois qu'il aurait suffisamment récupéré de son opération.

— Ravie de vous rencontrer tous les deux, murmura-t-elle.

La femme d'Enzo s'avança pour lui serrer la main, en disant combien elle lui était reconnaissante d'aider son mari.

— Roque nous a dit beaucoup de bien de vous.

Vraiment ? Amy rayonnait de fierté à l'idée qu'il avait apprécié leur collaboration, tout autant qu'elle-même. Ce soir, elle dînerait avec ses parents et, demain, ils feraient ce que Roque avait appelé leur « sortie culturelle ».

Un appel téléphonique à un homme nommé Abel Rodrigo lui avait confirmé qu'il était bien son oncle. Malheureusement, elle allait devoir reporter la visite qu'ils avaient prévu de lui rendre avant d'aller à la plage, étant donné qu'il était en voyage d'affaires. C'était peut-être mieux ainsi, car elle était déjà stressée à l'idée de dîner avec les parents de Roque et de passer une bonne partie de la journée du lendemain en sa compagnie...

Elle avait travaillé pendant les trois dernières semaines avec l'équipe, sans aucune anicroche. Du moins, était-ce ce qu'elle se répétait, malgré les regards troublants, de plus en plus sensuels, qu'elle n'avait cessé d'échanger avec Roque...

Il fallait qu'elle arrête tout cela !

Elle se força à se concentrer sur ce que disaient Enzo et sa femme. La gentillesse de Lizbeth lui mit du baume au cœur, mais Amy perçut une étincelle de tristesse dans ses yeux. Qui aurait pu la blâmer ? Elle et son mari venaient de traverser une terrible épreuve, qui n'était pas encore terminée. M. Dos Santos possédait l'un des clubs de football les plus célèbres de Rio, celui-là même au sein duquel Roque avait joué. L'homme avait perdu une bonne partie de sa mâchoire, et avait failli perdre aussi la vie. Sa mâchoire était immobilisée pour le moment, et il communiquait à l'aide d'une tablette.

— Je ne sais pas trop comment vous dire cela, commença Lizbeth, mais ce médecin qui veut reprendre l'opération est venu voir Enzo à nouveau hier, sous prétexte de recueillir des informations supplémentaires. Enzo préférerait qu'il soit écarté de son traitement.

Il ne parlait sûrement pas du Dr Carvalho qui, d'après ce qu'elle avait entendu, était un excellent médecin. De qui s'agissait-il, alors ?

— Je sais de qui vous parlez, intervint Roque. Je veillerai à ce qu'il ne vienne plus vous voir.

Amy se souvint alors que Roque lui avait demandé de l'informer si un médecin qu'elle ne connaissait pas prenait contact avec Enzo. Était-ce ce qui venait de se produire ? Elle se promit d'en savoir plus une fois qu'ils auraient quitté la pièce.

— Amy, reprit Roque, vous avez étudié le dossier d'Enzo. Pouvez-vous lui donner une idée de la manière dont vous allez procéder avec lui ?

— Bien sûr ! La première chose à faire sera de passer votre test de déglutition...

Enzo acquiesça, puis écrivit quelque chose sur sa tablette qu'il lui montra.

Si je ne pleure pas, c'est que vous ne faites pas bien votre travail.

— Je n'ai encore jamais eu de patient qui voulait que je le fasse pleurer *avant* de commencer les séances ! lança Amy en riant. Mais je vous assure que vous aurez au moins envie de pleurer à un moment donné. Je vais vous faire travailler dur, mais tant que vous resterez persuadé que mon seul objectif est votre guérison complète, alors tout se passera bien.

Elle lui toucha la main.

— Je vous promets que nous formerons une bonne équipe, vous et moi.

L'homme se détendit contre ses oreillers et leva le pouce pour montrer son approbation.

Elle ne pouvait pas imaginer à quel point il était difficile pour cet homme fort et dynamique d'être ainsi diminué. Était-ce ce que Roque avait ressenti après son accident ?

Roque sourit à ses amis et suggéra qu'ils laissent Enzo se reposer, tandis qu'Amy consultait sa montre. Presque 16 heures. Ils devaient être chez les parents de Roque à 18 heures.

À peine eurent-ils franchi la porte qu'elle posa la première question qui lui vint à l'esprit.

— Qui était le médecin dont vous parliez ? Celui qu'ils ne veulent pas voir impliqué dans le traitement d'Enzo ?

Il posa sur elle ses yeux sombres et impénétrables, puis chassa du doigt une mèche de cheveux qui lui tombait sur le front.

— Allons dans mon bureau.

Quelques instants plus tard, il s'arrêta devant une porte avec une plaque qui indiquait son nom et son titre. Il la fit entrer et referma la porte derrière eux.

— Asseyez-vous.

Roque ne prit pas place dans son fauteuil, mais s'appuya de la hanche contre le bureau.

— Silvio Delgado.

— Pardon ?

— C'est le nom du médecin. Je ne veux pas qu'il s'approche d'Enzo. Il a essayé de prendre le cas au Dr Simpson. Disons simplement qu'il en a été empêché.

— Par vous ?

— En partie, mais aussi par le Dr Carvalho et par l'administration. Je n'entrerai pas dans les détails des raisons pour lesquelles Delgado n'a pas été autorisé à traiter notre patient. Nous en resterons au fait que celui-ci ne l'aime pas ou ne lui fait pas confiance.

Notre patient. Avait-il vraiment dit cela ? Amy sentit une douce chaleur l'envahir, qui faisait battre son cœur un peu plus vite.

— Je comprends. Pouvez-vous me dire à quoi il ressemble ?

— Disons simplement que vous saurez qui il est avant de le voir, répondit Roque avec un sourire énigmatique.

Plus elle y songeait, plus elle était sûre qu'il s'agissait du « serpent » que Flávia avait évoqué pendant la fête de bienvenue.

— D'accord, répondit-elle, avant de se laisser aller dans le fauteuil en cuir, étonnamment confortable.

Roque marqua une pause, lui aussi, puis reprit :

— Et je voudrais aussi vous parler de ce soir. Je ne veux pas que vous vous sentiez obligée de venir.

— Pas du tout ! Mais, s'il faut reporter, je comprends.

— Ma mère peut être assez autoritaire, et…

— Un peu comme son fils ? coupa-t-elle, se rappelant qu'il lui avait presque interdit d'aller à la plage toute seule.

Il sourit.

— Vous trouvez ?

— Pas vous ?

— Peut-être, avoua-t-il, mais uniquement quand je m'adresse à d'autres médecins.

Manifestement, il n'avait pas saisi son propos.

— Je ne suis pas médecin.

— Non. Mais j'ai le sentiment que vous le serez un jour. Pourquoi n'avez-vous pas obtenu votre doctorat ?

C'était une question difficile. Sa mère était seule depuis très longtemps et avait aidé Amy autant qu'elle le pouvait pendant ses années d'université. Amy n'avait pas trouvé juste de poursuivre ses études avec l'argent de sa mère.

— C'est compliqué. Je pense reprendre mes études une fois rentrée chez moi. Il n'y a jamais assez d'heures dans une journée, malheureusement.

— En effet ! Donc, vous viendrez ce soir ? Et demain ? Vous souhaitez toujours aller à la plage ?

— Oui, mais je peux y aller seule, si vous avez trop de choses à faire.

— Non. J'ai dit que je vous accompagnerai et je tiendrai parole. Voudrez-vous surfer ou nager ?

Il lui avait dit qu'elle pouvait apporter un maillot de bain, mais elle avait décidé de s'abstenir. Et la tension qu'elle percevait dans sa voix lui disait qu'elle avait fait le bon choix.

— Je pense que j'aimerais juste faire du tourisme cette fois-ci, si c'est possible.

Elle allait déjà passer la journée entière en sa compagnie, alors autant éviter de se retrouver dans une situation gênante, non ? Si elle devait avoir une aventure, elle préférerait que ce soit dans d'autres conditions…

Envisageait-elle vraiment de flirter avec Roque ?

Non, évidemment, bien qu'il n'ait pas mentionné de petite amie, et que la blonde de la soirée ne soit jamais réapparue.

— D'accord. Nous pourrons voir plus de choses de cette façon. Nous nous contenterons de marcher sur le sable.

Elle sourit à la perspective de faire une promenade sur la plage avec lui. Cela serait très, très agréable...

Il leva sa canne et demanda :

— Que diriez-vous de parler portugais quand nous ne sommes que tous les deux ?

Que tous les deux...

Troublée, elle sentit une vague de chaleur l'envahir tout entière. Elle aimait l'entendre parler dans sa langue maternelle. Peut-être un peu trop.

— Je ne suis pas très forte en portugais, mais je peux essayer.

Super ! Maintenant, elle bégayait, même en anglais !

— Je pense que ce serait un atout pour votre travail. Vous avez dit que vous viviez dans le sud de la Floride. N'y a-t-il pas une grande communauté brésilienne, là-bas ?

En effet. Elle avait eu quelques patients brésiliens et, dans son dojo de quartier, l'instructeur de tae kwon do était brésilien. Marcos lui avait adressé quelques personnes blessées lors de tournois et lui avait proposé de l'embaucher si jamais elle avait besoin d'un petit travail supplémentaire. Elle avait eu le sentiment que l'intérêt qu'il lui portait allait au-delà de la relation élève/instructeur, mais à l'époque elle n'avait pas voulu s'engager dans une relation de crainte de gâcher leur amitié.

Peut-être devrait-elle se souvenir de cette décision et agir de même avec Roque. En annulant cette journée à la plage et le dîner chez ses parents, par exemple ? Sauf qu'elle se réjouissait d'avance, plus qu'elle ne l'aurait dû...

— Vous avez raison. Il y a une forte population de Brésiliens dans cette région. Je devrais m'entraîner.

— Je vous corrigerai si vous faites des fautes, promit Roque.

Qu'en dites-vous ? Si nous ne parlons pas anglais, on vous prendra moins pour une touriste.

Ah, c'était donc ça, la raison ! Les voleurs ne les prendraient pas pour cible, pendant leur séjour à Guarujá, s'ils parlaient portugais.

Elle acquiesça.

— Je comprends.

Parler portugais avec Roque serait étrange, plus personnel, plus intime, même si elle savait qu'il ne voyait pas les choses de cette façon.

— N'ayez pas peur, dit-il pour la rassurer. Je pense que plus vous pratiquerez, plus vous serez à l'aise. Et vous verrez que je suis un coach très indulgent.

Elle se mordit la lèvre tandis qu'un frisson parcourait tout son corps.

L'image de Roque en train de la coacher de sa voix rauque alors qu'ils pratiquaient autre chose que le portugais s'immisça dans son esprit, y faisant naître des scènes de plus en plus précises et explicites.

Il était temps de changer de conversation.

— En parlant de coach... Le football vous manque ?

— Oui, certaines choses me manquent de ma vie d'avant, mais pas tout. Avoir une jambe en bon état de fonctionnement me manque plus que d'être sur le terrain.

Le pensait-il vraiment ?

— Votre jambe est en état de fonctionnement, mais elle n'est pas optimale en termes de performance. C'est juste un nouvel équilibre.

— Un nouvel équilibre ? Je ne suis pas sûr d'être d'accord avec cela. Je vis dans ce corps et je sais ce qu'il ressent.

D'après sa recherche sur Google – oui, elle avait honte de l'admettre, mais elle avait voulu en savoir plus sur lui —, il avait été un joueur très apprécié, et avait compté parmi les piliers de son équipe.

— C'est tout à fait normal. Les gens ne sont pas des

machines. Chacun est différent de son voisin, avec ses propres forces et faiblesses.

Il sourit, et cela lui donna soudain l'air beaucoup plus sympathique.

— En effet. Les gens ne sont pas tous semblables et c'est une bonne chose, je pense.

Roque, en tout cas, ne ressemblait à personne d'autre...

Sentant qu'elle s'aventurait sur un terrain glissant, elle s'empressa de changer de sujet.

— J'ai entendu Peter mentionner que sa femme et ses enfants lui manquaient, aujourd'hui.

— C'est naturel. Il n'y a pas quelqu'un qui vous manque, à vous ?

Hélas, non. Elle n'avait pas de relation sérieuse, et ne voyait personne ces temps-ci. Et, bien qu'elle se soit fait des amis à l'hôpital et au centre de rééducation, elle ne les fréquentait pas autant qu'elle aurait pu s'y attendre. Beaucoup d'entre eux étaient mariés avec des enfants et, comme Peter, voulaient rentrer chez eux après le travail. De plus en plus, elle pensait à ce que Roque avait dit sur l'obtention de son doctorat. Elle le remettait sans cesse à plus tard, mais que se passerait-il si cela n'arrivait jamais et qu'elle le regrettait ? C'était peut-être le moment de passer à l'action...

— Pas vraiment, non, mais ce n'est pas grave. Dès que je rentrerai chez moi, je m'inscrirai pour passer mon doctorat.

C'est ainsi que la décision qu'elle repoussait depuis un certain temps fut prise.

— J'en suis heureux. Le patient que j'ai opéré du tendon d'Achille a bien apprécié vos interventions. Un nouveau diplôme vous donnerait la possibilité d'enseigner à l'université.

Elle avait pensé la même chose. Si jamais elle n'avait plus la force nécessaire pour manipuler les patients, elle aurait une porte de sortie. Et, bien qu'elle n'ait pas été très impliquée dans la première opération qu'elle avait observée à Paulista, elle avait suivi le patient et observé sa rééducation. Elle devait même le revoir dans quelques jours.

— Oui, en effet. Quand M. Dos Santos doit-il commencer sa rééducation ?

— Dans quelques semaines. Les réparations sont stables et il doit passer son test de déglutition demain.

Le jour où ils seraient à la plage...

— Vous ne voulez pas y assister ? Je comprendrai si nous devons reporter notre excursion, vous savez.

— Sa femme sera là, et je viendrai le voir à notre retour. Je pense que la dernière chose qu'Enzo souhaite, c'est que vingt personnes soient réunies autour de lui pour le surveiller. C'est un type assez déterminé. Je ne doute pas qu'il passera le test avec brio, ce qui est une bonne chose vu l'état d'esprit dans lequel il se trouve ces derniers temps. Je sais. Je suis passé par là.

Parlait-il de dépression postopératoire ? Eh bien, si c'était le cas, on comprenait que Roque ait été déprimé. Il avait été un brillant footballeur et, en un clin d'œil, tout ce pour quoi il avait travaillé si dur lui avait été enlevé.

— Parfois, les choses se passent comme elles le doivent. Vous faites un travail merveilleux, ici, à l'hôpital. Seriez-vous à Paulista si vous n'aviez pas été blessé ? demanda-t-elle en désignant du regard sa jambe gauche.

— Probablement pas. Vu mon âge, ma carrière serait à peu près terminée, et je serais entraîneur ou dans un bureau, quelque part.

Il soupira.

— Cela ne veut pas dire que changer de vie a été facile. Il a fallu dix longues années d'études pour devenir médecin.

— Je veux bien vous croire ! Mais où vous sentez-vous le plus utile à ce stade de votre vie ?

Il rit.

— Vous avez l'art de voir le bon côté des choses.

— Déformation professionnelle. Les kinésithérapeutes

sont formés pour être positifs et optimistes. C'est un bon moyen de motiver nos patients.

— Je pense que ces qualités sont naturelles, chez vous.

Était-ce le cas ? Elle ne se sentait pas toujours très optimiste, mais elle devait se battre pour aider ses patients qui, lorsqu'ils poussaient pour la première fois la porte de son cabinet, avaient le sentiment que leur vie ne serait plus jamais la même.

C'est ce que Roque avait dû ressentir en apprenant que sa carrière de footballeur était terminée.

— Merci, mais je ne suis pas sûre que ce soit tout à fait vrai. En revanche, cela fait partie de ma description de poste. Vous avez parlé d'être entraîneur. Cela ne vous a jamais tenté ?

— Non. Pas pour mon ancienne équipe, en tout cas.

— Il aurait été trop difficile de les regarder jouer alors que vous étiez mis à l'écart ?

— Sans doute, mais mes raisons étaient plus… personnelles.

Personnelles ? Lui et le président du club semblaient bien s'entendre ; celui-ci s'était même confié à Roque au sujet de l'autre oncologue, le Dr Delgado. Non, il devait s'agir d'autre chose. Mais, s'il avait voulu qu'elle le sache, il le lui aurait dit. Aussi décida-t-elle de laisser tomber le sujet.

D'après ses recherches, Roque avait été fiancé à une actrice, qui était maintenant mariée à un joueur de son ancienne équipe. Il ne voulait sans doute pas la voir tous les jours, ce qui paraissait tout à fait logique.

Elle sentit son cœur se serrer. Il était certainement préférable de bien connaître une personne avant de l'épouser. Elle pouvait remercier sa bonne étoile que son petit ami l'ait larguée avant le mariage plutôt qu'après. Bien qu'à l'époque elle en ait été anéantie.

— Dans certaines circonstances de la vie, les gens montrent leur vrai visage, déclara-t-elle. Comme votre accident, par exemple. En cessant d'être footballeur, vous vous êtes révélé.

— Intéressant, murmura-t-il avec un sourire insupportablement sexy. Et qui suis-je donc vraiment, d'après vous ?

Soudain, elle eut l'impression que le sol tremblait sous ses pieds. Pourquoi avait-elle dit cela ?

— Vous êtes un homme de parole, qui se soucie de ses patients et de ses amis.

Voilà ! Elle n'aurait pas pu trouver quelque chose de plus impersonnel à dire... Et, d'ailleurs, il ne manqua pas de le remarquer.

Il se leva.

— On pourrait sans doute dire ça de presque tous les médecins qui travaillent ici, à Paulista.

— Mais je ne parle pas de tous les médecins. Je parle de vous, répliqua-t-elle, le souffle court.

Pensant qu'il voulait la voir quitter son bureau, elle se leva à son tour. Grossière erreur... Elle se retrouva juste en face de lui, assez proche pour humer l'odeur musquée et chaude de son après-rasage. Pour voir l'ombre de barbe sur son menton. Et ces lèvres qui l'hypnotisaient...

Roque ne fit pas un geste pour s'éloigner.

— Si nous parlions de vous, maintenant ? Voulez-vous savoir comment je vous vois ?

Elle n'en était pas sûre, mais elle s'entendit répondre, comme mue par une force inconnue :

— Oui.

Il effleura sa joue du doigt.

— Je vois une femme dans une robe un peu trop longue pour elle, mais déterminée à faire bonne figure...

Il était passé au portugais et, fascinée par le son de sa voix, elle l'écoutait sans bouger.

— J'ai eu un aperçu de votre personnalité en lisant dossier du patient que vous avez inclus dans votre demande de participation à notre programme. Et, quand je vous ai vue, j'ai su que je ne m'étais pas trompé en retenant votre candidature.

Il laissa retomber sa main, mais ne la quitta pas des yeux.

— Vous voulez ce qu'il y a de mieux pour vos patients et votre entourage.

— Je ne suis pas une sainte, vous savez...

— Ah bon ? Pourtant, vous ressemblez à ces sculptures qui ornent les églises...

S'il avait lu dans ses pensées en cet instant, il aurait certainement changé d'avis. Son pouls battait à ses tempes, et elle avait la bouche sèche.

— Les sculptures sont en pierre, alors que je suis de chair et de sang. Comme vous...

Il glissa une main dans ses cheveux et lui saisit doucement la nuque, puis il pencha la tête vers son visage et posa ses lèvres sur les siennes.

6

Roque n'avait jamais rien ressenti d'aussi doux. Ni d'aussi incroyablement sexy. À la seconde où sa bouche toucha les lèvres douces et soyeuses d'Amy, elle enroula les bras autour de son cou.

C'était le paradis...

Elle avait dit qu'elle n'était pas une sainte, mais lui non plus n'était pas exemplaire. Il l'avait prouvé à maintes reprises par le passé, en collectionnant les conquêtes. Mais, en cet instant, il n'y avait nulle part ailleurs où il aurait préféré être.

Quand il goûta de la langue la soie humide de sa bouche, il sentit son corps tout entier s'embraser. Un bras dans son dos, il s'appuya à son bureau, tandis qu'elle se pressait contre la partie de lui qu'il rêvait de la voir toucher, depuis qu'il avait marché sur sa robe, il y a un mois.

Et, pourtant, il aurait eu toutes les raisons du monde de la fuir.

Elle était de passage dans son hôpital. Et elle ne resterait que trois mois.

Amy se lova contre lui, et, soudain, il l'imagina allongée sur son bureau, offerte... Avant même qu'il ait pu esquisser le moindre geste, le téléphone sur sa hanche bourdonna, interrompant la lutte silencieuse qui se déroulait entre eux.

Amy se figea l'espace d'une seconde, puis elle recula d'un pas, de deux...

Bon sang, à quoi pensait-il donc ?

Lorsqu'elle prit finalement la parole, elle dit :

— Je suis vraiment désolée. Je ne sais pas ce qui m'a prise. Je...

Ce n'était pas sa faute, c'était la sienne. Et il savait trop bien ce qui les avait pris tous deux.

— Ce n'est pas votre faute. J'ai laissé les choses déraper. Je n'ai aucune excuse.

— J'étais d'accord. Vous l'auriez su assez vite si je ne l'avais pas été.

Il rit malgré lui.

— Vraiment ? Qu'auriez-vous fait ?

— Je vous aurais envoyé au tapis.

— Ah, c'est vrai. Vous pratiquez le tae kwon do.

— Oui, je suis ceinture noire.

— Je ne devrais pas être surpris, et pourtant, ça m'impressionne.

— Eh bien, c'est grâce à ma mère. C'est elle qui a insisté pour que je prenne des leçons. Elle voulait que je sois capable de me défendre.

— On dirait qu'elle a eu raison.

Roque a jeté un coup d'œil à sa montre, surpris de voir qu'il était presque 17 heures.

— Au fait, pour le dîner...

— Laissez-moi deviner. Vous ne voulez plus que je vienne, c'est ça ?

Il lut dans son regard qu'elle s'attendait à ce qu'il annule ce rendez-vous.

— Non, j'allais vous demander si vous aviez besoin de rentrer chez vous pour vous changer d'abord, parce que, si c'est le cas, vous n'aurez pas beaucoup de temps...

Elle parut soulagée.

— Alors, vous voulez toujours que je vienne ?

— Y a-t-il une bonne raison pour laquelle je devrais renoncer au plaisir de votre compagnie ?

Elle sourit.

— De toute évidence, non. Vous êtes très doué pour compartimenter, n'est-ce pas ?

— Pour quoi ?

— Ranger tout dans des tiroirs séparés, dans votre esprit.

En effet, c'était le cas. En partie à cause de son accident et de ce qui s'était passé avec Halee, et en partie à cause de son travail.

— Ce qui vient de se passer ne fait pas partie des choses que je rangerai dans un tiroir. Mais je m'assurerai que cela ne se reproduise plus.

— Je peux sûrement vous y aider.

Son sourire s'élargit. S'il voulait que le dîner se passe bien, il allait devoir garder la tête froide. Parce que sa mère était très, très rusée. Et la dernière chose qu'il voulait, c'était qu'elle devine ce que lui et Amy avaient fait dans ce bureau.

Sinon, elle appellerait le prêtre et réserverait le traiteur !

Ce n'était pas ce qu'il souhaitait. S'il arrivait à ne pas perdre de vue qu'Amy ne resterait que quelques mois, puis rentrerait aux Etats-Unis pour passer son doctorat, tout irait bien.

Il ne voulait pas s'engager dans une nouvelle relation, mais il ne voulait pas non plus l'empêcher de réaliser son rêve.

André Cardoza et son épouse accueillirent Amy dans la cuisine de leur petite maison de campagne avec la même chaleur que celle que Claudia avait affichée à l'hôpital.

— Merci beaucoup de m'avoir invitée.

Ils avaient choisi d'organiser le repas en dehors de l'agitation de Sao Paulo, plutôt que dans la demeure familiale. Roque expliqua que c'était parce que son père, policier, aimait s'éloigner de la ville le week-end, dès qu'il le pouvait.

— Nous sommes heureux que Roque vous ait amenée.

André était le portrait craché de son fils, mais ses cheveux noirs étaient parsemés de gris. Une brochette de viande à la main et une grande fourchette dans l'autre, il avait l'air totalement dans son élément.

Roque, en revanche, semblait mal à l'aise. Eh bien, ils étaient deux ! En fait, elle avait été surprise qu'il accepte sa venue, car il aurait peut-être été plus facile d'annuler leurs plans. Mais Amy appréciait vraiment Claudia et aurait détesté qu'elle se soit donné la peine de lui préparer un repas pour rien.

Celle-ci posa une bouteille d'eau devant elle.

— Servez-vous. Le dîner sera bientôt prêt. Roque, pourquoi ne pas lui faire visiter la maison ?

— D'accord.

Après avoir bu une gorgée d'eau, il lui fit signe de le suivre. Bien isolé des voisins, le jardin était joliment fleuri, avec des hamacs suspendus entre les arbres. Un bâtiment au toit de tuiles, qui ressemblait un peu aux cabanes de plage qu'on trouvait en Floride, abritait plusieurs chambres et une petite salle de bains.

— Quel est le mot portugais pour ce genre d'endroit, déjà ?

— *Chácara*. C'est un peu comme une maison de campagne.

Ce terme lui évoquait plutôt une maison en stuc blanc avec un porche et une balancelle. Ici, cela ressemblait plutôt à un terrain de camping dont ils étaient les seuls occupants. C'était charmant et, en d'autres circonstances, elle aurait trouvé cela paradisiaque.

Sauf qu'elle réagissait au moindre mouvement de Roque et se rappelait ses larges épaules, sous ses mains, son sexe durci pressé contre ses hanches…

Il était attiré par elle, c'était évident. Elle en avait eu la preuve concrète.

Malgré ce qu'il prétendait, il n'allait pas être facile d'enfouir ce souvenir dans un coin de son cerveau.

Pourtant, c'est exactement ce qu'elle allait devoir faire.

— Depuis combien de temps vos parents sont-ils propriétaires de cet endroit ?

— Ils l'ont hérité de mes grands-parents, qui l'ont construit il y a de nombreuses années.

Un petit étang agrémentait la propriété, nichée dans un écrin de verdure.

— Y a-t-il l'électricité, ici ?

— Aujourd'hui, oui, mais ce n'était pas le cas à l'époque. Ils ont également refait la plomberie il y a quelques années.

Il se dirigea vers l'un des transats disposés autour du plan d'eau.

— Quand j'étais enfant, je ne pensais pas à ce qui manquait à cet endroit. J'aimais juste être ici avec ma famille.

Amy, qui avait eu pour seule famille sa mère et son père – ses grands-parents étaient décédés avant sa naissance —, avait un peu de mal à imaginer de grandes réunions familiales. Elle s'assit et poussa un soupir de satisfaction.

— C'est beau, ici. Très calme.

Soudain, elle se sentit heureuse d'être venue. Cet endroit pourrait l'aider à recouvrer sa sérénité d'esprit.

— Oui. Le travail de mon père est très difficile. Venir ici l'aide à mettre les choses en perspective. À réaliser que la vie ne consiste pas uniquement à combattre les barons de la drogue dans les favelas.

Certains des bidonvilles du Brésil étaient contrôlés par différents gangs, qui géraient les allées et venues des personnes extérieures au ghetto.

— Je ne peux pas imaginer à quel point cela doit être difficile.

— J'ai grandi en sachant que mon père pouvait partir le matin pour aller travailler et ne jamais rentrer à la maison le soir. Je pense que c'est pourquoi cette *chácara* est si importante pour lui. Il a eu des offres sur la propriété, mais il les a toutes refusées.

— Vous en hériterez un jour, alors.

— J'imagine...

Elle perçut une note étrange sans sa voix et demanda :

— Vous n'en voulez pas ?

— Il fut un temps où j'aurais dit non. Mais c'était il y a longtemps.

Il tendit sa jambe devant lui en appuyant sa canne contre sa cuisse.

— Avez-vous mal ?

— Non.

La réponse fut brusque, comme à chaque fois qu'elle évoquait sa jambe. Il n'aimait pas en parler, ce qu'elle pouvait comprendre. Personne n'aimait admettre ses faiblesses.

— Désolée.

Il appuya la tête contre le haut dossier du transat, puis se tourna vers elle.

— C'est moi qui suis désolé. Ma jambe est fatiguée de cette longue journée, mais elle ira bien demain.

Pour leur sortie à la plage… Ils devraient beaucoup marcher, mais ce serait mieux pour ses muscles que de rester debout sans bouger, comme il le faisait quand il opérait ses patients.

— Que dois-je apporter ?

— À la plage ? Comme en Floride : de la crème solaire, peut-être un chapeau. Des chaussures légères pour marcher dans le sable.

— Où voulez-vous que je vous retrouve ?

— Je pense qu'il serait préférable que je vous prenne devant la Fonte Cristalina. Disons à 9 heures ?

Parfait !

Une demi-heure plus tard, Amy était assise dehors, à une grande table, et riait des anecdotes qu'André racontait sur son métier de policier. Elle était presque sûre qu'il avait aussi vécu des moments terribles. Parfois, Claudia posait sa main sur la sienne et lui demandait en souriant si elle voulait quelque chose à boire, l'encourageant à prendre une autre bouchée de cette délicieuse viande grillée si populaire au Brésil.

— Je suis très... satisfaite.

L'un des mots préférés de sa mère avait fait surface sans prévenir, et elle ferma les yeux, espérant que personne ne remarquerait qu'elle était étouffée par le chagrin – un chagrin qu'elle pensait avoir surmonté.

Roque l'observait du coin de l'œil.

— Est-ce que ça va ?

— Oui. Je profite de la soirée.

Et c'était le cas, à sa grande surprise. C'était probablement cela qui avait suscité son émotion. Elle savait que sa mère aurait adoré partager ce moment avec elle.

Roque jeta un coup d'œil à sa montre.

— Je dois ramener Amy à son appartement, dit-il à ses parents. La journée a été longue.

Claudia se leva pour embrasser son fils sur la joue, puis elle se tourna vers Amy et la serra dans ses bras.

— *Venha de novo, ta* ?

— Oui, merci beaucoup...

Bien qu'elle appréciât la proposition de Claudia, elle doutait fort de revoir les parents de Roque.

Heureusement, son sourire cachait sa tristesse, mais à la vérité, ces trois mois ne seraient bientôt plus qu'une toute petite parenthèse dans sa vie. Et peut-être qu'un jour elle serait capable de se remémorer avec plaisir ces instants.

Du moins, elle l'espérait.

7

Pourquoi diable lui avait-elle donné rendez-vous devant son immeuble ? Et pourquoi avoir accepté de passer la journée avec lui ?

Quand il arriva, elle sauta dans la voiture et lui offrit son plus beau sourire dans l'espoir qu'il ne remarquerait pas à quel point elle était nerveuse.

— Allons-y !

— Avez-vous hâte de voir Guarujá ? Si vous avez apporté une serviette, nous pourrons nous asseoir sur la plage pendant un moment.

— Très bien. Connaissez-vous Caraguatatuba ? Apparemment, il y a une grande plage de surf là-bas.

— Oui, Massaguaçu. Si vous décidez d'aller surfer là-bas, n'y allez pas seule, car les vagues sont très puissantes et peuvent être dangereuses.

— Je n'irai pas seule. Promis.

— Bien.

Une heure et demie plus tard, ils arrivèrent à Guarujá, et Amy en eut le souffle coupé. C'était presque intimidant, toutes ces villas de luxe alignées le long de la plage. Cela ne ressemblait en rien à la *chácara* qu'elle avait vue la veille.

La circulation était dense, mais pas autant qu'au centre

de Sao Paulo, où l'on voyait souvent des scooters et des vélos slalomer entre les files de voitures.

— Est-ce que ça vous plaît ?

— Oui, mais je ne m'attendais pas à cela. Il doit y avoir des milliers de personnes qui vivent ici !

Roque sourit.

— Des centaines de milliers. C'est drôle de voir cet endroit avec les yeux d'un touriste.

Ainsi, il n'avait amené personne ici lors des échanges des années précédentes ? Elle ne put s'empêcher de sourire tandis qu'une vague de chaleur se propageait en elle.

— Je vais essayer de ne pas vous décevoir.

— Vous ne m'avez pas déçu, Amy. Croyez-moi.

Quelque chose dans la façon dont il prononça ces paroles la fit frissonner.

Il se gara dans le premier parking disponible. En prenant son sac de plage sur le siège arrière, Amy nota qu'il n'avait rien apporté. Après avoir longé les grands immeubles de la promenade, ils arrivèrent sur une longue bande de sable où des parasols rayés rouge et blanc s'étendaient à perte de vue.

— C'est impressionnant, murmura Amy.

Il jeta un coup d'œil à l'un des bâtiments voisins et dit :

— Installez-vous, je vous rejoins dans une minute.

Elle enleva ses chaussures qu'elle fourra dans son sac, savourant la chaleur du sable sous ses pieds nus.

Quelques instants plus tard, elle sentit qu'on tirait légèrement sur son sac. Elle ne se retourna pas, et cela recommença...

Alors, tournoyant sur elle-même, elle lança sa jambe et crocheta le mollet du pickpocket, l'envoyant au sol.

Ce n'est qu'à cet instant qu'elle réalisa son erreur.

Roque était étendu sur le sable, sa canne à environ un mètre de lui.

— Oh ! mon Dieu ! Je suis désolée. Je pensais que quelqu'un essayait de voler quelque chose dans mon sac.

— Vous, au moins, vous savez vous défendre...

— Bien sûr. Je vous ai déjà dit que je pratiquais le tae kwon do...

Elle fronça les sourcils.

— Attendez... Avez-vous fait exprès de me provoquer ? Essayiez-vous d'obtenir une réaction de ma part ?

— Je voulais voir si vous aviez conscience de votre environnement.

— J'ai réagi par pur instinct. Êtes-vous blessé ? Votre jambe ?

— Seule ma fierté a souffert, répondit-il en saisissant la main qu'elle lui tendait.

Une fois debout, il fit quelques pas, et elle se sentit pâlir.

— Vous êtes blessé ! s'écria-t-elle, prise de panique. Je suis vraiment désolée !

— Ce n'est rien, répondit-il en se massant la cuisse gauche. Juste une crampe musculaire. J'en ai parfois quand les nerfs se détraquent.

Elle décida de saisir sa chance.

— Je peux vous aider à arranger ça.

— Non, vous ne pouvez pas.

Le ton était grave et sans appel, mais elle insista.

— Je ne peux pas faire disparaître votre blessure, mais je peux vous aider à soulager la douleur que vous ressentez en ce moment.

— J'ai déjà essayé.

— Et ça n'a pas marché du tout ? Je trouve cela difficile à croire. Je peux faire un massage en profondeur des tissus qui...

— Mais non...

Cette fois, elle haussa le ton.

— Vous plaisantez, n'est-ce pas ? Vous avez dit que vous aimiez la façon dont j'avais traité Bobby Sellers, que cela prouvait que je pouvais penser différemment, et maintenant vous faites comme si je n'avais rien à proposer !

— Je n'ai pas dit ça.

— Mais vous l'avez sous-entendu. Laissez-moi essayer, s'il

vous plaît. Si cela se révèle inutile, vous n'aurez rien perdu. Mais si cela apporte une amélioration…

— Vous ne serez pas toujours là, Amy, alors il vaut mieux que je ne m'habitue pas à…

— Il y a d'autres thérapeutes auxquels vous pourrez vous adresser. Laissez-moi vous aider… Je vais ajouter des huiles essentielles à mon huile de massage et traiter le muscle en profondeur…

— Et si ça ne sert à rien ? Cesserez-vous alors de me suggérer de suivre une thérapie ?

Elle hocha légèrement la tête.

— Êtes-vous sûr qu'il s'agit d'une crampe ?

— Ce n'est pas disloqué ou cassé, si c'est ce que vous suggérez. Je reconnais cette douleur. Ce n'est que du muscle.

— Pouvez-vous retourner à la voiture ?

— Je peux terminer notre visite.

Il tenta de faire un autre pas, mais s'arrêta aussitôt en réprimant une grimace de douleur.

— Non. Donnez-moi votre canne et prenez mon bras.

Étonnamment, il obéit, et sentir son corps solide près du sien la rassura. Ils retournèrent sur le trottoir et, lorsqu'elle leva les yeux vers Roque, elle lut la souffrance sur son visage. Il prétendait que sa douleur était musculaire, et elle en aurait la confirmation dès qu'elle aurait posé ses mains sur sa peau.

Pourvu qu'il ait raison ! Roque n'apprécierait certainement pas de devoir reporter toutes ses opérations à cause d'une chose aussi stupide qu'une erreur de diagnostic.

— Avez-vous votre permis de conduire international ? demanda-t-il.

— Oui, vous voulez que je conduise ?

— Ce serait plus prudent, je crois…

Quinze minutes plus tard, ils arrivèrent au parking. Elle aida Roque à prendre place sur le siège passager et démarra.

— Avez-vous un GPS ? Sinon, vous devrez m'indiquer le chemin pour rentrer chez vous.

— Je vais l'activer sur mon téléphone. En gros, vous allez prendre l'autoroute jusqu'à Sao Paulo.

— D'accord, je vais suivre les instructions.

Maintenant que son insistance lui avait permis d'obtenir ce qu'elle voulait, elle commençait à se demander si elle avait bien fait de lui proposer d'essayer un nouveau traitement. Mais elle se sentait si coupable de l'avoir fait souffrir que le moins qu'elle pouvait faire était de tenter de réparer sa maladresse.

En sentant son cœur se serrer, elle comprit qu'elle était en mauvaise posture. Non, elle ne tomberait pas amoureuse de lui ! Elle était sincère quand elle parlait de reprendre ses études de doctorat, et elle ne pouvait pas le faire au Brésil.

Or la vie de Roque était ici. Il adorait son travail et la vie qu'il menait, et le fait qu'elle soit troublée par le contact de son corps contre le sien n'y changeait rien. Au contraire, cela signifiait qu'elle devait redoubler de prudence. Le baiser qu'ils avaient échangé l'avait bouleversée au plus haut point, et si son téléphone n'avait pas sonné…

Le GPS émit un nouvel ordre, et elle se força à se concentrer sur la route. Pendant les vingt minutes qui suivirent, Roque demeura silencieux, les yeux fermés. S'était-il endormi ou souffrait-il tellement qu'il préférait s'isoler du monde extérieur ?

Soudain, il se redressa et la regarda.

— J'habite tout près d'ici, un peu plus loin sur votre droite. *Condomínio Apollo.* Il faut entrer dans le parking souterrain, place 601.

Elle trouva son immeuble et prit un virage serré qui menait à ce qui ressemblait à un labyrinthe. Elle repéra sa place de parking grâce aux numéros, clairement visibles au sol.

— Ça ne va pas mieux du tout ? demanda-t-elle une fois le moteur éteint.

— Nous allons le savoir bientôt, répondit-il, le visage tendu.

— Je viens vous aider.

Elle glissa les clés dans la poche de sa robe, récupéra son sac à main et son sac de plage et alla ouvrir la portière côté passager.

— Donnez-moi la main.

— Donnez-moi ma canne. Je vais voir si je peux me débrouiller.

Sans un mot, elle prit la canne, qu'elle posa sur son bras.

— Prenez mes mains, s'il vous plaît.

Elle se pencha vers l'habitacle et planta ses yeux dans les siens.

— Faites-moi confiance, Roque. Je vous en prie. Moins on sollicite ces muscles en ce moment, plus le massage sera efficace. Prise d'un élan de compassion soudain, elle prit ses mains dans les siennes et les serra doucement.

— Je veux vous aider. Je vous le promets. Mais je ne peux pas le faire tant que vous ne serez pas dans l'appartement.

Elle réfléchit quelques instants, puis ajouta :

— Auriez-vous un fauteuil roulant, ou un déambulateur, quelque part ?

— Non. Pas de fauteuil roulant. Allons-y !

Elle l'aida à balancer ses jambes et à les poser au sol.

— OK, quand vous êtes prêt, saisissez mes poignets.

Elle posa ses mains sur ses avant-bras et attendit qu'il fasse de même.

— Nous aurons plus de force ainsi, et vous ne pourrez pas tomber, expliqua-t-elle avec un sourire encourageant. À trois. *Um... dois... tres* !

Il réussit à sortir de la voiture, en faisant basculer le poids de son corps sur sa jambe droite.

— Bon, maintenant, appuyez-vous sur moi. Vous reprendrez la canne une fois arrivé à l'appartement.

Ils se dirigèrent vers l'ascenseur, et il pressa le bouton du sixième étage.

— Combien d'étages compte ce bâtiment ?

— Six.

Quand les portes de l'ascenseur s'ouvrirent, elle remarqua qu'il n'y avait que deux portes, sur le palier. Les appartements devaient être immenses.

— Où sont vos clés ?

Il désigna sa poche d'un geste de la tête. Elle y plongea la main, puis ouvrit la porte en grand.

Après l'avoir confortablement installé sur le canapé, elle lui dit :

— Attendez-moi ici. Je reviens tout de suite.

8

Roque s'était crispé quand elle avait demandé s'il avait un fauteuil roulant dans son appartement. Plus maintenant. Mais il avait encore un déambulateur, caché dans un placard de la chambre d'amis. Il ne pouvait pas le regarder sans qu'une myriade d'émotions le submergent, menaçant de lui voler le peu de force qu'il lui restait.

En un éclair, le jeune homme plein d'énergie, capable de percer la défense adverse pour aller marquer un but, puis un autre, était devenu un infirme qui pouvait à peine mettre un pied devant l'autre – même avec des béquilles. Un homme qui avait vieilli de quarante ans du jour au lendemain.

Il lutta contre la peur qui couvait en lui. Et si, malgré ce qu'il avait affirmé à Amy, ce n'étaient pas seulement ses muscles qui lui faisaient défaut ? Et si sa chute avait déchiré un tissu qu'il ne pouvait pas se permettre de perdre ?

Il vit son chat sortir de la cuisine et sauter sur ses genoux.

— Désolé, ma belle, murmura-t-il en caressant l'animal. Je te nourrirai dès que je pourrai me lever.

Quand Amy revint avec une bassine, il se crispa.

— Je ne vais pas vomir, si c'est ce que vous craignez.

— Non, ce n'est pas ça. Je voudrais y mettre des serviettes chaudes, mais je voudrais savoir où se trouve votre sèche-linge pour...

Elle s'interrompit en découvrant le chat.

— C'est Rachel ?

— Oui.

Amy alla glisser les doigts dans l'épaisse fourrure de l'animal.

— Salut, toi. J'ai entendu parler de toi. Heureusement, je ne suis pas allergique... Alors, où est le sèche-linge ?

— Je n'ai pas de sèche-linge, mais j'ai un coussin chauffant.

Il désigna de la tête la porte de sa chambre.

— Dans le placard de ma chambre d'amis, sur l'étagère du haut.

Quelques instants plus tard, elle revint avec le coussin chauffant dans une main et le déambulateur dans l'autre.

— Rangez ça. Tout de suite !

Sa voix était assez forte pour que Rachel sursaute. Mais la dernière chose qu'il voulait était qu'on lui rappelle sa faiblesse, son impuissance.

Amy posa le déambulateur avec un froncement de sourcils.

— Ce n'est pas pour toujours, c'est juste pour reposer un peu les muscles de votre jambe. Au moins pour ce soir.

— Je n'en ai pas besoin. Ni ce soir, ni jamais.

Elle hésita, puis laissa le déambulateur de côté et s'approcha avec le coussin chauffant.

— D'accord, on en reparlera plus tard.

Elle était aussi têtue que lui, songea-t-il en souriant malgré lui.

— Je ne compterais pas trop là-dessus, à votre place...

— Laissez-moi m'installer. Cela ne prendra que quelques minutes, mais en attendant je vais brancher ça et faire chauffer ces muscles. Enlevez votre pantalon.

— Pas question. Mais vous pouvez faire tout ce que vous voulez par-dessus mon pantalon.

— Non. Je ne peux pas. Et non seulement je ne peux pas, mais je ne veux pas. J'ai une serviette, ici...

Elle sortit de son sac de plage une grande serviette rose avec une photo de chat.

— Qu'est-ce que c'est ?

— Les Aristochats. Vous savez, le film ? Vous pouvez la poser sur vos genoux, puisque vous semblez être si… pudique.

Bien sûr qu'il était pudique ! Car, malgré la douleur dans sa jambe et le fait qu'elle cherche à le torturer, la probabilité était très forte qu'à un moment donné, cette serviette révèle un problème musculaire d'un tout autre genre.

— Je vais vous aider à l'enlever, alors, proposa-t-elle avec un sourire taquin.

Il fallait à tout prix qu'il se débarrasse d'elle, juste le temps d'enlever ce maudit pantalon.

— Laissez-moi une minute, je vais le faire moi-même…

— Très bien. Appelez-moi quand vous êtes prêt. Ou si vous avez besoin d'aide, dit-elle en quittant la pièce.

Il venait de déboutonner son jean quand elle passa la tête dans l'entrebâillement de la porte.

— Je crois que Rachel a faim. Que mange-t-elle ?

— Il y a des boîtes de conserve dans le garde-manger et sa gamelle est par terre, près du lave-vaisselle.

Cette fois-ci, elle disparut pour de bon, tandis qu'il s'efforçait de se glisser hors du vêtement trop serré, appuyé sur sa jambe blessée.

Diabos ! Et s'il devait être opéré une nouvelle fois ? Pire encore, s'il ne pouvait plus pratiquer d'opérations chirurgicales ? Ou exercer la médecine ?

Après son accident, il avait fallu deux ans avant qu'il n'ait eu le courage d'entamer une relation. C'était dû en partie à la trahison de Halee, et en partie aussi à la trahison de son propre corps.

Enfin, il réussit à retirer son pantalon, et drapa cette ridicule serviette autour de ses jambes.

Quelques minutes plus tard, Amy revint, la bassine fumante entre les mains.

Il fronça les sourcils.

— Quelle est la température exacte de ces serviettes ?

— Elles sont très chaudes.

Il l'observa. Plusieurs mèches de cheveux échappées de sa queue-de-cheval dansaient sur ses épaules. Elle portait une ravissante robe blanche au crochet, mais pas de sandales.

— Qu'est-il arrivé à vos chaussures ?

— Je les ai laissées dans mon sac de plage.

En y repensant, il ne l'avait pas vue remettre ses chaussures avant de l'aider à monter dans la voiture. Pourtant, le trottoir devait être brûlant ! Mais elle ne s'était pas plainte, et avait conduit pieds nus. Ensuite, elle était montée dans l'ascenseur et avait marché sur le plancher de son appartement ainsi…

C'était l'impulsion dont il avait besoin pour faire ce qu'elle lui demandait. Si elle pouvait faire tout ce qui était nécessaire pour lui sans se préoccuper d'elle-même, il allait l'imiter et lui obéir…

Cela suscita en lui une vague de pensées importunes, qu'il s'empressa de chasser.

— L'humidité va-t-elle endommager votre canapé ? Si c'est le cas, nous pouvons nous installer sur votre lit.

Non. Pas le lit.

— Ce canapé ne craint rien, et il est convertible.

— C'est parfait. Comment cela fonctionne-t-il ?

— Il y a un bouton sur le côté.

Elle fit descendre le dossier, tandis qu'il se penchait en avant.

— Très bien. Avez-vous mal devant ou derrière ?

— C'est plutôt à l'extérieur de ma cuisse, là où se trouve la cicatrice.

— Allongez-vous sur le ventre, comme sur une table de massage.

Il se détendit légèrement.

— Je voudrais garder la serviette autour de ma taille, dans ce cas.

— Vos désirs sont des ordres…

Il s'empressa d'oublier cette phrase, qui attisait en lui des envies qu'il ne voulait, ne pouvait pas s'autoriser. L'envie de l'embrasser, par exemple, et de revivre les sensations qu'il avait éprouvées dans son bureau, quand elle s'était lovée contre lui...

Dès qu'il fut bien installé, elle enroula une serviette chaude autour de sa jambe gauche, ce qui provoqua une légère douleur, puis elle régla le minuteur de son téléphone et sortit un flacon de son sac à main.

Il lui jeta un regard méfiant. Flávia Maura lui avait-elle donné une de ses potions aux herbes ?

— Qu'est-ce que c'est ?

— Détendez-vous. C'est juste un mélange d'huiles essentielles que je transporte partout pour les douleurs musculaires. Il contient de la gaulthérie, de la menthe poivrée, de la citronnelle et diverses autres plantes. Je vais y ajouter de l'huile d'olive que j'ai trouvée dans votre garde-manger. Le tout agira comme un analgésique naturel et aidera à lubrifier la peau pendant que je la travaille.

Elle s'interrompit.

— À moins que vous ne vouliez prendre un relaxant musculaire. Si vous en avez.

Il en avait quelque part, mais il évitait d'en absorber, ayant déjà eu du mal à se sevrer des antalgiques puissants après l'accident. Cela l'avait rendu méfiant à l'égard des médicaments.

— Je ne préfère pas, sauf si c'est absolument nécessaire.

— C'est ce que je pensais.

Elle remplaça les serviettes froides par d'autres, bien chaudes.

— Une fois qu'elles seront refroidies, je masserai vos muscles avec de l'huile.

Cinq minutes plus tard, elle posa ses mains sur lui. Dès qu'elle toucha sa peau, la douleur dans sa jambe devint presque secondaire. Elle était là, mais il ne s'en préoccupait plus. Les mains d'Amy pressaient et frottaient sa peau avec force et douceur à la fois, et il ferma les yeux... pour les rouvrir brusquement quand elle aborda la zone douloureuse.

— *Diabos* !

— Ça fait mal ?

— Oui.

— C'est bien.

Il tourna la tête vers elle et la vit sourire.

— Je sens les muscles qui ont été touchés par la balle, mais j'avais besoin d'être sûre que j'étais au bon endroit.

— Eh bien, je vous le confirme !

Il serra les dents pour chasser la douleur, oubliant presque tout le reste. Amy continua à travailler, utilisant la base de sa paume pour dénouer les tensions de sa jambe. Quinze minutes plus tard, il se rendit compte que la douleur diminuait, si lentement qu'il ne savait pas quand cela avait commencé. Mais l'amélioration était très nette, de plus en plus nette.

— Merci. J'ai l'impression que ça n'a pas mal fonctionné.

— Donnez-moi juste quelques minutes de plus. Je pense que je peux faire encore mieux.

Elle continua son massage et, quand ses mains s'immobilisèrent enfin, elle effleura du doigt le sillon de sa cicatrice, le faisant frissonner. Elle avait soulagé presque toute sa douleur. Et lui en avait infligé une nouvelle, d'une tout autre nature...

— Merci, Amy.

— De rien.

Il se retourna prudemment et s'assit en gardant la serviette en place. Il ne sentit aucune pression dans sa jambe mais, quand il la regarda, il remarqua que ses joues étaient rouges, ce qui était sans doute dû à l'effort, mais peut-être pas uniquement...

Sentir ses doigts sur sa cicatrice avait provoqué en lui des sensations différentes de celles du massage de sa jambe. Il avait senti une émotion nouvelle naître en lui alors que, d'ordinaire, il n'aimait pas que les femmes s'attardent ainsi sur cette marque.

Elle était toujours agenouillée sur le tapis, devant le canapé, mais alors qu'elle s'apprêtait à prendre une nouvelle serviette, il lui saisit le poignet. Puis, incapable de résister, il caressa doucement sa joue.

— Laissez tout ça, je m'en occuperai demain matin.

— Comment vous sentez-vous ? lui demanda-t-elle, les yeux brillants.

— Mieux. Je ne croyais pas qu'un simple massage puisse faire autant d'effet.

En réalité, ce massage n'avait rien de simple. Pas plus que l'effet qu'il produisait sur lui.

— Je vous avais dit que ça fonctionnerait. Me croyez-vous, maintenant ?

— Je vous crois... vous. Mais j'ai eu une autre kiné qui...

Il n'acheva pas sa phrase. Comme il se levait, elle l'imita, et il la vit rougir légèrement et se mordiller la lèvre.

Embrasse-la.

Il prit son visage en coupe, et elle se pencha vers lui, comme si elle attendait un baiser. Comme si elle l'attendait, lui.

— Qu'y avait-il, dans cette huile, déjà ?

— Rien de dangereux...

C'est là qu'elle avait tort. Parce qu'un poison puissant courait dans ses veines, prenant le contrôle de ses pensées. Et s'il interprétait correctement son expression, elle en ressentait les effets, elle aussi.

— Si je t'embrassais dans cette serviette ridicule, que ferais-tu ?

Surprise et flattée par ce tutoiement soudain, elle sourit doucement, révélant une fossette au creux de sa joue.

— Essaye, et tu le sauras...

Alors, sans se faire prier, Roque inclina la tête et posa sa bouche contre la sienne.

À la seconde où il toucha ses lèvres, Amy se sentit fondre. Elle avait beaucoup trop apprécié les quinze dernières minutes de ce massage. Ses muscles étaient fermes sous sa peau, et non pas flasques, comme elle l'avait cru. Il avait une musculature d'athlète, même s'il n'en était plus un.

Ses lèvres étaient fermes, elles aussi, et goûtaient les siennes avec une ferveur qu'elle partageait. Mon Dieu, elle ne pouvait pas y croire ! C'était comme s'il avait lu dans ses pensées et la remerciait de l'avoir aidé à se sentir mieux.

Mais elle n'avait pas du tout l'impression qu'il l'embrassait par devoir, ni par gratitude, plutôt qu'il la désirait autant qu'elle le désirait.

Une aventure... N'était-ce pas ce qu'elle s'était imaginé s'accorder en venant au Brésil ? Avec un bel inconnu ? N'y avait-elle pas vu un moyen de donner un nouvel élan à sa vie ?

Mais pourquoi rêver d'un inconnu quand elle tenait l'homme parfait entre ses bras ? Quelqu'un qu'elle connaissait, en qui elle avait confiance. Quelqu'un dont elle avait touché la peau et qu'elle voulait toucher à nouveau, autrement...

Elle n'avait pas besoin d'engagement. Elle l'avait souhaité par le passé, pour ensuite être cruellement déçue lorsque l'homme auquel elle tenait s'était éloigné, sans même une excuse ou un au revoir. Cela avait fait mal. Assez pour ne pas vouloir répéter cette expérience.

Mais elle n'avait pas besoin que Roque lui fasse des promesses d'avenir. En cet instant précis, en tout cas, elle ne voulait rien d'autre que prendre du plaisir avec lui...

Elle fit glisser ses mains le long de ses bras, et sentit ses muscles saillir sous ses doigts, qu'elle glissa dans ses cheveux, juste au-dessus du col de son polo.

Roque pencha la tête pour approfondir leur baiser, ses paumes frôlant le tissu de sa robe, sur ses reins.

— Comment ça s'appelle ? murmura-t-il en soulevant légèrement sa robe. Je n'ai pas pu m'empêcher d'y penser toute la journée...

— Quoi ? demanda-t-elle sans comprendre.

Il sourit contre sa bouche.

— Ce tissu plein de trous minuscules. C'est tellement sexy que j'ai envie d'en caresser chaque centimètre carré...

— De la broderie anglaise. Je ne sais pas comment on dit en portugais.

— Hum... Moi non plus.

Il fit courir ses lèvres douces et chaudes sur sa joue, puis sa gorge. Et quand il atteignit l'encolure de la robe, il la frôla lentement du doigt, la faisant gémir. Puis, de sa main libre, il fit glisser la fermeture Éclair au dos de sa robe, l'abaissant jusqu'à sa taille.

— Veux-tu que nous allions ailleurs ? Dans un endroit un peu plus... intime ?

— Oui, murmura-t-elle, soudain timide.

Il lui prit la main et l'entraîna vers le fond de l'appartement, ouvrant, puis refermant une porte derrière eux. Celle de sa chambre, où trônait un immense lit à baldaquin en bois exotique.

Lentement, il saisit le bas de sa robe et fit passer le vêtement par-dessus sa tête, si bien qu'elle se retrouva debout devant lui, vêtue de ses seuls sous-vêtements roses.

Il posa le doigt sur son slip en dentelle.

— Est-ce celui que...

Elle pencha la tête.

— Que quoi ?

— ... que j'ai aperçu dans ta valise, le premier jour, acheva-t-il.

Son visage s'éclaira tandis qu'elle se remémorait les circonstances de cette visite.

— Oui...

Le portait-elle aujourd'hui parce qu'elle savait qu'il allait le voir ?

Non, il est impossible qu'elle ait pu planifier tout cela, même inconsciemment.

— Ces dessous me hantent depuis des semaines.

Elle eut un rire léger.

— Et moi qui espérais que tu ne les avais pas remarqués !

Il se pencha vers le bas comme pour la prendre dans ses bras, mais elle le repoussa doucement.

— Qu'est-ce qui ne va pas ?

Une foule d'émotions contradictoires passèrent sur son visage, et elle comprit qu'il se trompait sur les raisons de son geste.

— Je ne veux pas que tu me soulèves, ni que tu fasses quoi que ce soit qui puisse réveiller la douleur de ta jambe. Cela me rendrait très malheureuse, à plus d'un titre.

Elle se tourna vers le lit, puis tira la couverture et lâcha d'un air mutin :

— Pourquoi ne pas t'allonger ?

Il ne réagit pas du tout comme elle l'avait espéré.

— Je ne suis pas un invalide, Amy.

— Oh ! je le sais, crois-moi...

Pour cacher sa douleur et sa gêne, elle eut un rire forcé et lui prit doucement sa serviette, révélant une impressionnante érection, visible sous son boxer.

— Tu es incroyable, souffla-t-il, au comble de l'excitation. Mais... Je vais avoir besoin de quelque chose, dans la table de nuit.

En ouvrant le tiroir du haut, elle trouva un paquet de préservatifs qu'elle jeta sur le lit.

— Autre chose ?

Il hocha la tête.

— Oui. Si je promets de ne faire aucun mouvement de gymnastique, me laisseras-tu jouer un rôle... actif ?

— Cela dépend, répondit-elle, prudente.

Soudain, il vint se placer devant elle, lui saisit les hanches et l'attira contre lui.

— Je veux que nous ayons du plaisir. Tous les deux, murmura-t-il, soudain sérieux.

— Pas d'acrobaties, et tout ira bien.

— Pas cette fois. Promis.

Il n'essaya pas de la soulever de nouveau ; au lieu de cela, gardant ses mains sur ses hanches, il la fit reculer jusqu'à ce que le dos de ses cuisses touche le matelas. Puis il la fit basculer sur le lit moelleux et accueillant...

Il s'allongea sur elle et ne bougea pas pendant quelques secondes, puis fit glisser son slip de dentelle rose le long de ses cuisses.

— *Meu Deus. Você é a mulher mais linda do mundo.*

Elle n'était pas la plus belle femme du monde, mais c'était agréable de l'entendre dire ces mots. Et de le voir aussi passionné. Quant à elle, impossible d'être plus excitée qu'elle ne l'était en cet instant.

Mais comme il se penchait pour l'embrasser, elle posa son pied nu sur son ventre.

— Reste aussi droit que possible.

— C'est un ordre ? demanda-t-il, un peu surpris par son ton autoritaire. D'accord. Je ne bougerai plus. Assieds-toi, *querida*.

Elle obéit à son tour et il prit ses seins en coupe pour en taquiner les tétons.

— Tu me rends fou...

Folle de désir elle aussi, elle se cambra pour mieux l'accueillir quand il agrippa ses fesses et la pénétra d'un rapide coup de reins, l'emplissant entièrement.

Bouleversée par les sensations inédites qui l'assaillaient, elle perdit tout contrôle. Visiblement, Roque ne voulait pas prolonger les préliminaires, ni lui laisser l'initiative...

Elle avait voulu lui éviter toute douleur à la jambe, mais l'expression qu'elle lisait sur son visage n'avait rien à voir avec la douleur. C'était du désir, de la sensualité pure, une foule de sentiments qu'elle n'était pas vraiment en état d'analyser.

Ce qu'elle savait, c'est qu'elle le désirait. Qu'elle voulait qu'il la possède, et que cela ne s'arrête jamais... Il se mit à bouger de plus en plus vite en elle, et elle se rendit compte qu'elle s'approchait de la falaise. Si elle basculait, il n'y aurait plus de retour en arrière possible...

Mais elle s'en moquait, certaine que, bientôt, elle serait aussi proche du paradis qu'elle ne l'avait jamais été.

Il l'embrassa, tout en continuant de bouger en elle et de la caresser.

— J'ai tant attendu ce moment, murmura-t-il. Depuis le premier instant...

— Moi aussi...

Elle voulait en dire plus, mais les mots ne franchissaient pas ses lèvres, qu'il recommençait à dévorer. Quand sa langue en passa la barrière et se mêla à la sienne, elle noua ses mains autour de sa nuque, comme pour se fondre en lui.

— Amy, je ne peux plus...

Doucement, il glissa une main entre leurs corps, et trouva son bouton sensible, qu'il caressa avec douceur.

— Ooooh ! Roque... Oui...

Très vite, tous deux atteignirent l'orgasme dans un même cri, puis retombèrent dans les bras l'un de l'autre, haletants, épuisés, comblés.

9

Il y avait un sujet tabou entre eux, et ce n'était pas lui qui ne voulait pas en parler. Pire encore, sa mère lui avait confié avoir invité Amy à une fête qu'elle organisait, et être toujours dans l'attente d'une réponse. Elle voulait sans doute que ce soit lui, Roque, qui lui demande de venir.

Mais il n'en avait pas l'intention, bien que le coup de téléphone maternel l'ait incité à renouer le dialogue, ce qu'il remettait à plus tard depuis deux semaines, en voyant Amy travailler d'arrache-pied aux côtés des autres membres de l'équipe, puis disparaître tout aussi rapidement une fois sa garde terminée. Comme si elle évitait d'être seule avec lui.

Comme si ?

Non, il n'y avait aucun doute : elle ne voulait pas le voir.

Mais, aujourd'hui, il devait assister à la première séance de kiné d'Enzo, et la rencontre serait inévitable. Il avait l'intention d'être présent et d'intervenir à l'issue de la consultation, même s'il ne savait pas très bien ce qu'il allait dire.

Tout ce qu'il savait, c'est qu'il n'avait pas aimé la façon dont ils s'étaient quittés, après avoir fait l'amour : avant même qu'il soit sorti de la douce léthargie qui avait suivi leur étreinte passionnée, elle s'était éclipsée...

Les portes de l'ascenseur s'ouvrirent sur une grande salle grouillant d'activité, avec des patients occupés à faire les exercices prescrits par leur kinésithérapeute.

Il repéra Enzo, qui lui fit un signe rapide. Quelques semaines auparavant, il avait passé son test de déglutition avec succès, mais Roque ne s'attendait pas à autre chose de son ancien entraîneur. Quand il se dirigea vers lui, il remarqua qu'Amy évitait de croiser son regard.

— Comment ça va ? demanda-t-il à son ami.

— Bien. Elle ne m'a pas encore fait pleurer.

Ses paroles étaient un peu déformées à cause de sa récente chirurgie de la mâchoire, mais au moins il pouvait parler. Il suivait également des scéances d'orthophonie et tous espéraient qu'il n'aurait pas de lésions nerveuses. Krysta, qui s'était montrée très méticuleuse dans sa résection, était optimiste. Cette mémoire musculaire reviendrait au fil du temps, il n'en doutait pas.

— Ne t'inquiète pas, ça viendra. Vous devez travailler encore plus d'un mois ensemble, ironisa-t-il.

Cependant, Roque avait décidé qu'il ne pouvait plus reporter sa discussion avec Amy.

Ils n'avaient rien fait de mal, mais son attitude suggérait qu'elle le pensait. Et il finissait par le penser aussi, sans trop savoir pourquoi.

Il s'agissait d'une mission temporaire, pour elle. Et pour lui aussi, en réalité. Ce qui aurait dû en toute logique faciliter la résolution du problème. Mais, jusqu'à présent, ce n'était pas le cas.

Elle lui avait vraiment fait du bien, et sa jambe le faisait moins souffrir depuis qu'elle l'avait massé. Ce qui signifiait qu'il s'était trompé en prétendant que la physiothérapie ne pouvait plus l'aider. C'était une réaction négative à ce qui s'était passé bien avant son arrivée.

— Je me sens mieux, confia Enzo.

Roque posa la main sur l'épaule de son ami.

— Je suis très heureux pour toi. Tu dois être soulagé d'arriver bientôt au terme de ton parcours de soins.

Il se rappela soudain l'époque où il terminait ses études

de médecine, l'exaltation et l'angoisse qu'il ressentait face à l'avenir qui l'attendait. Enzo éprouvait probablement la même chose, en ce moment.

— Il a travaillé dur aujourd'hui, expliqua Amy. Assez fort pour que je sois prête à le laisser tranquille. Au moins jusqu'à la semaine prochaine.

Elle se tourna vers son patient et lui sourit.

— Assurez-vous de faire les exercices que je vous ai donnés. Ils vous aideront vraiment à retrouver votre amplitude de mouvement.

Enzo acquiesça et descendit de la table avant de regagner sa chambre.

Une fois son ami parti, Roque s'adressa à Amy.

— As-tu un autre patient maintenant ?

— Non, c'était mon dernier de la journée.

— Bien. Penses-tu que nous pouvons trouver un endroit pour parler ?

Elle ferma les yeux pendant une seconde avant de les ouvrir

— De quoi ?

Un muscle se crispa dans sa mâchoire.

— Je pense que tu sais de quoi il s'agit.

— Oui, en effet, soupira-t-elle en levant les yeux vers lui. Allons faire un tour.

Elle fit quelques pas, puis demanda :

— Comment va ta jambe ?

— Bien. Je suis tout à fait capable de marcher...

— Ce n'est pas ce que je voulais dire.

Il n'était pas sûr de la raison pour laquelle il avait devancé sa question. Peut-être que leurs *jogo de palavras*, leurs échanges un peu vifs, lui manquaient. Ils avaient fait place à des dialogues guindés et formels. Professionnels. Mais c'est bien ce qu'il avait voulu, n'est-ce pas ?

— Désolé. Allons jusqu'au *pátio*.

Derrière l'hôpital, il y avait un petit jardin privé où les patients et leurs proches pouvaient sortir et profiter du soleil ou s'asseoir à l'ombre des arbres. Cela lui rappelait un peu la *chácara* de ses parents. C'était aussi assez intime, et il y avait peu de chances que quelqu'un les entende.

Ils sortirent dans la cour et empruntèrent une petite allée.

— Je ne pense pas être encore venue ici. C'est magnifique.

— Oui. J'adorais ce lieu quand j'étais étudiant.

Elle le regarda.

— Je n'avais pas compris que tu avais fait tes études à Paulista.

— C'est le cas. J'avais envie de changer d'air après avoir vécu longtemps à Rio.

— Tes parents ont déménagé ici pour être près de toi ?

— La famille de ma mère est originaire de Sao Paulo, elle n'a donc eu aucun problème pour déménager. Pour un Brésilien - comme tu le sais probablement —, la famille est essentielle.

Il ne savait pas exactement comment la conversation avait pris ce tour mais, au moins, il avait réussi à rompre le silence glacial qu'il avait en vain tenté d'ignorer pendant les deux dernières semaines. Et elle semblait se détendre, peu à peu.

— J'ai toujours été surpris que ma mère ne soit pas retournée au Brésil après la mort de mon père.

— Pour être près de ton oncle, tu veux dire ?

Peut-être que, s'il lui rappelait les raisons de sa venue au Brésil, ils pourraient tous deux surmonter la gêne de ce qui s'est passé entre eux.

— Oui. Mais elle a dit qu'elle et mon oncle ne s'étaient pas parlé depuis des années. Il n'était pas d'accord pour qu'elle se marie si jeune et si vite et parte s'installer aux États-Unis.

Amy n'avait pas parlé à son oncle de la mort de sa mère. Ce n'était pas le genre de nouvelle qu'elle voulait lui annoncer par téléphone.

Roque voulait la faire parler, non seulement parce que cela pourrait les aider à renouer, mais aussi parce qu'il voulait vraiment savoir. Elle était venue ici à cause de sa mère, pour en apprendre un peu plus sur ses racines, alors il pourrait peut-être l'aider ?

— Ta mère a-t-elle grandi là où vit ton oncle maintenant ?

— Je ne sais pas. Elle n'a pas beaucoup parlé de sa vie au Brésil. Pour autant que je sache, elle n'est revenue ici qu'une seule fois. Quand j'étais bébé. Mon oncle a manifestement refusé de la voir.

— Je parie qu'il le regrette, maintenant.

— Peut-être. Au moins, il n'a pas refusé de me rencontrer.

Elle soupira.

— Je pense que le problème est que ma mère ne lui a pas laissé le temps d'assimiler ce qui se passait entre elle et mon père. Mon père travaillait pour l'un des principaux constructeurs automobiles du Brésil, qui avait une usine à Sao Paulo. Lui et ma mère se sont rencontrés lors d'un de ses voyages d'affaires et sont tombés amoureux. Trois semaines plus tard, ils se mariaient et partaient pour la Floride. Je suis née un an plus tard.

— C'était rapide, en effet.

Amy sourit.

— C'était ma mère. Elle vivait l'instant présent et s'y donnait entièrement, sans jamais se retourner. C'est peut-être en partie pour cette raison que, après avoir quitté le Brésil, elle détestait y revenir.

Il s'arrêta un instant sur cette idée. Ainsi, une fois qu'Amy aurait quitté le Brésil, elle ferait la même chose que sa mère et ne reviendrait jamais ?

Mais, d'un autre côté, cela pourrait aussi signifier que, si Amy vivait dans l'instant présent, elle serait capable de reléguer ce qui s'est produit entre eux dans le passé et d'aller de l'avant.

— Penses-tu que tu reviendras nous rendre visite ?

— Cela dépend de la façon dont les choses se passeront avec mon oncle.

Comme sa jambe commençait à fatiguer, Roque s'assit sur un banc et la tendit devant lui pour soulager la douleur.

— Je... voudrais parler de ce qui s'est passé à l'appartement, dit-il.

Elle leva la tête et le regarda dans les yeux.

— Oui ?

— J'aimerais dépasser cette gêne qui s'est installée entre nous.

— Je ne sais pas si j'en suis capable, Roque.

Ces mots lui firent l'effet d'un coup de poing dans le ventre. Mais, avant qu'il ne puisse formuler une réponse, elle ajouta :

— Je n'ai jamais eu de rapports sexuels... en dehors d'une relation amoureuse, et encore moins avec un patient. Ce n'était pas professionnel et je...

C'est donc de cela qu'il s'agissait !

— Mettons les choses au clair, Amy : je ne suis pas ton patient.

— Je croyais que tu allais te demander s'il ne s'était pas passé quelque chose entre moi et... Enzo, par exemple, ou d'autres patients.

Roque se retourna et planta ses yeux dans les siens.

— Après ma blessure, j'ai eu une kinésithérapeute, à Rio, qui m'a fait des avances. Elle a voulu prolonger mon traitement même après que j'ai cessé de faire des progrès. Crois-moi, si j'avais senti que tu étais comme ça, tu aurais quitté le programme en un clin d'œil !

Il lui toucha tendrement l'épaule.

— Tu n'as pas profité de moi. Je désirais autant que toi ce qui s'est passé. Nous étions deux adultes consentants qui ont passé une nuit ensemble, comme tant d'autres avant nous.

Elle lui sourit.

— Tu n'imagines pas à quel point je suis soulagée d'entendre cela ! Avant de venir ici, j'avais songé à avoir une aventure avec un beau Brésilien. Est-ce ainsi que tu définirais ce qui s'est passé entre nous ?

— Oui, sans doute, dans le sens où cela est totalement sans importance.

Une lueur de douleur dans ses yeux le fit réfléchir. Il s'attendait à ce qu'elle soit soulagée, pas... peinée. Il avait déjà perçu ce manque de confiance en elle auparavant. Mais, cette fois, ce n'était pas lié à son travail. Non, cela avait à voir avec lui.

— N'est-ce pas le bon mot ?

Elle enroula ses bras autour de sa taille.

— Si, c'est exactement le bon mot, murmura-t-elle.

Mais elle ne le regardait plus.

— Peut-être que « sans conséquence » aurait été plus adapté ?

Le visage impassible, elle répliqua :

— Oui, cela convient aussi...

Il sentit un étrange malaise l'envahir. Pourquoi réagissait-il ainsi ? C'était incompréhensible. Il aimait sa vie telle qu'elle était. Pas de conflits. Aucun engagement. Personne pour se demander ce qu'il ferait dans dix ans.

En la voyant brandir ce déambulateur, dans son salon, il avait eu un choc, comme un présage de ce que l'avenir pourrait lui réserver. Était-ce la raison pour laquelle il ne s'était jamais décidé à se débarrasser de cet objet ?

Il ne voulait pas être traité comme un invalide. Ni par Amy ni par personne d'autre. C'était ridicule mais, avec elle, il avait soudain l'impression d'avoir quelque chose à prouver, même s'il avait prétendu le contraire. Et il n'y pouvait rien...

C'est alors qu'il se remémora l'objectif de cette discussion qu'il avait lui-même provoquée.

— Alors, c'est réglé ? Tout va bien entre nous ?

— Oui, Roque, oublions tout ça.

Heureux d'être parvenu à ses fins, il ajouta sans réfléchir :

— Ma mère m'a dit qu'elle t'avait invitée à sa fête. Elle aimerait beaucoup que tu viennes. Et moi aussi.

Bon sang. Mais qu'est-ce que tu fais ?

— Je ne sais pas...

— Je te promets de ne pas marcher sur ta robe, cette fois.

Elle lui sourit timidement :

— Si tu es sûr que ça ne la dérange pas. Je pensais que ta mère voulait peut-être juste se montrer polie envers moi.

— Crois-moi, elle ne t'aurait pas invitée si elle ne voulait pas que tu sois là.

— Cela dépend un peu de mon chef de service. Il faut qu'il soit d'accord. C'est un type assez intimidant.

Il lui fallut une seconde pour comprendre qu'elle parlait de lui.

— Il n'est pas si intimidant que ça, et je suis sûr qu'il acceptera de t'accorder une soirée de liberté !

Amy prit une robe sur le portant, avant de la remettre en place avec un soupir. Elle devait se dépêcher. Son oncle était enfin de retour de voyage, et elle avait prévu de prendre un taxi pour se rendre chez lui sitôt sa garde terminée.

Et si elle laissait tomber le shopping et portait à nouveau sa robe de plage en broderie anglaise ? Non. Elle ne remettrait plus cette tenue, qu'elle ne pouvait pas regarder sans se rappeler les longs doigts de Roque courant sur le délicat coton…

Bien que leur relation de travail fût meilleure maintenant, parfois des bribes de la conversation qu'ils avaient eue dans le jardin resurgissaient à son esprit.

Roque considérait ce qui s'était passé entre eux comme « sans importance ». Et il avait raison. Mais entendre ces mots de sa bouche lui avait tout de même fait mal.

C'est la définition même d'une aventure, Amy. N'est-ce pas ce que tu voulais ? Une nuit, une seule…

De plus en plus agacée, elle essaya plusieurs robes. Sans succès.

Pourquoi as-tu donc accepté d'aller à la fête de ses parents ?

À cause d'une expression qu'elle avait vue sur son visage et qui contredisait ses paroles.

De plus, elle aimait bien ses parents. Elle n'avait pas vraiment eu l'occasion d'échanger avec beaucoup de gens en dehors du programme de l'hôpital, et c'était une occasion de découvrir la vie brésilienne telle que sa mère l'avait connue autrefois.

Et il fallait en profiter car, à la fin du mois, elle devrait dire au revoir – ou plutôt, adieu – à tous ses collègues et à ce merveilleux pays, et prendre l'avion pour rentrer chez elle.

Chez elle ?

Pour la première fois de sa vie, la Floride ne lui apparaissait plus comme son foyer. Mais sa vie était là-bas. Sa carrière. C'est là qu'elle reprendrait bientôt ses études de doctorat. Elle ne pouvait pas simplement se déraciner et venir vivre dans ce pays, où elle ne connaissait pratiquement personne…

Chassant ces pensées importunes, elle choisit une robe décontractée, puis la reposa et opta finalement pour un jean slim foncé qui mettait en valeur sa silhouette. Elle l'espérait, en tout cas.

Pourquoi ?

Peut-être avait-elle quelque chose à prouver ? À elle-même, du moins. Car, même si elle avait eu l'aventure espérée, elle n'était pas entièrement satisfaite et se surprenait à attendre davantage.

La soirée serait décisive mais, pour l'instant, elle devait se dépêcher, car elle était attendue chez son oncle dans une heure. Alors, avec un sourire à la vendeuse, elle sortit de la boutique et chercha la station de taxis la plus proche.

10

Le jour de la fête, Amy se sentait presque aussi nerveuse à l'idée de se préparer pour cet événement qu'elle l'avait été pour le barbecue de la *chácara*. Il s'était passé tant de choses depuis ! Elle était allée à la plage avec Roque, et ils avaient fait l'amour... Elle avait aussi rendu visite à un oncle qu'elle n'avait jamais rencontré auparavant.

Elle et Abel avaient ri et pleuré en souvenir de sa mère, et il avait exprimé ses regrets de l'avoir rejetée tant d'années auparavant, lorsqu'elle était venue pour renouer avec lui. Il avait promis à Amy que lui et sa femme viendraient lui rendre visite aux États-Unis.

Elle enfila son jean slim, l'assortit d'une paire de bottes à talons, puis passa une tunique verte serrée à la taille par une ceinture à maillons argentés.

Après s'être coiffée et avoir appliqué une couche de mascara et du gloss sur ses lèvres, elle se déclara prête à sortir.

Quarante-cinq minutes plus tard, alors qu'elle s'avançait vers un jardin d'où s'échappaient des rires, Amy eut soudain envie de faire demi-tour. Mais elle avait promis d'être là et ne voulait pas qu'on pose trop de questions si elle annulait au dernier moment.

Tandis qu'elle se penchait vers l'Interphone, la porte s'ouvrit sur la mère de Roque, qui l'embrassa sur la joue, comme elle l'avait déjà fait lors de leur dernière rencontre.

— C'est bon de vous revoir !

L'enthousiasme de son hôtesse balaya tous ses doutes et elle s'entendit répondre :

— *Obrigada pelo convite.*

Au fil des semaines, elle avait progressé en portugais et ne trébuchait plus sur la moitié des mots. Elle continuait cependant à parler en anglais avec Roque car, bizarrement, il lui semblait important de bien s'exprimer en s'adressant à lui.

— Entrez, je vous en prie, dit Mme Cardoza. Mon mari espère arriver avant le dîner. Il a reçu un appel pour une urgence il y a quelques minutes et a dû s'absenter.

Amy suivit Claudia dans la charmante maison aux murs carrelés de bleu et blanc. C'était complètement différent de leur *chácara*, mais l'espace était chaleureux, et les délicieuses odeurs qui s'échappaient de la cuisine lui mirent l'eau à la bouche.

— Y a-t-il quelque chose que je puisse faire pour vous aider ? demanda-t-elle.

— Vous pouvez empêcher mon fils de faire des bêtises ! lança Claudia avec un sourire malicieux qui la toucha au cœur.

Comme s'il avait entendu l'appel de sa mère, Roque s'avança vers elle. En jean noir et chemise blanche aux manches retroussées sur ses bras bronzés, il était plus séduisant que jamais.

— Tu es venue..., murmura-t-il en prenant ses mains dans les siennes.

À cet instant, elle sentit une étrange chaleur irradier dans son bras, avant de se diffuser dans son corps tout entier.

— Je t'avais dit que je viendrais...

— Je sais mais, quand tu as annoncé que tu prendrais un taxi, j'ai eu des doutes. Je suis heureux que tu sois là.

Elle se garda bien de lui avouer qu'elle avait failli demander au taxi de rebrousser chemin, d'autant qu'elle était finalement contente d'être là.

Tant de choses avaient changé depuis leur première rencontre, quelques semaines plus tôt ! songea-t-elle, comme une étrange émotion la gagnait.

Oh ! non, Amy. Ne fais pas cela. Surtout pas !

Hélas, il était trop tard. Et toutes les injonctions mentales du monde n'y changeraient rien. Elle était amoureuse de cet homme. Irrémédiablement, éperdument amoureuse...

Elle ne put réprimer le rire qui jaillit de sa bouche à cette pensée. Elle ressemblait un peu plus à sa mère qu'elle ne le croyait, finalement. Sauf qu'elle avait mis trois mois à comprendre ce que Cecilia avait saisi tout de suite...

— Qu'est-ce qui te fait rire ?

— Oh rien...

Comme il la regardait d'un air interrogateur, elle tenta de faire diversion.

— Ça sent délicieusement bon, ici ! Qu'a préparé ta mère ?

— Une *feijoada,* le plat national brésilien.

— J'adore ça ! Ma mère en cuisinait pour les grandes occasions.

— Eh bien, la mienne a trois grandes passions dans la vie : mon père, la couture et la cuisine. Pas nécessairement dans cet ordre...

Elle sourit et, sans savoir pourquoi, se sentit prise d'un léger vertige.

Prenant sa main, Roque l'attira dans le salon. Il semblait très à l'aise et, tandis qu'il lui présentait ses oncles et tantes et trois de ses cousins, elle aperçut des cadres sur une grande étagère, dans un coin de la pièce. Laissant Roque bavarder avec sa famille, elle s'en approcha et découvrit des trophées sportifs, des articles de journaux et des photos encadrés, qui concernaient tous Roque. L'un des clichés le montrait, très jeune, aux côtés d'Enzo Dos Santos, qui le présentait comme le nouveau joueur de Chutegol.

Elle jeta un coup d'œil en direction de Roque, venu la rejoindre. Il n'avait plus l'air aussi insouciant qu'auparavant, et sa légère claudication lui rappela soudain qu'il avait connu un tournant radical, dans sa vie.

— Ce coin est comme un sanctuaire, pour ma mère, qui refuse de jeter toutes ces vieilleries. N'importe quoi ! dit-il d'un ton brusque.

— Elle a bien raison ! approuva Amy. Cela fait partie de l'histoire de ta vie, du parcours qui t'a mené là où tu es aujourd'hui.

— Je n'aime pas me raccrocher à des choses du passé, ou regretter des instants perdus à jamais. Je préfère les ruptures franches et définitives.

C'est le moment que choisit la maîtresse de maison pour appeler ses invités à passer à table, empêchant Amy de répondre.

Elle prit place près de Roque pendant que sept autres personnes s'installaient autour d'une table chargée de différentes sortes de viandes grillées et de saucisses. Le riz et les haricots étaient présentés dans de grands plats noirs en forme de chaudron. Il y avait aussi des tranches d'orange et des légumes verts sautés, comme chez sa mère, songea Amy, les yeux soudain humides.

— André n'est pas rentré, mais c'est la vie d'un policier, déclara Mme Cardoza. Il ne nous en voudra pas de commencer sans lui.

Claudia servit tout le monde, plutôt que de faire passer des plats comme c'était d'usage aux États-Unis. Quand ce fut le tour d'Amy, elle demanda :

— Voulez-vous un peu de tout pour goûter, ou y a-t-il quelque chose que vous n'aimez pas ?

— Je crois que j'aime tout, répondit-elle.

Y compris votre fils...

Comme elle le soupçonnait, tout était succulent et Claudia était une hôtesse merveilleuse, très douée pour animer les conversations et mettre ses invités à l'aise.

Au fil du repas, Amy se sentait plus détendue. Elle avait soupçonné Mme Cardoza de vouloir la pousser dans les bras de son fils, mais celle-ci se montra au contraire d'une parfaite discrétion, les traitant tous deux avec autant d'attention que ses autres convives.

C'était peut-être à cause du vin mais, en regardant autour de la table, Amy se félicita d'être allée voir son oncle. Elle espérait pouvoir un jour rencontrer ses cousins aussi, qu'elle imaginait un peu comme ceux de Roque : pleins d'enthousiasme et d'espoir, heureux de vivre, tout simplement.

Quand Claudia voulut remplir de nouveau son assiette, elle secoua la tête.

— Non, merci, je suis rassasiée. Tout était si délicieux.

— *Mamãe*, tu veux bien nous excuser ? intervint Roque. Je voudrais faire visiter la maison à Amy.

— Bien sûr, dit Claudia en leur jetant un étrange regard par-dessus son verre. Je t'appellerai dès que ton père sera rentré.

Il lui montra le terrain et les différentes pièces de la maison, puis, à l'étage, la chambre de son enfance dont il referma la porte derrière eux. Ici, il n'y avait pas de trophées sportifs, constata Amy. Au lieu de cela, on voyait des articles de presse consacrés aux divers cas médicaux qu'il avait pu traiter, et des clichés de lui sortant de l'école de médecine.

Quand il s'éloigna de la porte et s'approcha d'elle, Amy sentit sa bouche s'assécher. Il avait le même regard que le jour où ils avaient fait l'amour.

— Je t'ai dit que tu étais très belle, ce soir ?

— Non. Mais je pourrais te retourner le compliment…

— Je croyais que tu ne me trouvais pas si beau que ça ?

— Eh bien, c'était un mensonge !

Il rit, puis prit sa main et la porta à ses lèvres.

— Depuis le début de la soirée, j'ai du mal à te quitter des yeux.

Posant les mains contre son torse, elle fut prise d'une envie folle de poser sa joue contre sa barbe naissante, de glisser les doigts dans ses cheveux...

— La visite de la maison n'était qu'un prétexte. En vérité, je te voulais pour moi seul...

— Je ne l'aurais jamais deviné.

— Encore un mensonge ?

— Peut-être... Mais pourquoi voulais-tu me voir seule ?

— Pour pouvoir faire ça...

Son baiser la prit par surprise, différent des baisers passionnés qu'ils avaient échangés pendant leur nuit d'amour. C'était un baiser doux et lent, mais qui lui enflamma le cœur. Se pouvait-il que, malgré ce qu'il lui avait dit à l'hôpital, il ressente quelque chose pour elle ?

— Je voudrais venir finir la soirée chez toi, murmura-t-il. Dis oui. S'il te plaît...

Levant la main, il effleura son sein, puis le prit en coupe.

— Je voudrais te parler.

Parler... Si ce qu'il était en train de faire était un avant-goût de la conversation qu'il voulait avoir, elle n'était pas contre, songea-t-elle, comme une vague de désir la submergeait tout entière.

— Oui. Et j'ai autre chose à te dire. Je pense que je...

Un long cri de douleur venu du rez-de-chaussée l'interrompit, brisant leur intimité.

— C'est ma mère !

Roque la lâcha et sortit en trombe de la chambre, puis dévala l'escalier, dans lequel elle le suivit, alarmée.

Lorsque Amy arriva en bas, Claudia sanglotait si fort dans les bras de son fils qu'elle ne comprit pas ce qu'elle disait.

Ce n’est qu’en croisant le regard affolé de Roque qu’elle comprit que quelque chose de très grave s’était produit, ce qu’il lui confirma en lâchant d’une voix blanche :

— Mon père a reçu plusieurs coups de feu.

11

Roque ne l'appela pas, comme il avait promis de le faire quand il l'avait déposée chez elle en allant à l'hôpital. À mesure que les heures passaient, Amy se sentait de plus en plus inquiète. Elle lui avait proposé de l'accompagner, mais il l'avait remerciée et écartée en disant qu'il avait besoin d'être avec sa famille.

Elle n'en tirait aucune conclusion, si ce n'est qu'il était très inquiet, ce qui était tout à fait compréhensible. Elle l'aurait été aussi si l'un de ses parents avait été en danger.

Cependant, elle décida de ne plus attendre et tenta de le joindre sur son téléphone portable, mais elle tomba sur sa messagerie. Elle ne jugea pas nécessaire de lui laisser un message mais décida de se rendre directement à l'hôpital pour lui apporter son soutien, car il devait être au chevet de son père.

Ou était-il trop tard ? Si M. Cardoza avait succombé à ses blessures, que ferait-elle ? Voir Claudia pleurer dans les bras de son fils lui avait fendu le cœur, et elle s'était sentie impuissante, ne sachant que dire ni comment se comporter.

Déterminée à savoir coûte que coûte ce qui se passait, elle appela un taxi. Comme elle se dirigeait vers l'ascenseur, elle jeta un coup d'œil à la porte de Lara et se rappela le visage de cette dernière, quand elle l'avait vue avec Roque, dans le couloir...

Elle avait l'impression que tout cela était très loin. Désormais, son séjour touchait à sa fin. La fête d'adieu arrivait à une vitesse folle, et elle ne tarderait plus à rentrer aux États-Unis.

Et elle n'avait toujours pas avoué à Roque ce qu'elle ressentait pour lui. Elle avait voulu le faire dans la chambre, juste avant qu'il n'apprenne l'accident de son père. Et ce n'était certainement pas maintenant qu'elle pourrait le faire, hélas !

Le trajet en taxi ne dura que dix minutes, qui lui parurent une éternité. Plus ils approchaient de l'hôpital, plus elle était mal à l'aise. Si Roque avait voulu qu'elle soit là, il n'aurait pas pris la peine de la déposer chez elle et l'aurait gardée auprès de lui.

Sans importance...

Voilà ce qu'il pensait de leur relation.

En tant qu'ancien footballeur vedette, Roque était habitué à avoir du succès auprès des femmes, prêtes à tout pour s'attirer ses faveurs.

Crois-tu vraiment qu'il pourrait tomber amoureux de quelqu'un comme toi ?

Soudain, le manque de confiance en elle qu'elle avait ressenti lors de son arrivée au Brésil refit surface : qu'était-elle donc venue faire ici ?

Mais, déjà, le taxi s'arrêtait devant l'hôpital, il était donc trop tard pour faire demi-tour. Après avoir réglé sa course, elle se dirigea lentement vers l'entrée.

Elle repéra aussitôt Roque assis sur une des chaises, seul, face à l'entrée vitrée des urgences, la tête entre les mains.

Oh ! mon Dieu ! Son père était-il mort ? Il était policier, l'un des métiers les plus dangereux au Brésil. Amy hésitait à s'approcher quand il leva la tête et l'aperçut. Il ne semblait ni furieux ni accablé. Il avait juste l'air... vide.

Elle alla s'asseoir près de lui, laissant une chaise entre eux pour ne pas envahir son espace privé.

Il prit une profonde inspiration et souffla :

— J'ai vu que tu avais appelé.

Elle avait supposé qu'il serait au chevet de son père ou en train de réconforter sa mère, et qu'il ne voudrait pas lui parler.

— Je n'ai pas laissé de message. Je me suis dit que tu avais d'autres choses à penser. Comment va-t-il ?

— Il est au bloc. Les chirurgiens ignorent encore s'il va s'en sortir. Il participait à une descente dans une favela quand une fusillade a éclaté. Une balle a entaillé son artère fémorale. Il a failli se vider de son sang sur les lieux. Il a fait un arrêt cardiaque pendant le trajet.

— Je suis vraiment désolée, Roque. Ta mère...

Il détourna le regard.

— Elle est dans la chapelle, en train de prier.

Elle voulut lui toucher la main, mais l'espace entre eux lui parut trop grand, au propre comme au figuré. Il y avait quelque chose de distant dans son attitude. Peut-être n'était-ce dû qu'à l'angoisse et à l'inquiétude ?

— Que puis-je faire pour toi ?

— Rien. S'il survit, il aura un long travail de rééducation devant lui. L'aider sera une priorité pour moi.

Il se tourna vers elle avant d'ajouter :

— J'ai demandé à être remplacé pour le reste du programme d'échanges. Tu travailleras donc avec quelqu'un d'autre jusqu'à la fin de ton séjour, et je ne participerai sûrement pas à la fête d'adieu. Je ne sais pas si nous pourrons nous voir avant ton départ et j'en suis désolé.

Amy sentit son cœur se briser. Il regrettait de ne pas être là pour lui faire ses adieux, mais pas de la voir partir... Il n'avait même pas proposé de la tenir au courant de la situation de son père, ni pendant qu'elle était encore ici, ni une fois qu'elle aurait quitté le Brésil...

Anéantie, elle parvint à se lever au prix d'un incroyable effort de volonté.

— Je comprends. Ta place est ici, auprès de ton père. Dis à ta mère que je pense à elle et que j'espère qu'André ira mieux.

— Merci.

Amy le regarda longuement, comme pour graver les traits de son visage dans sa mémoire. Puis, après avoir murmuré un timide « au revoir », elle tourna les talons et s'éloigna.

Elle avait raison. Il ne l'avait pas contactée – bien qu'elle ait appris que son père avait survécu à son opération. Il n'était pas non plus venu constater les derniers progrès accomplis par Enzo. Et il n'était pas visible à la fête d'adieu, qui battait son plein.

Cette cérémonie n'était pas aussi joyeuse que la fête de bienvenue. Amy regarda Francisco Carvalho bavarder tranquillement avec Krysta, le visage empreint de tristesse. Cette dernière lui avait dit que Flávia avait été mordue par un serpent venimeux et qu'elle avait failli mourir. Heureusement, elle avait connu une guérison quasi miraculeuse. Amy espérait qu'un autre miracle se produirait pour le père de Roque, dont la réhabilitation serait très longue.

Quant à elle, ce qu'elle pouvait faire de mieux était de rentrer chez elle et d'oublier Roque. De le chasser de sa mémoire, en même temps que ses souvenirs de ce séjour au Brésil...

Heureusement, elle pourrait bientôt se lancer dans ses études de doctorat qui ne lui laisseraient pas le temps de penser à autre chose. Roque avait raison sur un point : elle devait dire adieu au passé. Elle avait gardé la maison de ses parents pendant bien trop longtemps, en faisant presque un sanctuaire – comme la mère de Roque avec les trophées sportifs de son fils. Amy aimait sa mère, et son père et elle seraient toujours dans ses pensées, mais elle avait besoin de prendre un nouveau départ. Peut-être même dans une autre région ?

Oui, à partir de maintenant, elle devrait à tout prix cesser de poursuivre ce qu'elle ne pouvait pas avoir, sous peine de souffrir chaque jour davantage. Alors, après un dernier coup d'œil au décor chic de cette fête sinistre, elle chercha la sortie la plus proche et disparut.

Après trois semaines très incertaines et épuisantes, le père de Roque était enfin tiré d'affaire. Il allait devoir suivre une rééducation cardiaque pour renforcer son myocarde endommagé, et il faudrait des mois avant qu'il puisse travailler de nouveau – s'il était autorisé à reprendre une activité professionnelle. Mais, comme il approchait de l'âge de la retraite, il songeait sérieusement à rendre son badge et à mener une vie plus tranquille. C'était certainement aussi ce que sa mère voulait.

Et lui, Roque, que voulait-il ?

Il savait qu'il ne s'était pas montré très accueillant envers Amy, quand elle était venue à l'hôpital, mais ses pensées étaient si chaotiques qu'il avait été incapable de réfléchir. L'opération de son père lui avait fait réaliser à quel point la vie était incertaine, fragile. Assis dans la salle d'attente, il était en train de penser à la jeune femme au moment même où elle l'avait appelé, mais il n'avait pas eu le courage de décrocher...

Lorsque sa blessure l'avait mis sur la touche, il avait fait de son mieux pour conserver son ancienne vie, en tâchant de se convaincre qu'il allait rejouer au football. Il avait fallu la visite d'Enzo Dos Santos pour lui faire comprendre qu'il devait lâcher prise.

C'est ce qu'il avait dû faire avec Amy. Elle avait toute la vie devant elle, toute sa carrière. Il lui avait assuré qu'elle obtiendrait son doctorat un jour, et elle avait annoncé son intention de s'inscrire dès son retour aux États-Unis. Elle ne pourrait pas le faire s'il s'accrochait à elle comme il s'était accroché à ses rêves de football...

Il n'aurait jamais dû céder à son désir pour elle. Cela avait été un acte irréfléchi et irresponsable, et s'il avait achevé ce qu'il s'apprêtait à lui dire dans sa chambre, chez ses parents, le cours de sa vie en aurait peut-être été bouleversé. En effet, il avait été sur le point de lui demander de rester au Brésil. Avec lui.

Il s'était rendu compte, durant ce dîner organisé par sa mère, de la profondeur de ses sentiments pour cette femme. Des sentiments qu'il n'avait jamais éprouvés pour une autre, pas même pour Halee.

Et, alors que sa mère était assise dans la chapelle de l'hôpital, suppliant Dieu de sauver son mari, de le garder auprès d'elle, il avait compris qu'il ne pouvait pas faire la même chose au sujet d'Amy. Car il refusait de faire des promesses qu'il ne pourrait pas tenir...

Oui, il allait la laisser partir. Parce qu'il l'aimait. Parce qu'il voulait que sa vie soit aussi riche et pleine qu'elle pouvait l'être. Sa vie avant son accident avait été égoïste, tournée vers sa seule réussite. Aujourd'hui, il estimait avoir dépassé tout cela, jusqu'à ce qu'il comprenne qu'en lui demandant de rester il réveillerait ses vieux démons...

Il sursauta en entendant frapper à la porte de son bureau, puis aperçut le regard désespéré de sa mère.

— Maman ! Est-ce que Papai va bien ?

— Oui, mais il est toujours en soins intensifs et refuse que je lui rende visite. Il ne peut pas supporter que je le voie affaibli. Ce qu'il ne sait pas, c'est qu'il est l'homme le plus fort que j'aie jamais rencontré.

Elle se pencha vers son bureau, et y appuya ses mains.

— Je te croyais comme lui mais, maintenant, je n'en suis plus si sûre.

Il ne put s'empêcher de lever les yeux au ciel. Il savait exactement où elle voulait en venir.

— Elle va continuer ses études, *Mamãe*. Je ne veux pas l'empêcher de réaliser ses rêves.

— Lui as-tu demandé quels étaient ses rêves, au moins ?

— Je le sais déjà…

— Donc, tu ne l'as pas fait ? Et quand tu étais dans ta chambre, avec elle ? Pourquoi ne lui as-tu pas demandé à ce moment-là ?

Il ne put retenir un petit rire amusé.

— Comment as-tu su où nous étions ?

— Je sais où un homme amoureux veut emmener une jolie femme…

Elle se laissa tomber sur la chaise, devant son bureau.

— N'essaye pas de le nier, Roque…

Il serra les dents et s'apprêta à quitter son bureau. Il ne voulait pas s'avancer pour l'instant. Pas à propos d'Amy. Pas à propos de quoi que ce soit, d'ailleurs. Il voulait travailler, et rien d'autre.

— Cela ne change rien, maman.

Elle se pencha en avant.

— Que risques-tu à lui parler, alors ?

— Je te l'ai déjà dit. Je sais ce qu'elle veut. Lui demander d'y renoncer serait égoïste.

— Qui te parle de renoncer à quoi que ce soit ? rétorqua sa mère, têtue. Combien de temps faut-il pour obtenir un doctorat ?

— Je ne sais pas… Trois ans, peut-être. Pourquoi ?

Elle cligna des yeux.

— Oh ! *Roquinho* ! Trois ans, ce n'est pas si long que ça, tu sais…

Comme il la regardait sans comprendre, sa mère leva la main.

— Elle a quitté le Brésil pour poursuivre son rêve, n'est-ce pas ? Alors pourquoi ne peux-tu pas quitter le Brésil pour… la poursuivre ?

Il se retourna, abasourdi. Sa mère allait droit au but, c'était le moins qu'on puisse dire. Pourquoi ne pas aller aux États-Unis pour être avec elle, pendant qu'elle travaillait à l'obtention de son diplôme ? Avec ses qualifications, il pourrait probablement trouver un poste pendant la durée de son séjour, peut-être même entamer des recherches. Mais, dans l'immédiat, ce n'était pas cela, l'important. Cela pourrait se décider dans un second temps, quand chacun d'eux aurait obtenu ce qu'il voulait : Amy son diplôme et une carrière épanouie et lui... Amy.

Si seulement elle était d'accord pour le revoir après le mal qu'il lui avait fait en la repoussant.

Oui, il devait tout tenter pour la reconquérir. La question était de savoir s'il était prêt à le faire.

S'approchant du bureau, il prit le visage grave de sa mère dans ses mains et lui donna un baiser sur la joue.

— T'ai-je déjà dit à quel point j'étais heureux de t'avoir comme mère ?

Sans ajouter un mot, elle se leva et le serra très fort dans ses bras. Quand elle le lâcha enfin, il vit des larmes dans ses yeux.

— File, maintenant ! Et dis-lui que j'aimerais bien travailler sur une autre de ses robes. Une robe blanche, avec beaucoup de dentelle...

— Je vais lui dire. Je le promets, maman.

12

Amy tenta de se concentrer sur son premier cours, mais n'obtint qu'un succès relatif. Même deux mois après son retour du Brésil, ses pensées la ramenaient toujours vers lui. Et cela la mettait en rage.

Il ne t'aime pas, Amy. Passe à autre chose.

Il aurait fait des efforts pour la contacter, s'il avait ressenti quelque chose pour elle. Pourtant, quand il l'avait embrassée, dans sa chambre, elle était certaine qu'il était sincère et sur le point de lui avouer ses sentiments. Mais, au lieu de cela, il n'y avait eu que le silence. Un silence qui se poursuivait encore aujourd'hui.

Une fois son cours terminé, elle se dirigea vers le parking, son sac de livres sur l'épaule. Obtenir son diplôme lui semblait si dérisoire, désormais ! Tout ce qu'elle souhaitait, pour l'instant, c'était de cesser de penser à son beau chirurgien et de le voir partout, comme appuyé à ce lampadaire, là-bas, sur le chemin...

Soudain, elle se figea, songeant qu'elle ne se l'était jamais représenté de manière aussi réaliste. En regardant de nouveau devant elle, elle comprit qu'elle ne rêvait pas, cette fois : il était ici, en Floride ! Et il était aussi outrageusement beau qu'au Brésil.

Tout à coup, il lui sourit. Et, comme toujours, elle se sentit fondre. Que faisait-il ici ? Était-il venu assister à une conférence ?

Peut-être, mais cela ne répondait pas vraiment à la question. Pourquoi était-il précisément ici, devant l'université où elle étudiait ?

Elle le vit s'écarter du lampadaire pour marcher à sa rencontre. Sans canne.

— Est-ce que... ton père va bien ? fut la seule chose qu'elle fut capable d'articuler.

— Il est toujours sous étroite surveillance, et bientôt convalescent. Mais il a quitté la police, au grand soulagement de ma mère.

— Je suis si heureuse pour lui !

Elle était parfaitement sincère. Elle savait qu'André avait survécu à son opération, mais la dernière nouvelle qu'elle avait entendue après cela était que le diagnostic restait réservé.

Elle avait été en contact avec Krysta et Flávia, et il semblait qu'elle n'était pas la seule à avoir eu des déboires sentimentaux pendant son séjour au Brésil. Mais elle avait été trop occupée par sa propre vie amoureuse pour se rendre compte que ses deux amies glissaient elles aussi sur la même pente qu'elle.

Elle espérait que leurs histoires à toutes les deux connaîtraient une fin heureuse, mais pour sa part, hélas, elle craignait que ce ne soit pas le cas...

Soudain, Roque lui sourit.

— Essayons encore une fois, d'accord ? Bonjour, Amy.

— Bonjour, Roque...

— Tu as l'air en forme. Comment se déroulent tes études ? demanda-t-il en désignant son sac.

— Plutôt bien.

Pourquoi ne lui disait-il pas pourquoi il était ici ? Essayait-il de la torturer ? Avait-elle oublié quelque chose au Brésil ?

Bien sûr que oui ! Mais ce n'était pas quelque chose que l'on pouvait mettre dans un sac et faire passer à la douane.

— Pouvons-nous marcher un peu ?

Ces derniers mots lui restèrent en travers de la gorge. Elle se souvint que la dernière fois qu'elle lui avait fait cette proposition, c'était pour lui dire que céder à leur désir avait été une erreur. Manifestement, c'était le cas. Mais, en dépit de tous ses efforts, elle n'arrivait pas à regretter le peu de temps qu'ils avaient passé ensemble. Elle chérirait ces souvenirs pendant le reste de sa vie, convaincue que Roque avait tort. Certains événements ne devaient pas être considérés comme n'ayant jamais existé.

En deux enjambées, il fut près d'elle.

— Je ne sais pas par où commencer. Je devrais peut-être dire que j'ai eu tort...

— Tort ?

— Oui, tort de ne pas t'appeler. C'est une erreur de ne pas essayer de trouver une solution à un problème bien réel.

Elle sentit son cœur battre follement dans sa poitrine.

— Et... Quel est ce problème ?

— Le fait que je vive au Brésil et toi en Floride.

Il sourit d'un air pensif, avant de poursuivre :

— Il a fallu l'intervention de ma mère pour que je comprenne que problème n'était pas insurmontable, loin de là.

Plaisantait-il ? Ce n'était pas seulement une question de distance physique. Il s'était conduit de manière très ambiguë avec elle, soufflant sans cesse le chaud et le froid...

— Mais... Je ne comprends pas très bien, avoua-t-elle. Je croyais que tu n'aimais pas les adieux et que tu voulais les écourter.

— En effet. Mais là où je ne suis pas tout à fait d'accord avec toi, c'est sur l'emploi du mot « adieux ».

— Es-tu en train de me dire qu'il s'agissait plutôt... d'un simple au revoir ? demanda-t-elle sans vraiment oser y croire.

En sentant ses doigts sur sa joue, elle comprit que ses sentiments pour lui étaient encore bien vivants et, les yeux fermés, s'abandonna à l'exquise sensation de sentir de nouveau sa peau sur la sienne.

— En effet, je préfère ça.

— Mais… Comment peux-tu en être sûr ? Tu étais si distant à l'hôpital…

Il laissa échapper un rire douloureux.

— Il y avait le choc provoqué par l'accident de mon père, et aussi la prise de conscience que ton avenir était à des milliers de kilomètres du mien, ce qui me paraissait le bout du monde. Alors, j'ai essayé de te laisser sortir de ma vie.

— Essayé ? Tu as très bien réussi, je trouve !

— En effet. Et tu ne peux pas savoir à quel point je le regrette. Est-ce qu'il est trop tard, maintenant ?

Non, ce n'était pas trop tard. Et comme elle écoutait son explication, toutes les pièces du puzzle se mirent en place dans son esprit. Enfin, elle comprenait pourquoi il s'était montré si distant. Si peu touché par sa présence. Elle avait beaucoup fait semblant au cours de son séjour au Brésil. Soudain, elle sut ce qu'elle devait faire. Il avait sacrifié quelque chose en venant la rejoindre, et il était peut-être temps qu'elle fasse de même.

— Je pourrai abandonner mes études. Je viens juste de commencer et…

— Non. Il n'en est pas question ! Je veux que tu termines ton cursus.

Elle se délecta de ses paroles, de sa peau, de sa présence même, qui faisait renaître l'espoir en elle.

— Mais je ne veux pas que tu aies l'impression de devoir m'attendre.

— Je ne maîtrise pas parfaitement l'anglais, mais je pense qu'il suffit d'un petit effort pour que tu comprennes ce que je te dis, Amy. Je ne vais pas t'attendre, Amy. Je vais attendre avec toi. Ici, en Floride.

Il s'arrêta un instant pour guetter sa réaction, puis reprit :

— Je t'aime, Amy. J'ai eu tort de ne pas dire ces mots plus tôt, de te laisser partir comme je l'ai fait. Une fois que j'ai réalisé la vérité, j'ai dû obtenir mon visa et organiser les vols.

Ce que j'avais à dire ne pouvait pas être dit au téléphone, c'est pourquoi je ne t'ai pas appelée.

Il déposa un tendre baiser sur sa joue.

— J'espère que tu ressens quelque chose pour moi, toi aussi...

Il lui restait encore quelques points à éclaircir, même si elle était presque sûre de connaître déjà les réponses.

— Tu as dit que notre relation était... sans importance.

— Oui. Et je savais que j'avais choisi le mauvais mot, parce que j'avais peur. Parce que ce n'était pas sans importance. Au contraire... Notre rencontre a sans doute été l'événement le plus important de ma vie. Plus important que mes succès au football, que ma carrière médicale. J'ai trouvé l'amour, alors que je ne croyais plus cela possible...

Aux anges, elle ferma les yeux et, quand elle les rouvrit, il était toujours là, l'empreinte de ses lèvres encore fraîche sur son visage.

— Vous êtes complètement fou, docteur Cardoza, mais je vous aime vraiment. N'ayez jamais de doute à ce sujet...

— Dans le fond, je n'en ai jamais douté. Mais quand mon père a été blessé, j'ai compris que je ne voulais pas que tu abandonnes tout pour moi.

Elle réfléchit un instant, puis dit d'un air grave :

— Je ne veux pas non plus que tu abandonnes tout pour moi.

— Ce n'est que pour trois ans, juste le temps pour toi d'obtenir le diplôme que tu désires tant. Cela passe très vite, tu sais...

Il allait vraiment le faire. S'installer ici. Pour elle. Avec elle ! Elle n'arrivait pas à y croire.

— À Paulista, ils t'ont laissé partir ?

— Ils n'ont pas eu le choix. Mais l'administrateur m'a assuré que j'aurais un emploi qui m'attendrait si jamais je décidais de revenir.

— Tu veux dire que... tu pourrais rester ici ? Pour de bon ?

— C'est une possibilité. J'ai contacté un hôpital de la région et demandé quelle serait la procédure à suivre pour obtenir une équivalence de diplôme et être autorisé à exercer aux États-Unis. Ils m'ont convoqué pour des entretiens, mais je n'ai pas voulu pas m'engager avant de connaître ton avis...

— Mon avis, c'est que c'est une idée géniale, Roque ! dit-elle en lui tendant ses lèvres.

Il se pencha pour lui donner le plus fougueux des baisers, là, sur le parking de l'université. Le monde autour d'eux tournait encore, mais elle avait l'impression que le temps s'était arrêté.

Quand il finit par s'écarter d'elle, il dit :

— Avant que j'oublie... Ma mère a un message pour toi.

— Ah oui ?

— Elle veut que tu saches qu'elle a un rêve, elle aussi : coudre une autre de tes robes. Une robe toute blanche que tu porterais pour entrer dans une église...

Il glissa la main dans sa poche et en sortit un petit écrin de velours qui renfermait une bague magnifique, un diamant entouré de deux magnifiques émeraudes.

— Amy Woodell, veux-tu m'épouser ? Ici et au Brésil ? demanda-t-il d'une voix où perçait l'émotion.

— Oui. Oh ! oui ! Je t'épouserai où tu veux.

Il glissa la bague à son annulaire. Elle lui allait parfaitement, et elle eut du mal à en détacher le regard, de crainte que tout cela ne soit qu'un rêve et s'évanouisse.

Mais le goût des lèvres de Roque sur les siennes lui rappela que tout était bel et bien réel.

Épilogue

Ce n'était pas Amy, la mariée. Pas cette fois-ci, en tout cas.

Elle avait épousé Roque six mois plus tôt, dans une robe magnifique spécialement conçue par Claudia, lors d'une cérémonie inoubliable et riche en émotions.

Mais, aujourd'hui, elle était l'une des demoiselles d'honneur de cette cérémonie particulière, tout comme Flávia. Sa nouvelle amie avait elle aussi trouvé l'amour de sa vie au Brésil, en même temps que Krysta, qui s'apprêtait à prononcer les vœux qui devaient l'unir à Francisco. Elle était ravie pour eux deux.

Ému aux larmes, Roque serra sa main dans la sienne. Aujourd'hui, il avait besoin de sa canne pour le soutenir, et chacun d'eux avait appris à aider l'autre quand il en avait le plus besoin.

Le mariage de Krysta et Francisco était très différent du leur, mais tout aussi beau, car l'amour que se portaient les époux irradiait famille et amis réunis autour d'eux.

Elle aperçut Flávia qui serrait son bébé contre son cœur, le bras de son mari autour de ses épaules. Personne n'avait remarqué que la jeune chercheuse était enceinte pendant la dernière partie de leur séjour au Brésil, pas même l'homme qui se tenait près d'elle.

Ces jours passés ensemble à Paulista semblaient très loin, désormais. Mais personne n'avait perdu le contact avec l'hôpital, et les liens tissés pendant leur séjour étaient très solides. Contrairement à ce que Roque avait prétendu, Amy ne voulait pas dire adieu à ce passé, car il avait joué un rôle déterminant dans l'avenir qu'ils étaient en train de construire ensemble.

Et, qu'ils décident de revenir au Brésil après avoir obtenu son diplôme ou de rester aux États-Unis, elle savait que cela n'aurait pas d'importance, tant qu'ils seraient ensemble.

Elle était certaine que les deux autres couples ressentaient la même chose, comme en témoignait cette assemblée, réunie dans le petit jardin des parents de Francisco, joliment décoré pour l'occasion.

L'officiant leva sa main droite et déclara Krysta et Francisco mari et femme. Et, quand il invita les mariés à s'embrasser, ils ne furent pas les seuls à échanger un baiser passionné.

Ce n'était que le premier des moments de bonheur qu'ils passeraient ensemble, car le Brésil les reliait pour toujours les uns aux autres et continuerait de le faire longtemps après qu'ils se seraient séparés pour repartir aux quatre coins du monde.

Parce que c'était cela, l'amour. Un lien fort et éternel.